D1694434

THEODOR KRAMER
GESAMMELTE GEDICHTE

1

ERWIN CHVOJKA (HRSG.)

THEODOR KRAMER

GESAMMELTE GEDICHTE

1

EUROPAVERLAG
WIEN · ZÜRICH

CIP-Titelaufnahme der Deutschen Bibliothek

Kramer, Theodor:
Gesammelte Gedichte / Theodor Kramer. Erwin Chvojka (Hrsg.). – Wien : Europaverlag.
Teilw. mit d. Erscheinungsorten Wien, München, Zürich
ISBN 3-203-51028-6
1.–2. durchges. u. verb. Aufl. – 1989
ISBN 3-203-51087-1

2., durchgesehene und verbesserte Auflage 1989

Umschlag von Wilhelm Kögl

Medieninhaber: Europa Verlag GesmbH Wien

Hersteller: Elbemühl Graphische Industrie GesmbH Wien
Verlags- und Herstellungsort: Wien
Printed in Austria
ISBN 3-203-51087-1

Vorwort

Die Lyrik Theodor Kramers gehört zu den großen literarischen Erlebnissen meiner Jugend. Ersten Zugang boten mir seine Gedichte über den Krieg. Die unmittelbare Reaktion auf den Ersten Weltkrieg war eine zwiespältige. Da waren die einen, die nichts mehr von dem wissen wollten, was sie jahrelang an Entsetzlichem erlebt hatten und was sie immer noch quälte, und die anderen, denen der Umstand, daß sie überlebt hatten, alles im verklärten Licht des Heldentums erscheinen ließ. Es hat lange gebraucht, bis die ersten literarischen Zeugnisse des Krieges die Menschen im deutschsprachigen Raum erreicht haben; gedichtet wurden sie bald, aber lesen wollten sie nur wenige. Anders war das bei den Franzosen: Henri Barbusses »Le feu« oder Romain Rollands Kriegsbücher hatten schon früher eine große Lesergemeinschaft gefunden. Im deutschen Sprachraum war es das fast als billige Kolportage verrufene Buch »Im Westen nichts Neues«, das zehn Jahre nach dem Krieg den Durchbruch brachte, und dann gab es eine Flut von Kriegsbüchern, auch Kriegslyrik war darunter – und die von Theodor Kramer gehörte zu der eindrucksvollsten Kriegslyrik. Seinen Band »Wir lagen in Wolhynien im Morast...« haben wir immer bei unseren Veranstaltungen gelesen; seine Aussage war sogar umstritten, weil sie manchen offenbar nicht negativ genug war. Sie wollten, daß alles, was damals gedichtet und geschrieben wurde, immer mit der Parole »Nie wieder Krieg!« enden sollte. Kramers Gedichte waren manchen nicht kämpferisch genug gegen den Krieg gerichtet. Heute über diese Zeit nachdenkend, muß ich sagen, daß gerade in der Nüchternheit ihre Wirksamkeit lag. Darum waren Reaktionäre vor allem gegen solche Bücher. Die militanten Antikriegsbücher schienen ihnen weniger gefährlich als die nüchternen Darstellungen. Es soll unvergessen bleiben, daß wir, wenn wir den Film »Im Westen nichts Neues« sehen wollten, es in Wien nicht konnten, weil ein konservatives Regime, schon damals den Nazis gegenüber nachgiebig, von ihrem Geist angesteckt, die Aufführung des Filmes verboten hatte. Wir, die wir die Bedeutung dieses Filmes erkannt hatten, unternahmen eine Massenwanderung über die Grenze nach Preßburg, um dort den jungen Menschen diesen Film zu zeigen.

Theodor Kramer aber war mehr als ein Dichter des Kriegserlebnisses. Er gehört jener Literatur an, die sich im großen Bogen von Alfons Petzold bis in unsere Zeit spannt. War Alfons Petzold der Arbeiterdichter schlechthin, der von der Not der arbeitenden Menschen seiner Zeit berichtete, so war Theodor Kramer der Dichter der armen Menschen unserer Zeit. Für viele löste sich die Armut in theoretischen Betrachtungen über den Kapitalismus auf, war das alles eben Schicksal im Kapitalismus, das erst in einer fernen sozialistischen Zukunft überwunden werden konnte. Theodor Kramer hat – würde man ein Modewort von heute gebrauchen – viele von uns sensibilisiert, uns die Augen geöffnet für die Wirklichkeit, die uns umgab. So hat uns der Dichter geholfen, die Ernüchterung und die Kälte des Herzens zu überwinden.

Diese Erinnerung an Theodor Kramer war es auch, die mich veranlaßt hat, ihm namens der Theodor-Körner-Stiftung bei der Rückkehr in die Heimat behilflich zu sein. So bin ich glücklich, daß wir heute einen neuen Durchbruch des Werkes von Theodor Kramer erleben, wenn auch noch nicht in jenem Ausmaß, das anderen schon beschieden war. Auch die Mühlen der literarischen Gerechtigkeit mahlen langsam. Ein Gefühl warmer Dankbarkeit schlägt dem Europa Verlag entgegen, der Theodor Kramers Gedichte wieder herausbringt. Dankbar bin ich deshalb, weil Kramer zu jenen gehört, die uns in unserer Jugend die Freude am Gedicht, die man uns oft ausgetrieben hatte, wiedergegeben haben. In Skandinavien liest man heute immer noch Gedichte, und ich hoffe zutiefst, daß das auch hierzulande und im ganzen deutschen Sprachraum mit den Versen Theodor Kramers wieder der Fall sein wird.

Bruno Kreisky

Einleitung

Als Theodor Kramer am 14. April 1958 in Wien begraben wurde, folgten kaum mehr als 30 Trauergäste seinem Sarg. Wenn auch Vertreter des Staates wie der Stadt, in die er nach achtzehnjähriger Abwesenheit erst kurz vorher zurückgekehrt war, an seiner Bahre standen, war es ein Begräbnis, an dem die Umwelt keinen Anteil nahm. Und doch wurde hier ein Dichter zu Grabe geleitet, der die Menschen liebte, der in seiner Angst und Not die ihre fand und aussprach, ein Dichter, dessen Werk dem Lande, dem er entstammt, entwuchs wie eine Frucht, und in dem dieses Land lebt, wie vielleicht in keinem zweiten.

Mitten im niederösterreichischen Lößland wurde er am Neujahrstag 1897 geboren, in Niederhollabrunn unterhalb des Michelsberges, wo die buschbestandenen Leiten des Rohrwaldes in die Ackerwellen der Stockerauer Bucht auslaufen. Und heute noch liegt dieses Dorf so abseits von den Wegen der allsonntäglichen Autokolonnen, so unberührt von dem Atem der nur 40 km entfernten Millionenstadt, daß ein Besucher in den wenigen Wirtshäusern des Ortes vergeblich nach einem Zimmer für eine Nacht fragen würde. Hier war sein Vater lange Jahre Gemeindearzt gewesen, und die Bauern der Gegend waren so arm, daß sich der Ort mit drei anderen zusammentun mußte, um den Arzt besolden zu können.

Hier wuchs der Knabe auf in einem alten Meierhof, der zum Arzthaus umgebaut worden war, draußen am Rande des Dorfes, wo die Ackerbreiten bis vor die Fenster zogen und der Blick erst am Buschwerk der Schrunden und Hohlwege eine Grenze fand. Doch wie am Rande der Ansiedlung, so lebte die Familie auch am Rande der Gemeinschaft, geachtet, oft gerufen und doch nie dazugehörig, denn sein Vater war Jude.

Und dieses Dasein am Rande, das schon der Knabe erfuhr, gibt später seinem Schaffen den ein Leben lang hörbaren Grundton. An den Rand der Dörfer und Städte, an den Rand der Gesellschaft, an den Rand des Lebens sehen sich seine Menschen immer wieder gestellt. Die Ausgesetztheit und Verlorenheit seiner Wanderarbeiter und Stromer, seiner Ziegelbrenner und Werkwächter, wie die Einsamkeit und Lebensangst jener, die es zu »bürgerlich achtbaren« Stellungen gebracht haben, wie Lehrer und Kaufleute, Amtsvorsteher und Adjunkten, haben ihre Wurzel im Erleben seiner Kindheit. Die Krise und die Not der zwanziger und dreißiger Jahre haben dann nur das zeitgenössische Gewand dazu gegeben. In seinen Gestalten liegen die bewegenden Kräfte des menschlichen Lebens, Liebe und Haß, Angst und Freude, Gefühl und Geschlecht, Verzweiflung und Sehnsucht nach Geborgenheit, noch nicht unter einer Kruste von Ambition und Geschäftigkeit verborgen, ihnen sind noch alle Probleme Lebensprobleme.

Zu dieser Einstellung kommt, ebenfalls schon im Jugenderleben wurzelnd, das Kolorit der Landschaft als zweiter unablösbarer Bestandteil seiner Lyrik. Wenn er auch nur zehn Jahre in diesem Dorf verlebte – dann wurde er zu Verwandten nach Wien geschickt, um dort die Realschule zu besuchen, und außerhalb der großen Ferien sah er das Lößland kaum jemals wieder –, so hatte sich das Bild dieses Landes in jenen Jahren doch so tief in seine Seele geprägt, daß es noch nach Jahrzehnten scharf und »zum Weinen klar« vor seinen Augen stand. Noch im Herbst seiner späten Heimkehr und schon vom Tode überschattet, wies er am Orte der Kindheit immer wieder die Stätten, die, oft nach Jahren erst, Anregung oder Schauplatz seiner späteren Gedichte waren. Hier gewinnt das Wort »Eindruck« seine ursprüngliche Bedeutung wieder.

Das Urbild der heimatlichen Landschaft und ihrer Menschen taucht gleich in jenen Gedichten, die am Anfang seines wesentlichen Schaffens stehen, auf und gibt seinem Werke bis zuletzt, selbst in den achtzehn Jahren der Verbannung, da er oft monatelang auf niemanden traf, der seine Sprache verstand, den Hintergrund. In großen Wanderungen, die er alljährlich in den Sommern der zwanziger Jahre unternahm, weitete sich das Bild, und Kramers Landschaft reichte zuletzt von den kalten Höhen des Waldviertels über die lehmigen Hügel des Weinlandes und die weiten Korn- und Rübenfelder des Marchfeldes – die Hauptstadt in ihren Außenbezirken streifend – über das Auland des Stromes bis an die seichten Ufer des Steppensees und die Riegel der Buckligen Welt.

In der Wiedergabe des Gesehenen und Erlebten aber sind Namen sehr selten. So erhebt sich die Aussage ins Typische, und es entsteht eine imaginäre Landkarte, in der immer wiederkehrende Örtlichkeiten ihren bestimmten Platz haben und im Mittelpunkt des Geschehens stehen: der Marktflecken mit dem breiten Einkehrgasthof, an dessen rauch- und weingebeizten Tischen die Roßkämme von ihren Fahrten ausruhen, die endlosen Felder des Gutshofes mit ihren Rübenzupfern und slowakischen Schnittern, das untere Dorf mit seinen armseligen Schenken und Läden, die Keuschen der Häusler, an den Rand des Ortes gedrängt oder in den lehmigen Leiten des Weinlandes vergraben, und immer wieder die Behausung des Ziegelbrenners, Beispiel und Sinnbild des Ausgestoßenen, der im Dorfe lebt und doch nicht zum Dorfe gehört, der nicht wie der Stromer in gewußtem und gewolltem Gegensatz zum schaffenden Bauern steht, sondern hart arbeitet wie dieser, und doch nicht in seine besitzstolze Gemeinschaft aufgenommen wird. Und wie in den ländlichen Bezirken ist es auch in der großen Stadt der dunkle Saum, der in Kramers Zeichnungen stärker hervortritt: die unfruchtbare Kraterlandschaft der Ziegelfelder, die bedrükkende Öde der Lagerplätze und Schutthalden, die armseligen Parzellen steinigen Schreberlandes, das sich rußbedeckt zwischen Bahndamm und Kanal schiebt, und »in den Zufahrtsstraßen zwischen den Fabriken« die trostlosen Bauten, in denen sich trostlose Schicksale vollenden.

Auf diese Grunderfahrungen setzt sich in seinem Schaffen wie in einer geologischen Formation Erlebnisschicht auf Erlebnisschicht ab, in Spuren auch dort zu erkennen, wo sie nicht gerade angeschnitten werden. Zuerst, noch in seine Schulzeit fallend, seine Beziehung zum Arbeitskreis »Anfang«, dem von Gustav Wyneken gegründeten Wiener Zweig der »Freideutschen Jugend«, dem unter anderem auch Paul Lazarsfeld sowie Gerhard und Hanns Eisler angehört haben. Die Aufbruchsstimmung der »jugendbewegten« Generation, ihr Streben nach neuen menschlichen Werten und Lebensformen finden sich in den Philosophemen seines Frühwerkes wieder. Das auch diesem Zweig der Jugendbewegung eigene, vom „Wandervogel“ herrührende Wandern in Gruppen wird noch lange danach (etwa im Gedicht »Die Laute«, 1942) als eine der Grundlagen für seine späteren ausgedehnten Wanderungen ausgewiesen.

Doch vorher kam der Krieg. Kaum dem Zwang der Schule, die ihm noch lange als »bösartig« in Erinnerung blieb, entronnen und in das militärpflichtige Alter gekommen (in Österreich maturierten damals die Realschüler mit 17 Jahren), wurde er im Herbst 1915 einberufen und erlitt schon im Juni darauf in Wolhynien eine schwere Verletzung, die seine Gesundheit für immer erschütterte. Nach seiner Ausheilung und einer kurzen Rekonvaleszenz bei Baubataillonen in den Karpaten ging es wieder hinaus, diesmal nach Italien, wo er den Krieg bis zum letzten Tag als Offizier mitmachte. Die Wirklichkeit dieser Jahre wurde ihm erst spät zum Wort. Wie bei seiner ganzen Generation mußte auch bei ihm ein volles Jahrzehnt vergehen, bevor er die bis dahin unausdenkbare Furchtbarkeit jener Zeit bewältigen konnte.

Vorerst aber, heimgekehrt nach drei Jahren verlorenen Lebens, gelang es ihm nicht recht, wieder in einer friedlichen Welt Fuß zu fassen. Vergeblich versuchte er, sein Studium fortzusetzen. Wie schon einmal zur Zeit seiner Rekonvaleszenz inskribierte er zwar bald an der Universität Wien Germanistik und Geschichte, wechselte aber dann schon nach zwei Semestern zu den staatswissenschaftlichen Disziplinen hinüber. Da seine Eltern nicht imstande waren, ihn im Strudel der Inflation ausreichend zu unterstützen, nahm er gleichzeitig einen Posten als Statistiker in einer halbamtlichen Getreideverkehrsstelle an, in der doppelten Absicht, Praxis zu gewinnen und seinen Unterhalt zu verdienen. Auf die Dauer ließen ihn jedoch seine Studien infolge ihrer Ziellosigkeit unbefriedigt, und er wandte der Universität den Rücken.

Ein neuer Brotberuf war rasch gefunden: Es zog ihn zum Buchhandel, wo er nun im Verlauf der Jahre die Anstellungen wechselte, stets vom Abbau und dem Zusammenbruch der Firmen bedroht, die das Ausmaß, zu dem sie in den hektischen Jahren der Geld- und Literaturinflation nach dem Krieg angewachsen waren, nicht halten konnten. Bei alledem war die Unruhe in seiner Seele geblieben. Es war eine Zeit des Grübelns und des unfruchtbaren Sich-hinein-Steigerns in eine Geisteshaltung, deren lyrische Früchte (er schrieb Gedichte seit seinem 14. Lebensjahr) er später verleugnete. Schon in einem Brief an

Georg von der Vring (1. X. 1930) nannte er die Schöpfungen dieser Jahre »ganz eigenbrötlerische Gedankenlyrik«, und in einer von ihm verfaßten Lebensskizze für den Schlesischen Rundfunk (4. VI. 1931) hieß es von ihnen, daß sie zwar »formal glatter« gewesen wären, aber »inhaltlich immer mehr einem wilden Individualismus zugekehrt, der mich fast zur Schizophrenie führte. Dann, plötzlich, vor nun vier Jahren, gelang das Unvermutete und ganz Einfache: ich schrieb nieder, was mir früher bloß Anlaß zum Schreiben und Ursache meiner Stimmungen gewesen war.«

Schon 1926 war es zu diesem Durchbruch gekommen, und im selben Jahr begannen auch jene Gedichte, die schon den unverkennbar Kramerschen Klang haben, in den Zeitungen zu erscheinen. Joseph Kalmer und Leo Perutz hatten ihn nach seinen eigenen Worten mit ihrem Rat und ihrer kameradschaftlichen Hilfe den Weg zu sich selbst und auch den in die Öffentlichkeit finden lassen. Trotzdem gelang es ihm nicht, bei österreichischen Verlegern mit einem Band dieser Gedichte unterzukommen, die so österreichisch waren, daß der Frankfurter Verlag Rütten & Loening, der sich schon 1927 für sie interessierte und sie schließlich druckte, es für notwendig fand, seiner Publikation, der »Gaunerzinke«, ein Glossar anzuschließen, was bis zuletzt bei Kramerbänden die Übung blieb.

Dieser schmale Band aber machte den Namen Kramers über Nacht bekannt. Ernst Lissauer, damals maßgebend in der ernsten Literaturkritik, widmete ihm, dem Unbekannten, einen langen Artikel in der Berliner »Literatur«. Richard Schaukal und Georg von der Vring nahmen das Lob auf, und noch in der Druckerpresse erhielt das Bändchen den Preis der Stadt Wien für Lyrik. Besprechung auf Besprechung folgte und stellte freudig die Abkehr von den ausgefahrenen Geleisen der Lyrik fest.

Und Kramers Gedichte waren tatsächlich ein Ereignis. Die Welle des persönlichkeitstrunkenen Expressionismus, die nach dem Kriege über die nervösen Stimmungen des Impressionismus und die preziösen Gebilde der Neuromantik hinweggebraust war, war verebbt in den Rinnsalen der kleinen Talente. Doch der expressionistische Abscheu vor der Zivilisation war geblieben, und dem Rufe »Zerstöret die Stadt!« folgte die Suche nach dem Ausweg aus ihrem Dunstkreis. Wieder einmal glaubte man, das natürliche Leben auf dem Lande zu finden, und vieles nannte sich »Heimatkunst«, was vom Bauern nur das Kostüm borgte.

Kramer brauchte nicht nach dem Lande zu suchen, er kam von dort, und was er gab, war die Wirklichkeit und kein Wunschbild: nicht ländlichen Frieden und falsche Biederkeit, sondern die herbe Ursprünglichkeit der Landschaft und die lebendige Kraft und das lebendige Leid des dörflichen Daseins. Neu war die Perspektive, aus der er das Dorf, das dem oberflächlichen Städter als eine soziale Einheit erscheint, zeigte, aus dem Blickwinkel der Besitzlosen und Unbehausten, und echt war der Schauplatz bis in die Wahl der Worte hinein. Dieser Mut zu kompromißloser Echtheit unterscheidet ihn von allen jenen Lyrikern, deren Namen gerne zusammen mit dem seinen genannt werden: Billinger beschwört eine bäuerliche Welt, in der hinter Kerzenflackern und Weihrauchwolken ein mythisches Heidentum sichtbar wird, das seinen Kampf gegen das Christentum noch nicht verloren gab, Waldinger bleibt, bei naher stofflicher Verwandtschaft, akademisch kühl, und Weinheber hält sich zu sehr an das überkommene Bild des Bauern, des Bauern aus dem Bauernkalender, um zur Wahrheit durchstoßen zu können.

Kramers Werk beruht nirgends auf Spekulation. Er nennt die Dinge bei ihren Namen, deckt sie nicht mit eigenen Metaphern zu, und läßt sie damit unmittelbar vor uns erstehen. Schon in diesem ersten Band ist die Gewalt dieser Unmittelbarkeit so groß, daß es noch bis in die jüngste Zeit geschehen konnte, daß Verfasser von Abhandlungen über Kramer und sein Werk zu dem Glauben gekommen sind, er habe alle die Berufe, von denen er in der »Gaunerzinke« spricht, selbst ausgeübt.

Man hat versucht, die eindringliche Schärfe seiner Wiedergabe aus dem vom Vater ererbten klinischen Blick oder aus der notwendigen Genauigkeit des Statistikers zu erklären, aber derartige Erklärungen können nichts beweisen, sondern zeigen nur das ratlose Staunen, mit dem man plötzlich vor dem Phänomen einer Sprache stand, die ihre Kraft nicht aus den epigonalen Speichern nahm. Als Kramer vor die Öffentlichkeit trat, war er schon in weitem Maße ein Eigener. Nur die Schatten zweier Großer lagen noch eine Zeitlang auf seinen Worten: der Bert

Brechts in der balladenhaft wuchtigen Gestaltung von Schicksalen, die Kramer kurzen Zeitungsnotizen entnahm und die er ursprünglich in einem Band sammeln wollte, und der Georg Trakls in der monumentalen Einfachheit der Satzfügungen und in der Intensität der Farben.

Gerne teilte man ihn der »Neuen Sachlichkeit« zu, aber ihm ist die Sachlichkeit nicht Zweck, sondern Mittel. Indem er nur den Eindruck der Dinge und Menschen auf sich getreu wiedergibt, ohne eigene Überlegungen oder Gefühlsassoziationen daran zu schließen, stellt er uns selbst dieser Wirklichkeit gegenüber. Die Unmittelbarkeit wird dadurch erreicht, daß sich der Dichter als Medium ausschaltet. Ohne eigentliches Vorbild hat Kramer darin mit Ausnahme des Kärntners Guido Zernatto, den er selbst in Wien als Lyriker einführte, und einiger später Gedichte des Arbeiterdichters Fritz Brainin auch keine Nachfolge.

Nach diesem ersten literarischen Erfolg stieg sein Anwert bei Zeitungen und Zeitschriften derart, daß er es versuchen konnte, von dem Vertrieb seiner Gedichte zu leben, als er infolge langwierigen Kränkelns auch den letzten Posten verloren hatte. Und es schien ihm auch anfangs zu gelingen: Von Bern bis Königsberg, von Wien bis Hamburg erschienen nun Woche für Woche in Zeitungen und Zeitschriften seine Gedichte. Wien, Berlin und Prag waren die Schwerpunkte. Allein in Prag druckten ihn gleichzeitig drei große deutschsprachige Zeitungen, und in Wien und Berlin geht die Zahl der Publikationen, in die seine Gedichte zum Teil regelmäßig aufgenommen wurden, in die Dutzende. Es war die Zeit der dicken Sonntagsbeilagen und der täglichen Gedichtspalten, und obwohl Kramer selbst in seinen Briefen immer wieder darüber klagte, daß wenig Möglichkeit bestünde, Gedichte unterzubringen, muß sie unseren zeitgenössischen Lyrikern doch wie das Goldene Zeitalter vorkommen. Die Erträgnisse dieses Versandes waren jedoch gering im Vergleich zu denen aus Rundfunksendungen, denn die Gedichte Kramers wurden von vielen großen deutschsprachigen Stationen häufig gesendet.

Jetzt erschienen auch unter dem Titel »Wir lagen in Wolhynien im Morast . . .« seine Kriegsgedichte. Spät erst hatte sich verjährtes Leid gelöst. In Inge Halberstam, der das Buch gewidmet ist und die dann seine Frau wurde, hatte er einen Menschen gefunden, dessen verstehende Gegenwart die Erinnerungen in ihm hob und stillte. So wurde der Alltag des Krieges, wie ihn der Soldat der Massenheere erlebte, in prosahaften Langzeilen wieder lebendig. Ohne Romantik, ohne Begeisterung; das Geschehen als Geschick. Erwin H. Rainalter stellte den Wolhynienband neben Remarques »Im Westen nichts Neues«.

Kramers Themenkreis hatte sich in dieser Zeit auch nach anderen Richtungen hin erweitert: »... das Innenleben auch des modernen, des Großstadtmenschen, wurde mir zugänglich, ja nach Jahren und über objektive Kunst hin komme ich wieder zu ganz persönlichen Gedichten« heißt es darüber in der Lebensskizze für den Schlesischen Rundfunk. Es sind dies jene Gedichte, von denen er an Georg von der Vring (14. IV. 1932) schreibt, sie seien »fast persönliche von allgemeiner Gültigkeit, Zwischentöne, kleine Situationen, Innigkeit bei aller alten Sparsamkeit kennzeichnet sie«, und die dann nach Jahren in dem Band »Mit der Ziehharmonika« gesammelt erschienen. Ihr inneres Gesetz offenbart sich uns in den einfachen Worten des alten Mannes in dem Gedicht »Pfingsten für zwei alte Leute«:

»Gewaltig, Alte, glaub mir, ist das Leben
in allem, wenn wir es nur richtig tun,
wenn wir dabei sind, wie wir uns erheben,
und ganz dabei, wenn wir ein wenig ruhn.«

Es ist dieselbe Intensität, mit der der Dichter die Welt erlebt und die er auch uns mit seiner unmittelbaren Darstellung miterleben läßt. Seine Gestalten sind von der Großstadt ergriffen worden, aber sie blieben Menschen, die sich der Vorgänge ihres kleinen Lebens überscharf bewußt sind, mit einer Kraft, die nie zur Saftigkeit wird, und einer Sinnlichkeit, die nie ins Zotige schlägt. Die Großstadtmenschen Erich Kästners sind ihr Gegenpol: Ergebnisse, Produkte der Großstadt, gesichtslos, mechanisch handelnd.

Durch diese Gedichte und die Kriegsgedichte stieg die Zahl der Zeitungsdrucke noch einmal an, aber der Höhepunkt war schon erreicht, und mit dem Jahre 1933 begannen die Veröffentlichungsmöglichkeiten rasch zusammenzuschmelzen. Zuerst fielen die Zeitungen und Zeitschriften im Deutschen Reich, das zum Dritten Reich geworden war, aus, dann wurde als Folge der Februarkämpfe 1934 die Wiener »Arbeiter-Zeitung«, die seit Jahren vor allem seine soziale Großstadtdichtung, insgesamt fünfundachtzig Gedichte, gebracht hatte, eingestellt. Der Versuch als freier Schriftsteller zu leben, war aus Gründen, die weit außerhalb von Kramers Einflußmöglichkeiten lagen, gescheitert.

Die Zerstörung der Demokratie hatte begonnen, und Kramer, dessen Gedichte bis dahin noch niemals direktes politisches Engagement gezeigt hatten, empfand dies als eine Herausforderung, der man sich stellen mußte. Er reagierte rasch: Schon am 2. April 1933 erschien ein Gedicht mit dem Titel »Brief aus der Schutzhaft«, dem am 9. April und am 11. Mai weitere mit den Titeln »Im Konzentrationslager« und »Im Arbeitslager« folgten, alle in der »Arbeiter-Zeitung«, gedruckt, die schon am 6. Mai seinen Brief an die Berliner »Literarische Welt« gebracht hatte, in dem er gegen den Druck seines Gedichtes »Maifeuer« am 21. April 1933 protestierte und die Druckerlaubnis für weitere etwa noch vorliegende Gedichte zurückzog, denn es habe seine »Gesinnung sich nicht geändert«. Daß er nun eher bereit war, wenn auch in seiner Sphäre, politische Verantwortung zu tragen, zeigt eine der letzten der damals erschienenen Nummern der »Arbeiter-Zeitung«, die vom 10. Februar 1934, in der bekanntgegeben wurde, daß Theodor Kramer am 4. Februar zum Obmann-Stellvertreter der »Vereinigung Sozialistischer Schriftsteller« gewählt worden war. Doch da war die Uhr bereits abgelaufen.

Nun, da rund um ihn die Not der Arbeitslosigkeit von Monat zu Monat härter wurde – und sich getreulich in seinen Gedichten spiegelte –, war es für einen kränkelnden Menschen wie Kramer völlig ausgeschlossen, wieder zu einer einträglichen Stelle zu gelangen, dazu noch zu einer, die ihm für seine »schöpferische Tätigkeit Zeit und Initiative genug übrig läßt«, wie er es sich schon in einer erfolglosen Bewerbung beim Ullstein-Verlag 1930 ein wenig naiv ausbedungen hatte. Und diese Tätigkeit brauchte tatsächlich viel Zeit, denn Kramer war, was sein dichterisches Werk betraf, ein eifriger und beharrlicher Arbeiter. In einem Aufsatz, der unter dem Titel »Kalkulation eines Lyrikers« bereits zu Weihnachten 1931 im »Berliner Tageblatt« als Antwort auf eine Rundfrage erschienen war, schreibt er darüber: »Das lyrische Schaffen allein nimmt mir zwei bis vier Stunden im Tag. Ich arbeite nämlich – mit Ausnahme von Sonntagen, Urlaub und Krankheit – täglich. Dies mag merkwürdig erscheinen, doch ist es so; vielleicht brauche ich diese Tätigkeit, wie sie Pianisten, Artisten, Tennisspieler auf ihrem Gebiete brauchen.« So entstanden zahlreiche Gedichte, Variationen über gleiche Themen, oft nur als Fingerübungen von sehr verschiedenem Wert. Und doch sollte man über die kollektivvertragsmäßige Auffassung vom Dichten mit freiem Sonntag nicht lächeln, denn sie zeigt nur, wie sehr ihm das Dichten Lebensmittelpunkt war. Alle seine Berufe, so ernst er sie nach Berichten von Mitarbeitern auch nahm, waren ihm nur Beschäftigungen, Leistung und Berufung war ihm stets nur die Dichtung. Nichts als sie schien ihm bis zuletzt wichtig, und das anspruchslose Leben ohne bürgerlich-beruflichen Aufstieg oder Erfolg war ihm nur eine Hülle. In diesem Leben, dessen einziges Ereignis die Dichtung bildete, kamen auch die großen Veränderungen und Einschnitte von außen.

Hatte schon der Erste Weltkrieg hart in sein Leben eingegriffen, indem er seine Gesundheit zerrüttete und ihn aus seiner Ausbildung riß, so sollte jetzt der zweite scharfe Einschnitt kommen, folgenreicher als der erste. Kaum hatte Kramer mit vieler Mühe und auf viel kleinerer Grundlage als zuvor neue Verbindungen zu Zeitungen und Zeitschriften angeknüpft, um seinen Freunden und Verehrern, die ihn in dieser Notzeit bereitwillig unterstützten, weniger zur Last zu fallen und seinem Wort wieder eine Heimstatt zu schaffen, kaum hatte er die Ernte seiner neuen Gedichte in einem weiteren Band (»Mit der Ziehharmonika«), der im Gegensatz zu den Zeitungsdrucken ihr Weiterleben allein gewährleistete, untergebracht, als Hitler im März 1938 in Österreich einmarschierte. Nun wurde, längst vergessen, der jüdische Geburtsschein wieder von Bedeutung und was ein Schicksal unter vielen war, die Arbeitslosigkeit, zum Gebot. Ohne die Möglichkeit, etwas zu veröffentlichen, beschäftigungslos in mit Menschen und Möbeln vollgestopften Wohnungen dahinvegetierend, täglich seine Verhaftung und Verschleppung vor Augen, blieb er, weil er das Land, aus dem er mit allen Fasern lebte und in dem ihm die neuen Machthaber das Heimatrecht absprachen, nicht lassen wollte, denn um zu gehen, müßte er »mit dem eignen Messer seine Wurzeln aus der Erde drehn«. Der Widerstreit zwischen diesem Bewußtsein und einem immer stärker anwachsenden Gefühl der Trost- und Aussichtslosigkeit steigerte sich so lange, bis er in einem Selbstmordversuch im August 1938 gipfelte.

Zuvor noch hatte er sich mit der Niederschrift von Gedichten sein Lebensrecht beweisen wollen, von denen eine Auswahl unter dem Titel »Wien 1938« als dünnes Bändchen bald nach dem Zweiten Weltkrieg erschien. Diesmal verarbeitete er seine Erlebnisse zum Unterschied von denen seiner Kriegsdienstzeit sehr schnell, aber die Gedichte sind wie die des Wolhynienbandes ohne Pathos und wenig heldenhaft, ja stellenweise in der Kleinlichkeit der Auffassung seiner neuen Lebensumstände (er klagt, daß er sich nun selbst die Schuhe putzen müsse) sogar peinlich, aber gerade darum wieder echt und in ihrer Wahrhaftigkeit ein »document humain« für den Verfall der Persönlichkeit in der Diktatur.

Immerhin hatte Kramers Schritt an den äußersten Rand seine Umkehr bewirkt. Von nun an versuchte er, das Land so rasch wie möglich zu verlassen, denn er fühlte, es ging um sein Leben. Aber nun türmte sich Hindernis auf Hindernis. Wo immer er hingelangen wollte, nach England, in die Schweiz, in die Vereinigten Staaten, ja sogar auf den Posten eines Direktors der Universitätsbibliothek von Ciudad Trujillo in der Dominikanischen Republik, immer schlugen die Bemühungen von Freunden und Verwandten, ihm dies zu ermöglichen, fehl. Nur seiner Frau gelang im Februar 1939 die Ausreise nach England. Erst im letzten Augenblick, knapp einen Monat vor Beginn des Zweiten Weltkriegs, konnte er, unter anderem dank einer kräftigen Intervention von Thomas Mann, ihr dorthin nachfolgen.

Für Kramer war diese Zeit qualvoll, doch wir verdanken den damals verfaßten unterstützenden Briefen eine Dokumentation der Wertschätzung, die Kramer und sein Werk bei namhaften Autoren seiner Zeit genossen haben: Sie reichen von der Wertung Thomas Manns, der Kramer »als einen der größten Dichter der jüngeren Generation« bezeichnet, über die Feststellung Franz Werfels, Kramer sei »eine ganz große Seltenheit in unsrer Zeit, ein wirklicher, echter Dichter von ganz außerordentlichen Gnaden und Gaben« bis zu dem Statement Stefan Zweigs,

»seine Versbücher gehören längst zum unzerstörbaren Bestand deutscher Lyrik, und es ist keiner unter uns, der für Theodor Kramer nicht die äußerste Bewunderung hätte«.

Doch in England erwarteten den Gerühmten und Geretteten armselige Lebensumstände: eine Stellung als Diener in größerem Haushalt und die Almosen verschiedener Hilfsorganisationen.

Im Mai 1940 wurde er sogar infolge des deutschen Vormarsches in Frankreich zusammen mit allen anderen aus dem damaligen deutschen Staatsgebiet stammenden Flüchtlingen auf der Insel Man interniert und dort bis Januar 1941 festgehalten. Erträglicher wurde seine Lage erst, als es englischen Freunden gelang, ihm im Januar 1943 die Stelle eines Bibliothekars am County Technical College in Guildford zu verschaffen. Nun strömte wieder Gedicht auf Gedicht aus ihm. Vor allem sind es nun englische Motive, das Flüchtlingsleben, das Internierungslager und, seine österreichischen Erfahrungen gleichsam uminstrumentierend, die Trostlosigkeit der englischen Industrielandschaft, des »Black Country«, die den Inhalt dieser Strophen bilden.

Ein weniges davon konnte mit Hilfe des Austrian P.E.N. Centre als schmales Bändchen unter dem Titel »Verbannt aus Österreich« 1943 in London erscheinen, anderes fand sporadisch seinen Weg in die Spalten der Londoner und New Yorker Emigrationspresse. In steter Verbindung mit den Londoner Büros der österreichischen Emigration, immer wieder ihre Kongresse und Veranstaltungen besuchend und doch durch die Abgeschiedenheit seines Wohn- und Arbeitsortes räumlich von ihnen getrennt, erlebte Kramer gleichsam ein Exil im Exil. Die Sehnsucht nach seiner österreichischen Heimat stieg, und ihre wachsende Intensität schärfte seinen Blick für den politischen Weg, auf dem sie wiederzugewinnen sei. Aus dieser Zeit stammen jene Gedichte, die den europäischen Widerstand gegen Hitler zum Thema haben. Sie wurden später unter dem Titel »Die Grünen Kader« mit »Wien 1938« zu einem Band vereinigt.

Doch trotz aller Sehnsucht blieb er auch nach 1945 in seiner College-Library. Der Versuch, nach Österreich zurückzukehren, konnte in den ersten Nachkriegsjahren nicht verwirklicht werden und wurde dann bald aufgegeben. Der unausgesetzt kränkelnde, sonderlinghaft zurückgezogen lebende Mann fürchtete die Ungewißheit eines neuen Beginnens im viergeteilten Lande, und ein an ihm immer wieder zu bemerkender Beharrungsdrang ließ ihn manche damals gebotene Möglichkeit ängstlich versäumen.

Wenn österreichische Zeitungen und Zeitschriften auch gleich nach Kriegsende, sobald überhaupt nur eine Verbindung mit England möglich war, Kramergedichte brachten, um die Stimme, die vor sieben Jahren verstummt war, wieder ertönen zu lassen, wenn Edwin Rollett in einem Vortrag vor dem Schriftsteller- und Journalistenverband, in dem er den Bestand der zeitgenössischen österreichischen Literatur aufnahm, Kramer als den »seit Rilke größten und eigenartigsten Lyriker, den Österreich hervorgebracht hat« feierte, so erreichte doch das Interesse an Kramers Schaffen schon im Jahre 1946 mit der Veröffentlichung zweier Bändchen, des bereits genannten »Wien 1938« und der »Unteren Schenke«, die neue Dorf- und Stadtrandgedichte enthält, seinen Höhepunkt und zugleich sein Ende. Die Stärke seiner Popularität zwischen 1929 und 1933 sollte Kramer nie mehr erreichen.

Ohne den belebenden Widerhall in der Heimat zog sich der Dichter immer mehr in sich zurück, vergrub sich in seinem Untermieterzimmer in Guildford, fast aufgezehrt von der Arbeit in der Bibliothek und doch unaufhörlich Gedicht auf Gedicht schreibend, in einer Sprache, die in seiner Umgebung außer den deutschlernenden Schülern des Colleges niemand verstand. Nur in einem ins Ungeheure anwachsenden Briefwechsel hielt er die letzte Verbindung mit dem Heimatlaut aufrecht.

Neue Gestalten traten in seinen Gedichten auf, sonderlinghaft verschroben, mit allen Ängsten des Alters, vergeblich Anschluß suchend, verkrüppelt, körperlich und seelisch gebrochen. Und wie in der lebendigen Welt faszinierten ihn Verwesung und Verfall auch an den Dingen. In dem Streben, die Einsamkeit zu durchbrechen, in der Suche nach einer Beziehung der Menschen zueinander entdeckte er das Alleinsein auf beiden Seiten, und beim Versuch, dies durch die Darstellung beider Standpunkte sichtbar zu machen, entstanden daraus wie von selbst die Seriengedichte, von denen eines der schönsten »Die Heimkehr des Burgenländers« in der »Unteren Schenke« ist. Auch in dem ungedruckten Bändchen »Der Mitwisser« befinden sich einige solche Serien. Daneben formten sich nun im Alter schmerzhaft bittere Erfahrungen zu didaktischen Gedichten. Immer neue stoffliche Provinzen wollte er erobern, und wie es bei raschen Eroberungen geht, wurden Punkte erreicht, Grenzen gezogen, aber viel Unbewältigtes blieb zurück. Rastlos entstanden diese Gedichte, skizzierend, variierend, alte Themen wieder aufnehmend, ausgeworfen von einem unbändigen Schaffensdrang; ungefeilt und ungeordnet blieben sie liegen. Und die Unmöglichkeit, den Ertrag dieser außergewöhnlichen Fruchtbarkeit zu sichten und zu feilen, bedrückte den Dichter immer mehr. Er war im Teufelskreis seines Schaffens gefangen und resignierend schloß er noch nach seiner Heimkehr einen seiner letzten Briefe an eine englische Freundin (6. März 1958): »Ich glaub nicht, daß ich jemals schreiben werde, aber es wäre schon sehr viel, was zu ordnen. Es ist nämlich nicht allein was getan damit, daß man was geschrieben hat, wenn es begraben ist unter anderen, das hab ich nicht erkannt.«

Seine Heimkehr, die seinem Leben noch einmal eine Wende geben sollte, war wieder die Frucht eines Eingriffes von außen, wenn auch diesmal in guter Absicht. Um den Dichter war es nach den beiden Veröffentlichungen von 1946 in der Heimat wieder still geworden. Abgesehen von spärlichen Zeitungsdrucken waren es nur die wenigen in den Antiquariaten noch erreichbaren Bände, die ihn alten Freunden lieb erhalten und ihm neue werben konnten. So gelangte auch Michael Guttenbrunner, selbst ein Lyriker von Eigenart, zu diesen Gedichten, die so ganz anders waren als seine eigenen. Bald trat er mit Kramer in briefliche Verbindung, und seinem Streben war es zu verdanken, daß nach langen Jahren wiederum ein Band mit Kramergedichten erscheinen konnte. Der Auswahlband »Vom schwarzen Wein« (1956) sollte Gedichte aus den vergriffenen Bänden retten und einer neuen Generation, der sie durch die lange Zeit des erzwungenen Schweigens unbekannt waren, zusammen mit solchen aus den beiden schon druckfertig vorliegenden Manuskripten »Lob der Verzweiflung« und »Der Mitwisser« darbieten.

Wenn es auch nicht gelang, für diese beiden oder für die vergriffenen Bände Verleger zu finden und so Kramers dringendsten Wunsch nach einer Veröffentlichung und Bewahrung seines Werkes zu erfüllen, so wurden doch jetzt offizielle Stellen in Österreich auf die Lage des Menschen Kramer aufmerksam, der, alt geworden, mit einem geringen Gehalt ohne Aussicht auf Versorgung seine Tage verbrachte. Ein Preis der Theodor-Körner-Stiftung half ihm noch in England. Die Bemühungen guter Freunde, das Zusammenwirken der Bundesministerien für Äußeres und für Unterricht in Österreich sowie eine Ehrenpension des österreichischen Bundespräsidenten ermöglichten es dem Dichter, im September 1957 in die Heimat zurückzukehren.

Aber er kam als kranker Mann, fast nur, um hier zu sterben. Eine tiefe Niedergeschlagenheit erfüllte ihn; er konnte keine Wurzeln mehr fassen. Noch einmal sah er, wie er es so oft im fernen Exil erträumt hatte, die Stätten seiner Jugend, sie nicht mehr auf weiten Wegen erwandernd, sondern hingeleitet von den Fahrzeugen bereitwilliger Begleiter. So besuchte er im Wagen des Herausgebers noch einmal seinen Geburtsort und sah den Staub der Zeit auf der Erinnerung liegen, so fuhr er, diesmal im Wagen seiner Freunde, ins Burgenland. Aber die von Autos verstellten Straßen der Freistadt am See, die er in ihrer Stille vor Jahrzehnten so oft erwandert hatte, und die giftigen Paletten der Jukeboxes in den Schenken schreckten ihn ebenso wie die ihm unheimlich dünkende Säule des Ringturms unweit seines Quartiers, und verzweifelt klagt er im Kehrreim eines seiner letzten Gedichte: »Erst in der Heimat bin ich ewig fremd.«

Noch erfuhr er von der Absicht der Stadt Wien, ihm den Literaturpreis für das Jahr 1958 zu verleihen, da erlitt er am 28. März 1958 einen Gehirnschlag, in dessen Folge er am Morgen des 3. April im Wiener Wilhelminenspital starb. Der Literaturpreis wurde bereits einem Toten verliehen.

Zurück blieb ein ungeordnetes Werk von ungeheurem Ausmaß, das zu sichten und zu publizieren Kramer den Herausgeber beauftragt hat. Doch mit dem Nachlaß schien auch sein Schicksal vererbt worden zu sein. Zwar konnte der Herausgeber neben gelegentlichen Veröffentlichungen von Gedichten in

Zeitungen und Zeitschriften kleinere Auswahlbände wie »Einer bezeugt es . . .« und »Orgel aus Staub« zusammenstellen, das fertiggestellte Manuskript von »Lob der Verzweiflung« in den Druck bringen und seine Zustimmung zur Publikation zweier schmaler Auswahlbände in der DDR geben, aber ein Vierteljahrhundert lang lebte er in seinen Bemühungen um das Werk die Erfahrungen Kramers nach: Versprechungen erwiesen sich als trügerisch, Verträge wurden nicht eingehalten, Verlage wechselten mit den Besitzern ihre Richtung und damit ihre Intentionen. Daß immer wieder einzelne, von der Gewalt seiner Worte ergriffen, laut für Kramer eintraten, gab Mut, aber im ganzen blieb sein Werk von den Schöpfungen modischer Größen verdeckt.

Doch nun mehren sich die Zeichen, daß Kramers Wort, Jahrzehnte überspringend, eine neue Generation erreicht hat. Eine steigende Zahl von Vertonungen, eine Gedenkausstellung anläßlich der 25. Wiederkehr des Todestages, zusammengestellt von Konstantin Kaiser und seiner Gruppe und zuerst im Dokumentationsarchiv des österreichischen Widerstandes präsentiert, die wachsende Bereitschaft der Wissenschaft, sich Kramers Schaffen und Werden zuzuwenden, all das zusammen mit der Gelegenheit, durch diese Ausgabe den wesentlichen Teil seines Werkes zu bergen und zu den Menschen zu bringen, gibt zu der Hoffnung Anlaß, daß nunmehr die Zeit gekommen ist, da Kramers Gedichte, in denen die soziale Lyrik in Österreich ihren bisherigen Höhepunkt erreicht hat, den ihnen gebührenden Platz in der Literaturgeschichte und in den Herzen der Menschen einnehmen werden.

Erwin Chvojka

Inhaltsverzeichnis

Vorwort von Bruno Kreisky 5
Einleitung von Erwin Chvojka 7

DIE GAUNERZINKE (1929) 39

I.
März 41
Es ist noch nichts braun außer Stoppel und Krume 42
Auf Stör (12. 4. 1927) 43
Korn im Marchfeld (19. 4. 1928) 44
Traubenjahr (23. 6. 1927) 45
Im Lößland (15. 11. 1927) 46
Vagabund (Erstdruck: »Wiener Allg. Ztg.«, 15. 6. 1927) 47
Feierabend (Erstdruck: »Die Bühne«, 23. 6. 1927) 49
Letzte Wanderschaft (13. 7. 1927) 50
Im Burgenland (Erstdruck: »Simplizissimus«, 31. 10. 1927) 51
Steinbrecher (25. 6. 1927) 52
Die letzte Straße (2. 3. 1928) 53

II.
Die Gaunerzinke
(Erstdruck: »Berliner Tageblatt«, 4. 6. 1927) 54
Wenn ein Pfründner einmal Wein will
(Erstdruck: »Vossische Zeitung«, 11. 9. 1927) 55
Herr Polier! (15. 6. 1927) 56
Abendmahl (2. 12. 1926) 57
Das Bett (7. 4. 1927) 58
Der Taglöhner (Erstdruck: »Arbeiter-Zeitung«, 27. 2. 1927) . . . 59
Gemeindekind 60
Donauschiffer (Erstdruck: »Abend«, 19. 11. 1927) 61
Der Wagner 62
Der Besuch 63
Der Schusterkneip (9. 4. 1927) 64
Haue, Grabscheit, Krampen
(Erstdruck: »Arbeiter-Zeitung«, 7. 8. 1927) 65
Der Halter (21. 1. 1927) 66
Der Zimmermaler (24. 6. 1927) 67
Der Bäckerbub (14. 5. 1927) 68

Das Kartenspiel (16. 6. 1927) 69
Der Bettgeher
(Erstdruck: »Bettauers Wochenschrift«, 20. 2. 1927) 70
Stundenlied (19. 5. 1927) 71

III.
Die zwei Gehetzten (16. 5. 1927) 72
Die Rente (19. 6. 1927) 73
Bericht vom Zimmerhändler Elias Spatz (1. 5. 1927) 75
Der Weinhändler (14. 2. 1928) 76
Der Zehnte (Erstdruck: »Abend«, 15. 10. 1927) 77
Der Heimgekehrte (Erstdruck: »Abend«, 18. 6. 1927) 79

KALENDARIUM (1930) 81

Vom großen Frost vor Rust anno 1929 (26. 2. 1929) 83
Tauzeit im Winter (21. 6. 1928) 84
Saatwind (8. 1. 1929) 85
Land unter Wasser (10. 5. 1930) 86
Schütteres Land (27. 2. 1929) 86
Maifeuer (8. 4. 1929) 87
Helle Zeit (17. 3. 1928) 88
Schatten im Sommer (6. 5. 1928) 89
Zur Erntezeit (17. 1. 1930) 90
Nach der Kirchweih (19. 7. 1929) 91
Treibjagd (12. 9. 1928) 92
Nun bleiben nur wenige Tage dem Rasen . . . (3. 8. 1928) 93
November (6. 2. 1930) 94
Winter im Winter (19. 10. 1928) 94

WIR LAGEN IN WOLHYNIEN IM MORAST . . . (1931) 95

Gedenkst du noch . . . (8. 3. 1930) 97

Erster Teil
Im Übungslager (14. 1. 1930) 98
Der Urlaubstag (6. 2. 1931) 99
Wir lagen schweigsam auf den kühlen Fliesen . . . (18. 9. 1930) . . 100
Im Viehwaggon, vermacht mit starken Stangen . . . (9. 1. 1930) . . 101
Im großen Flachland, schwarz durchsetzt von Föhren . . .
(15. 6. 1929) 102
Marsch in Wolhynien (29. 7. 1929) 103
Wir lagen in Reserve vor den Föhren . . . (26. 9. 1930) 104

Die erste Verwundung (2. 12. 1929) 105
Die ersten Unterstände (1. 8. 1929) 106
Wir lagen in geräumiger Kaverne . . . (8. 9. 1929) 107
Zerstörtes Land (13. 12. 1929) 108
März im Graben (31. 10. 1929) 109
Der erste Rasttag (6. 12. 1929) 110
Wir lagen in Wolhynien im Morast . . . (16. 7. 1929) 111
Wir lagen, um das Vorfeld zu erkunden . . . (15. 9. 1930) 112
Durchbruch (6. 9. 1929) 113
Flucht (30. 7. 1929) 114
Auf Genesung (1. 12. 1930) 115
In Szatmar (24. 2. 1930) 116
Auf Vormarsch (20. 7. 1929) 117
Die Reisigstraße (5. 12. 1929) 118
Wir irrten, von der Front zurückgenommen . . . (18. 11. 1929) . . . 119
Wir lagen in verschneiter Bergesenge . . . (24. 11. 1929) 120
Das Reisighäcksel (18. 4. 1931) 121
Die Wildbachstraße (29. 12. 1929) 122
Die Wölfe (13. 4. 1931) 123
Wir dösten auf den Pritschen der Baracken . . . (24. 1. 1930) 124
Mit der Lastkolonne (18. 1. 1930) 125
Es war ein schmaler Hof, in dem wir lagen . . . (21. 2. 1930) 126
Die Kellerschenke (21. 1. 1930) 127
Auf Sammeltransport (7. 8. 1929) 128
Zur Truppe (1. 10. 1929) 129
In der Pinien-Ebene (10. 12. 1929) 130
Gewehre im Rauch (23. 3. 1930) 131
Rückzug über den Plöcken (3. 7. 1929) 132
Der Marsch (14. 9. 1929) 133

Zweiter Teil

Nacht im Lager (19. 5. 1928) 134
Der Muskatenbaum (26. 6. 1929) 135
Die Pferde von Dellach (28. 6. 1928) 136
Die Abrüstung (6. 7. 1929) 137
Der Maler (17. 2. 1929) 138
Der Kriegsgefangene (7. 6. 1928) 139
Die Siedler (5. 4. 1928) 140
Auf der Kopfschußstation (15. 7. 1929) 141
Der Verschüttete (26. 9. 1929) 142
Der Dornenwald (18.11. 1930) 143

MIT DER ZIEHHARMONIKA (1936) 145

Mit Lattich und Mohn
Von den ersten Fahrrädern im Marchfeld (9. 11. 1929) 147
Das Märzensterben (29. 8. 1931) 148
Zur Rutenzeit (27. 3. 1934) 149
Der Gendarm (20. 12. 1927) 150
Das Grundbuch von Sankt Margarethen (22. 4. 1934) 151
Wann im Kalkofen Samstag die Röstglut erlischt (25. 11. 1928) . . 152
Kalkbrenners Schlaflied (6. 7. 1934) 153
Nächsten Sonntag (15. 5. 1935) 154
Slowakische Schnitter (7. 5. 1934) 155
Der Neue (2. 1. 1931) 157
Nostrano (7. 10. 1934) 158
Die Kantine (17. 1. 1931) 159
Wenn im Werk zwei sich gut sind . . . (25. 11. 1929) 160
Wo es Höfe und Einleger gibt . . . (3. 6. 1929) 161
Das Leintuch (12. 12. 1934) 162
Der böhmische Knecht (6. 10. 1927) 163
Die Aasgräber (26. 4. 1930) 164
Die Hand (10. 2. 1934) 166
Das Haus (28. 11. 1929) 167
Gebrüder Beer (13. 11. 1928) 168
Beerenlese (9. 12. 1928) 170
Die Weinmagd (13. 10. 1932) 171
Magd und Knecht (28. 7. 1935) 172
Lied der Rübenzupfer (16. 10. 1935) 173
Die törichte Magd (17. 10. 1928) 175
Die Rohrschneider (18. 2. 1930) 176
Waldviertler Winter (8. 2. 1932) 177
Mit Lattich und Mohn (9. 8. 1935) 178

In den Zufahrtsstraßen
Vor vierzig Jahren (18. 8. 1932) 179
Der alte Gärtner (9. 2. 1935) 180
Wir alten Leute (27. 4. 1932) 181
Der gute Anzug (4. 5. 1932) 182
Altes Paar im Prater (21. 4. 1935) 183
Pfingsten für zwei alte Leute (12. 5. 1931) 184
Heut wird ein schöner Tag . . . (29. 1. 1934) 185
Alter Mann am Kanal
(Erstdruck: »Neues Wr. Tagblatt«, 25. 6. 1935) 186
Unsere Stunde (Erstdruck: »Wiener Magazin«, Mai 1934) 187

Schienenarbeit bei Nacht (29. 4. 1931) 188
Bange Stunde (20. 6. 1932) 189
Nach dem Nachtcafé (5. 6. 1931) 190
Die Orgel aus Staub (21. 6. 1935) 191
Der reiche Sommer (12. 4. 1930) 192
Einem jungen Freund (30. 7. 1935) 193
Der fremde Mann 194
Im Schrebergarten (28. 5. 1930) 195
Nach einem Wandertag (20. 4. 1931) 196
Am Strand (23. 3. 1935) 197
Nach einem Tag im Bad (29. 6. 1931) 198
Ich möchte eine kleine Wirtschaft führen . . . (16. 2. 1932) 199
Wir werden es zu Haus geräumig haben . . . (24. 7. 1931) 200
Der Fußball (1. 5. 1934) 201
An eine junge Freundin (7. 7. 1932) 202
Ausrangierung (22. 1. 1932) 203
Auf einen alten Wanderzirkus (2. 5. 1934) 204
Auf einer kleinen Haltestelle (8. 8. 1931) 205
In einem Biergarten
(Erstdruck: »Wiener Magazin«, September 1934) 206
An drei alte Kartenspieler (15. 3. 1934) 207
Auf einem Feld 208
Der Nachtzug (7. 9. 1927) 209
Auf die alten Tage (Erstdruck: »Die bunte Welt«, 11. 2. 1934) . . 210
An Mutter im Spital (21. 10. 1935) 211

Die Schenke im Ziegelfeld (6 Gedichte)
1. Die Schenke (14. 1. 1934) 212
2. Die Gäste (15. 1. 1934) 213
3. Der Wirt (16. 1. 1934) 214
4. Die Eltern (17. 1. 1934) 215
5. Das Feld (18. 1. 1934) 216
6. Ausblick (20. 1. 1934) 217

Die Kohlenschipper (5. 1. 1931) 218
Die Rutschen I. (9. 11. 1934) 219
Die Rutschen II. (10. 11. 1934) 220
Die Rutschen III. (11. 11. 1934) 221
Im Stromland wächst ein Bretterdorf (9. 5. 1928) 222
Schwarzfahrt ins Lehmland (3. 6. 1930) 223
Der Wintergärtner (9. 9. 1935) 224
In der neuen Siedlung (11. 10. 1935) 225
Vom großen Frost im Sammelkanal (19. 6. 1930) 226
Der Alte am Strom (15. 9. 1932) 227
In den Zufahrtstraßen zwischen den Fabriken (26. 11. 1928) . . . 228

Kalte Schlote

Stillgelegtes Werk (Erstdruck: »Arbeiter-Zeitung«, 6. 8. 1933) .. 229
Die Straßensänger (9. 4. 1928) ... 230
Heut nacht gehn die Akazien auf... ... 231
Der Borstenzupfer (19. 12. 1932) ... 232
Ein Krampenschlag vor Tag (6. 5. 1934) ... 233
Das Sommerlager (11. 2. 1931) ... 234
Zehn Jahre Grund (22. 8. 1935) ... 235
Der letzte Schwarze (11. 3. 1932) ... 236
Abschied vom Holzplatz (29. 10. 1932) ... 237
Der Graben (25. 2. 1930) ... 238
Die Nußentkerner (20. 10. 1933) ... 239
Lied eines Ausgesteuerten (31. 10. 1931) ... 240
Dem Mann im Mond (6. 12. 1934) ... 241
Der Winterrock (13./14. 12. 1928) ... 242
Der Faschingskrapfen (14. 1. 1935) ... 243
Kalte Schlote (22. 9. 1932) ... 244

Die letzten Herbergen

Brief aus der Zelle (1. 1. 1935) ... 245
Der Einstieg (23. 6. 1928) ... 246
Ausweisung aus dem Blindenheim (3. 1. 1930) ... 247
Empfang im Pfründnerheim (14. 4. 1935) ... 248
Brief aus dem Versorgungsheim (23. 9. 1930) ... 249
Die Waggonbewohner (9. 9. 1932) ... 250
Heimlied (28. 10. 1934) ... 251
Der Hollerbaum (28. 8. 1930) ... 252
Auf den gewaltsamen Tod eines alten Trafikanten (7. 5. 1929) .. 254
Winterhafen (23. 4. 1928) ... 255
Die Schritte (11. 4. 1927) ... 257
Leiferde (21. 7. 1928) ... 258
Die letzte Gewalt (17. 9. 1929) ... 259
Vor dem Eingriff (1. 10. 1932) ... 260
Die Heuhüpfer (2. 9. 1932) ... 261
Nach der Liegezeit (8. 10. 1935) ... 262
Wiedersehen mit meinem Kaffeehaus (29. 9. 1931) ... 263
Herbstnacht in einer Herberge (30. 6. 1935) ... 264
Das Tagheim (Erstdruck: »Arbeiter-Zeitung«, 26. 2. 1933) ... 265
Obdach (2. 2. 1929) ... 266
Auf eine erfrorene Säuferin (6. 11. 1929) ... 267
Schnee (29. 4. 1929) ... 268
Die letzten Herbergen (19. 11. 1929) ... 269

Mit der Ziehharmonika
Kleiner Wind (25. 4. 1929) 270
Brief aus der Stadt (9. 6. 1929) 271
Für die, die ohne Stimme sind . . . (24. 10. 1935) 272
Werkwächters Nachtlied (4. 6. 1935) 273
Lied der Bahnwärtersfrau (17. 7. 1935) 274
Über die Lehne (Erstdruck: »Wiener Tag«, 4. 6. 1933) 275
Hast du den Garten gesprengt . . . (10. 6. 1935) 276
Warum alte Leute ihren Garten so lieben (25. 6. 1935) 277
Auf dem Zimmer (30. 4. 1935) 278
Lied zur Nacht (25. 8. 1935) 279
Die Kamille (22. 5. 1935) 280
Auf dem Holzplatz, wo der Wermut blüht (2. 1. 1935) 281
Hätt ich ein Gewind zu schmieren . . . (3. 9. 1935) 282
Bittlied (12. 10. 1935) 283
Zum Schlafengehn (13. 11. 1929) 284
Nach einem Ausflug (25. 9. 1935) 285
Lied am Gärtnerfeuer (19. 8. 1935) 286
Im Ziegelfeld (18. 10. 1932) 287
Mit der Ziehharmonika (27. 11. 1934) 288

VERBANNT AUS ÖSTERREICH (1943) 289

Auf einen Vogelbeerbaum in Staffordshire (14./22. 9. 1941) . . . 291

Beim Haustrunk
Ich bin so viel zuhaus und bin schon nicht mehr hier
(1. Druckfassung) (7./8. 6. 1938) 293
Wer läutet draußen an der Tür? (1. Druckfassung) (18. 6. 1938) . . 294
Was soll ich dir denn schreiben (3. 9. 1940) 294
Die alten Genossen aus Wien (15. 2. 1941) 296
Lied vorm Güterbahnhof 297
Herbst vor Matzen (13. 3. 1942) 298
Die Stehweinhalle (25. 6. 1942) 299
Wien, Fronleichnam 1939 (1. Druckfassung) (6. 10. 1941) 300
Lied im Ziegelofen (8. 2. 1942) 301
Der Vater (11. 2. 1942) 302
Beim Haustrunk (17. 2. 1942) 303

Vom Himmel in London
Vom Regen vor Nacht (28. 10. 1941) 305
Auf der Nachhausefahrt in der Untergrundbahn (29. 11. 1941) . . 306
In einer Untergrundbahnstation (10. 12. 1941) 307
In den winkligen Gassen um Leicester Square (5./6. 12. 1941) . . 308

Vom Himmel in London (9. 1. 1942) 309
Auf dem Weg durch den Black-out (17. 1. 1942) 310
Auf Urlaub (25. 2. 1942) 311
Brief an einen Soldaten (27. 2. 1942) 312
Das reuige Mädchen (15. 5. 1942) 313
Wo der Schritt in Schlacke schier versinkt (19. 6. 1942) 314
Frühling in Wales (20. 5. 1942) 315

Verbannt aus Österreich
Wir haben nicht Zeit (20. 10. 1941) 316
Von den Faustregeln (7. 12. 1941) 317
Ich möchte nicht alt werden hier (6. 11. 1941) 318
Verbannt aus Österreich (25. 8. 1942) 319
Irgendwo bist du (25. 7. 1942) 320
Drum gönn dir die eine Minute (17. 8. 1942) 321
Lied für Verbannte (18. 5. 1942) 322
Oh, wer geht mit mir rasch noch ins Kino vor Nacht (12. 8. 1942). 323
Es sag mir wer, wie alt ich bin (13. 5. 1942) 324
Schlaflied für ein großes Kind (15. 7. 1942) 325

Stehn meine Bücher
Stehn meine Bücher ... (1. Druckfassung) (30. 9. 1941) 326
Für Otto in Wien (1. Druckfassung) (5. 2. 1942) 327
An meinen Hausmeister (1. Druckfassung) (15. 10. 1941) 328
An einen unbekannten Buchhändler
(1. Druckfassung) (1. 8. 1942) 329
Im Umschulungskurs (1. Druckfassung) (16. 8. 1942) 330
Auf einen einbeinigen Würstelmann
(1. Druckfassung) (23. 8. 1942) 331
Dir gab ich, eh ich schied, mein Herz, mein Kind (11. 7. 1942) . . . 332
Die Laute (12./13. 4. 1942) 333
Ich bin froh, daß du schon tot bist, Vater
(1. Druckfassung) (19. 8. 1942) 335
Laßt preisen uns, eh noch die Nacht auf uns fällt (1. 11. 1941) . . . 336
Unseren Toten (20. 7. 1942) 337

WIEN 1938 / DIE GRÜNEN KADER (1946) 339

Wien 1938

Erster Teil
Nun ziehn die Leute überall zusammen ... (18./19. 4. 1938). . . . 341
Nach dem Umzug (4./5. 6. 1938) 342
Alles ist die Wohnung nun geworden ... (25. 4. 1938) 343
Jetzt führ ich Schaufel, Tuch und Besen ... (26. 5. 1938) 344

Wir kommen noch wie sonst zusammen ... (27. 5. 1938) 345
Gegen Früh (24. 4. 1938) 346
Der Zweig an der Tür (9. 5. 1938) 347
Der Morgenzettel (28. 4. 1938) 348
Der Kaktus (19. 5. 1938) 349
Früher (1. 6. 1938) 350
An mein Kaffeehaus (6. 5. 1938) 351
Die Wahrheit ist, man hat mir nichts getan (13. 7. 1938) 352
Euch, die ich liebte, leb ich ferne (24. 5. 1938) 353
Von der Angst (21. 7. 1938) 354
Wer läutet draußen an der Tür? (2. Druckfassung) (18. 6. 1938) .. 355
Zum Abschied (2. 5. 1938) 356
Ich weiß, ich wär nicht fähig, auszureisen ... (8. 7. 1938) 357
Es gingen mir die Kräfte plötzlich aus (10. 7. 1938) 358
Gestern abends ging ich in den nahen Wald (3. 7. 1938) 359
An der Wende (10. 8. 1938) 360
Bitte an die Freunde (25./26. 7. 1938) 361
Ich suche Trost im Wort (20./21. 4. 1938) 362
Ich habe zu viel und zu gerne gelesen ... (8. 5. 1938) 363
Blühst du noch immer, kleiner Baum ... (22. 5. 1938) 364
Bevor ich sterbe, möcht die Welt ich preisen (28. 7. 1938) 365
Woher soll das Brot für heute kommen ... (1. 7. 1938) 366
Wenn du zur Ruhe gehst (17. 9. 1933) 367
Abschied von einem ausreisenden Freund (1. 8. 1938) 368
Andre, die das Land so sehr nicht liebten (17. 7. 1938) 369
Ich bin so viel zu Haus und bin schon nicht mehr hier (2. Druckfassung) (7./8. 6. 1938) 370
Unlängst saß ich in versteckter Schenke (30. 7. 1938) 371
Nach dem Ordnen eines Manuskriptes (30. 7. 1938) 372

Zweiter Teil
Stehn meine Bücher ... (2. Druckfassung) (30. 9. 1941) 373
An den ausgewanderten Liebsten (17. 7. 1943) 374
Fronleichnam (2. Druckfassung) (6. 10. 1941) 375
Für Otto in Wien (2. Druckfassung) (5. 2. 1942) 376
An meinen Hausmeister (2. Druckfassung) (15. 10. 1941) 377
An einen unbekannten Buchhändler (2. Druckfassung) (1. 8. 1942) 378
Im Umschulungskurs (2. Druckfassung) (16. 8. 1942) 379
An eine Feinkosthändlerin (7. 12. 1942) 380
An einen einbeinigen Würstelmann (2. Druckfassung) (23. 8. 1942) 381
Im Gasthaus (23. 9. 1942) 382

Ich bin froh, daß du schon tot bist, Vater
(2. Druckfassung) (19. 8. 1942) 383

Die Grünen Kader
Polnisches Wiegenlied (20. 7. 1943) 384
Der Ofen von Lublin (22. 8. 1944) 385
Wann der Pirol flötet früh im Jahr (15. 11. 1944) 386
Slawisch (7. 2. 1945) 387
Besuch beim Großherrn (26. 2. 1945) 388
Mai in der Dobrudscha (12. 5. 1945) 389
Der Steinbrech (5. 3. 1945) 390
Der Verräter (25. 8. 1945) 391
Der Tote in Seeland (2. 6. 1945) 392
Im Gutshof steht aus Holz der Bock (31. 12. 1943/1. 1. 1944) 393
Die Grünen Kader (30. 5. 1944) 395
O Österreich, ich kann für dich nicht streiten (15. 2. 1944) 396
Altes Paar im Wienerwald (14. 10. 1943) 397
Schutt (5. 9. 1945) 398
Requiem für einen Faschisten (23. 5. 1945) 399
Wann in mein grünes Haus ich wiederkehr (14. 4. 1944) 400

DIE UNTERE SCHENKE (1946) 401

Die Heimkehr des Burgenländers
Der Bub des Burgenländers (1. 6. 1943) 403
Der Vater des Burgenländers (12./13. 6. 1943) 404
Die Frau des Burgenländers (14./15. 6. 1943) 405
Der heimkehrende Burgenländer (2. 6. 1943) 406

Die untere Schenke
Die untere Schenke (23. 3. 1943) 407
Spätherbst in der unteren Schenke (18. 10. 1943) 408
Frühling in der unteren Schenke (28. 1. 1944) 410
Herbst im Ziegelofen (9. 1. 1945) 411
Winter im Ziegelofen (8. 11. 1943) 412
Tauzeit im Ziegelofen (22. 1. 1944) 413
Der Glasbläser (8. 12. 1944) 414
Samstag vor den großen Feiertagen (13./14. 6. 1943) 415
Lied bei Herbstregen (23. 2. 1945) 416
Abschied vom Steinbruch (30. 1. 1945) 417
Vom Most des Taglöhners Franta (7. 10. 1944) 418
Bei einem Treffen im Waldviertel (13. 2. 1945) 419

Von den Prellsteinen
Von den Prellsteinen (29. 2. 1944) 420

Von den Wegweisern im Buckelland (11. 12. 1944) 421
Die Kräutlerin (1. 10. 1943) 422
Die Schnapshütte (19. 4. 1943) 423
Der sieche Bauer (23. 1. 1945) 424
Josefa (4. 1. 1945) 425
Die Kommission (1. 8. 1945) 426
Weinnacht (9. 6. 1943) 427
Ländliches Herbstlied (1. 11. 1944) 428
Lied für großen Frost (13. 12. 1944) 429
Der Rangierbahnhof (24. 2. 1944) 430
Vom Bahnwärter (9. 11. 1943) 431
Heizers Schatz (7. 4. 1943) 432

Lied am Rand
Lied am Rand (25. 7. 1945) 433
Am Rammbär (26. 3. 1945) 434
Strohwitwerlied (17. 4. 1944) 435
Wer noch ein Wirtshaus offen findt . . . (9. 7. 1943) 436
Kleines Café an der Lände (10. 6. 1944) 437
Fünfziger beim Heurigen (29./30. 8. 1943) 438
Der kranke Fleischhauer (4. 10. 1943) 439
Wunsch eines Wiener Vaters (22. 5. 1944) 440
Am Abend vorm Geschnittenwerden (17. 10. 1944) 441
Entlassener Trinker (30. 6. 1943) 442
Hof der Angesteckten (31. 7. 1943) 443
Gefahndet (17. 1. 1944) 444
Vorstadthure (24. 12. 1944) 445
Alte Arbeiter (23. 9. 1943) 446
Längs der Bahn (11. 6. 1945) 447

LOB DER VERZWEIFLUNG (1972; fertiggestellt 1946) 449

Einem künftigen Leser (9. 9. 1943) 451

Roßhaar und Seegras
Roßhaar und Seegras (5. 4. 1945) 452
Spinnweben (12. 4. 1946) 452
Rost (16. 7. 1945) 453
Dachpappe (6. 5. 1945) 453
Garagen (10. 6. 1945) 454
Halden (23. 7. 1945) 455
Baracken (12. 5. 1944) 456
Mittag vor der Fabrik (11. 5. 1946) 457
Hinterm Güterbahnhof (4. 10. 1943) 458

Die Eisenbahnerherberge (2. 4. 1943) 459
Herbergsmutter (12. 4. 1943) 460
Die einen Eisenbahner nimmt . . . (4. 11. 1943) 461
Gasthof nächst der Bahn (29. 7. 1943) 462
Mittagspause im Magazin (8. 5. 1946) 463
Hinterm Altmarkt in der Innern Stadt (4. 4. 1946) 464
Sonntag nachmittags im alten Gäßchen (17. 11. 1945) 465
Föhn (27. 6. 1945) 466
Von den hellen gefährlichen Nächten (9. 2. 1945) 467
Es geht ganz sacht auf Früh 468
Kleines Café am Morgen (7. 11. 1945) 469
Die heißeste Stunde (31. 5. 1945) 470
Rast im Gäßchen (9. 11. 1944) 471
Die Oleander (15. 5. 1945) 472
Kino nach Tisch (11. 7. 1946) 473
Im alten Gasthausgarten (10. 5. 1946) 474
Wann die Akazien blühn (20. 9. 1945) 475
Im Efeugärtchen (9. 5. 1946) 476
Nach dem Urlaub (19. 10. 1944) 477
Wenn ich mir einen Schatz noch fänd (30. 4. 1946) 478
Nach einem Ausflug (1. 3. 1944) 479
Lied am Bahndamm (18. 11. 1942) 480
Nach Tisch (19. 3. 1945) 481
Bei Bier und Rettich (30. 5. 1946) 482
Wohin sollen wir nun gehen? (19. 4. 1945) 483
Morgen abends zieht mein Schatz hier ein (26. 4. 1946) 484
Es ist schön . . . (3. 10. 1944) 485
Die Azalee (3. 4. 1942) 486
Laß uns schlafen (27. 4. 1943) 487
Schlaflied vor Früh (16. 4. 1943) 488
Ich möcht mit dir, Liebste, gern liegen (3. 5. 1945) 489
Die Wege, die als Bub ich ging (10. 7. 1944) 490
Ich bett mich tief in deine Arme ein (25. 1. 1945) 491
Beim Stromwirt (10. 1. 1946) 492
Sieh sacht die bleiche Vorhangschnur . . . (28. 5. 1945) 493
Langes Scheiden (2. 1. 1945) 494
Auf einen Ausflug bist du weggegangen (27. 12. 1945) 495
Allein (16. 6. 1944) 496
Ja, ich kann eine Liebste noch finden . . . (10. 4. 1942) 497
Nun werden bald die ersten Gäste kommen (25./26. 9. 1943) . . . 498
Alte Leute (6. 8. 1946) 499
Der alte Packer (8. 11. 1941) 500
Die alte Köchin (5. 7. 1946) 501

Der alte Vater (6. 10. 1944) 502
Alter Mann zur Jausenzeit (31. 10. 1941) 503
Der Witwer (2. 11. 1943) 504
Seit meine Alte starb . . . (27. 10. 1944) 505
Der alte Gelehrte (17. 8. 1946) 505
Die alte Witwe (17. 6. 1942) 506
Herrschaftsköchin im Altersheim (21. 10. 1943) 507
Alte Hausgenossin (25. 11. 1944) 508
Die alte Kranke (22. 7. 1946) 509
Der Nachlaß (14. 7. 1946) 510
Der Mieter (27. 12. 1943) 511
Der Nachfolger (28. 7. 1944) 512
Alter Mann (12. 8. 1945) 513
Alter Werkwächter (22. 3. 1943) 514
Die Nacht im Büro (23. 6. 1945) 515
Sonntag des Reisenden (11. 3. 1942) 516
Vom Wirtshaus (27. 6. 1946) 517
Das Bahncafé (4. 12. 1945) 518
Wunsch eines Markthelfers (2. 4. 1945) 519
Lied des Wanzenvertilgers (12. 7. 1943) 520
Werkelmann im Hurenviertel (14. 7. 1945) 522
Am Ersten (22. 2. 1945) 523
Die Herberge (23. 11. 1945) 524
Letzter Brief (18. 6. 1946) 525
Im Alter (12. 6. 1944) 526
Bis zum Ersten (3. 5. 1946) 527
Lied eines Obdachlosen (24. 11. 1945) 527
Wintermorgen im Männerheim (16. 3. 1946) 529
Lied des Bierschaumtrinkers (19. 7. 1945) 530
Zu End (14. 10. 1945) 531
Im Spitalsgarten (28. 11. 1944) 532
Das Brandmal (30. 8. 1946) 533
Einsamer Sonntag (24. 3. 1945) 534
Aus den Aufzeichnungen einer Verblühten (22. 8. 1946) 535
Die Schwester (29. 7. 1946) 536
Beim Fahrradverleiher (5. 10. 1943) 537
In der Nacht (30. 7. 1946) 538
Dort am Frachtkai, an der Lände (9. 4. 1943) 539
Der erste Weg (15. 4. 1946) 540
Wer zum Branntweiner kommt (29. 3. 1946) 541
Rundgang (25. 7. 1946) 542
Kehraus (2. 12. 1945) 543
An der Bogenlampe (8. 11. 1945) 544

Leeres Nachtcafé (23. 11. 1943) 545
Renée (6. 6. 1944) 546
Das Linnen ist unter uns völlig verdrückt (24. 5. 1945) 547
Nun schläfst du ja nicht mehr mit mir, Renée (1. 7. 1944) 548
Schlaflied für Hedi (25. 5. 1943) 549
Es wird zu plötzlich hell . . . (15. 5. 1943) 550
Nach einer Nacht im Stundenhotel (6. 3. 1946) 551
Auf einer rostigen Bettstatt (30. 10. 1945) 552
Im billigsten Zimmer (22. 4. 1946) 553

Lob der Verzweiflung

Spätes Lied (15. 1. 1945) 554
Der Herbst schlägt die Trommel der Schwermut . . . (27. 2. 1945) . 555
Auf eine Grille (12. 6. 1945) 556
Für die kurze Spanne Zeit (10. 10. 1945) 557
Zuwag (18. 6. 1945) 558
Die Nacht ist noch so jung (25. 12. 1942) 559
Einer jungen Freundin (11. 6. 1943) 560
Um vier Uhr früh, herzlieber Schatz (9. 9. 1945) 561
Vom schwarzen Wein (1. 1. 1943) 562
Für wen soll ich noch säubern meine Taschen? (2. 6. 1944) 563
Mit wem soll ich heut abend trinken gehn . . . (4. 3. 1945) 563
Der Rost am schwarzen Gitter . . . (3. 4. 1944) 564
Beim Trinken fehlt es dir nie an Kumpanen (8. 9. 1945) 565
Frost nach Mitternacht (1. 12. 1945) 566
Eisige Nacht (10. 11. 1942) 567
Ich bin glücklich, daß die Liebste schied (14. 7. 1942) 568
Einem Siebenundneunziger (29. 11. 1943) 569
Komm von der Arbeit ich erst spät nach Haus (4. 1. 1946) 570
Ruß im Kamin (22. 12. 1944) 571
Vom Brot, das einst ich nicht mehr aß . . . (15. 3. 1946) 571
Versäumt (20. 11. 1944) 572
Dürres Laub, das sich vom Stengel trennt . . . (4. 11. 1944) 573
Ich bin traurig, daß der Raps verblüht (23. 4. 1944) 573
Zu spät (15. 11. 1945) 574
Die alten Geliebten . . . (4. 3. 1946) 574
Morgen wird umsonst der Milchmann klopfen (2. 1. 1944) 575
Oh, käm's auf mich nicht an! (5. 6. 1946) 576
Ich wach im Finstern auf in stillster Stund (18. 2. 1945) 577
Drei Freunde (16. 11. 1945) 577
Schweiß (13. 2. 1946) 578
Morgen im Spital (30. 9. 1945) 579
Nun lieg ich wach . . . (23. 3. 1946) 580

Zur halben Nacht (8. 6. 1945) 581
Vom Trommeln (29. 7. 1945) 582
Lob der Verzweiflung (5. 2. 1945) 583
Spätsommer (21. 8. 1945) 584
Es gibt immer etwas, um vorwärts zu sehn (18. 11. 1943) 585
Zittergras (13. 5. 1944) 586
Kalter Abend im August (1. 9. 1943) 587
Daß es noch möglich ist . . . (24. 8. 1945) 588
Mein Arbeitszimmer (25. 9. 1945) 588
Es kommt mir jetzt so viel zurück (23. 10. 1944) 589
Kann's nicht der Wein sein, der mir frommt . . . (22. 10. 1945) . . . 590
Meine Betten (6. 3. 1945) 591
Mir geblieben (10. 2. 1942) 592
Beim Besichtigen eines neuen Zimmers (2./3. 7. 1942) 593
Der Einzelgänger (11. 9. 1945) 594
Wenige Dinge nur bleiben (6. 2. 1945) 595
Wenn das Haar beginnt sich zu lichten (11. 4. 1946) 595
Wenn der Kragen ganz verschwitzt ist (4. 10. 1945) 596
Wenn die Gäste gegangen sind (30. 5. 1945) 596
Wenn ein Mann nur auf Wurst hat statt Schinken (24. 9. 1945) . . 597
Wann immer ein Mann trifft auf einen . . . (27. 12. 1945) 597
Vom Vorrecht der Liebsten (17. 7. 1944) 598
Vom Prahlen (2. 3. 1944) 599
Vom Sich-Auslüften (14. 6. 1946) 600
Von der Erbärmlichkeit (18. 9. 1945) 601
Von der Befriedigung (27. 5. 1946) 602
Vom Alleinsein (10. 6. 1946) 603
Vom Sich-Vergraben (12. 6. 1946) 604
Von der Barmherzigkeit (31. 5. 1946) 605
Vom Geschmack der Bitternis (5. 9. 1943) 606
Von der Neige (4. 6. 1946) 607
Vom Sich-eins-Fühlen (25. 4. 1946) 608
Der Schüler (8. 2. 1945) 609
Einem jungen Freund (19. 3. 1946) 609
Trinklied vorm Abgang (26. 11. 1943) 610
Ich preise (24. 2. 1946) 611
Selbstporträt 1946 (20. 11. 1943) 612

Nachbemerkung des Herausgebers 613
Worterklärung 617
Werksverzeichnis 623

Die Gaunerzinke

I

März

Schon hat das Märzlicht wie Tabak
die Düngerfladen aufgehellt.
Ernst mißt mit Schurz und Samensack
der Bauer das geeggte Feld.

Die Knechte worfeln hintenaus
in allen Scheunen dumpfes Korn.
Der Schneck kriecht übers Brunnenhaus,
ein Weißling hängt im frühen Dorn.

Zart birgt den Bach entlang der Bast
die jungen Schellen blau und braun,
und eine Magd zwickt Ast um Ast
vom Baum und steckt den Bohnenzaun.

Es ist noch nichts braun außer Stoppeln und Krume . . .

Es ist noch nichts braun außer Stoppeln und Krume,
doch einzeln und kurz stehn die Gräser am Rain;
die Wicke wird stachlig und bitter die Blume,
weither aus dem Ackerland leuchtet ein Stein.

Nun herrschen die Stauden von Spargel und Weichsel
mit giftigem Grün, knarrt das Rebhuhn im Busch;
aufschimmert am Hang der Beschlag einer Deichsel,
erschallt hinter Salbei und Nußlaub der Drusch.

Gehölze bewegen im Winde die Äste,
der Bussard umkreist sie in lautlosem Glanz;
und sichtbar erstehen am Rande die Äste
gleich Draht in des Laubwerks noch einfachem Kranz.

Auf Stör

Aus den Städten folge ich den Gleisen
durch das Hügelland, bis meilenweit
die Gehöfte lagern, durch die Schneisen
und die Meiler, wo der Habicht schreit.
Und man dingt auf manchem Hof den Gänger;
denn im Ödland ward noch nicht gemäht.
Aber meines Bleibens ist nicht länger
als des Halms, der auf den Leiten steht.

Wann die Hügelbauern Latschen roden,
ist für einen an der Axt noch Raum
und das Kummet fällt zertrennt zu Boden;
mit der Ahle näh ich Korb und Zaum.
Alle Göpel gehn im Lande strenger,
und ich schneid den Schaft und schrein die Nut.
Aber meines Bleibens ist nicht länger
als des Korns, das in den Ähren ruht.

Winter ist schon vor den Wald gegangen
und die Quetschen pressen Öl aus Raps.
Häuslich warte ich die Kupferschlangen,
brenne Tag und Nacht Wacholderschnaps.
Und Gesind und Bauer hocken enger,
preisen mein Geschick beim Probeglas.
Aber meines Bleibens ist nicht länger
als der Wurzel in dem Flammenfraß.

Korn im Marchfeld

Wann die dornigen Scheuchen gepflanzt sind im Korn
und gehäufelt der Steckrüben fleischige Streifen,
ziehn sich Harke und Karren zurück aus dem Grund
und es bleiben die Halme und Ähren im Rund
überlassen sich selbst, mit der Sonne zu reifen.

Nun erst sieht man, wie fern sind die Dörfer, wie klein,
und wie weit die geschäftigen Arme sonst reichen;
über Grenzstein und Rain schließt sich wallend das Korn
und es zittern die Disteln am Weg, die verworrn
sich verhärten und bitter im Staubwind erbleichen.

Unterm glasigen Himmel verholzt erst der Halm,
eh den milchigen Saft er entzieht Frucht und Grannen;
mehr als fausthoch verbrennen die Brocken zu Sand
und es sind nur die Weiden im Silberstromland,
die die schwindelnde Aussicht der Ebene bannen.

Kein Geräusch ist zu hörn als das Rauschen des Korns
und dazwischen das schrille Gezirp einer Grille;
aber abends wird weithin die Ebene laut
und es stellen die Dörfer, unsichtbar umblaut,
sich mit Schärfe und Wetzsteinschall ein in der Stille.

Traubenjahr

Die Rebe grünt, der Obsthang schwimmt in Blüten,
der Löß hält dunkel und das Tal liegt klar;
vom Dorf bestellt, den jungen Wein zu hüten,
halt ich in Busch und Schlucht mein Traubenjahr.
Den Maienfrost erwart ich nachts beim Feuer
und seinen Einbruch kündet dumpf mein Horn;
der Winzer bietet ihm das Weinbergfeuer
und nährt es rot mit Span und dürrem Dorn.

Die Rebe reift, die Vogelscheuchen schwanken,
die Hüterbäume wehn im Wipfellicht;
die Furchen bergen mich in Kürbisranken,
der Löß benagt mein trocknes Angesicht.
Im Steinbruch find ich Rauchfleisch, Brot und Sahne,
denn niemand weiß, in welchem Busch ich bin:
ich klirre traumhaft mit der Partisane
und reibe mit dem Knie mein rauhes Kinn.

Die Traube wiegt, ich ramm den Gabelstecken
und geb der übervollen Ranke Halt;
im Schatten reiz ich faul die Weinbergschnecken,
indes im Talgrund schon die Mahd erschallt.
Das steife Nußlaub seh ich dunkel flammen,
die Vogelkirschen wässern mir den Mund;
die wilden Birnen ziehen ihn zusammen
und mit den Wachteln schwirrt mein Ruf im Rund.

Die Traube glänzt, das Grummet ist geschnitten,
genäschig wippt von Pflock zu Pflock der Star;
der Winzer kommt mit Korb und Pfriem geschritten
und löst bergan mich aus dem Traubenjahr.
Noch hör ich Lesesang wie Gang der Kelter
und bin vom Duft der Maische süß gestreift;
und weiß es doch ergeben, daß nun älter
mein Burschenblut heran zum Strohwein reift.

Im Lößland

Unterm Laub wohnt der Stamm, unterm Roggen der Grund,
unterm Rasen Gestein und Gewalt;
jedes Jahr, wann im Herbstwind die Stauden sich drehn
und die Kleestoppeln schwarz auf den Lößleiten stehn,
wird urplötzlich das Land wieder alt.

Jedes Bachbett wird steil, jeder Hohlweg wird tief
(und sie hatten sich grün schon verflacht);
aus der Baumgruppe hebt sich der urbare Kern
und die Felsblöcke darben, als wärn sie von fern
in die Ebne gerutscht über Nacht.

Mit den Kämmen aus Mergel und Löß reißt der Pflug
die versteinerten Spitzschnecken frei;
durch die Ranken stößt schwärzlich der Fichtenholzpfahl,
steigt der Weinberg in streifigen Stufen zu Tal –
und die Luft teilt ein schartiger Schrei.

Vagabund

I

Zerschunden kam ich von den Steinbruchklippen
– die Eichenhügel brausen braun im Wind –
und feuchte gierig die verstaubten Lippen
mit Trauben, die im Frost verrunzelt sind.

Die Ochsenwagen wanken voll beladen,
mich brennen hart die Vagabundenschuh.
Durchs Taschenfutter greif ich noch zwei Fladen
und singe mir ein altes Lied dazu.

II

Ich haste durch der Freistadt alte Gassen,
durch Herbstgebräuntes an den Binsen-See.
Die Sonne will die kalte Flut verlassen,
violen blüht und ockertief ihr Weh.

Schon schaukeln angepflockt die breiten Kähne;
ich und der See, wir sind zu zweit allein.
Sein brauner Nebel feuchtet mir die Strähne
und nistet sich in meinen Ohren ein.

III

Die Nacht umwächst die schlanken Kirchturmspitzen;
nun fällt das Städtchen an die Welt zurück.
Ich hebe mich aus meinem langen Sitzen
und schreit, erfüllt von namenlosem Glück,

mit harten Schritten wieder vor die Steine,
als wär ich selbst der Erde Weit und Breit,
und wünsche nur, ich wär durchflammt vom Weine
im Kern, dem kleinen, der Besonnenheit.

IV

Geerntet ist das Obst. Nur um Tomaten
schleich ich noch hungernachts den Zaun entlang.
Verloren schau ich ein Kartoffel-Braten
und bebe doch verhalten vor Gesang.

Gewaltig wohnt der Bauer in der Stube
– und über Brot und Wein reicht seine Hand.
Mit Rebenschlingen deck ich mir die Grube
und friere fremd in seinem Ackerland.

V

Wie viel es, Bauer, sind, die mich vertreiben;
an dir allein versteh ich Haß und Ruh.
Ich lieg, der Erbfeind, hier vor deinen Scheiben,
und liebe doch das Land so tief wie du.

Wir sind ein alt Geschlecht, verbellt von Hunden,
verlogen, diebisch, zuchtlos, hungertoll.
Und stammt doch manches Lied von Vagabunden,
der Gnade hell und dunkler Erden voll.

VI

Vielleicht muß einer düngen, pflügen, graben
und ein Erhalter und Bewahrer sein,
ein andrer aber nichts als Beine haben,
die rastlos fallen in ein Schreiten ein.

Ich geh. Die Eschen zittern kalt im Winde.
Vielleicht kommt heute schon mich Schwäche an.
Kann sein, daß ich um Suppe Besen binde,
solange, bis ich wieder weiter kann.

Feierabend

Die Garben sind gebunden
und Stroh zum Strick gewunden,
das Vorhaus blank und rein.
Im Hof verhallt ein Hämmern,
ein Alter hängt im Dämmern
die Fliegenfenster ein.

Der Schmirgel stockt im Pfeifen
und blank im Trog die Seifen,
auf Borden trocknet Kram.
Die Magd, die nimmer scheuert
und oft ihr Lied beteuert,
schöpft ab den weißen Rahm.

Die Nacht tritt ans Geländer,
der grüne Kerzenständer
rückt leuchtend auf den Tisch.
Zu Fleisch und süßen Fladen
sind alle gern geladen
und bitterem Gemisch.

Letzte Wanderschaft

Ich schreite so schon einen Sommer lang;
die Brotsackschnalle scheuert meinen Rumpf.
Das Korn fiel gelb und gut im Tal, den Hang
besetzte Heu und Klee in grünem Stumpf.

Gelobt die Welt! Ihr kommt's auf mich nicht an.
Nicht schmerzt die Farne mein zerschundner Schuh;
gelassen dröhnt der beerenlose Tann
und frostig schon legt sich der Tag zur Ruh.

Noch führt vor Kraut und Obst mich mein Geschick;
in taube Dörfer kehr ich selten ein
und mitleidlos kreuzt Knecht und Kind mein Blick
mit gleichem Glanz wie Strauch, Gestirn und Stein.

ABSENDER

Vorname

Familienname

Land

PLZ

Ort

Straße

Gemäß § 22 Datenschutzgesetz machen wir Sie darauf aufmerksam, daß Ihre Daten (Name, Anschrift) in unserem Rechenzentrum automationsunterstützt verarbeitet werden

EV

Europa Verlag Ges.m.b.H.

Altmannsdorfer Straße 154–156
A-1232 Wien

Im Burgenland

Die dunklen Tümpel sind gefroren
und Sensen mähen fahles Rohr.
Der Schnee hat seinen Glanz verloren,
ein Kormoran bricht schwarz hervor.

Die Schlitten warten, ihre Kufen
dem Dorf gleich Schnäbeln zugekehrt.
Der Abend steigt herauf in Stufen,
das Schweigen hat sich grau vermehrt.

Süß schmeckt da Schnaps zu dürren Pflaumen;
die Zügel frieren in die Hand
und nur die nußgeschwärzten Daumen
stehn ab und deuten wach ins Land.

Steinbrecher

Wir kauen wilde Birnen
und bohren Lunten vor,
den Sprengschuß in den Stirnen,
den Sperberschrei im Ohr.
Im Steinbruch flitzt die Otter;
es füllen rings im Land
die Karrenwege Schotter,
die Straßen Ufersand.

Nach Föhren schmeckt die Schwade,
die unsrem Schorn entqualmt,
wird Ockerfels samt Rade
vom Schlägelwerk zermalmt.
Wir sind ins Grün gekommen,
das Grün kommt viel zu uns,
glänzt brombeerblau umglommen
Gestämm des Buchengrunds.

Fast überlang weilt Helle
um das Geviert am Hang;
die finstre Steinkapelle
ragt ohne Glockenklang.
Zu Abend ruhn die Eisen,
das Sprengloch schläft im Stein,
und Lichtersterne kreisen
im blanken Apfelwein.

Da bei Wacholdersausen
ums Haus der Mond versteint,
ruhn wir in Abendpausen
mit Hang und Wald vereint,
als würden wir uns dehnen,
wann sich ein Holzring stuft,
und wären's nicht, aus denen
der schwarze Aufbruch ruft.

Die letzte Straße

Letzte Straße, die führt aus der Mitte der Stadt,
eine Straße wie andre mit Gehsteig und Gleisen;
unter Drahtgeschwirr, Staubwind und Spatzengeschrei
an Gesimsen und Schildern und Schenken vorbei,
von Akazien begleitet und Masten aus Eisen.

Schnurgerad an Kasernen und Hallen vorbei,
bis die Saumsteine schwinden und Wachhunde bellen;
bis der Häuserblock, der vor dem Blachfeld sich duckt,
den Gefährten beisteuert Kondukt um Kondukt,
die mit schwarzem Gepräng die Geleise verstellen.

Letztes Wegstück, belagert von Steinmetzerein
und verengt von behauenen Sockeln und Steinen;
bis die Kreuze erstehen und anlangt der Flor
vor den schimmernden Schollen, die hinter dem Tor
die den Fahrdamm Geführten seit Jahren vereinen.

II

Die Gaunerzinke

Die stillste Straße komm ich her,
im Schluchtenfluß der Otter schreit.
Mein Schnappsack ist dem Bund zu leer,
Gehöfte stehen Meilen weit.
Im Kotter saß ich gestern noch
und tret ins Tor im Abendrot
und weiß im Janker Loch um Loch
und bitte nur ganz still um Brot.

Und dem, der hart mich weist ins Land,
dem mal ich an die Wand ein Haus –
und vor das Haus steil eine Hand;
die Hand wächst übers Haus hinaus.
Hier, seht, hier bat – und bat nur stumm
– nach mir, Ihr Brüder, – eine Hand.
Und einer geht ums Haus herum
und einer setzt's einst nachts in Brand.

Wenn ein Pfründner einmal Wein will

Wenn ein Pfründner einmal Wein will,
sucht er im Gemeindehaus
eine Harke, eine Schlinge,
und dazu noch eine Schwinge,
geht er auf den Anger aus.

Wo die Erde fett und frisch ist,
gräbt er schwarz dem Maulwurf nach.
Raben krächzen in den Kolken,
leise ziehen weiße Wolken
und die Gräser gilben brach.

Alle Gänge hebt der Pfründner
gründlich aus, die Zunge dick,
faßt die samtnen bei den Fellen,
schlägt die traurigen Gesellen
mit dem Schaft in das Genick.

Mittags mißt der Armenvater
ihm den Trunk zu trübem Rausch.
Faulig schmeckt der Wein, die Krallen
rosenroter Zehenballen
wachsen zart in seinen Rausch.

Herr Polier!

Ich lungre vor dem Neubau, Herr Polier;
die Kelle bellt aus meinem Schurz zu dir.
Ein Salzfaß unterdarbt mein Schlüsselbein;
stell im Akkord mich in die Rotte ein!

Doch Muße braucht der Mörtel, Herr Polier,
schwirrt auch gedehnt dein Losruf über mir.
Nicht außer Gleichmaß zieht der Flaschenzug
und Seil wie Kloben fördern Last genug.

Den Doppelhaken prob ich, Herr Polier;
die Bretter schwanken lose unter mir.
Gelassen streut – spult sich wandab das Lot –
mein Messer Schnittlauch auf das Maikäsbrot.

Die Simse trocknen langsam, Herr Polier;
der Bauherr stapft heran durchs Kalkrevier.
Mit jeder Regung deines raschen Munds
stehst du, ein Pegel, zwischen ihm und uns.

Bald ist der Bau geleistet, Herr Polier;
die Kelle bellt aus meinem Schurz nach dir.
Das Laufbrett knarrt, nach Reibsand schmeckt die Luft –
und trunken schlüpf ich aus der Leinenkluft.
Komm an!

Abendmahl

Der Abend tost ums kahle Haus.
Der Lehrling fegt die Fleischbank aus
und schwabt und schrubbt den Hackstock rein
von Talg und Blut und Splitterbein.

Er hört im Nachbarhaus den Bäck,
vom Haken stiert ihn an der Speck,
ihm starrt vor Blut sein Schürzentuch,
ihn schmerzt der süße Fleischgeruch.

Im Vorgewölb hält ein der Wisch;
sie rücken an den Eichentisch,
der alte Fleischer, steif und stumm,
die zwei Gesellen, rot und krumm.

Man ruft nach ihm.Die Magd trägt auf;
die Grammeln stehen fett zu Hauf.
Ein Schweiß geht aus vom Fleischerhund.
Der Lehrling lauscht. Ihn würgt's im Schlund.

Er hört der Fliegen schwarzen Schwall,
er hört das Muhn der Kuh im Stall.
Die Fliesen glitschen fett und kalt,
die Hand im Sack zur Faust sich ballt.

Der Altgesell plumpt krumm herein
und schaut ihn zitternd stehn im Schein
und grölt ihn an und zerrt ihn vor
und haut die Hand ihm breit ums Ohr.

Dem Buben wird's wie Rosmarin;
er blinzt nur nach dem Hackstock hin
– zum Messer drin, geschliffen frisch –
und lächelt dunkel sich zu Tisch.

Das Bett

Am End aller Stunden voll sinnloser Müh,
zu Mittag, zu Abend, bei Nacht, in der Früh
erwartet das Bett mich gewaltig zu Haus
und füllt von der Wand her den Wohnschacht halb aus.

Mich dämpft nicht im Schlaf nur sein Strohsack, ein Rost;
mich birgt seine Tuchent bei Nässe und Frost.
Oft wank ich vor Hunger die Pfosten heran
und füll mir den Magen mit Wasser noch an.

Ich komm von der Straße wie nicht auf der Welt;
dumpf sind mir die einzigen Schragen gestellt.
Du Bettstatt, an die ich verloren mich lehn:
lang haben wir beide kein Weib mehr gesehn!

Bedeck mich, begrab mich! Dein schweißigster Flaum,
er geh nicht verloren! Bei dir ist noch Traum.
Zu dir sink ich nieder und irren Gesichts
erwarte ich zuckend die Orgel des Nichts.

Der Taglöhner

Die Roggenernte ist weit,
die Rübenernte ist aus.
Nun hab ich ein wenig Zeit
für meinen Acker hinter dem Haus.

Erfroren sind die Kartoffeln
und sind fürs Vieh noch grad recht.
Ich schneide die dürre Besenheide
und binde mit Draht ihr Geflecht.

Schon kommen die Winde von Norden;
im Land alle Scheunen stehn klar
und nichts ist mir anders worden
in diesem gewaltigen Jahr.

Ich will noch nicht nieder; sonst quält mich ein Traum,
der nämliche leicht wie heut nacht.
Viel Leute sind über die Stoppeln gerannt
und die Stadeln im Land haben alle gebrannt,
hat gebrannt jeder Baum,
jedes Dach. Nur der Raum
um mein' Tür war ein Kreis und blieb weiß.

Ins Wirtshaus will ich, ins braune, gehn
und tun einen tüchtigen Schluck,
einen tüchtigen Schluck für mein blödes Gemüt
und beten, daß Gott mich Versoffnen behüt
für Herbstes und Winters Geduck.

Gemeindekind

Ich kenne keinen Vaterhof,
ich steh auf keinem Grund.
Meine Mutter hàt mich ausgeschütt'
im Strauch wie einen Hund.

Meine Mutter ist ledig verdorben,
das Dorf gab mir Lumpen und Brot
und gab mich auch her
in die Dachdeckerlehr;
ich schwing wie ein bleiernes Lot

und muß doch hinauf auf das Dach, auf den First
mit Kübeln und Ziegeln und Stroh.
Muß reichen den Stein,
und die Tritte sind klein,
und die Wipfel der Gärten stehn loh.

Der Meister nimmt mir Mörtel ab;
ich aber höre hell
das Dreschen der Flegel,
das Kollern der Kegel
im Wirtshaus, und Hundegebell.

In eines der steinigen Häuser,
in die ich von droben da seh,
nur möcht ich hinunter
und dreschen dort munter
und laden Kartoffeln und Klee –
und still im Nußlaub, wenn der Abend kommt,
die ausgedrehten Beine tief verstecken
und Pfeifen schneiden hell und Peitschenstecken
für nichts und nichts . . .

Donauschiffer

Dunkel schlägt die Strömung an den Schlepper
und ich halte auf dem Kessel Wacht.
Überm Ufer gehn die Lichter schlafen,
rauher Nebel füllt den Winterhafen,
daß der Frost mir in den Fäusten kracht.

In die Tiefe steig ich heut noch schlafen;
meine Kammer liegt dem Kiele zu.
Heiße Asche regnet's auf die Planken
und das Wasser sickert durch die Planken,
Kapitän, in meine kurze Ruh.

Donauabwärts fuhr ich hundert Fahrten,
donauaufwärts lud ich Weizen aus.
Doch ich kenne von den vielen Städten
nur die Silos, nur die Brückenketten,
zwei drei Schenken – und das Hurenhaus.

Hab wohl dort die Kränke abbekommen . . .
Meine Knochen laugt es langsam aus.
Doch der Kapitän, dem ich es klage,
lacht und gibt mich auch nicht vierzehn Tage
ab auf Urlaub an das Krankenhaus.

Ziehst du, Schlepper, sacht durch die Dobrudscha,
zieh erst nachts vorbei am kleinen Haus!
Hohler sausen dann die Uferweiden
und es schaut wohl zwischen Mais und Weiden
diesmal niemand auf den Strom hinaus.

Der Wagner

Auch ich hab ein Häusel, und rings tschilpen Spatzen.
Und penzt schon der Bauer, so ruf ich dich Knecht
vom Acker, den Kot von den Rädern zu kratzen,
die stehn vor der Werkstatt zerbrochen und schlecht.

Noch blau von den Gleisen, erglänzen die Reifen;
die Sprosse im Schragen macht Tränen vor Mist.
Das Birkenholz ließ ich schon quellen und steifen
und glute den Stab, der die Dauben ausfrißt.

Und schaust du die Räder, die rollen und reisen,
die Deichseln: sag, kommt es dir nie auch, Gesell,
zu schreiten fürbaß mit dem glutigen Eisen,
der Erde zu sengen ihr scheckiges Fell?!

Doch nachts, Knecht, wenn jegliches Haus eine Wabe,
und Mondlicht im Garten die Augen mir beizt,
dann steh ich, unsichtbarem Rad eine Nabe,
die selig vor Ruhe die Speichen ihm spreizt.

Der Besuch

Wenn mein zweiter Sohn im März aus Wien kommt,
hol ich ihn vom Markt wie jedes Jahr;
eine Zeitung wird ihm aus dem Rock stehn,
schweigsam wird die Fahrt er auf dem Bock stehn
und die Saat im Land zum Weinen klar.

Um den Küchentisch beim seltnen Braten
werden sitzen Weib und Ältersohn;
viere werden aus der Schüssel langen,
nur mein Aug wird manchmal Fliegen fangen,
um zu blinzeln nach dem blassern Sohn.

Nach dem Mahl wird er mir Knaster kramen;
aus der Küche (allzubraun und leis)
werden schreiten wir zu zweit zum Koben,
wortreich wird er Sau und Saatstand loben
und sein Mund wird stehn wie ein Geleis.

In der Stube dann wird er erzählen
(und verrinnen wird der Tag wie Wind)
von der Bahn, vom Streik und vom Gehalte,
und aufs Messer hörn, mit dem die Alte
draußen Rauchfleisch teilt fürs Enkelkind,

bis ich einen vollen Krug vom Besten
bringen werde, der das Hirn ertaubt;
und wir werden aus den Schnäbeln trinken,
wortlos noch einander niedertrinken,
da schon eingespannt der Schimmel schnaubt.

Der Schusterkneip

Mit vierzehn Jahren bin ich schon
beim Schuster in der Lehr.
Ich trag die Schuh treppauf, treppab,
ich rühr den grauen Schusterpapp
und kratz den Sohlenschmer.

Mich dünkt mein Bubenleben wie
ein Leisten anzuschaun.
Und jeden Tag, der bunt ersteht,
den soll ich, ob's auch Zipfel weht,
nur auf den Leisten haun.

Oft bleib ich auf dem Schemel knien
und tunk das Klötzel ein.
Da zieht der Papp sich glasig aus,
die Löcher werden groß und kraus,
im Dämmern nick ich ein.

Und dunkel hält die Faust den Kneip;
der Arm ruht vor der Brust.
Mir träumt, es weichen Tür und Wand,
ich schreit, Ihr Leut, durch Stadt und Land,
den Kneip quer vor der Brust.

Haue, Grabscheit, Krampen

Im Abend werden Hof und Haustor grau,
das letzte Licht entweicht aus dem Verhau.
Im dunklen Schein, voll Erde, Stein und Sand,
stehn Haue, Grabscheit, Krampen an der Wand.

Die schräge Haue war nur hinterm Haus
und grub am Acker die Kartoffeln aus.
Sie führte hastig-kurz des Häuslers Frau,
die schlaffen Säcke wuchsen prall und grau.

Das lange Grabscheit sah die Straße schlecht
und schrägte den verwachsnen Graben recht.
Bedächtig stach's der Straßenräumer ein
und legte seine Kraft gekrümmt hinein.

Im Steinbruch schlug der schwere Krampen auf,
ein Keil dem Spalt; der Schotter brach zu Hauf.
Die Sonne wallte über seiner Fron,
ihn schwang hoch auf des Häuslers hagrer Sohn.

Drei kehrten heim, voll Erde, Stein und Sand,
und lehnten stumm ihr Werkzeug an die Wand.
Im Hause ruhen Vater, Sohn und Frau
und Haue, Grabscheit, Krampen im Verhau.

Der Halter

Jedes Jahr – es war kaum sieben Tage
weiß im Stall das Zicklein eingestellt –
kam der Halter auf den Hof, voll Klage
schon im Tor vom Kettenhund verbellt.

Dunkel scholl uns seines Steckens Zwinge
und sein Brustlatz brannte hart und blau.
Quer vom Brustlatz hing die Hirschhornklinge
und das daumendicke Halftertau.

Keuchend warfen wir uns ihm entgegen;
ab vom Wamse prallte klein die Hand,
und mit Grölen, ohne sich zu regen,
wand er uns den Zaunpfahl aus der Hand.

Wund uns beißend, flohn wir in die Weiden;
und wir mußten, tiefgezerrt das Haar,
doch das Unerbittliche erleiden,
das im Hof geschah – wie jedes Jahr.

Der Zimmermaler

Ich malte viele Zimmer aus. –
Geknickt den Meterstecken,
schreit vorgebückt ich außer Haus
wie unter Zimmerdecken.

Der Raum harrt kahl; ein blasser Olm,
schnapp ich die Stickluft droben.
Mein Absatz rückt den Leiterholm,
grundiert der Arm nach oben.

In unzersetzten Wirbeln schwimmt
der Farbenstaub im Kübel;
mich brennt im Glühweinrausch der Zimt,
und unter ihm ist Übel.

Man such sich selbst ein Muster aus
von meinen zehn Schablonen;
ich malte viele Zimmer aus –
in keinem möcht ich wohnen.

Der Bäckerbub

Wachen muß ich jede zweite Nacht
vor dem Ofen und das Brot wird gar.
Langsam kühlt die graue Stube aus,
doch der Meister schickt mich früh vom Haus,
daß ich ganz allein den Karren fahr.

Aufgegangen glüht mein Angesicht
und wie Hefe liegt es mir im Mund.
Alle Tore stehn noch semmelklein,
schneidet schmal der Zuggurt schulterein;
und ich zieh und mach den Bäckerhund.

Gerne möcht ich mir was Gutes tun.
Doch mein Tag für Tag verdroschner Kopf
kann nicht träumen, wie man Zwetschgen brockt;
und es lächelt wer aus mir verstockt,
kennt man durch die Fenster mich am Schopf.

Aus den Gurten tret ich in das Tor
aus und pisse hin vor mich;
und der Kaktus, der vorm Fenster steht,
und der Wind, der meinen Harn verweht,
kommen leicht noch mehr zu Wort denn ich.

Einmal nur möcht ich ein Flöckchen sein,
das von Lippe herb zu Lippe fliegt.
Morgen segelt eines aus, Ihr Leut,
weil der kleine Bäckerbub schon heut
nacht im Ziegelteich begraben liegt.

Das Kartenspiel

32 Karten reich ich dir,
zugeschnitten aus Belegpapier;
im Abort, davor der Wärter hinkt,
hat meinen Daumen sie mit Kot gezinkt.

Misch die Blätter, daß die Zeit vergeht!
Kühler Glanz in unsre Zelle weht
aus der Dame mit dem Doppelschopf,
aus dem König mit dem Sellerkopf.

Teil', sag Blatt an und vergiß den Ort!
Fremd gefächert stehen hier wie dort
Schell und Eichel, Grün und Herz in Haß;
alle sticht von alters her Rot-As.

Der Bettgeher

Ich komm erst spät zur Tür herein,
daß ich nur keinen seh –
die Kammer dunstet dicht und fett,
man schnarcht, es stöhnt im Kinderbett –
und find mein Kanapee.

Du rauher Rock, ihr nassen Schuh:
das ist kein Bett der Ruh.
Man lagert wie im Gassenlicht;
es ist bloß, daß im Wind hier nicht
man liegt und friert dazu.

An Wäsche riech ich vielerlei;
ich höre jeden Laut –
und hör, wie sich vom Manne lau,
vom schnarchenden weghebt die Frau
und sich die Achseln kraut.

Ich wollt, ich wollt, ich wär nicht hier;
mich bohrt's in ihrem Hauch.
Ich möcht die drei da nimmer sehn
und doch um ihre Betten stehn
bei Nacht: ein Dornenstrauch.

Stundenlied

Um acht Uhr liegt der Markt voll Spelt,
der Tag wie Soda blau verfällt;
von Roßmist trunken schwimmt der Spatz,
der erste Strolch nimmt rittlings Platz
im Ausschank.

Um zehn das Tschoch die Geigen wetzt,
der Branntwein zart die Gurgel ätzt;
der Auftrieb stelzt im Puderwind,
wer kauft, kauft schlecht: die Huren sind
noch teuer.

Die Mitternacht viel Licht verspeist,
des Schnupfers Nase fremd vereist;
das Messer wohnt bereit zum Stich,
der Mensch bekommt sehr leicht mit sich
Erbarmen.

Um zwei Uhr früh weht's bitterlich,
der Wachmann weist die Hur vom Strich.
Wohl jedem, den beglückt sein Klamsch!
Wer kauft, kauft gut: 's ist großer Ramsch
in Lenden.

Um vier Uhr wird der Rinnstein fahl,
der Schränker steigt aus dem Kanal;
das Brot wird gar, die Milch gerinnt,
des Säufers Harn zaunabwärts rinnt:
o Klage.

III

Die zwei Gehetzten

Mein Bruder Aron Lumpenspitz,
was hast du dich erhängt
und mich allein gelassen
in Stuben und auf Gassen,
wo nachts das Grauen hängt?!

Ich schloß dich ein in meine Angst,
dich fremden Handelsmann:
dir fielen in den Laden
viel Briefe, schwarz, gleich Schwaden;
man rief dich drohend an.

Ich war mit dir wie niemals noch
mit einem Menschensohn,
sah dich von fern verwittern
und kannte schon dein Zittern
am schwarzen Telephon.

Signal blieb aus, Geschäft blieb zu,
du gingst auch nicht mehr aus;
da mußt vor Angst ich lallen,
mit Bast verschnürte Ballen
trug dir die Post ins Haus.

In Sägemehl, wie Obst verpackt:
was kann das, Aron, sein?
Am Freitag waren's Spatzen,
am Samstag tote Katzen
und faules Gänseklein.

Ich las im Leibblatt Sonntag früh,
– mir schien's ein schlechter Witz –,
daß gestern sich erhängte
der also sehr bedrängte
Herr Aron Lumpenspitz.

Mein Bruder Aron Lumpenspitz,
du hast es nun vorbei.
Mich aber läßt das Grausen
nicht schmauchen und nicht jausen;
mich sucht die Polizei.

Du warst mit mir, ich war mit dir;
was hast du dich erhängt
und mich allein gelassen
in allerhand Gelassen,
wo nachts das Grauen hängt?!

Die Rente

John Holmes und Will, sein scheuer Sohn,
die lebten still zu zweit;
die Rente hielt die Post für John
per ultimo bereit.
Am Morgen einst in Frieden
war John im Bett verschieden;
und Will stand vor der Zeit.

„John Holmes, mein Vater, leb mir noch;
sonst bleibt die Rente aus!"
Und Will ließ John im Totenloch
und schleppte Eis ins Haus.
Kühl schlug der Perpendikel,
kaum sah aus klarem Wickel
Johns Kinn vereist heraus.

Und Will trug Speise heim für zwei:
– sein Vater läge krank –
Ei, Tee und Ingwerbäckerei,
und speiste im Gestank.
Der Postbot kam; Will flennte
und unterschrieb die Rente:
sein Vater läge krank.

John Holmes und Will, sein scheuer Sohn,
die hausten still zu zweit,
im Winkel Will, im Wickel John,
an ein Quartal zu zweit.
Frost knarrten die Kredenzen,
Will goß ins Eis Essenzen.
und brannte nicht ein Scheit.

„John Holmes, mein Vater, leb mir doch;
schick keine Würmer her!
Du starbst von selbst ins Totenloch;
du weißt es bloß nicht mehr.
Ich hab dir nichts verleidet,
dir niemals nichts geneidet,
was so erklecklich wär."

Es hielt es Will, das scheue Kind,
bis ultimo nicht aus.
John Holmes erfüllte Stuhl und Spind
und kroch durchs ganze Haus . . .
Am Strick hing Will erkaltet;
die Rente, schön gefaltet,
sah ihm beim Rock heraus.

Bericht vom Zimmerhändler Elias Spatz

I

Nach Haus vom Handel kommt Elias Spatz:
der Seife Duft tut seinen Augen weh.
Sie hat in den Kartons im Schrank nicht Platz
und steht gestapelt bis aufs Kanapee.

Elias räumt sie krank vom Waschtisch fort;
das Wasser schwemmt den Schweiß ihm aus der Haut.
Es schwankt und kollert rings von Tisch und Bord,
indes Elias sich die Achseln kraut.

II

Elias Spatz hat guten Schab gemacht;
er bringt sich heut auch eine Schickse mit.
Elias führt und gibt im Finstern acht,
daß nicht die Schickse in die Schachteln tritt.

Elias lacht und zwickt sie ins Gesicht
und will im Finstern schon ins Bett mit ihr.
Sie aber hält beim Schuhknopf ein und spricht:
„Elias Spatz, was stinkt denn so bei dir?"

III

Den Krämern liefert noch Elias Spatz;
doch nur um Ware kommt er noch nach Haus.
Elias macht zur Nacht der Seife Platz;
er wäscht sich nicht und zieht sich nicht mehr aus.

Elias hockt bis vier Uhr früh im Schank
und spült die Gurgel aus mit Scharl und Korn,
und schluchzt, es sei im Park auf einer Bank
vor Tag sein Freund Elias Spatz erfrorn.

Der Weinhändler

Er schirrte allherbstlich daheim sein Gespann,
versah sich mit Brot und geräucherter Kost
und lenkte es wachsam das Lößland hinan;
von der Kelter weg kaufte er Maische und Most.
Und blieb ihm kein Eimer im Keller mehr frei,
dann ließ er den Kremser im Einkehrhof stehn
und pflegte der Stunden noch zwei oder drei
zu Fuß durch das brüchige Weinland zu gehn.

Einst zog er, die Hände verklebt noch von Saft,
die staubige Landstraße quer durch den Wein;
das Rebmesser knarrte und knurrte im Schaft,
er hörte die Stare im Rankenlaub schrein.
Da zuckte es bang durch sein altes Gesicht,
die Reben, die je hier ihm liefen ins Faß,
noch einmal zu messen . . . Der Tag war noch licht,
das Lößgebirg blau und die Mondsichel blaß.

Vergessen war Wagen und Keller und Heim;
quer zog er durchs Weinland und immer vorbei
an Ziehbrunnen, Dörfern und herbstlichem Seim,
und krallte die Krempe des Strohhuts entzwei.
Die Hauer am Weg riefen abends ihm zu
und reichten ihm Nüsse; die nahm er noch mit
(denn weit war der Weg) und in mondener Ruh
hört als Letztes er stampfen den eigenen Schritt.

Der Zehnte

Ich wuchs vor dem Lärm der Geleise heran,
von Kohle gebeizt und von Rauch.
Ich wälzte die Ballen zum Lastzug heran
im Schweiße wie andere auch.
Wir waren zwei Kerle, mein Packer und ich.
Ein Weib spielte auch noch hier mit.
Ein Topp und ein Würfeln. Das fiel gegen mich.
Und sie: nun, sie ging eben mit.
        Mann bleibt Mann.

Dem Kriege, der ausbrauch, dem war ich grad recht,
so recht wie ein anderer auch.
Vor Kowno war uns das Essen zu schlecht,
uns knurrte vor Hunger der Bauch.
Konserven – Latrinen, das Brot wie ein Stein.
Wir gingen dem Oberst vor's Haus
und warfen den Herren die Fensterchen ein:
– ob jener, ob der, was macht's aus.
        Mann bleibt Mann.

Man stellte uns Trupp vors Maschinengewehr.
Der Oberst, er hob schon die Hand.
Und wer da beim Zählen der Zehnte grad wär,
der sollte heraus, an die Wand.
Und ich sah ihn die Front, die stumme, abgehn,
diesen Finger – o glühender Stich –,
und an mir schon vorbei, zu dem Nächsten schon gehn.
Und der Zehnte, der Zehnte war – ich.
        Mann bleibt Mann.

Und ich schrie: Kameraden, der Zehnte bin ich,
ging an mir auch der Finger vorbei.
Und der Zehnte bist du und bist du so wie ich,
sind wir alle ein einziger Schrei.
Mit der Faust, mit dem Fuß an den Hals, an den Rumpf!
Die Kolben, wie schlugen sie schwer
wie hüben so drüben, die Sonne barst dumpf,
schrill schrie das Maschinengewehr:
Mann bleibt Mann.

In den Grund, in das Gras, in das Feld, in die Furch!
Und keiner, ja keiner entkam.
Und wir schlugen uns meuternd die Herbstwälder durch,
bis der Russe gefangen uns nahm.
Im Lager, in Hütten, in Schächten, im Schnee.
Dann hob sich rings Freiheit zu mir.
Ich Zehnter, ich schreit in der Roten Armee,
verloren das Wort als Panier:
Mann bleibt Mann.

Der Heimgekehrte

Ich kam, ein Gefangener, spät erst nach Haus,
drei Jahr nach dem dröhnenden Krieg.
Mir füllten mit Brausen die Ohren noch aus
drei dröhnende Jahr nach dem Krieg.
Ich kam durch die Küche und klopfte nicht an:
da schliefen mein Weib und ein anderer Mann,
drei Jahr nach dem dröhnenden Krieg.

Ich kam zu den Eltern; die fand ich wie je,
drei Jahr nach dem dröhnenden Krieg.
Ich werkte im Hause und fischte im See,
drei Jahr nach dem dröhnenden Krieg.
Doch sprach ich: sie konnten mich nimmer verstehn.
Und keiner. Sie taten, als wär nichts geschehn,
drei Jahr nach dem dröhnenden Krieg.

Ich schnürte mein Bündel und schritt in die Stadt,
drei Jahr nach dem dröhnenden Krieg:
Ihr Leute, ich bring Euch – der fremde Soldat –
drei dröhnende Jahr nach dem Krieg.
Drei Jahr in Sibiriens Schächten und Schnee,
der Wälder für alle, der Roten Armee,
drei dröhnende Jahr nach dem Krieg.

Ich schritt und ich rief und sie nahmen mich fest,
drei Jahr nach dem dröhnenden Krieg.
Und wiederum sitz ich verlaust im Arrest,
drei Jahr nach dem dröhnenden Krieg.
Und schießt Ihr mich nieder und scharrt Ihr mich ein:
Ihr könnt sie nicht drosseln, Ihr dämmt sie nicht ein,
die dröhnenden Jahr nach dem Krieg.

Kalendarium

Vom großen Frost vor Rust anno 1929

Nach Stephani ist heftiger Schneewind gekommen,
hat die Hänge verschneit und die Senke genommen,
daß die Schilfkegel wie der leibhaftige Schnee
breit gestanden sind rund um den Neusiedlersee.

Und hernach ist das Naß in den Brunnen gefroren,
auf der Fahrt haben Schlitten die Kufen verloren;
und es haben die ältesten Leute im Land
also grimmige Fröst nicht zeitlebens gekannt.

Ganz absonderlich hat's auf den Höhen gebissen,
hat den Knechten beim Schlägern die Lungen zerrissen;
vor den Weinkellern hat man gefunden die Reh
mit zerschnittenen Sehnen im glasigen Schnee.

Und die Nacht nach dem Lostag ist sternklar geblieben;
langer Frost hat das Saatkorn im Boden zerrieben,
hat die Reben verbrannt und gespalten zumeist
und den See tief von Ufer zu Ufer vereist.

Und die Wildenten haben aufs Eis ihren Kragen
scharf gelegt und nur matt mit den Flügeln geschlagen;
wer den Weg nicht gescheut hat und zwiefach Gewand,
hat sie korbweis fangen können im Schilf mit der Hand.

Tauzeit im Winter

Wann oft mitten im Winter in finsterem Glanz
warme Schauer das gleißende Becken durchstreichen,
hinterläßt in den Bächen der Löß seine Spur
und der Schnee weicht dem Hang zu zurück aus der Flur
und ein Brausen wird laut in den Kronen der Eichen.

Nun erst zeigt sich, wie schwarz und mit Erde verfilzt
rings die Kleestoppeln unter der Schneeschicht verwesten;
die durchackerte Krume ruht finster und brach
und es dunkeln die Bisse der Feldhasen nach,
die am Rain unterm Schnee in den Kohlstrünken ästen.

Die zerfrorenen Knorpel entfallen dem Stamm,
in den Mieten am Straßenrand bersten die Rüben;
zischend zieht sich ihr saurer und hitziger Rauch
hin durch Flächen und Mulden und ballt sich im Strauch
und beginnt die gelichteten Ulmen zu trüben.

Und kein Frost macht so leer wie im schneelosen Land
um die schwärzlichen Strohbündel Wergband und Knebel;
schweigsam halten sich fern dem zergangenen Grund
die Gehöfte und Dörfer, und niedrig ins Rund
hängt der Sonne vergrößerter Ball aus dem Nebel.

Saatwind

Die Wolken treiben dicht geschart,
der Schnee im Feld taut Schritt für Schritt,
als führte auf der flachen Fahrt
der Wind die schwarze Erde mit.
Die Mieten rauchen trüb und faul,
durchs Feld bricht quer der morsche Rain;
schon dünkt am Hang der schwarze Knaul
der kahlen Kronen seltsam klein.

Die Kreuze werden feucht und braun,
die Dörfer steigen aus dem Schnee;
die Latten sinken aus dem Zaun,
die Runsen schleifen Schlamm und Klee.
Die Reuter scheidet Saat und Spelt,
die Eggen stehn im Tal bereit;
der Bauer tritt von Feld zu Feld
den alten Fußpfad wieder breit.

Noch ist der Hohlweg weiß verlegt,
noch tost im fernen Wald der Sturm,
und auf der nackten Scholle regt
sich nur verfrüht ein bleicher Wurm.
Und mit den morschen Borken räumt
erst gründlich auf das rauhe Licht,
bevor mit Bast der Wald sich säumt
und Grün aus Rain und Rillen bricht.

Land unter Wasser

Wann der Tauwind durchs lehmige Weidenland weht
und der schmutzige Schnee auf den Feldern vergeht,
ist der Gräben Gefälle zu seicht und zu schwach;
und es steht bis zum Saum bald das Land, das sich flach
und in Streifen erstreckt, unter Wasser.

Leer, als hätte der gurgelnde Grund sich gesenkt,
gleißt die Fläche, die Weiden nur ragen verschränkt;
finster teilen die Raine und Dämme die Flut,
nur ein Weiser, ein Kirchturmkreuz wirft seine Glut,
seine strahlende, schwarz übers Wasser.

Weitab stehn nun die Flecken, zum Weg wird der Damm,
selten stakt eine Zille sich schwer durch den Schlamm;
still und warm wird die Luft, und mit grünlicher Haut
überziehn sich die Wellen, und lappiges Kraut
keimt und treibt auf dem schlammigen Wasser.

Schütteres Land

Die hellen Ackersteine,
der Rasen ohne Duft,
die ungepflügten Raine,
die Blüten in der Luft,
die stamm- und zweiglos dünken,
der Bärlapp auf den Strünken:
all dies fällt bald zum Raub
der Fülle Gras und Laub.

Maifeuer

Im Licht der kühlen Maiennacht
ruhn Tal und Höhen klar und leis;
da fällt ein jäher Frost den Duft,
es seufzt wie hohl die blinde Luft
und knistert nach gekörntem Eis.

Dumpf tutet Antwort Horn um Horn,
auf allen Seiten wird es laut;
viel Feuer lodern auf im Land
und Weib und Winzer nährn den Brand,
der zuckt und schwelt, mit Span und Kraut.

Am Boden kriecht und kreist der Rauch,
den schweren Frost noch auf der Brust,
und hüllt und wärmt den jungen Wein
und steigt empor von Rain zu Rain
bis zu der Bäume hellem Blust.

Im Schein der Flammen öffnen sich
die Blütenbüschel wie bei Tag;
und fortgeführt vom fahlen Rauch
des Reisigs, schwimmt ihr süßer Hauch
hangab weit über Feld und Hag.

Helle Zeit

Nun ist seit Wochen Tag für Tag
im ganzen Land so helle Zeit,
daß weithin hallt ein Hammerschlag
und alle Frucht von selbst gedeiht.
Die Hecken leuchten, Hand in Hand
ziehn Herr und Ahn durchs junge Korn
und prüfen, heimgekehrt, die Wand
des Speichers, Tenne, Pflug und Dorn.

Aufglänzt der hartgestampfte Flur;
im blauen Fürtuch steht der Knecht
und schnitzt der toten Nabenspur
die neue Speiche blank zurecht.
Die Magd hockt auf dem Brunnenstein
und reinigt Krug und Glas mit Schrot;
den Schinken, bitter bis aufs Bein,
bäckt ein die Frau in mildes Brot.

Schon sind des Vorjahrs Knollen kraus
vor saure Kellertür gestellt;
die Kipfleraugen wachsen aus
im Licht, das scharf den Keim befällt.
In Kammer, Keller, Schaff und Spund
dringt ein die Feldluft, frisch und breit,
und macht Gewölb und Holz gesund
und für das Jahr im Land bereit.

Schatten im Sommer

Wann oft im Sommer, am heißesten Tag,
für Sekunden die Wolken die Sonne verbergen,
fällt das Grasland zurück aus dem üppigen Schein,
die Gebüsche und Brennesseln zittern am Rain,
und ein Frösteln kommt her von den finsteren Bergen.

Das Gehämmer der Spechte erstirbt im Gehölz,
hinter Feldmauern weicht das Geläut einer Herde;
nun erscheinen, erkaltet, erst Distel und Dorn
an das wuchernde Fleisch eines Wachstums verlorn,
schon vom Stengel an stumpf und gesäuert von Erde.

Auf die Stacheln der dumpfigen Kletten tritt Seim,
den die Kringel der Sonne sonst zitternd verdecken;
das Gemäuer verfällt, der Holunder erblaßt,
und die Baumwanzen fallen gleich Schuppen vom Ast,
und das Klaubholz wird sichtbar samt Netzen und Zecken.

Und kein Herbstgrund liegt lebloser da als das Land
rings im stumpfen Gewand übersättigter Zellen;
nur die Dunstwolken schieben sich zögernd dahin,
und die faulige Fläche des Wassers beziehn
zwischen Ufergewächsen erschlaffte Libellen.

Zur Erntezeit

Seltsam ist's, wann die Felder in Mahdreife stehn,
durch ein Dorf gegen Mittag die Straße zu gehn;
sacht zerbröckeln die Holpern zu Sand, ins Gesicht
widerstrahlen die Wände das flirrende Licht,
und im Feld draußen rauschen die Sensen.

Und die Tore sind zu und die Scheiben sind blind,
nur die Winden der Ziehbrunnen knarren im Wind,
der entströmt schwarzen Tiefen; der Kinder Gegrein
fügt ins stille Gelächter der Blöden sich ein,
und im Feld draußen rauschen die Sensen.

Schaumig brodelt der schwärzliche Sud auf dem Herd,
aus der Stallung her wiehert verlassen ein Pferd;
an den Ketten zerrt klirrend das Vieh und blökt mit
und die Hunde verbellen wie rasend den Schritt,
und im Feld draußen rauschen die Sensen.

Nach der Kirchweih

Es ist traurig, zu kommen nach weitem Gefild
in ein Dorf, das am Vortag sein Kirchweihfest hielt,
wenn zu weit nach dem nächsten der Weg; seltsam leer
stehn die Häuser gereiht und die Dorfstraße her
wehn Grasstaub und dürre Girlanden.

Und des Kramladens Glockenzug zieht sich nur zag,
denn rings wird schon gemolken am hellichten Tag;
in der dunstigen Gaststube ist man im Weg
und im Hof wird zerrissen der Tanzbodensteg,
voll Grasstaub und dürren Girlanden.

Und es steht in den schläfrigsten Augen ein Strauß
schöner Lichter, sie schimmern und schließen auch aus;
reß sind Braten und Kipfler, mit Häutchen bedeckt
ist der Most und der bröslige Zuckerguß schmeckt
nach Grasstaub und dürren Girlanden.

Treibjagd

Die Stoppeln der ebenen Felder verdorren,
auf niederem Buschwerk zerkrümelt das Laub;
die Kräuter und Grasschöpfe leuchten verworren,
die Fahrwege hüllen die Raine in Staub.
Die Grenzsteine stehn in der Ebne und darben,
es hängt in der Helle ein ödes Gebraus;
im sumpfigen Rohr ist in frischeren Farben
im Mantel der Bläue noch Sommer zu Haus.

Die Dauer des Mohnkopfs am Stiel scheint gewogen,
schon dunkeln die Riegel, zu Schatten verschränkt;
es schreiten die Bauern in schütterem Bogen,
die Schrotflinten schweigsam zur Erde gesenkt.
Umwölkt sind die Schritte von schwarzroten Schnarren
und kurz ist der Hunde verhaltnes Gebell;
die Fruchtkapseln öffnen sich und unter Knarren
bewegt sich der Ebene scheckiges Fell.

Viel bräunliche Wachteln entschwirren dem Rasen
und sinken, von streuendem Schrotschuß gefällt;
es falln in den Furchen Kaninchen und Hasen,
dem Blutschweiß nach stöbern die Hunde durchs Feld.
Klar hebt in der Ferne sich eine Kamille
vom Rain ab . . . die Sonne liegt blendend und heiß
knapp über der Ebne; dann mengt in der Stille
des Herbstes sich Nebel mit Pulver und Schweiß.

Nun bleiben nur wenige Tage dem Rasen . . .

Nun bleiben nur wenige Tage dem Rasen,
an denen noch kraftlos die Herbstsonne scheint
und bis an die Wälder das Gras sich verblasen
vom Schopf bis zum Bast mit der Erde vereint.
Schon morschen die Stengel der strohernen Blumen,
es kräuseln sich zwischen geackerten Krumen
die Fasern der Wurzeln gleich farblosem Garn.

Die Raine zerkrümeln, es hängt in der Helle
ein stetes Geräusch zwischen Grund und Getier;
vom Nest der Hornissen weht Zelle um Zelle,
es knistern die Späne am grauen Spalier.
Die Erdlöcher rauschen, der Schweiß macht sie weicher,
schon rollt sich der Igel zur Ruh unterm Dorn;
die Feldmäuse füllen die muffigen Speicher
mit glitzernder Grasfrucht und restlichem Korn.

Noch glänzen des Schlingkrauts gezwirbelte Flachsen
um Gatter und Zäune; doch Stoppeln und Kraut
sind bald mit den Brocken der Äcker verwachsen
und bergen der Rundschnecken bläuliche Haut.
Dann rauchen die Felder, der Seim geht zur Neige,
es schleift aus der Schneide des Jahrs sich der Rost;
die Erdhügel schrumpfen, es knarren die Steige,
geschlossen erwartet der Anger den Frost.

November

Feucht dahin geht der Tag und der Abend ist kalt,
finster ballt sich der Herbstrauch vorm gilbenden Wald;
los haften die Sporen den Samen nur an
und es schlenkert vom Acker das letzte Gespann
fort, als zöge es fort von der Erde.

Schmal umrändert ein schwefliges Leuchten den Saum,
raschelnd schaukeln die wenigen Nüsse am Baum
und die Räder verhallen; nur fern hinterm Hang
sackt sich aus den Kartoffeln dumpf bullernder Klang
und er endet tief unter der Erde.

Was an Nutzbarem etwa zur Stund nicht gestellt
unter Dach ist, verfault über Nacht auf dem Feld;
daß man schneiden sie könnte, so dunkel und dicht
wird die Nacht, und das draußen noch irrgeht, das Licht,
leicht erstickt und verschluckt es die Erde.

Winter im Winter

Kein Glanz geht aus von Glas und Borden,
durchs dürre Reisig scheint das Scheit;
der Schnee am Hang ist schwarz geworden,
so lang schon hat es nicht geschneit.

Das Licht ist fahl und schon verblasen
der wenige Wind, bevor es tagt;
die Stämme rings stehn von den Hasen
bis auf das Kernholz angenagt.

Es herrscht kein Zug in Land und Bäumen,
es regt sich kein Geräusch am Rain;
der Frost selbst lagert in den Räumen
für tot und wirkt auf nichts mehr ein.

Wir lagen
in Wolhynien im Morast . . .

Gedenkst du noch . . .

Gedenkst du noch der einsam-stillen Nächte
im schlecht verschalten Graben, Kamerad?
Wir lagen, um den Kolbenhals die Rechte
geschlossen, auf dem Rücken stumm und grad.
Dann traten Schatten sacht ins Nichts und brachen
gleich Blumen auf, es rauschte unser Blut;
und wenn wir sie erkannten und sie sprachen,
war uns, einst würde alles wieder gut.

Die Dinge, deren Schau uns ohne Ende
einst speisen konnte, kennen uns nicht mehr;
sie gaben längst sich andren in die Hände
und unbewirtet irrn wir fremd umher.
Wir stehn in Schenken und wir ziehn die Straßen,
– die Brotsackschnalle scheuert uns den Rumpf –
der alten Lieder, die wir nie vergaßen,
voll mehr denn je, in allem andern stumpf.

Mit uns ist heute nur die große Kälte,
uns aufzunehmen nur bereit das Land,
das sich in Kratern in der Dämmerung wellte
bis ans Verhau; der Sand der Grabenwand,
von der wir in die Heimat fort uns träumten,
hebt sacht zu rauschen an um unser Kinn,
als wär, den Dingen fern, die wir versäumten,
für uns Vergessen, Ruh, und ein Beginn.

Erster Teil

Im Übungslager

Im Buschgelände, das ums Übungslager
im kühlen Glanz des ersten Frühlings lag,
erfuhren wir, bis auf die Knochen hager,
die letzte Schulung schweigsam Tag für Tag.
Wir hörten uns die Kolben mit verdrehten
Gelenken schwingen und die Zünder ziehn;
der Rasen schien uns in den Grund getreten
und blankgewetzt weithin von unsren Knien.

Nur abends, wann wir durch die Büsche zogen
und manchmal schreiten durften ohne Takt,
schien das Gesträuch uns unterm blassen Bogen
des Himmels plötzlich nicht mehr völlig nackt.
Blank glomm die Rinde und der Saft ward rege
und strömte sacht den kleinsten Trieben nach;
es schien uns selbst der Lehm der Karrenwege
zu leben, der aus seinen Holpern brach.

Und doppelt schwer war's, sich in den Baracken
hernach zu betten bald nach kargem Mahl,
da erst das schwere Blut in Stirn und Nacken
zu rauschen anhob wie zum ersten Mal.
Wir wandten, ohne uns dabei zu regen,
uns von einander ab und jedem Laut;
und sacht, indes wir lauschten seinen Schlägen,
kroch heißer Rötel über unsre Haut.

Der Urlaubstag

Der Tag, an dem wir Urlaub nehmen durften
im Übungslager, war ein banger Tag;
wir standen vor dem Tagruf auf und schlurften
auf die Latrine, die im Finstern lag.
Dann fegten wir die Diele, wenig munter,
und richteten die Kavaletten aus;
wir schlangen unsern Zwieback rasch hinunter
und standen vor der Zeit gestellt vorm Haus.

Was auf der Übungswiese der Gefreite
befahl, wir führten es heut hurtig aus;
wir traten nicht ins Strauchwerk auf die Seite
und keiner griff im Schritt nach einer Laus.
Wir fürchteten das Schreiten durch die Lachen,
das Nieder-Machen im versumpften Strich
mit seinem Schlamm, der tränkte unsre Sachen
und nicht vor Nacht dem Strich der Bürste wich.

Und mittags ließen wir im Napf die Brühe
stehn, bis das Kernfett sich zusammenzog;
dem Riemenzeug galt einzig unsre Mühe,
wir wachsten es, bis es sich glänzend bog.
Wir putzten blanke Lichter in die Schuhe;
doch leicht noch konnte ein Tornisterhaar
aufs Zeug wehn, und wir hatten keine Ruhe,
bis der Rapport an uns vorüber war.

Wir lagen schweigsam auf den kühlen Fliesen . . .

Wir lagen schweigsam auf den kühlen Fliesen,
im Fensterwinkel bauschte sich der Sand;
die Luft war trüb und dumpf vom Kapselschießen
und lässig um den Kolben lag die Hand.
Aufstützte sich der Korporal, es schlichen
sich in den Vortrag lange Pausen ein;
der Regen draußen fiel in schüttren Strichen
und zwischen ihnen lag ein grauer Schein.

Unwirklich dünkten uns die eignen Spaten,
so winzig staken vor der Wand im Sand
die Marken, die uns dienten als Soldaten,
so zierlich zackte sich der Stellung Band.
Die Möglichkeit, in ähnliche Gefechte
je zu geraten, schien uns sehr gering;
verstohlen suchten wir nach einer Flechte
die Ohren ab mit einem harten Ding.

Und selbst die hohen Vorgesetzten zeigten
ganz anders sich als auf dem Übungsplatz,
wenn sie den Flur passierten, und sie neigten
sich über uns mit einem kurzen Satz.
Und als wir in die Truh den Sand gegossen
und glattgestrichen hatten mit dem Scheit,
war heimlich uns zu Mut und wir genossen
wie selten ein Gefühl von Sicherheit.

Im Viehwaggon, vermacht mit starken Stangen . . .

Im Viehwaggon, vermacht mit starken Stangen,
ging es seit Früh zur Front zum ersten Mal;
eng ward uns in den Mänteln zum Verfangen
und selbst zum Atmen schien der Raum zu schmal.
Ein schaler Hauch stieg aus den Knopflochblumen
und schnürte finster uns die Kehlen ein;
und hin und wieder kauten wir die Krumen
der letzten Zwiebackfassung schweigsam klein.

Und draußen glitt das Land in farbigen Streifen
an uns vorüber rasch im schmalen Spalt
mit Zäunen, Hütten, Stauden, nah zum Greifen,
doch uns verwehrt auch unterm Aufenthalt.
Schmal blieb der Spalt, kaum konnten wir enträtseln,
was auf den Tafeln fremd geschrieben stand;
zum Weinen deutlich glänzte auf den Brezeln
das weiße Salz, der klare Zuckerkand.

Dumpf rollten wir dahin. Als längst die Helle
erloschen war und das Gefild verflacht,
verrichteten wir von verhaltner Stelle
die Notdurft unsres Leibes in die Nacht.
Dann schoben wir den weichen Wulst der Zelte
dem Nacken unter, lockerten die Schuh
und wandten still der nie gekannten Kälte
in Land und Bäumen unsre Schläfen zu.

Im großen Flachland, schwarz durchsetzt von Föhren . . .

Im großen Flachland, schwarz durchsetzt von Föhren,
lag oft ein Landstrich seit dem Vorjahr brach;
der Schrei des Bussard war weithin zu hören
und zögernd wuchs das Gras am Wegrand nach.
Die fahlen Schollen darbten unzerkleinert,
die feuchten Furchen füllte kleiner Spelt;
es stand von Schnecken, taub und weiß versteinert,
in seinen Kämmen rings das Feld erhellt

bis in den Mai. Dann schoß nach langem Regen
der wilde Wermut herb und hoch ins Kraut
und derbes Unkraut stand an allen Wegen,
in diesen Breiten spärlich sonst geschaut.
Es wiegten groß und mit verdickten Knoten
die Hirtentäschchen sich im heißen Hauch;
Käspappeln prangten mit gerippten Broten
und Würger schwirrten viel von Strauch zu Strauch.

Die Wespen bauten in den Spalten Waben;
die Föhrenstände einzig blieben breit
auf ihren bleichen Dünen stehn und gaben
der Gegend die gewohnte Düsterkeit.
Ein weites Schweben war mit allen Samen,
die Distelsterne sperrten groß und kraus
die Pfade, und die wenigen Dörfer nahmen
in ihren Senken sich wie Schemen aus.

Marsch in Wolhynien

Als wir fröstelnd und verkrümmt erwachten
in den Zelten, war die Nacht noch grau;
und gestrichen kam der Wind in sachten
Schwüngen aus der seichten Birkenau.
An den Stacheln der kaum grünen Kletten
hing der Tau, gefroren über Nacht,
glitzernd; das Geklirr der Wagenketten
fand in Viererreihen unsre Macht

schon gefechtsbereit. Für die Kolonne
war ein großer Tagmarsch vorgesehn;
zeitlich hob zu brennen an die Sonne
und der Frühwind hörte auf zu wehn.
Nur der Sand, in den wir tiefe Spuren
stapften, blies uns an von unsren Schuhn,
daß die Finger von den Kolben fuhren,
ihn aus Nase, Mund und Ohr zu tun.

Und wir konnten kaum vor Hitze hören
oder sehn, es glühten Luft und Grund;
nur die schmalen Schatten schwarzer Föhren
strichen manchmal über Stirn und Mund.
Vor die Tümpel, die im Schutz von Ranken
westen, pflanzten sich Pistolen hin;
und sie hießen uns vorüberschwanken
in den Tag, der wie ein Laufrohr schien.

Wir lagen in Reserve vor den Föhren . . .

Wir lagen in Reserve vor den Föhren
des Dünenzugs im unbebauten Land;
nichts war seit Früh im weiten Feld zu hören
als unterm Unkraut ein Geräusch von Sand.
Wir wußten nur, daß draußen im Gelände
ein Graben unser harrte, die wir nie
gesehen hatten Draht und Unterstände;
und pampstig wurden mählich uns die Knie.

So lagen wir und stützten in Gedanken
schon die Gewehre auf den Grabenrand,
indessen unsre Finger an den Ranken
des Vorjahrs Rüben zogen aus dem Sand.
Es war verboten, Feuer in den Mulden
selbst anzuzünden; doch dem Magen fiel
es schwer – leer wie er war – sich zu gedulden,
und wir genossen sie samt Stumpf und Stiel.

Die Sonne schien am satten Blau zu haften,
so langsam glitt sie tiefer; als sie sank,
war uns als ob sich plötzlich enger rafften
die Felder, fahl ward rings die Luft und schwank.
Und an dem dumpfen Grunzen der Granaten,
am Knattern der Gewehre, das die Nacht
durchlöcherte, ließ sich die Front erraten:
ganz nah zur Rechten, links und geradaus sacht.

Die erste Verwundung

Wir lagen schon seit Früh im seichten Graben
der dritten Stellung und es war noch neu
für viele, nichts als Lehm um sich zu haben
und unter sich ein wenig Stroh und Heu.
Ein schmaler Streifen, schien die blaue Leere
des Himmels über uns für alle Zeit
zu hängen, bis das Knattern der Gewehre
jäh anschwoll mit der ersten Dunkelheit.

Da ließ in unsrer Näh ein kleines Schaben
uns aufsehn: aus der Luft, die eben heil
noch blaute, hatte in den schmalen Graben
gefunden ein gekerbter Fliegerpfeil.
Und uns, die wir bisher noch keine Wunden
gesehn, befremdete das schwache Ding,
das dünn im Arm stak, der noch unverbunden
dem Rumpf im Mantel schlaff zur Seite hing.

Und staunend sahen wir erfahrne Hände
von wunder Schulter den Tornister tun
und ihn durchwühlen bis aufs Zeltblattende
nach Brot, Konserven und noch ganzen Schuhn.
Sie wanden dem Verletzten die Gamaschen
rasch von den Beinen, drückten seine Hand
und ließen nur die vier Patronentaschen
an ihm, der lehnte an der Grabenwand.

Die ersten Unterstände

Die Stellung, die wir gegen Früh bezogen,
schien seicht und schmal und wenig ausgebaut;
und seltsam dünkten uns die dünnen Bogen
des Stacheldrahts. Es glichen fast der Maut
der Vaterstadt des Grabens quere Reiter;
der Wind hielt an, der Sterne Glanz verblich.
Nur ab und zu erhob sich ein Gefreiter,
wann über uns ein leises Knattern strich.

So hockten wir, der abgeschrägten Wände
und ihres Bänderzugs noch ungewohnt;
nur Nischen dünkten uns die Unterstände,
in Manneslänge kaum, und so geschont,
daß sehr verlegen wir in sie uns zwängten,
als uns der Korporal das Beispiel gab,
und die Tornister sanft nach außen hängten.
Knauf schien das Haupt, der Leib gepreßt zum Stab.

Doch wie wir länger lagen auf dem Rücken,
erlernten Hand und Kinn den Nischenbrauch
und nimmer schien der Lehm uns zu erdrücken;
wir schlürften dankbar seinen sauren Hauch.
Wir sahn im blauen Spatenglanz sich masern
die Mergeladern und den Schiefergrund;
und manche spielten mit den Wurzelfasern,
die ihnen strichen über Stirn und Mund.

Wir lagen in geräumiger Kaverne . . .

Wir lagen in geräumiger Kaverne
auf Pritschenreihn, bestreut mit Birkenlaub;
es dröhnte dumpf die Front in weiter Ferne
und von der Pölzung troff ein feiner Staub.
Blank glänzten die Gewehre eingefettet
und die Monturen waren längst genäht;
stumm starrten wir, auf rauhe Streu gebettet,
ins Schachtlicht, das sich glich von früh bis spät.

Es glichen sich, dem Licht gleich, auch die Stunden,
ganz ohne Inhalt und doch ungewiß,
daß wir uns gerne widmeten den Wunden,
die uns der scharfe Schweiß des Reisigs biß.
Wir sammelten das Harz der Birkenschalen
und sogen sacht die bittren Knospen aus;
wir lernten es, den Zwieback zu zermahlen,
und hielten lang mit seinen Krumen Haus.

Und in den Nächten, wann aus allen Falten
gerieben war der schweißdurchtränkte Staub,
vermeinten wir das mähliche Erkalten
der Ebene zu hören, und ihr Laub,
des Dinkels Wurzeln, die wie Mäuse scharrten
im Mergel, der uns zu erdrücken schien;
und manche schoben aufgesparte Schwarten
mit trockner Zunge ängstlich her und hin.

Zerstörtes Land

Nach langer Fahrt durch sandige Föhrenwälder
erstreckte sich weithin ein flaches Land,
in dem verfallner Stacheldraht die Felder
durchzog und Brandschutt auf den Straßen stand.
Nur selten regte unterm blauen Bogen
ein Stämmchen Mais das grüne Rispenhaupt;
und widerwillig, zögernd nur bezogen
wir die Quartiere, bis zur Wand verstaubt.

Es hausten in den Hütten neben Alten
die breiten Frauen der Ruthenen nur,
und seltsam zeichnete in großen Falten
ins feiste Fleisch der Hunger seine Spur.
Und abends, da sie über ihre Waden
den Kittel zogen, sahn wir sanft und sacht
von ihrer Haut der Läuse weiße Schwaden
wie Meltau falln und flohen in die Nacht.

Und wenig schliefen wir in unsern Zelten
in dieser Nacht im halbverkohlten Gras,
das Mond und Sterne hinterm Haus erhellten
bis zum Verhau der Gräben ohne Maß.
Wir hörten in den schwarzen Hungerställen
die Ziegen meckern, bis der Mond verblich,
und fröstelnd wälzten wir uns, wenn in Wellen
der Frühwind über unsre Schläfen strich.

März im Graben

Wir lagen eingegraben
im Grund und ausgeruht;
braun schmolz der Schnee im Graben
und langsam stieg die Flut.
Und draußen trat ein blasser
Schein eben ans Verhau:
die ausgetretnen Wasser
der fernen Birkenau.

Rauh kam aus finstren Weiten
der Wind und doch auch weich
vom Dampf der Rübenbreiten
im Land, von erstem Laich
und Milch der Wurzelhaare,
vom Saft in Busch und Baum,
der herb wie alle Jahre
durchschwitzte Bast und Flaum.

Unwirklich ins Gelände
gerammt glomm Pfahl an Pfahl;
scheu rührten unsre Hände
an Riemenzeug und Stahl.
Wir lagen unterm Bogen,
der sich bestirnte sacht,
die Beine hochgezogen,
still wach die ganze Nacht.

Der erste Rasttag

Eben war das Land, in dem wir lagen
früh, zum ersten Mal zurückgestellt
von der Front; nur selten zog ein Wagen
blaue Gleise durch das brache Feld.
Aber uns, die wir in unsren Seiten
fühlten noch die Näh der Grabenwand,
tat es gut, zu blicken in die Weiten
und zu ziehn durchs grüne Gras die Hand.

Und wir sahen eine ferne Esche
wippen sacht ihr Laub im bunten Schein,
gruben gegen Mittag unsre Wäsche,
die schon schwarz war, in den Rasen ein.
Und die Läuse, haftend in den guten
Nähten, litt es in der Erde nicht,
und sie krochen auf den Weidenruten,
die wir pflanzten, rings ins warme Licht.

Und zu Abend schlugen wir die Zelte
auf, und wer zunächst der Öffnung lag,
sog den Wind, der sacht die Halme wellte
und durchs Laub zog, bis zum frühen Tag.
Und der Tau troff würzig von den Bäumen
und die Schollen lagen schwarz zuhauf;
und es richteten in unsern Träumen
unsre Sinne sich wie Gräser auf.

Wir lagen in Wolhynien im Morast . . .

Wir lagen in Wolhynien im Morast,
der mählich überging in schwarzen Sumpf,
seit Tagen eingegraben; grüner Glast
gab Blasen ab und strich aus Strunk und Stumpf.
Tief unter Wasser ging gedämpft der Schall
der Minenwerfer und Granaten auf,
und Wassersäulen warfen weißen Schwall,
vermengt mit Fasern und Getier, herauf.

Des Ulmenwalds, der hinter uns verzog,
ward jede Nacht ein Strich samt Stumpf und Stiel
gefällt; der schwarze Schein des Wassers trog
und die Geschütze schossen übers Ziel.
Die Stellung war fast sicher. Nur der Grund
stieg hoch und stieg uns feucht bis an die Knie;
wir stopften ihm mit Sand den schwarzen Schlund,
der wie ein Kind durch die Verschalung schrie.

Und durchs Gebälk stieg sacht doch stet die Flut
und fraß den Sandsackwall. Von unsren Zeh'n
fiel schwarz das Fleisch, zu Kopf stieg uns das Blut;
kaum konnten wir die spitzen Reiter sehn.
Wir lagen ausgestreckt (daß das Gewicht
sich sehr verteile) dann noch stundenlang
und lauschten, bis sich hob das frühe Licht,
entspannt dem Wind, der in den Ulmen sang.

Wir lagen, um das Vorfeld zu erkunden . . .

Wir lagen, um das Vorfeld zu erkunden,
im Brachland draußen vor dem Drahtverhau;
im Dunkel hatten wir uns durchgewunden
und unsre Mäntel waren feucht vor Tau.
Die schwarzen Schatten lagen ganz im Leisen,
es rührte spröd an unser Kinn der Spelt
der seichten Niederung; ein Klang von Eisen
lag in der Luft und seufzte sacht durchs Feld.

So lagen wir, stumm, ohne uns zu regen
und fühlten dem Geraun der Nacht uns nah,
bis durch die erste Dämmerung entgegen
uns ein Gebild aus schmalen Schatten sah.
Uns fröstelte, doch unsre Augen trogen
uns nicht: es schloß der Feinde Drahtverhau
– kaum fünfzig Schritte weit – um uns den Bogen;
und Gras und Schollen wurden mählich grau.

Da schob der Führer, ohne sich zu wenden,
mit eingezognen Schultern sich zurück;
wir folgten lautlos ihm auf unsren Händen,
unendlich lange dünkte uns das Stück,
das uns vom Graben trennte. Unsre Spaten,
die seitwärts schwangen, schufen uns Verdruß;
und als wir eben auf den Sandwall traten
vor unsrer Sappe, fiel der erste Schuß.

Durchbruch

Am dritten Kampftag stiegen grüne Lichter
im Vorfeld auf und gaben das Signal;
das Abwehrfeuer wurde plötzlich dichter
und bitter dünkte uns die Luft und schmal.
Selbst die Gewehre tickten drüben schärfer,
mit Grunzen schlugen die Granaten ein;
hohl ächzend schraubten sich die Minenwerfer
auf unsren Graben zu in schwankem Schein.

Der Stollen, der verband die sieben Zonen,
zerfiel zu Staub; und in den Rauch und Ruß
fiel aus dem Wall der eigenen Kanonen
nur ab und zu ein winzig schwacher Schuß.
Da wußten wir uns allesamt verloren
und legten schweigsam die Gewehre an,
des Schweißes achtend nicht, der aus den Poren
in kalten Bächen unaufhörlich rann.

Und lautlos schoben, durch ihr Trommelfeuer
gedeckt, im Vorfeld sich die Wellen vor
alswie bei einer Übung; ungeheuer,
die Handgranaten streckend übers Ohr,
daß sehr uns fror. Es pflanzten noch die einen
fast teilnahmslos die Bajonette auf,
indes die andern zwischen Schutt und Steinen
getroffen sanken schon aus raschem Lauf.

Flucht

Aufgelöst war jede Zucht. Der Sieger
kam, sich sammelnd, uns nur zögernd nach;
doch ins Vorfeld ließen schon die Flieger
Bomben fallen, und die Sonne stach.
Und die Stadt der Speicher, die wir kannten
noch vom Vormarsch her, gedeckt mit Stroh,
brannte, da wir durch die Gassen rannten
und Patronen faßten, lichterloh.

Und wir hieben mit den blanken Picken
auf die Fässer ein, bis Branntwein floß,
bis der herbe Rotwein sich in dicken
Strahlen rauschend über uns ergoß.
Weiter rannten wir, vom roten Bade
noch durchnäßt; wer eine Kiste fand,
schmierte, schwankend, sich die Marmelade
in den Mund mit seiner freien Hand.

Und verschlungen hatte Vieh und Stangen
schon der Strom, daß er geschwollen schien;
die nicht schwimmen konnten, stiegen, sprangen,
krochen über die Kadaver hin.
Kaum am Ufer, fielen mit verstauchten
Zeh'n wir hin und schossen, daß der Damm
brenzlig hauchte, daß die Läufe rauchten
und die Ärmel säuberten vom Schlamm.

Auf Genesung

Es war uns eine Zeit im Flecken
beschieden, wie man sie nur träumt;
uns war zum Hausen und Sich-Strecken
das alte Bräuhaus eingeräumt.
Wir Rekonvaleszenten durften
dort, was uns angenehm war, tun;
das Pflaster hallte, wenn wir schlurften,
von unsren schweren Kommißschuhn.

Die guten Bürgersleute luden
der Reih nach uns zur Jause ein;
wir tranken abends auf der Bude
mit den Studenten Apfelwein.
Wir lehrten sie zum Dank die Lieder,
die uns verkürzt im Feld die Zeit;
es nahm der ganze Flecken bieder
uns auf in seine Fröhlichkeit.

Und wenn wir schälten aus dem Laken
uns früh und in der Wanne stand
das Wasser, drehten wir den Nacken
und prüften ängstlich den Verband.
Es dünkten für die wenigen Wochen
des Aufenthalts die Beugen uns
viel zu beweglich, und wir rochen
zum Schorf der Wunden scheuen Munds.

In Szatmar

In Szatmar hielten wir vor den Baracken
der am Geschlecht Erkrankten lange Rast;
sie saßen hinterm Gitter auf den Schlacken
und ihre Wangen waren fahl wie Bast.
Es war die Stunde, da man sie verätzte;
mit unbewegtem Rumpf verhielten sie
dem scharfen Strahl, bis er sie fast zerfetzte,
und stützten stumm die Hände auf die Knie.

So ward es Mittag, den wir nur mit Mühe
erwarten konnten; still, des Hungers bar
versenkten sie den Löffel in die Brühe,
die spülichtgrau und schwach gesalzen war.
Sie stellten bald die öden Näpfe nieder
und überließen sich der Mittagsglut;
und nur das Flattern ihrer grauen Lider
verriet die Furcht, die ihnen saß im Blut.

In ihren grau gestreiften Kitteln lagen
sie, unzugänglich und für sich allein;
den Abend erst, der kühler um die Schragen
strich, sogen stärker ihre Nüstern ein.
Und mancher, der den Abendhauch der Schlacke
und das Gezirp der Grillen nicht ertrug,
ging vor der Zeit zurück in die Baracke
und winkte in der Türe unserm Zug.

Auf Vormarsch

In Szatmar traf sich, was aus den Karpaten
geflohen kam. Man formte uns vor Nacht
– zwei Ochsenstaffel Funker, Schanzsoldaten
und Sanität – zu einer eignen Macht.
Wir faßten Brot und Mehl in großer Menge
am nächsten Vormittag. Die Sonne stach;
wir maßen auf den Karten Weg und Länge
und rückten quer der Front durchs Flachland nach.

Doch schon am Saum der grasbedeckten Tiefen
gewann die Glut des Sommers so an Macht,
daß wir tagsüber in den Zelten schliefen
und weich erst losmarschierten gegen Nacht.
Es war nicht allzu oft, daß schwarz wie Kohle
ein Busch, ein Brunnen quer im Weg uns stand;
wir hielten uns bis Früh nach der Bussole
und keine Feldpost ward uns nachgesandt.

Und wie wir so marschierten und am Feuer,
von Tau durchnäßt, uns wärmten Früh um Früh,
empfanden wir den Marsch als Abenteuer
und überwanden gerne jede Müh.
Wir schritten wie von eignem Drang getrieben,
sobald gesunken war der rote Ball,
im Takt der Joche, die sich hölzern rieben
am Nackenbug des Viehs mit leisem Schall.

Die Reisigstraße

Als der Vormarsch in den schwarzen Forsten
stockte, brachte dies uns keine Rast;
denn die Straßen waren tief geborsten
unter ungewohnter Wagenlast.
Und der Nachschub, den die Truppen vorne
dringend heischten, ließ nicht Zeit genug,
einen Unterbau durch das verworrne
Bett zu legen, der Geschütze trug.

Und mit unsren breiten Messern hackten
wir der Tannen zähes Reisig klein
und vermischten es mit Kies und prackten
es in den geborstnen Fahrdamm ein.
Wo am andern Tag des Wassers Flecke,
das zum Binden zugesetzt war, flohn
aus dem Mengsel, war die Straßendecke
grau und hart und tragfest wie Beton.

Und durch keine Pause unterbrochen,
reihte sich zu Abend Fuhr an Fuhr
auf der Straße, die Haubitzen krochen
ihre Steigung ohne Räderspur.
Und wir lagen auf dem Grund, dem harten,
übermüde wach die ganze Nacht;
und das Reisig roch, die Räder knarrten
und die Wipfel rauschten schwarz und sacht.

Wir irrten, von der Front zurückgenommen . . .

Wir irrten, von der Front zurückgenommen,
durchs große Flachland ohne Ziel und Ruh;
an hundert Flecken, bleich und wegverkommen,
wies man der Reih nach uns als Standort zu.
Und jedes Dorf war überfüllt mit Truppen,
die schmale Gleise legten durch den Sand
und Balken kappten, daß sich kaum ein Schuppen
zur Unterkunft für ein zwei Nächte fand.

In kleinsten Gruppen waren wir Gemeinen
tagsüber fremder Mannschaft zugeteilt;
und wenn wir schafften mit Gebälk und Steinen,
geschah es träg und dennoch übereilt.
Es war nur, daß wir nicht am Wegrand lagen
und unsre Nüstern säuberten von Sand,
wenn wir die Griffe der beladnen Tragen
gehn ließen ohne Schwung von Hand zu Hand.

Und selten war es, daß man in der Leere
der Scheunen mehr als eben nötig sprach,
so sehr genoß der Körper seine Schwere
und gab mit Vorsatz seiner Trägheit nach.
Es peinigte uns das Gesumm der Mücken
dann gleichermaßen wie das taube Licht;
und wir verharrten störrisch auf dem Rücken
und hielten uns die Hände vors Gesicht.

Wir lagen in verschneiter Bergesenge . . .

Wir lagen in verschneiter Bergesenge
als Posten zwischen Front und Nachschubland
und kosteten des Winters ganze Strenge
und hielten frei der Fahrbahn blaues Band.
Mit breiten Schaufeln schoben wir zur Seite
den Schnee und prackten ihn zu festem Damm;
stark blendete uns rings die weiße Weite
und Faust und Kinn und Ohren krachten klamm.

Nur ab und zu glitt ein beladner Schlitten
auf breiten Kufen durch den leisen Tag;
und seltsam dunkel glomm das Heu, das mitten
auf reiner Fahrbahn dann in Büscheln lag.
Es war nur selten, daß ein Häher krähte,
und laut erhob sich eine Stimme nur:
der Wind, der Nacht für Nacht die Bahn verwehte
mit Wächten bis zur Höhe einer Fuhr.

Und wann der Abend zeitlich an die Rampen
der Holzbaracken trat in finsterm Schein,
schlich man sich gern mit Schaufel oder Krampen
fort, auf die Straße, um allein zu sein.
Und wenn der Himmel rein war und zum Greifen
nah rings die Nasen in den Schummerkreis
sich drängten, hörte man die Ottern pfeifen
und schärfer gehn die Wellen unterm Eis.

Das Reisighäcksel

Der Korporal verlas, da wir voll Erde
noch strotzten, den Befehl: geraume Zeit
war Reisig zu verfüttern an zwei Pferde,
sodann zu melden die Bekömmlichkeit.

Wir gingen nach der Suppe in die Ställe,
die guten Gäule bliesen schwer und warm;
die Wärter lugten nach der Futterkelle
und jeder legte um sein Roß den Arm.

Zwei Klepper, die schon lang die Räude plagte,
bestimmten wir zur Reisigkost darauf;
wir schlugen zarte Zweige, eh es tagte,
im Bottich klein und gossen Wasser auf.

Wir mischten noch der Tannenreisigbrühe
ein wenig Hafer, Heu und Häcksel bei;
dann schufen wir am Unterbau mit Mühe
den ganzen Tag und dachten an die zwei.

Am Abend fanden wir den Bauch der Rosse
gebläht und hatten nachts nur wenig Ruh;
die Wärter senkten Früh den Blick und gossen
den Nadeln schweigsam heißes Wasser zu.

Es sah sie niemand in den nächsten Tagen
den Stall verlassen; und es stieg der Hang,
mit Beil und Spaten blind um sich zu schlagen,
wenn nachts zu uns das wilde Wiehern drang.

Die Wildbachstraße

Wir lagen mit Gefangnen und Sappeuren
als Schauflerposten in verschneitem Land;
es orgelten am Hang die schwarzen Föhren
des Höhenzugs, der uns zur Seite stand.
Nur selten schob der Front das ausgezehrte
Land hinter uns das Heu auf Schlitten nach;
blank zog den Hang, der ein Gebiet verwehrte,
das reich war, abwärts der vereiste Bach.

Und wir vermaßen mit dem Maß der Äxte
sein Bett, das uns zur Spur zu taugen schien;
das Dorngestrüpp, das schwarz die Bahn verhexte,
fiel unter kurzen Hieben knirschend hin.
Wir häuften auf die Holpern in der Decke
viel Schnee und stampften ihn zu glattem Gleis;
die Dämme hallten längs der Schlittenstrecke,
die unwahrscheinlich wuchs aus Schnee und Eis.

Und über Mittag boten uns die Weichen
der Einbahn Schutz; wir hörten sacht den Frost
durch die vereisten Föhrenkronen streichen,
und auf dem Weg zum Gaumen fror die Kost.
Und gerne wälzten wir in großen Pausen
der Länge nach die Stämme auf die Bahn
und ließen sie die sanften Kurven sausen
zu Tal, bis wir ihr Stäuben nicht mehr sahn.

Die Wölfe

Wir schwangen uns im Frühlicht in den Schlitten,
blank war die Straße und die Aussicht weit;
die scharfe Luft, die wir geschwind durchschnitten,
gab unsren Schläfen vollends Nüchternheit.
Vom kleinen Dorf, das wir verlassen hatten,
war nur der Knauf des Zwiebelturms zu sehn;
verdächtig wurden uns die schwarzen Schatten
im Vorfeld erst durch ihr Beisammenstehn.

Es waren Wölfe. Mit den Stutzen nahmen
wir sie aufs Korn, es traf fast jeder Schuß;
doch als wir tiefer in die Berge kamen,
schuf uns die Nähe des Gesträuchs Verdruß.
Wir schälten unsre Beine aus den Decken
und teilten zwischen uns die Brüstung auf;
der Kolben nur blieb uns zum Niederstrecken,
die Linke schloß sich um den Messerknauf.

Schon sprangen aus dem Staudenwerk den Schlitten
die Wölfe an; das Messer half dem Hieb
des Kolbens nach, bis sie zu Boden glitten.
Wir sahen auf ein Tier, das liegen blieb,
die anderen sich stürzen. Die Remonte
hielt wiehernd ihre scharfe Gangart ein;
und als wir kaum den Schaft noch schwingen konnten,
zerbarst der Wald um uns zu blauem Schein.

Wir dösten auf den Pritschen der Baracken . . .

Wir dösten auf den Pritschen der Baracken
uns müßig durch des Winters strengste Zeit;
weiß lag die Ebne draußen, wie ein Laken
gezogen lautlos über Strauch und Scheit.
Nur selten glitten schwer beladne Fuhren
auf breiten Kufen schwarz die Bahn dahin;
und schweigsam folgte unser Blick den Spuren
der Hasen, bis der Schnee zu schwanken schien.

Das Heu zerfiel zu Staub in unsren Falten
und wir verließen unser Lager nur
der Übereinkunft nach, um Holz zu spalten
und karg zu nährn der Flammen schwache Spur.
Wir lagen still und geizten mit der Wärme,
die schal in unsren Mänteln schlief und lang
gepflegt ward, bis das Kollern der Gedärme
nach Tagen uns vor die Baracke zwang.

Nur nachts, da ausgelöscht warn alle Weiten
und auf der Wand der Schein des Feuers stand,
saß gern man auf und pflegte auszubreiten,
was man besaß an altem Kram und Tand.
Sacht wogen in der Hand und es erwiesen
sich als bekannt die Dinge Stück für Stück;
und des Gewindes kalte Pfeifen bliesen
den stummen Atem in den Mund zurück.

Mit der Lastkolonne

Als der Saumpfad auf die Feldbahngleise
endlich zuhielt, schien die Zeit uns knapp,
die uns nebst dem Urlaub für die Reise
eingeräumt war, und wir bogen ab.
Und wir stießen in der Mittagssonne
– auf den Schlag genau fast nach dem Stand
unsrer Karten – auf die Lastkolonne,
die die Steppe mit der Front verband.

Und wir zwängten, stehend, unsre Knochen
zwischen die verladnen Barrels ein,
die nach Öl und scharfen Resten rochen:
und der Forst zerbarst zu grünem Schein.
Winzig war der Abstand, der die Wagen
trennte während der verschärften Fahrt;
und es schlug uns aus dem Mund den Magen
und der Staub wuchs fest ums Kinn zum Bart.

Und wir fuhren scharf zu Tal und stießen
in der Nacht, die schwarz und eisig war,
in die Steppe; schweigsam überließen
wir dem Wind das ungeschützte Haar.
Und wir boten müde und zerfressen
unsre Lider dar dem jungen Licht
und wir hörten sacht den Staub die Tressen
überziehn mit ockerfarbner Schicht.

Es war ein schmaler Hof, in dem wir lagen . . .

Es war ein schmaler Hof, in dem wir lagen
– so schmal, daß fast das Tageslicht verblich –,
mit Wagenrädern angeräumt und Schragen;
schwer, seit der Früh schon, ging gedämpft der Strich
der Bratschen. Auf den krummen Fliesen ruhten
wir in den Mänteln, wie die Erde fahl,
und ließen, trunken, uns vom Hauch umfluten,
der braun und dumpfig kam aus dem Kanal.

Und auf die Schwellen ihrer Kammern hatten
sich längst die Huren schläfrig ausgestreckt
und gaben sich dem dünnen Pfiff der Ratten
träg hin, bis zu den Lenden aufgedeckt.
Nur eine sang und summte, und zu danken
war es nur ihr, daß über uns der Wein
nicht völlig Macht gewann; ein leises Schwanken
enthüllte uns ihr schwarzes Stummelbein.

Und in der Kälte, die aus Flur und Wänden
strich, raffte sich der erste auf vom Stein,
und auf sie zu ging er mit schwanken Händen
und drückte stumm die Lippen auf ihr Bein.
Die dumpfen Bratschen summten plötzlich strenger,
der Reih nach taten wir es stumm ihm nach;
und lächelnd saßen wir, die Gürtel enger
geschnallt, im Dunkel, das herniederbrach.

Die Kellerschenke

Wir kamen um die halbe Nacht,
schon schwer, in einen Treberschank;
die morsche Diele knarrte sacht
und blankgewetzt warn Tisch und Bank.
Und viel Soldaten, stumm, im Kot
der Mäntel, lehnten an der Wand
gleich uns und kauten an dem Brot,
das grün zerfiel in unsrer Hand.

Nur eine Schrammel, klar wie nie,
kam aus dem Winkel; auf dem Flur
zum trüben Abtritt standen sie
und schälten sich aus der Montur.
Der Fliesen finstre Zugluft rang
sacht mit der Ampel schwachem Schein
und mit der kalten Sonde drang
in ihr Geschlecht der Eiter ein.

Und seltsam schwer und schleppend war
ihr Gang vom Flur zurück ins Licht
und stark der Augen Glanz, die klar
wie Monde standen im Gesicht.
Die Schrammel schluchzte klar und rein,
schon schwang und leerte sich der Kreis
um uns und schärfer roch der Wein
und bitter aus dem Brot der Mais.

Auf Sammeltransport

Letztes Mahl verlegte uns den Magen,
schwarz empfing uns der Transportwaggon;
seine Scheiben waren eingeschlagen,
stumm entschwand uns, stehend, der Perron.
Auf die Bänke zwängten wir die Glieder,
hüllten uns in unsre Mäntel ein;
und wir sangen tausend alte Lieder
und der Schneewind wehte gut und rein.

Und der Lastzug fuhr auf unbekannten
Gleisen schwankend weiter oder stand
auf der Strecke stundenlang; wir spannten
Gurt und Zeltblatt quer von Wand zu Wand.
Auf die Matten legten sacht wir nieder
uns der Reih nach, nickten wenig ein;
und wir sangen tausend alte Lieder
und der Schneewind wehte gut und rein.

Viele Tage waren so vergangen,
da es uns von Bank und Matten warf;
eingefallen glänzten unsre Wangen,
unsre Stimmen schnappten seltsam scharf.
Doch uns blinkte, die wir nie uns wieder
sahn, im Graben oft der Zeit ein Schein,
da wir sangen tausend alte Lieder
und der Schneewind wehte gut und rein.

Zur Truppe

Als wir fröstelnd in der frühen Helle
aus dem Lastzug stiegen und das Land
gleißte, konnte uns die Sammelstelle
nicht verraten, wo die Truppe stand.
Die Reserven hatten unterdessen
sich verschoben; winziger Transport,
zogen wir durchs Flachland, von Zypressen
und von Wein durchsetzt, von Ort zu Ort.

Und wir waren keinem Vorgesetzten
untertan; der Offene Befehl
des Transports erschloß uns in den letzten
Fassungsstellen Brot, Tabak und Mehl.
Und den Winter schienen hier die Senken
nicht zu kennen, in den Spalten stand
gelber Krokus; hell warn nachts die Schenken
und aus Marmor Estrich, Bank und Wand.

Und zum Fleisch, in mildem Öl gebraten,
brachen wir die Fladen, weiß und rein;
unsre letzten Löhnungsgroschen taten
wir zusammen auf ein Kännchen Wein.
Keinen Tag, kaum Stunden sahn wir weiter
und ein letztes schien uns jedes Mahl;
und wir schlürften alle scheu doch heiter,
wie man Meßwein schlürft, den roten Strahl.

In der Pinien-Ebne

In der Pinien-Ebne, die geschlagen
schien mit Stiften an der Berge Wand,
lagen wir seit vielen blauen Tagen,
von der starken Märzluft braungebrannt.
Und wir schwärmten, nur um nicht zu träumen,
Tag für Tag in aufgelöster Schar
durch das Maisland, das von Maulbeerbäumen
und von Reben rings durchzogen war.

Seltsam lässig hingen die Gewehre
schulterüber, und durchs Laub verlor
jede Übung viel von ihrer Schwere
und die Salven rauschten nach im Ohr.
Und zu Mittag lagen alle Räume
still vor uns und unwahrscheinlich hell
bis zum Lichtgeäst der Mandelbäume,
das sich zitternd stufte ums Kastell.

Und zu Abend, da die Pyramiden
der Gewehre hockten schwarz vorm Haus
und es kühl ward, ging ein tiefer Frieden
von des Steinherds offnem Feuer aus.
Die Kastanien, die wir schaufelweise
mit den fremden Bauern im Verein
brieten, mundeten uns gut, und leise
ward einander vorgesummt beim Wein.

Gewehre im Rauch

Nach langem Tagmarsch schien das kleine
Dorf vor uns auf; der Wind ging sacht
durchs Weinlaub, auf die Quaderraine
stieg vom Gebirg herab die Nacht.
Die krummen Maulbeerbäume wetzten
sich an den Reben; das Gespann
hielt knirschend an, im Dunkel setzten
wir stumm die Pyramiden an.

Auf den Befehl des Hauptmanns trugen
wir Laub zuhauf und dürren Wein
und Rebenpfähle; und wir schlugen
sie mit den breiten Messern klein.
Die Ranken flammten und es nährte
der kühle Wind mit hohlem Pfiff
die Glut, die auf das ausgezehrte
Holz der Gewehre übergriff.

Wir aber standen in den Reben
und wußten uns im fremden Land
nun jeder Unbill preisgegeben;
und schwach ins Leere griff die Hand.
Fern schien die Ebne dumpf zu dröhnen;
im Feuer, das um Baum und Strauch
fuhr, hörten wir die Läufe stöhnen,
die Lider naß, gebeizt vom Rauch.

Rückzug über den Plöcken

Als der Saumpfad sich in großen Tritten
dem Bereich des Ölbaums steil entwand,
legten wir, die mit dem Vortrain schritten,
an das Korbgeflecht der Wagen Hand.
Und indes wir sie mit Stamm und Pflöcken
rammten, ruhte keuchend das Gespann;
plötzlich hinter Schlangen trat der Plöcken
uns mit seiner ganzen Masse an.

Südlich winkten im Geröll Zypressen;
doch wir starrten stumm und bittren Munds
auf das Mehl, von dem wir nie gegessen,
das wir schoben auf den Paß vor uns.
Auf dem Sattel, den wir nachts gewannen,
war es leer und kalt. Zu kurzer Rast
fällten unsre Messer Krüppeltannen;
glimmend fraß das Feuer Ast um Ast.

Aber als die Truppe vor Basalten
aufschien, hatte Glut betäubt die Stirn;
und wir konnten uns kaum aufrecht halten,
unsre Beine knickten ein wie Zwirn.
Und wir mußten unsre Handgelenke
binden mit dem bloßen Überschwung
an das Holz der Wagen, die der Senke
zu uns schleiften in gehemmtem Schwung.

Der Marsch

Hinter Dellach, das für wenige Kronen
manches Pferd aus unsrer Hand empfing,
fielen wir vom Zug ab, der den Zonen
ungefährer Fahrt entgegenging.
Und den mehlbeladnen Karren schoben
schweigsam wir zu zweit dem Sattel zu,
der sich aus den blauen Wäldern droben
deutlich hob in herbstlich klarer Ruh.

Den Soldaten, die den Paßweg zogen
einzeln, nahm der Bauer Schuh und Hemd;
abseits von der Straße ward in Bogen
unser Karren tags emporgestemmt.
Und wir buken in den Dämmerstunden
ungesalznen Teig auf heißem Stein,
schliefen auf dem Rad, das losgewunden
uns als Kissen diente, fröstelnd ein.

Und wir zogen durch die Wasserblasen
reine Fäden; in den Wolken hing
Schnee, kaum hockten tags wir auf dem Rasen
nieder, da das Mehl zur Neige ging.
An des Rades Knirschen hingegeben,
schritten wir noch stumm durchs späte Jahr,
ohne Sehnsucht, da das Land schon eben
und die Bahn uns nah und sicher war.

Zweiter Teil

Nacht im Lager

Schritte hallen in der Runde,
knirschen auf den grauen Schlacken;
fetzig schwimmt der ungesunde
Abend zwischen den Baracken.
Aus zerfressnen Stauden heben
sich der Erde alte Schatten;
in den grünen Wassergräben
klagen klumpenbange Ratten.

Deutlich hörbar macht die Stille
rings den Stacheldraht verrosten;
Schatten schwärmen, eine Grille
unterbricht die Lagerposten.
Staune, daß sich Gräser regen,
daß ein Kraut noch Duft verbreitet
nächtlich, da auf fernsten Wegen
Feuer schwirrt und Eisen schreitet!

Lausch dem Samenfluß der Klette!
Daß die Hand sich nimmer härme,
greif des Spatenschaftes Glätte,
fühl der Decke braune Wärme!
Atme tief! Der Keim zur Güte
(leis heut wieder zu erlernen)
ist allorts der unversprühte
noch in Krume, Wind und Sternen.

Der Muskatenbaum

Mit einem Gefreiten und sieben Gemeinen
hielt Fähnrich Abramowitsch Trichterlochwacht;
es glomm zwischen Schutt und verkarsteten Steinen
ein heller Muskatenbaum stark durch die Nacht.
Es grunzten bisweilen die großen Granaten;
sonst war es ganz still. Langsam klärte das Grau
im Vorfeld sich auf; von den zarten Muskaten
troff lila und würzig wie nie noch der Tau.

Stets äugte der Fähnrich sogleich aus dem Trichter,
so oft er die steinige Stellung bezog,
und zuckte, wann durch die betäubenden Lichter
des schmächtigen Baumes Gewehrfeuer zog.
An Wunden nach Gellern, zersplittert und offen,
war längst er gewöhnt; doch ein brechender Ast
war kaum zu verwinden . . . die Welt war getroffen
und starb in des Baumes zerschossenem Glast.

Und einst gegen Früh, da der letzten schon eine
im Gluthauch verglimmte, ein winziger Wurm,
schwang stammelnd der Fähnrich sich über die Steine
und gab mit der Pfeife das Zeichen zum Sturm.
Es tauschten im Trichtergeviert der Granaten
die Feldwachen abends Verlust um Verlust;
man fand bei dem Jüngsten ein Büschel Muskaten,
zur Hälfte zerrieben, im Flaum seiner Brust.

Die Pferde von Dellach

Als die Truppen zum Paß durch die Bergtäler flohn
und die Gräben sich füllten mit alten Kanonen,
warn der Hufe zu viel und das Häcksel zu knapp
und sie ließen die Gäule den Talbauern ab,
die am Straßenrand standen, für wenige Kronen.

Und es wurden die Barren und Ställe zu eng,
an die Gatter der Hutweiden stießen die Rippen;
übers herbstliche Joch zog die Sonne schon spät
und das Berggras war längst von den Tafeln gemäht
und die Rosse benagten vor Hunger die Krippen.

Aus dem Winterschlaf wehte die Bremsen ihr Schweiß
und die Stechfliegen stürzten aus Ställen und Schuppen
auf die taumelnden Pferde in schläfriger Wut,
und es floß aus den Legstacheln einmal noch Brut
in die räudigen Falten und unter die Kruppen.

Da die Forke schwieg, taten die Bauern Gewürz
unters Holz und begannen die Klepper zu schlagen;
aber etliche Mähren entwichen dem Tau
und oft meinen die Roßpökler jenseits der Drau
sie noch wiehern zu hören an herbstklaren Tagen.

Die Abrüstung

Sie waggonierten, als es finster wurde,
den Landsturmmann vorm Frachtenbahnhof aus;
sie nahmen ihm, voll von Tornisterhaaren,
die Decken ab, weil sie ärarisch waren
gleich Helm und Gurt, und schickten ihn nach Haus.

Benommen trat er in die späte Heide,
nur fernher glomm der fremden Stadt ein Schein;
ein Zaunpfahl ward ihm an die Stirn geschmissen,
der Brotsack vom betäubten Rumpf gerissen . . .
er kam zu sich in tauber Nacht, allein.

Und in der Stadt, die er mit Müh erreichte,
warn zu die Schenken und kein Bett mehr frei;
ein Hausknecht ließ auf seines Lagers Kante
ihn ruhen, der den Blick zur Decke wandte
und sich erhob beim ersten Hahnenschrei.

Durch frühe Gassen strebte er ins Freie;
sehr mühsam setzte sich ihm Schritt vor Schritt.
Der Weg zum Dorf, wie gleichen er bei Regen
leicht jüngst noch schritt, war kaum zurückzulegen;
kein Fuhrmann, den er ansprach, nahm ihn mit.

Und da er saß zum dritten oder vierten
Mal schon am Wegrand und ihn fror im Wind
und klar der Kirchturm schon samt Kreuz und Luken
zu sehn war, spürte er die Schultern zucken
und hörte lang sich weinen wie ein Kind.

Der Maler

Die Wecken verknappten, es saß in den Stuben
der Notstadt der Frost; blaß hing Bild neben Bild.
Da packte der hüstelnde Maler die Tuben,
die Stifte und Spachteln, und zog durchs Gefild.
Er schlug an die Pforten der Bauern und drückte
ernst auf die Palette so flammendes Rot,
so giftiges Grün, daß es alle entzückte;
er malte ihr Bild gegen Obdach und Brot.

So kam er ins Bergland. Dort gab ihm ein Bauer
die Steinalm um wenige Groschen in Pacht;
der Mist stand gefroren im Stall bis zur Mauer,
verschlackt war der Rost und verschüttet der Schacht.
Die Forke stieß blank in den Dung und drang tiefer;
da stellte der Bauer zwei Fuhrkühe ein.
Stumm hauste mit Lab und verkrüppelter Kiefer
und wachsendem Viehstand der Maler allein.

Und manchmal vor Nacht, wann im offenen Laden
zum Weinen klar standen Moräne und Zaun,
verrieb mit viel Tünche die Säfte der Fladen
der Spachtel des Malers zu tönendem Braun.
Und er schrieb an die Wand eine Unzahl von Hocken,
ein Forkengestämm, oder Meere aus Sand,
und kratzte – kaum waren die lodernden trocken –
das braune Gebild samt dem Grund von der Wand.

Der Kriegsgefangene

Er war mit dem Trupp der Eskorte gekommen
zur Heumahd ins Bergdorf in brauner Montur;
er hatte das Brachfeld in Arbeit genommen
auf herrnlosem Hof und geglättet den Flur.
Er hatte, belassen als Knecht, vor die Wächten
den Riegel gemauert im herbstlichen Tau
und über den Winter in einsamen Nächten
gegraben im holzigen Acker der Frau.

Und als sich die ersten Verschollenen zeigten,
war bald auf dem Berghof für ihn kein Verbleib;
die Frau schnitt das Flachshemd zurecht dem Geneigten
und buk Met und Dörrbirnen ein in den Laib.
Wohl sammelte rings man die fremden Gemeinen;
für ihn aber war es zur Rückkehr zu spät.
Ihm hatte das Jahr zwischen Krummholz und Steinen
den Sinn für die engere Heimat verweht.

Durchs Kohlblatt erglänzte, unsägliche Milde,
der Butterzopf, den er zum Abschied empfing;
es war, daß das Kreuz, das sie schlug, im Gefilde
ihm schmerzhaft noch lang vor der Herzgrube hing.
Ihm war es, als rührte sein schmächtiger Stecken
weithin übers Vorland an jeglichen Keim;
und jahrelang zog er von Flecken zu Flecken,
am Sensenschaft allorts und nirgends daheim.

Die Siedler

Als die Heimkehrer untätig irrn ließ die Stadt
und der Hang vor dem Wald sich neu färbte wie Loden,
zog es viele hinaus; sie besetzten den Rand,
ihre Spaten und Beilpicken warn noch zur Hand,
und sie gruben geräumig sich ein in den Boden.

Ihre Zugsägen schafften das Tragholz herbei
und bald teilten die Siedler das Grasland in Zonen;
in der Feldküche sott das gemeinsame Mahl
und gepflanzt ward in Streifen, bis züngelnd ins Tal.
Rasches Frühjahrsgemüse, Tomaten und Bohnen.

Und sie fuhren den blassen Salat in die Stadt
mit von Sonne und Hunger gezeichneten Mienen.
Doch die schwieg. Es erkannte kein Grundbuch ihr Land,
und der einzige Freund, der zu winzig erstand,
war ihr eigener Harn und der Kot der Latrinen.

Es verbrannten die Wurzeln gehäufelter Frucht
an der Säure des Brachjahrs; schwarz welkten die Schoten.
Fern, im Vorland der Stadt wandten Pflüger den Sterz;
doch das Saatgut war knapper gesiebt denn im März
bei den Siedlern, da herbstlich die Blutbuchen lohten.

Und der Frost kam. Sie schlägerten viel für die Stadt;
doch bei Nacht samt dem Handgeld entwichen die Posten.
Die noch ausharrten, brühten aus Buchenlaub Tee
und sie hörten, Harmonika ziehend, im Schnee
Saat und Setzling verfauln und die Nägel verrosten.

Auf der Kopfschußstation

Auf der Kopfschußstation sind die meisten Verletzten
kaum als Kranke erkennbar; nur sind sie sehr bleich
und sie gehn wie im Käfig ein Tier mit gehetzten
Schritten: reizbar behutsam und ängstlich zugleich.
Und sie lassen den Schädel beim Aufstehn leicht schlingern
– statt den Nacken zu straffen – und machen sich klein;
denn der Schmerz, der in diesen gebrechlichen Dingern
rauschend schläft, kann ganz nahe am Ausbrechen sein.

Alle wissen es, wie sie bei Anfällen leiden;
vor dem Ausgang schärft ihnen der Aufseher ein,
in der Stadt jede Aufregung strikt zu vermeiden;
Spiel und Streit, und absonderlich Schnäpse und Wein.
Aber leichter, verdammt, sind gesagt solche Sachen
als getan . . . und man geht ja auch schließlich doch aus,
um im Gras am Kanal eine Nummer zu machen
und was andres zu trinken einmal als zu Haus.

Wann dann drei oder vier ihre Zeit überreißen
und den Glockenzug ziehn an der Pforte vor Früh
und im Schädel es anfängt zu zerrn und zu kreißen,
hat mit ihnen der Pfleger im Saal seine Müh.
Und auch andre, zu denen das Stammeln und Lallen
in den Schlaf dringt und die die Erinnrung erregt,
werden plötzlich von Zittern und Zucken befallen
und von Freunden zurück in die Kissen gelegt.

Der Verschüttete

Der milde Tag, an dem ihn die Granate
verschüttet, jährte sich zum zehnten Mal;
längst zog daheim man keinen Arzt zu Rate,
die Schultern zuckten unverändert schmal.
Er brannte nach wie vor die blauen Krüge,
mit denen still er vor die Schenken zog;
so achtete man nicht der hellen Züge,
des tiefen Atems, der die Herbstluft sog.

Er aber hob seit vielen blauen Tagen
im Garten, der schon abgeerntet war,
vor Nacht den Rasen aus und schuf mit Schragen
und Draht ein Bollwerk wie vor manchem Jahr.
Nichts fehlte da, bis auf die spitzen Reiter
glich es dem Graben, seichter nur und klein;
ein Gruß tagsüber, stak der Spaten weiter
im Grund, der roch nach schwarzem Brot und Wein.

Und in den Nächten, wann der Mond die Mauer
heraufkam und sie wähnten ihn zu Bett,
lag er im Graben hinten auf der Lauer,
die Schultern straff, die Hand am Bajonett.
Das kleine Rascheln der verdorrten Ranken,
der Erde Rauschen einzig war um ihn;
und hallend stieß er manchmal an die Planken
des Walls und weinte leise vor sich hin.

Der Dornenwald

Es zieht ein Dornenwald sich eben
vor Olyka zerklüftet hin;
noch rosten Saum an Saum die Gräben,
die sich beschossen über ihn.
Wie die Granaten hoch sie streckten,
stehn noch die Wurzelstrünke da;
grün ranken sich die Brombeerhecken
im Dornenwald vor Olyka.

Die Äste stehn zu Lehm gebacken,
die Ruten treiben frisch und kraus;
sie kommen aus dem Dorf und hacken
die Knochen samt den Knöpfen aus.
Die Kinder sammeln sie in Säcken,
des Messings Glanz geht ihnen nah;
grün ranken sich die Brombeerhecken
im Dornenwald vor Olyka.

Im Sand verbiegen sich die Spaten,
noch gehn die blinden Zünder los;
wir träumen, Kamerad, und waten
bis zu den Knöcheln tief in Moos.
Der Rasen nicht, die Lüfte decken
für uns mit Taubheit, was geschah;
grün ranken sich die Brombeerhecken
im Dornenwald vor Olyka.

Mit der Ziehharmonika

Mit Lattich und Mohn

Von den ersten Fahrrädern im Marchfeld

Dazumal, vor guten vierzig Jahren,
als wir zwei noch braune Burschen waren,
sind im Marchfeld, weit und wegverkommen,
grad die ersten Räder aufgekommen.

Und die Flecken, die in jenen Tagen
voneinander noch entfernter lagen,
haben sich nun in den ein, zwei blassen
Abendstunden leicht erreichen lassen.

Und es hat bis an die Grenze droben
bald ein großes Fahren angehoben
zu den Ziegelöfen in den Senken,
zu den aufgespürten Bretterschenken.

Und wir haben seltsam unterm Gleiten
es empfunden, unsre Heimlichkeiten
nun auf viele Dörfer zu verteilen,
fern und nah, und nirgends zu verweilen.

Das Märzensterben

Wann auf den Rainen wieder Gras gedeiht
und sich die Wintersaaten frischer färben,
kommt auf dem Land bei uns zu Haus die Zeit,
in der die meisten alten Leute sterben.

Es legt die helle herbe Märzenluft
wie eine Hand sich ihnen auf die Lungen
und drückt sie wieder in die Strohsackgruft,
aus der sich manche jüngst erst aufgeschwungen.

In ihrem Wollhemd liegen sie und sehn
den Wind die Saaten vor dem Fenster zausen
und hörn die Gänse auf die Weide gehn
und nachts den Lößwind in den Kronen brausen.

Die fette Suppe bleibt im Teller stehn,
der Sirup steht um ihren Mund in Krusten;
die Hausgenossen lassen sie versehn
und überlassen dann sie ihrem Husten.

Sie sehn noch blinzelnd, wie sich im Geäst
die Spitzen runzeln und die Knospen häuten;
und in den ersten milden Tagen läßt
der Mesner oft das Zügenglöcklein läuten.

Zur Rutenzeit

Nun blühn am Bach die Weiden,
der Häusler geht sie schneiden;
er läßt die dürren Ruten
und schneidet nur die guten.

Er schafft sie auf die Schwellen,
die Alte läßt sie quellen
und lang im Sechter liegen,
daß sie sich besser biegen.

Herb riecht nach frischen Rinden
das Haus; die Kinder binden
von früh bis spät die Ruten,
die Wasserblasen bluten.

Die grünen Henkel schimmern;
der Besen fegt im Zimmer
die Spreu zu kleinen Haufen.
Wer wird die Körbe kaufen?

Der Gendarm

Durch die Dörfer wandert der Gendarm,
an die Seitenwaffe klirrt sein Arm,
zieht das Band das Kinn ihm ans Gesicht;
mit den Straßenräumern spricht er nicht.

In der Schenke hält er sich allein,
hat mit Wirt und Winzern nichts gemein;
steinig hallt der Flur, die Goldschnur kracht,
wenn die Fenster offenstehn bei Nacht:

ob nun Mägde scherzen nach der Fron
und am Hang die Weinbergfeuer lohn,
ob sich Nordwind hohl im Dorn verfängt
und das Rauchfleisch in den Schornen hängt.

Durch die Dörfer wandert der Gendarm,
hängt sich schwarz dem Stromer untern Arm,
knallt vom Spritzenhaus die Fledermaus,
bläst im Buschenschank die Lampe aus,

starrt dem Bäcker nachtherein aufs Brot;
Gurt und Tressen sind besprengt mit Kot.
Und vor Tränen sind die Wangen warm,
schellt das Dorf aufs Brandfeld der Gendarm.

Das Grundbuch von St. Margarethen

Seit vielen Jahren liegen um den Flecken
die Felder so wie heut. Die gleichen Hecken
umgeben sie; der gleiche Ackerstein
und Hohlweg grenzt sie ab und säumt sie ein.

Im Flecken sitzen heute noch die Bauern
des gleichen Namens, der sie überdauert,
auf ihren alten Höfen; nur das Land
gerät zu Zeiten unter andre Hand.

Sie pflügen, düngen, warten ihre Kühe;
sie kargen, geben sich unsagbar Mühe
und tragen manches Mißjahr mit Geduld;
sie sind kaum an dem steten Wechsel schuld.

Nicht Ahn und Kind, die nie zur Ruhe kommen,
noch dem gemeinen Wohl kann solches frommen.
Arm wird der eine und der andre reich.
So scheint es. Nur die Felder bleiben gleich.

Von ihnen in Vermerken und der Plage
der Bauernschaft bis in die letzten Tage
gibt diese Schrift getreu und schlicht Bescheid,
dem Wohl zulieb, den Leuten nicht zuleid.

Wann im Kalkofen Samstag die Röstglut erlischt

Wann im Kalkofen Samstag die Röstglut erlischt,
stehn versengt rings die Gräser und grau;
einen Zuber, in dem all der Kalkstaub verzischt,
einen Bausch, der vom Hornschutz die Kalksplitter wischt,
reicht im Schuppen dem Brenner die Frau.

Durch das fröstelnde Feld geht der Brenner vor Nacht
um den Braten zum Sonntagstisch aus;
einen Hasen, dem gestern er Schlingen gelegt,
einen Hund, den er wo mit dem Knüppel erschlägt,
bringt – wenn's gut geht – der Brenner nach Haus.

In der rauchigen Schenke am Eingang ins Dorf,
die der Brenner betritt überhapps,
sitzt ein Bauer, der abrückt von ihm bis zur Wand,
steht ein Wirt, der die Groschen erst will in die Hand,
eh dem Brenner er vorsetzt den Schnaps.

Und mit dreierlei Übeln früh leitet durchs Dorf
sich dem Brenner die Sonntagsruh ein:
mit Gegröl, das die blitzblauen Scheiben zerschlägt,
einem Rausch, der tagsüber den Magen verlegt,
und mit dumpfer Begierde nach Wein.

Kalkbrenners Schlaflied

Trink aus, die Milch ist nicht mehr heiß,
und falt die Hände. Wenn der Kreis
der Lampe klein wird, fürcht dich nicht,
mein Wurm; ich muß noch fort zur Schicht.
Schlaf, mein Kindlein, schlafe.

Guck mich noch an; ich mein's, wenn mir
das Auge zuckt, nicht schlecht mit dir.
Der Kalkstaub hat es mir verbrannt;
sei still und dreh dich sacht zur Wand.
Schlaf, mein Kindlein, schlafe.

Schlaf ein, mein Kind; es wird schon Nacht,
die Glut streicht leise durch den Schacht.
Der Wind tost hohl im schwarzen Dorn,
vorm Fenster rauscht das reife Korn.
Schlaf, mein Kindlein, schlafe.

Schlaf gut; der Kalk im Schacht zerfällt,
die Sense geht durchs finstre Feld.
Der Bauer bringt den Roggen ein;
was durch den Rost fällt, ist nicht mein.
Schlaf, mein Kindlein, schlafe.

Schlaf tief, mein Kind; ich muß jetzt gehn.
O müßtest du dies nie verstehn!
Der Roggen saust, das Käuzchen schreit;
bis du einst groß bist, hat's noch Zeit.
Schlaf, mein Kindlein, schlafe.

Nächsten Sonntag

Nächsten Sonntag schnür ich meine Schuh
— o du Regenrufer in der Glut! —
in die Hose, in den weißen Flausch
schlüpf ich nach dem Mahl und wie im Rausch
zieh ich wieder in die Stadt vom Gut.

In der Laube streckt sich der Adjunkt,
— o du leichter Wein im schlanken Glas! —
auf der Straße wälzt sich gelber Staub,
wie aus Lehm gebacken, ohne Laub,
wächst die Stadt aus dem verbrannten Gras.

Scharf im Laden glüht der Zuckerkand,
—o du rote Rose aus Papier! —
zugeriegelt, Haus an Haus, und still
wieder steht die Stadt, und was ich will,
weiß ich nicht; was will ich nur von ihr?

Um das Eck hält offen nur der Wirt;
— o du alter Bruder Sliwowitz! —
Schnaps gibt's ja auch draußen auf dem Gut
und Maritschka küßt genau so gut
wie das grelle Ding da: flüchtig, spitz.

Funkelnd steigt im Fensterkreuz die Nacht;
— o du blaue Trauer ohne Grund! —
leer die Hände, steht der Knecht vorm Haus,
nur das Lied geht ihm im Staub nicht aus,
stürzt wie schwarzes Blut ihm aus dem Mund.

Slowakische Schnitter

Ein Schlückchen! Am Schnaps heut zu sparen
wär sündhaft, so heiß brennt der Sand.
Wie fuhren wir Schnitter vor Jahren,
Patron, nach der Mahd außer Land!
Wir machten, ins Schaffell geschlagen,
im Viehwaggon stumm es uns breit
und dösten; du triebst uns nach Tagen
vom Bahnhof weg gleich in das Traid.
Wir schwiegen, die Sensen geschultert, vor Zorn
und mähten mit knurrendem Magen das Korn.

Es fand sich vor Nacht eine Scheune
als Lager, oft war's nur ein Stall;
bleich rauschte das Korn, um die Zäune
strich leise der dunstige Schwall.
Im Kessel zog langsam die Brühe,
wir bissen zum Brotranft vom Lauch;
dumpf muhten vom Gut her die Kühe,
fremd war uns das Land und sein Brauch.
Die Weise der Heimat, bald schluchzend, bald sacht,
stieg auf aus dem stickigen Stroh in die Nacht.

Wir schritten, von Grannen zerstochen,
die Glut schor den Nacken uns wund;
gemäht lag nach Tagen, nach Wochen
das Korn, und man schob uns vom Grund.
Es kam in der Schenke zum Zahlen,
und sieh: zu gering war der Lohn;
wir füllten mit Schnaps unsre Schalen
und fluchten dir, alter Patron.
Wir fluchten dir grausam und schlürften den Schnaps
und sangen die Weisen von Schafschur und Raps.

Ein Schlückchen! Gemäht ist der Weizen
zu Hause; wir wären bereit
zu fahren und würden nicht geizen
mit uns, wie in früherer Zeit.
Das Naß in den Eimern schmeckt bitter,
die Hundstage bleichen den Mohn;
zum Teufel, braucht niemand mehr Schnitter
denn draußen wie früher, Patron?!
Hier sind wir: und weißt du was Rechtes, wir ziehn
noch heute und fragen erst gar nicht, wohin.

Schön ist wohl das Land der Slowaken
und schön der slowakische Brauch;
doch bitter zum Brot, wenn am Haken
kein Schafdarm mehr hängt, schmeckt der Lauch.
Gefegt sind die Tennen, wir sitzen
im Weg und gehn unnütz durchs Haus;
wir flicken ein Rad, wir verschnitzen
viel Holz und es kommt nichts heraus.
Wir quetschen das Öl aus dem unreifen Raps
und spüln, wenn's uns aufstößt, die Gurgel mit Schnaps.

Die Butter im Haar wird uns ranzig;
der Wirt weiß, warum er uns sieht.
Nimm dreißig von uns oder zwanzig,
sonst wissen wir nicht, was geschieht.
Nimm zehn, aber nimm sie; wir fahren
noch heut, wenn du glaubst, daß es geht.
Es hat auf der Welt sich seit Jahren
viel hüben und drüben gedreht.
Ein Schlückchen der Welt! Noch ein Schlückchen, Patron
Slowaken, sie dreht sich und läuft uns davon.

Der Neue

Deine Pritsche ist beim Fenster,
die, auf der das letzte Jahr
auch dein Vormann lag; durchs Fenster
zieht die Seilbahn übers Kar.

Wir, die wir zu dritt verladen,
haben für dein Mahl noch heut
vorgesorgt; heiß ist der Fladen
noch und ganz mit Zimt bestreut.

Früh wirst du die Brühe kochen,
weil du an der Reihe bist;
zeigen wird noch diese Woche
sich, was du imstande bist.

Weisen wird es sich beim Heben,
bei den Karten, wie du paßt,
wie du ausgibst, welches Leben
du hier zu erwarten hast.

Wen sie für hier oben nehmen,
ist wie wir meist sonderbar;
wer sich uns nicht anbequemen
will, den tauchen wir vom Kar.

Überschlaf es nun bis morgen,
was du uns zu sagen hast;
nimm es, wie wir für dich sorgen,
gern und sei heut unser Gast.

Nostrano

Schieb dein Glas zu meinem,
beiden schenk ich ein;
draußen wehn die Schwaden,
hart schon ist der Fladen,
herb der Treberwein.

Sacht am Herd vom Spaten
rinnt's in den Verschlag;
Alter, was für Dingen
kannst das Glas du bringen
noch und welchem Tag?

Nicht den vielen Stunden,
nicht dem kargen Lohn;
trocken Zeug und Schuhe,
nach der Schicht die Ruhe,
nicht und nichts davon.

Nur den heißen Nächten,
nur dem Brot aus Gras,
nur der Bora Tosen
durch die dünnen Hosen
dies und jedes Glas.

Gib dein Glas zum Letzten,
Alter, dies vergeht
erst mit unsrem Leben;
langsam glühn die Reben
aus, es ist schon spät.

Die Kantine

Wo der Abgase Schwall mit dem Brodem der Zapfen sich mischt,
wo die Schlacke verkrustet den Rost und die Walzstraße zischt
und die Hütten gehören dem Erzwerk und starren vor Dreck,
steht im Tann die Kantine auf ihrem ureigensten Fleck.

Schmal und lang ist die Diele und bietet nicht Streichkäs und Wurst
und Polenta allein und ein lauwarmes Bier für den Durst;
für die Ledigen ist sie der Platz auf der Küchenherdbank,
für die Männer die Zuflucht vor Winkeln im Schlafraum und Zank.

Rauchig zieht durch die dürftige Diele der Dunst wie ein Wisch
und es fallen die Karten mit hölzernem Laut auf den Tisch,
wann das Dunkel am Himmel sich schließt und die Wipfel bewehrt
und ein feuriger Rauch aus den Tiefen der Finsternis fährt.

Durch die Dachpappe sickert das Rieseln im Schlackenrevier
und es beugen beim Geben die Männer sich über ihr Bier,
tief, als fehlte den Sparren der niedrigen Decke der Baum
und als könnte ein Kran ziehn ganz nah seine Bahn durch den Raum.

Wenn im Werk sich zwei gut sind . . .

Wenn im Werk sich zwei gut sind, so führt sie der Weg,
der ihr erster ist, still aus dem Tal
auf den schütter mit Föhren bestandenen Hang,
wo nur selten erhebt sich der Drossel Gesang
in den Schrunden, zerklüftet und kahl.

Und sie hocken stumm nieder und stemmen zum Halt
an den erstbesten Baum ihre Schuh;
und sie hören den Wind in den Brombeeren wehn
und die Baumwurzeln lose sich wenden und drehn
und den Mergel verrinnen in Ruh.

Und verwaschene Lappen, wie mehr als ein Paar
sie vergessen kann, darben im Gras;
aus den Kerben der Stämme bricht finsterer Schein
und sie schneiden genau ihre Buchstaben ein
mit gefundenen Scherben aus Glas.

Und die wenigen Dinge, die ihnen gewiß
und bestimmt sind, stehn nahe um sie;
selbst die Schlote, die düsteren, sehn aus dem Tal
durch das schüttre Gestämm, und sie machen sich schmal
und es fröstelt sie, stumm, Knie an Knie.

Wo es Höfe und Einleger gibt . . .

Wo es Höfe und Einleger gibt, wird seit Tagen
nicht gebuttert im Haus und kein Stierkalb geschlagen,
wenn die Zeit auf den leidigen Sonnabend geht,
der den Einleger in die Gehöftstube weht.

Seine Habe liegt lose herum auf den Borden;
und die Frau sticht das Schmalz, wo es ranzig geworden,
aus der Fuge, nimmt muffiges Brotmehl zur Kost,
und der Ahn füllt den Steinkrug mit fauligem Most.

Und es läßt das Gesinde die sauere Wochen
ihn verspüren und schindet das Fleisch von den Knochen,
gießt die Brüh ihm versehentlich übers Gewand,
spickt sein Bettstroh mit Nägeln, Geziefer und Sand.

Wann er Sonnabend geht und sein Sprüchlein beteuert
in der Tür, wird nach ihm schon der Bettplatz gescheuert;
und der Großbauer sucht Stall und Scheune vor Nacht
nach Ersticktem ab, das sich von selbst leicht entfacht.

Das Leintuch

Die Frau schließt die Türe nach innen:
hier wär ich bedienstet . . . ein Linnen
zum Wechseln liegt gleich auf dem Brett;
das zeigt von dem Brauch in der Schenke
und Herberge mehr als die Bänke,
sagt Mutter, das zeigt dir das Bett.

Gemerkt ist nicht eine der Ecken,
die Säume zum Leintucheinstecken
sind schmal nur gesteppt, wie geritzt;
die Falten, verlegt und gehügelt,
sind steif in das Linnen gebügelt:
gewaschen schon nicht, nur gespritzt.

Von Zündhölzern, die in den Kübel
gehören, sind fleckig und übel
die oberen Zipfel verbrannt;
schlimm wird's auf den Zimmern gehalten,
das seh ich . . . die anderen Falten,
die nehm ich erst nicht in die Hand.

Die Wäsche, danach sind die Gäste,
die Gäste, danach sind die Feste,
die Feste, danach ist das Haus;
verschnürt noch sind Schürze und Schuhe,
das Handgeld liegt noch auf der Truhe:
ich geb es zurück und zieh aus.

Der böhmische Knecht

Mit der Rotte hab ich Korn geschnitten
und mich so von Gut zu Gut getrieben;
Sense hat mich in den Fuß geschnitten
und – geheilt – bin ich im Land geblieben.
Vielen Bauern hab ich Roß und Kühe
abgewirtet und das Holz gebunden;
und ich hab mich nur für meine Mühe
neu gewandet jedes Jahr gefunden.

Immer hat im Wirtshaus sich beim Zechen
wer gemuckt, der mir mein Bier nicht gönnte
und ein andrer hat mir vorgerechnet,
was ich am Tabak ersparen könnte.
Doch der Rausch ist mir mein Recht gewesen
und der Pfeifenrauch die eigne Hütte;
sehr entbehr ich beides, seit ich Besen
binden muß und schon den Napf verschütte.

Meine Lungen sind belegt und heiser,
niemand wird mich also freundlich pflegen
wie sie hierzuland die Paradeiser
zwischen Doppelfenstern reifen legen.
Drum im Sonntagsstaat bei voller Flasche
laß ich wiederum die Pfeife qualmen,
weiß die Rebschnur in der Außentasche
und ein Holzkreuz vor den Schachtelhalmen.

Die Aasgräber

Reibsand fahren auf dem Karren
wir bei Tag zum Schein vors Haus;
auf dem öden Anger scharren
wir das Vieh im Finstern aus.
Fleisch von Kühen, Haut von Kleppern
schaffen wir vor Früh noch fort;
und die langen Spaten scheppern
unterm Spanntuch durch den Ort.
    Wägelchen, wir tauchen
    singend dich durchs Land;
    schaffst uns, was wir brauchen,
    voll von Rotz und Brand.

Auf der Rast tun wir in Streifen
aus dem Balg den Kerntalg aus,
schneiden, eh wir ihn verseifen,
Köder, denen keine Maus
widerstehn kann, in die Schwingen.
Heiß legt sich das Licht aufs Gras;
und wir sonnen uns und singen,
schmort im Eisentopf das Aas.
    Wägelchen, wir tauchen
    singend dich durchs Land;
    schaffst uns, was wir brauchen,
    voll von Rotz und Brand.

Und so fristen unser Leben,
wandernd, niedrig wir im Licht,
bis wir einen Milzbrand heben
oder uns ein Splitter sticht.
Aufgeschwemmt von schwarzen Sporen
ziehn wir dann, und seltsam matt,
Rotlauf hinter beiden Ohren,
schleppen wir uns bis zur Stadt.

Wägelchen, dann tauchen
wir dich nicht durchs Land,
nimmer; was wir brauchen,
schafft zum Schluß der Brand.

Die Hand

Die Harke häufelt seicht die Erde auf,
der Daumen steckt die Augen Reih an Reih;
Rauch, Wind und Regen nehmen ihren Lauf
und faltig grünt das Kipflerkraut im Mai.

Der Rechen kämmt die Ranken aus dem Feld,
die Schwinge faßt die fahlen Knollen ein;
dürr ist die Erde, die vom Schaftring fällt,
der Karren nimmt die Säcke auf vom Rain.

Die Luft im Haus ist schimmlig oder schal,
im Fachwerk scharrt es, draußen ist es kalt;
dünn ist die Molke und das Brot ist schmal,
die schwarzen Föhren orgeln dumpf im Wald.

Die Wurzeln laugen sacht den Boden aus,
der Himmel wölbt sich Jahr um Jahr in Ruh;
die Lasten wachsen, wenig kommt ins Haus,
wer schwer sich müht, vermag oft nichts dazu.

Kühl ist's im Mai noch und im Herbst noch heiß,
dies sind die Zeiten jetzt, der Hof wird klein;
wach liegt der Mensch bei Nacht in seinem Schweiß
und haust und zeugt und kargt und ist allein.

Die Harke häufelt seicht die Erde auf,
der Daumen steckt die Augen; Reif und Licht,
Rauch, Wind und Regen nehmen ihren Lauf . . .
die Hand verliert – so dünkt ihr – an Gewicht.

Das Haus

Die alte Penzin hatte sich zu Willen
für einen Schnaps gezeigt und Holz geklaubt;
Hans Penz warf breit die Kelle an die Rillen
und aufrecht saß ihm auf dem Rumpf das Haupt.
Kalt stak die Pfeife zwischen seinen Zähnen,
wie Malter hing die Zunge ihm im Mund;
weit hinterm Dorf, wo sich die Felder dehnen,
schnitt sich sein Fleck in den Gemeindegrund.

Und übers Jahr stach er mit breitem Spaten
den Wasen ab und hob die Erde aus;
schon ließ das Haus sich am Gerüst erraten:
vorn Sims und First, die Einfahrt hintenaus.
Wenn sie im Sommer auf dem Bau die Kelle
zur Seite legten, nahm er mit aufs Land
sein Mahl und sägte in der schwachen Helle
den Dippelbaum zurecht und grub nach Sand.

In feuchter Herbstnacht aber, als er hager
zu Bett lag und der Türstock fertig war,
trat die verstorbne Penzin an sein Lager
und Wärme kam aus ihrem Säuferhaar.
Sie zog die zähe Roßwurst sacht aus seinen
verkniffnen Zähnen, steckte Zuckerkand
ihm in den Mund, und beide mußten weinen
und hielten stumm einander bei der Hand.

Und früh vermochte er den Maurerkittel
nicht über seinen schweren Rumpf zu ziehn;
sie spannten ein und führten ihn ins Spittel
und rauschend schloß das Stroh sich warm um ihn.
Weit hinterm Dorf, wo sich die Felder dehnen,
sah er im Hafer stehn ein seltsam Haus:
noch unverputzt, den Flur bedeckt mit Spänen,
vorn Sims und First, die Einfahrt hintenaus.

Gebrüder Beer

Brenner Stursa brannte Ziegel
tags im Werk der Brüder Beer;
seiner harrte hinterm Riegel
nachts die Hütte feucht und leer.
Auf ein Schlückchen schlurfte leise
Stursa, wann die Schicht zerstob;
und es war die gleiche Weise
stets, die ihm das Gläschen hob.
    Schlot und Steine,
    grüne Raine,
    ach, wie ist Jan Stursa schwer!
    Bruch und Senke
    und die Schenke
    hier gehören den Brüdern Beer.

Und zu bald an Feiertagen
trieb es Stursa über Land
(und vorbei an Baum und Wagen),
bis im Feld ein Schlot erstand.
Starr besah er Schacht und Schienen,
guckte Brennern in den Fraß;
und er sang, wann er mit ihnen
erst im Schank beim Branntwein saß:
    Schlot und Steine,
    grüne Raine,
    ach, wie ist mir, Leute, schwer!
    Um die Senke
    und die Schenke
    steht's wie bei den Brüdern Beer.

Sicher wie die gleichen Bräuche,
traf Jan Stursa hinterm Dorf
Ziegelein und Hungerbäuche,
feuchte Wände, Fraß und Schorf.
Ob er an die Scheiben klopfte,
ob er in den Scheunen sprach:
dem Gerüst der Rede tropfte
eine Weise leise nach:
    Schlot und Steine,
    grüne Raine,
    ach, wie ist Jan Stursa schwer!
    Alle Schenken,
    Hang und Senken
    rings gehören den Brüdern Beer.

Fort von Fachwerk, Form und Schanzen
war es, daß man Stursa wies;
und der Schnaps fraß, was vom ganzen
Jan der Hunger übrigließ.
Zwischen jungem Korn und Raden
fanden sie ihn früh, verstummt.
Sein gedenkend, Kameraden,
sei dies kleine Lied gesummt:
    Schlot und Steine,
    grüne Raine,
    ach, wie wär Jan Stursa schwer!
    Erz und Binsen
    allorts zinsen
    immer noch den Brüdern Beer.

Beerenlese

Die Sonne legt sich auf die schrägen Stätten
und brenzlig wird der Föhren helles Harz;
schon reifen saftig zwischen Farn und Kletten,
Gestein umschlingend, Beeren, rot und schwarz.
Das karge Gras der Lichtung ist geschnitten
und hockt in Stümpfen um den Steinschutzrain;
zum Hegerhaus kommt Frau um Frau geschritten
und löst zum Brocken den Erlaubnisschein.

Sie ziehn ins Holz mit Körben und mit Kruken,
auf ihren Backen jenes graue Braun,
das sonnverbrannter Hunger ist, und schlucken
den nahen Moorhauch der verfilzten Aun.
Die feuchten Beeren falln aus ihren Händen
und ihre Lippen summen schmal und leis;
doch wenn sie abends die Gefäße wenden,
macht mit dem eignen Maß das Gut den Preis.

Es hallt die Axt und schlägert scharf die Wälder,
der Steinkanal entwässert steil das Moor;
doch karg wie heut ist der Ertrag der Felder
auch übers Jahr und treibt die Schar vors Tor.
Wenn jemals sich dem Volk in fernen Tagen
die Frucht der Arbeit in die Hände legt,
wer weiß, ob dann bergan noch Wälder ragen
und ob nur *ein* Gestrüpp auch Beeren trägt.

Die Weinmagd

Als im Herbst vor Nacht aus jedem Loch
herb der Wein und dumpf das Maischgut roch,
winselten im ganzen Dorf die Hunde,
und mein Herz schlug, als zu später Stunde
draußen stand ein Mann im fahlen Schein;
und ich ließ ihn in die Kammer ein.

Düster wußte ich nicht, wer er war,
und der Weindunst hing ihm schwer im Haar.
Ruhe gab sein Händedruck, verschwommen
war sein Blick, mit ihm hereingekommen
war das Weinland; und er grub mir stumm
wie ein Grabscheit meinen Acker um.

Schwarz, und früher als ich es gedacht,
war er schon verschwunden in die Nacht.
Nur das Linnen war nach ihm noch speckig . . .
meine Backen wurden fahl und fleckig;
und zu Lichtmeß schalt man nicht gering,
als man merkte, daß ich schwanger ging.

Aus den Reben weht der grüne Staub
und der Pirol pfeift im Pfirsichlaub.
Wo ich einstehn werde und gebären,
weiß ich noch nicht, doch ich trag den schweren
Leib so frei, als hätt, so weit man sieht,
über ihm das ganze Land gekniet.

Magd und Knecht

Du bist die Magd, ich bin der Knecht,
der Bauer sitzt auf Hof und Grund;
du rückst dem Vieh die Streu zurecht,
die Glut schert mir den Nacken wund.
Der Bauer drinnen wird im Bett
des breiten Schlafes froh;
ein Streifen zwischen Brett und Brett
wär dein im Haferstroh.

Schon trägt die Sau, bald kalbt die Kuh,
vom Preßbaum tropft der Apfelschaum;
dein Dienst, mein Dienst geht immerzu
und trägt das nackte Leben kaum.
Die Bäurin leidet stumm und groß
die schwere Stunde vorn;
die Frucht verdürbe dir im Schoß
der Sud aus Mutterkorn.

Vorm Herd verstummt der Fliegen Schwall,
das braune Brot wird gar im Schacht;
der Faulbaum gleißt am Brunnenwall
zum Brechen süß die ganze Nacht.
Zwei Büschel – eines nimm davon –
leg ich aufs Bord dir hin:
ein Bündel Ackersenf und Mohn,
ein Sträußel Rosmarin.

Lied der Rübenzupfer

Der Herbstregen trommelt vorm Schuppen aufs Feld
und schwemmt Stroh und Ranken zu Hauf;
und rauschen die Strünke so weiter, so hellt
bis Abend es nicht mehr sich auf.
Rückt näher im Schaffell, ich sing euch im Kreis
ein Lied, daß die Zeit euch vergeht,
die Zeit, die euch niemand bezahlt, indes leis
das Naß in den Sandgruben steht.
    Faß die Rübe,
    zieh die Rübe
    aus dem Grund mit weichem Schwung!
    Brauch die Klinge!
    In die Schwinge!
    Endlos ist die Niederung.

Summt mit! Du im Eck, sieh die Blasen nicht an:
sie werden nicht besser davon.
Die Schöpfe meid morgen; der mürrische Mann
hat nichts zu bestelln beim Patron.
Du Langer, verträum mir nicht ganz dein Gesicht;
du kannst bei der deinen nicht ruhn,
so lang es so gießt und so lang wir hier nicht
den Fremden die Rüben austun.
    Faß die Rübe,
    zieh die Rübe
    aus dem Grund mit weichem Schwung!
    Brauch die Klinge!
    In die Schwinge!
    Endlos ist die Niederung.

Die Tonpfeife tu aus dem Mund und summ mit
und wirf nicht das Schwefelholz fort:
das Stroh fängt leicht Feuer. Was sucht ihr zu dritt:
ihr trefft keinen Rum auf dem Bord.
Lauft lieber ins Dorf und kauft Brot und kauft Wurst
und bringt einem jeden sein Teil
und braut einen Steifen; das Singen macht Durst.
So geht schon; wir singen derweil.

Faß die Rübe,
zieh die Rübe
aus dem Grund mit weichem Schwung!
Brauch die Klinge!
In die Schwinge!
Endlos ist die Niederung.

Der Herbstregen trommelt, die Sandgruben stehn
voll Wasser; Schlamm spritzt früh ums Ohr.
Der Daumen wird heilen, die Feldzeit vergehn;
nicht lang reicht der Lohn daheim vor.
Nicht treu ist das Mädel – schenk ein! – und die Flur
zu mager dem andern; beim Lauch
verträumt sich das Leben . . . es trommelt euch nur
im Ohr oft wie Regen und Rauch.

Faß die Rübe,
zieh die Rübe
aus dem Grund mit weichem Schwung!
Brauch die Klinge!
In die Schwinge!
Endlos ist die Niederung.

Die törichte Magd

Schieb, Nachbar, im Gatter den Riegel zurück!
Die Dornhecken klirren vor Frost.
Der törichten Magd gönn vom Schrotteig ein Stück;
knapp hält mich der Herr mit der Kost.
Vom Sautrank, der frisch in den Holzkufen dampft,
laß kosten das Milchige, Guter! Es pampft
und schmeckt nach verschimmeltem Most.

Herr, zerr mich, die säumte, so rauh nicht am Rock
und schlag mich doch nicht mit dem Scheit!
Und laß mich nicht blutig, gelegt an den Pflock,
im Stall, mit den Ratten zu zweit!
Ich hör mich schon Tage lang stöhnen und schrein . . .
und brecht ihr erst morgen die Stalltüre ein,
so lieg ich dem Schoß zu verschneit.

Schon stopft es die Kehle mir mohnkuchensüß.
Durchbrecht ihr beizeiten die Wand,
so legt in die Händ mir die brandigen Füß
und schiebt weit zurück mein Gewand!
Den Schurz und die Strumpfbänder bindet mir auf
und schultert mich sacht so den Schlitten hinauf
vorm Herrn und kutschiert mich durchs Land!

Die Rohrschneider

Wann das Naß über Nacht in den Brunnen gefriert
und der Frost früh die Fenster mit Eisblumen ziert,
ziehn die Knechte zu zweit auf den Neusiedlersee
und versenken das Stoßeisen tief in den Schnee.

Und sie setzen es knapp überm Spiegel ans Rohr;
auf der tragfesten Eisdecke dringen sie vor,
und es hängt sich der eine mit Macht an den Schaft,
indes schwankend der andre die Schilfschwaden rafft.

Und sie schneiden das Röhricht, vereist und gebleicht,
das vom Kahn aus die Sichel im Herbst nicht erreicht;
und auf schneefreier Eisfläche kann es geschehn,
daß sie grundelnde Barben im Binsenschlamm sehn.

Sie verladen das Schilf, eh die Strahlen verziehn,
auf den Handschlitten, den sie zum Seeufer ziehn;
und sie machen im Frost, der scharf weht aus dem Schnee,
diesen Weg zehn- bis zwölfmal zurück auf den See.

Sorgsam wird das vom Pächter gestellte Gefährt
mit den Binsen, die Stricke umwinden, beschwert;
und sie seilen den frostigen Handschlitten an,
eh sie schreiten zur Seite dem schwanken Gespann.

Waldviertler Winter

Der Winter fällt scharf übers Waldviertel her,
uns Arbeiter dort trifft er doppelt so schwer;
er legt nicht nur eisig sich uns um das Haus,
er bläst auch das Feuer im Kalkofen aus.

Die Bauern sind dürftig mit Kipflern und Klee
versorgt, doch nicht viel kommt herein übern Schnee;
die Glashütten glosen am Buckelwaldrand,
nur wenige Webstühle gehen im Land.

Wir Arbeiter wissen nicht richtig zu ruhn,
an Brot fehlt's, wir möchten recht bäuerlich tun;
wir füttern die Hausgeiß mit bitterem Moos
und ziehn in der Stube die Zuspeis uns groß.

Schwach knistert das muffige Klaubholz im Schacht;
früh, bald nach der Jausenzeit machen wir Nacht
und schaun noch ein Weilchen ins blakende Licht
und ziehn dann die Decke uns übers Gesicht.

Mit Lattich und Mohn

Geh schlafen und schiel nicht zur Tür nach den Schuhn,
der Vater hat heute noch draußen zu tun;
er steht mit dem Scheit hinterm Riegel
im Lehmbruch und knetet noch Ziegel.

Bleib ruhig: was blakt, ist im Schacht nur die Glut;
erwachst du und liegt auf der Truhe ein Hut,
breitrandig, verbeult und verschwommen,
dann ist er nach Hause gekommen.

Die Zehen halt unter der Tuchent versteckt;
und wenn seine Joppe nach Dunstigem schmeckt,
nach rauschigem Schnaps, sei noch leiser;
denn, Kind, seine Kehle ist heiser.

Sein Flausch ist verkrustet, sein Rücken ist krumm;
der Groschen, er dreht ihn, Kind, dreimal wohl um,
ihm dankt kaum der Wirt, nicht der Bauer:
sein Blick schwimmt voll Zorn und voll Trauer.

Gib nichts wie die Mutter auf sie und schlaf ein,
sein Tagwerk ist schwerer, doch nichts nennt er sein;
das Wild fängt er dir in der Schlinge
und tut auch noch andere Dinge.

Schlaf ein; daß der Schreck dir den Schlaf nicht verträgt,
hat Mutter zwei Büschel aufs Bett dir gelegt:
der Lattich, der wächst in der Grube,
der Mohn, der brennt rot auf der Hube.

Der Lattich, der steht für den Lehm und den Schweiß,
der Mohn macht dem Vater die Augen oft heiß;
dir sollen – willst mich du stets hören –
im Traum nicht nur beide gehören.

In den Zufahrtsstraßen

Vor vierzig Jahren

Dazumal vor guten vierzig Jahren
trennte uns am Strom hier noch die Maut
von der Stadt; verkiest und unbefahren
war das Stromland und noch nicht verbaut.
Doch die großen Gasometer standen
damals schon, und diesseits vor der Au
waren die Fabriken schon vorhanden
und ihr Ruf war damals schon genau.

Spät erst sanken wir auf die Matratzen
und es plagte uns am Feiertag
große Unrast, und bis zum Zerplatzen
füllten wir mit Kohl den Wanst uns zag.
Nach der Stadt zog es uns längs der Schienen,
Schenken standen zwischen uns und ihr
aufgestellt; wir blieben stets in ihnen
hocken und genossen schales Bier.

Wie auf eigne Art die Feierstunden
sich verbringen lassen, hatten wir
dazumal noch nicht herausgefunden,
und wir gaben viel auf Tand und Zier.
Unbefriedigt, wann sich schwarz das braune
Wasser färbte, kamen wir nach Haus,
und wir ließen unsre schlechte Laune
nur zu oft an unsern Frauen aus.

Der alte Gärtner

Die Märzensonne legt sich gut aufs Glas,
kühl geht der Wind, der Mist raucht aus den Beeten;
die ausgehängten Scheiben leuchten klar,
die kleinen Pflanzen schimmern, dieses Jahr
setz ich sie noch und werd das Unkraut jäten.

Vielleicht noch läßt der Herr mich vom Salat
die Schnecken nehmen und ihn marktreif binden;
ein Zittern geht durch meine dürre Hand,
im Herbst, wenn sich der Seller krümmt im Sand,
wird man mich nicht mehr auf dem Gut hier finden.

Das Zwergobst, das ich zog, wird zeitig glühn,
ein andrer aber wird die Birnen pflücken
und sie ins Stroh tun; drüben in der Stadt
werd ich mir betten meine Lagerstatt
und mich herum im Pfründnergarten drücken.

Den Baum, der alt ward, setzt man nicht mehr um,
man läßt ihn rauschen, wo er steht, verdorren,
und schlägt den Stamm, wenn er rein gar nichts trägt,
mir aber ist's zu hausen auferlegt
noch, taub, ein Unnütz, unter andren Knorren.

Was man mir tun noch könnte, wär nur dies:
mich hier zu lassen, mir die Strümpf zu stopfen
und mir es nicht zu wehren, wenn ich gern
nach hinten ginge, einen Asternstern
zu brocken oder um ein Reis zu pfropfen.

Wir alten Leute

An einem Tag, an dem so warm wie heute
die Sonne scheint und schön der Flieder gleißt,
sieht man es ein, daß für so alte Leute
wie wir es sind, das Leben nichts mehr heißt.
Kalt hängt, wer weiß wie lang, im Mund die Pfeife,
von der sie sagen, daß sie stets uns schmeckt;
die Nüstern nehmen den Geruch der Reife
voraus im Blust, der die Allee bedeckt.

Die dunklen Säfte, die nach ihren Reden
in uns versiegt sein sollen, rauschen wach
und spinnen glasig ihre zähen Fäden;
zum Ausbruch aber sind sie schon zu schwach.
Wie könnte uns es ausfülln und genügen,
ein gut rasierter alter Mann zu sein;
wir bürsten uns die Kleider selbst und fügen
uns in die Kost, doch alles ist nur Schein.

Gut ist's, früh heimzugehn an solchen Tagen,
der Staub der Büsche hängt zu schwer im Haar;
was sie von unsrem saubren Wesen sagen,
ist kindisch, und kein Wort davon ist wahr.
Froh muß noch sein, wer heut die Abendstunden
bei Leuten zubringt, die nicht mürrisch sind,
die ihn sich plagen lassen mit den Hunden
und die ihm setzen auf die Knie ihr Kind.

Der gute Anzug

Guter Anzug, der du einsam längst
schon im Kasten auf dem Bügel hängst,
lange schelten alle schon zu Haus;
sind noch immer nicht die Raten aus?

Keiner kann dein schönes Muster sehn,
keinem will es in den Schädel gehn,
daß ein Bursch wie ich, der schafft im Ruß,
einen guten Anzug haben muß.

Niemand weiß es, wie in dir es leicht
sich am Abend durch die Gassen streicht,
wie der Schnitt der Hose, fahl wie Zimt,
alles Plumpe aus den Hüften nimmt.

Vor den schönen Läden kann ich stehn,
allen Leuten in die Augen sehn;
und die Finger, über Tag verrußt,
bleiben ihres Wertes sich bewußt.

Frische jeden Abend dank ich dir,
nimmer raubt ein scheeler Blick dich mir;
und ich leg von Samstag an noch zu
einen Schilling für genähte Schuh.

Altes Paar im Prater

Sperr die Türe gut und zweimal zu,
häng dich ein, der Weg ist gar nicht weit;
schau nur, Alte, die Akazien stehn
voll zum Brechen . . . in der Zeile stehn
schon die Leute langsam angereiht.

Hinterm Pfeiler kreist das Karussell,
die Tschinellen laden laut zu Gast;
komm, nicht geizig kann ich heute sein,
setz dich, gönn dir einen Tropfen Wein,
Lebzelt, Käs, worauf du Gusto hast.

Schön und heiß ist, Alte, heut der Tag,
brenzlig schmeckt die Luft nach Staub und Quarz;
auf den Schaukeln fliegt sich's wie im Traum,
selbst am Zaun der dürre Pfirsichbaum
schwitzt und bringt's zu einem Klümpchen Harz.

An der Leine zieht der Luftballon,
in der Bude kracht es Schuß auf Schuß;
auf der Bahn, die grün von Höhn zu Höhn
stürzt, wär uns schon schwindlig . . . Alte, schön
ist am Leben nur der Überschuß!

Wen er schwellt, du, der versteht's noch nicht . . .
der Jasmin tropft golden in den Wind;
tunk dein Brezel, Alte, in den Wein:
der den Honig macht, wird's uns verzeihn,
daß wir zittrig und noch töricht sind.

Pfingsten für zwei alte Leute

Setz auf die Bank vorm Haus dich, Alte, nieder!
Für heute Abend ist genug geschafft!
Am Rand der Vorortstraße blüht der Flieder
und die Kastanien stehn in vollem Saft.
Die Motorräder, die aus frischen Fernen
der Stadt zu brausen, tragen schon Laternen.

Es ist ein Abend, wie ich viele Jahre
schon ihn nicht sah, an dem man alles schmeckt:
den Staub der Stadt, den Ruch der Schlingkrauthaare,
den grünen Rasen, der den Hang bedeckt,
den Wurzelgrund der wilden Efeureben,
die noch den Paaren an den Tschernken kleben.

Wie ist es, sag doch, Alte, zu begreifen,
daß wir wie nun schon wohnen manches Jahr
und nie mehr Sonntags durch die Wälder streifen
und dennoch leben, ohne Wind im Haar?
Wir stehen auf und schrubben uns und essen –
und alles andre haben wir vergessen.

Gewaltig, Alte, glaub mir, ist das Leben
in allem, wenn wir es nur richtig tun,
wenn wir dabei sind, wie wir uns erheben,
und ganz dabei, wenn wir ein wenig ruhn.
Ist lahm das Kreuz auch, eine Hand beschädigt,
es ist der Mensch damit noch nicht erledigt.

Kalt zieht sich's in die Füße aus den Fliesen,
die Maiennächte sind noch reichlich frisch;
wir werden gehen und das Fenster schließen,
und schmal bestellt ist morgen unser Tisch,
und viel wird's sein, wenn für uns alte Leute
zuweilen noch ein Abend kommt wie heute.

Heut wird ein schöner Tag . . .

Heut wird ein schöner Tag. Am Saum der Streifen
schließt weinhell schon den Gasometer ein;
blaß scheint des Stromes Bug, die Drosseln pfeifen
und grünen Glanz gewinnt das Gras am Rain.
Heiß wird es werden, denn der Rauch der Schlote,
die eben angeheizt sind, legt sich schnell;
durchs Blattwerk schimmern die gerippten Brote
und aus den nahen Auen kommt Gebell.

Koch heute nicht, geh baden mit der Kleinen.
Ich komm euch beiden nach gleich nach der Schicht
und werfe nach den Blasen mit den Steinen;
heut bleibt es sicher lang noch warm und licht.
Die Buben laß sich tummeln in den Hecken,
gib ihnen Brot und einen Tiegel Schmalz;
und kommen sie zerkratzt nach Haus mit Zecken,
schütt ihnen Öl auf ihren Bauch und Salz.

Laß einen guten Tag uns heut verbringen,
als drückte uns nicht da und dort der Schuh;
leg dich ins Gras, laß dir die Ohren klingen
und schau dem Flug der frechen Möwen zu.
Heut ist es schön, das andre läßt sich morgen
noch tun; für uns soll heut ein Sonntag sein,
und müßt ich selbst auf meine Zwiebel borgen!
Gib mir den Kittel, die Sirenen schrein.

Alter Mann am Kanal

Vom Haus hab ich nur ein paar Schritte zu gehn,
ein Prellsteinstück, um am Geländer zu stehn.
Ich seh in der Rinne die schaumigen Fluten,
ich seh auch die Dampfer und höre sie tuten,
das Wasser treibt Binsen und Holzstücke her;
alt bin ich und zittrig, was will ich denn mehr.

Ich wag auf der Böschung mich weiter ein Stück
und leg mich und schlage die Hose zurück.
Mein Hemd knöpf ich auf und lieg still in der Sonne
wie überm Kanal die verwaschene Tonne;
auch mich hält kein Reifen zusammen, es geht
mir viel durch den Schädel und rauscht und verweht.

Oft wird mir ganz schwarz vor den Augen, es rinnt
nur sacht der Kanal, man wird wieder zum Kind.
Gut tut es, zu ruhn und nach nichts mehr zu fassen
und nur in der Sonne sich braten zu lassen,
zu Häupten den Wind und zu Füßen die Flut,
selbst fast schon ein Nichts. Am Kanal ist mir gut.

Unsere Stunde

Aus den Nischen und Simsen streicht zitternd die Glut,
und das Leuchten der Steige erlischt, es wird spät;
leise surrn die Laternen, das Ahornlaub ruht,
nur das niedre der Ziersträucher raschelt und weht.
Seltner knirschen die Schienen, der Lärm rollt sich taub
und der Tau fällt in Schwaden den bitteren Staub.

Zischend teilt sich der Strahl, unsere Bank ist noch leer,
komm, die Schuhkappen bohren sich tief in den Sand;
weit zurück führt die Lehne und niemand sieht her,
rück ein wenig noch näher und laß mir die Hand.
Leise nickt überm Parktor dazu der Jasmin
und im Ziergrün der Hirschkäfer summt vor sich hin.

Dies ist unsere Stunde, mehr Ruh und mehr Raum
ist zu Haus zum Sich-Räkeln und Reden auch nicht;
auf den Stengeln starrt zuckerguß-glasig der Schaum
der Zikaden, und kalt auf dem Gras liegt das Licht
der Laternen. Vom Fahrdamm her kommt es noch schwül,
doch der Wind, der im Ziergrün sich aufmacht, ist kühl.

Scharf am Himmel, der schmal durch die Laubkronen scheint
stehn die Schwaden der Vorstadt wie Klingen gezückt;
schmerzlich herb durch die Heftigkeit ist, was uns eint
und uns starr dem Getrieb eine Weile entrückt.
Und der Platz auf der Bank, kaum so breit wie ein Riß,
ist wie heut uns auch morgen, mein Mädel, gewiß.

Schienenarbeit bei Nacht

Die Häuser hüllen sich in Schatten,
die Straßenbahn verkehrt nicht mehr;
nun geht das Schweißen gut vonstatten,
leicht fährt der Hobel hin und her.

Sacht zischen die verdeckten Lampen,
die Barrenampeln schaukeln sacht;
das Knirschen der geklemmten Krampen
im Kies verliert sich in der Nacht.

Das Grundgestein, das aufgeworfen
den Schienen seicht zur Seite ruht,
scheint mit der Zeit sich zu verschorfen
und aus der Tiefe weht es gut.

Der Grund ist feucht und riecht nach Ampfer
die Nacht ist kühl und doch noch heiß;
längst baumeln Rock und Hut am Stampfer
und aus den Achseln bricht der Schweiß.

Der Hobel gleitet zwischen Zweien
die stummen Schienen ab und auf;
es ist wie draußen fast im Freien . . .
den Fahrdamm steigt der Tag herauf.

Bange Stunde

Seltsam weich ist der Wind heut, der Tag ist noch hell,
meine Hand ist auf einmal nicht schwer;
Käs und Rettich sind bald auf das Schwarzbrot gespießt
und die Tür hinter mir heut – was heißt das nur – schließt
sich, als ob ich nicht Vornieter wär.

Überm Garten- und Wiesengeviert vor der Stadt
stehn die Schwaden wie Klingen gezückt;
ein Hydrantenstrahl glitzert, satt glänzt das Gemüs,
und der weiße Kamillenstrich duftet so süß,
daß es grausam das Herz mir abdrückt.

Auf den Händen schwillt bläulich das Aderngeflecht
und klopft laut, daß die Haut mir fast birst;
aller Rundungen Spuren, wo nieder man saß,
gehn mir auf, und es rammeln die Hunde im Gras
und die Katzen miaun auf dem First.

Scharf durchschneidet das Funkengestiebe der Bahn
fern die Dämmerung; bin das noch ich,
der die Zinsgroschen zählt und den Lötkolben hält . . .
durchs Gestäng, das der Sichelmond silbern erhellt,
geh gewaltig ich quer wie ein Strich.

Blust und Schienen, als läget ihr nackt in der Hand
mir, was soll das noch werden mit mir;
wie nur soll ich heut über den Bauplatz noch gehn,
dieses Strahlen in mir, und dem ersten gleich sehn
in die Augen . . . ich fürcht mich vor mir.

Nach dem Nachtcafé

Tu ab die Schuh, komm schlafen
es geht schon gegen Früh;
schon blinken, halb im Hafen,
die Sterne nur mit Müh.
Blaß steht schon ohne Schminke
wie eine Azalee
die Wange, deine linke,
verbraucht vom Nachtcafé.

Du ziertest viele Tische,
ich blies das Saxophon;
dein Lächeln täuschte Frische,
mich freute nicht ein Ton.
Es gab bis zu den Brauen
ganz dein Gesicht sich aus;
nun kann es kaum noch schauen
und wäre doch zu Haus.

Laß deine Lider fallen;
wie wenig auch verblieb
und schon die Straßen hallen
verworrn, ich hab dich lieb.
Rück nah zu mir, die Decke
ist leicht und kühl der Wind;
er küßt dir weg die Säcke,
noch eh wir munter sind.

Die Orgel aus Staub

Grell flutet das Licht und die Lehne ist heiß,
sacht fällt von den Kieseln der Sand;
der Wind schuppt den Rasen und stiehlt sich mir leis
durchs Hohle der hängenden Hand.
Das ist so der Sonntag für den, der nichts hat,
die Wege sind sommerlich leer;
gedämpft dringt der Lärm der verlassenen Stadt
durchs Dornsieb des Parkgitters her.

Weiß segeln die Wolken den Hügeln zu, grün
verdorrt vor den Bänken das Laub;
der Blust der Akazien, die gläsern verblühn,
tropft hin und schleift dürr durch den Staub.
Das dreht sich zutaub wie ein Drehorgellied
und läßt meinen Gaumen schier Wein
und Lebkuchen schmecken und schwillt und bezieht
Gewölbe und Gras in sich ein.

Unsichtbare Orgel aus Staub: daß es nicht
mir abdrückt das Herz, laß aufstehn
mich Nichtigen und mit verhängtem Gesicht
dir stockend die Kurbel andrehn.
Ins Seegras des Sofas, daß allen es klingt,
greift schütternd dein schartiger Zahn;
spröd federt die alte Matratze . . . es singt,
gesprungen noch, was ich getan.

Reich sind bis ans Ende die Tage . . . ein Griff,
ein Werkeln, solang ich noch steh:
da schwebt übers Koksfeld der Uferbahnpfiff,
da rauscht hinterm Bau die Allee.
Da fällt aus den Fugen des Fensters der Kitt,
der Firnis springt brüchig vom Schild,
springt mitten ins Lied und der Span dreht sich mit
und singt, daß die Träne mir quillt.

Der reiche Sommer

Sie lagen zu zweit über Mittag im Sand
vor der staubigen Jutefabrik;
lose saß um die Hüften ihr Leinengewand
und die Sonne beschien ihr Genick.
Längst schon hatte der Staub, der aus Faser und Sack
stieg, die Lungen zur Gänze durchsetzt;
und sie fühlten sich oft schon vom süßen Geschmack
ihres eigenen Blutes benetzt.

Und sie tunkten ihr Brot in den Milchtopf, den Stich
in der Lunge verhielten sie gern;
denn sie wußten: sie hatten den Sommer vor sich
und der rasselnde Herbst war noch fern.
Rein und blau war die Zeit und die Luft roch nach Seim,
nicht allein ihre Haut schien geschält;
sie erzählten sich Dinge von einst, von daheim,
die sie bisher noch keinem erzählt.

Und es dünkte zu Mittag ihr eigenes Wort
Tag für Tag sie erstaunlich und weich;
noch war keine der roten Begonien verdorrt,
und bemalt war das Leben und reich.
Reich war alles: der Sand und das Gras und das Wehn
und die strahlende Glut im Genick;
und sie hörten verschattet die Spindeln sich drehn
in der staubigen Jutefabrik.

Einem jungen Freund

Deine Hand – neu und gut ist dein Schlag –
ruht in meiner nicht kurz und nicht lang;
teilst du heut auch mit vielen den Tag,
für die Nacht ist um dich mir nicht bang.
Schmecken wirst du den vollen Gehalt
jeder Kost, die dein Gaumen verspürt,
und genießen die sichre Gewalt
deiner Hand, die das Motorrad führt.

Ist sie laut, so befürcht ich doch nicht,
daß du über der Menge ertaubst
für die Stille; es wird das Gewicht
dir erhellen, woran du auch glaubst.
Und lobpreisen auch wirst du die Welt
durch dein lächelndes Tun wie ein Mann,
wenn es selbst dir zu glauben gefällt,
Freund, es käm ihr auf dich gar nicht an.

Nimm es freundlich an, wenn für die Frist
der Begegnung das Wort mir reich quillt;
denn verbraucht ist das Erbe . . . dein ist
nur die Liebe, der Blick, der dir gilt.
Und die Zeit ist gekommen, da ganz,
was ich sage, der Wind mir verweht,
und mir Spätem der scheidende Glanz
des Gestirns überm Scheitel noch steht.

Der fremde Mann

Jeden Abend kommt ein fremder Mann;
Mutter streicht sich in der Küche an,
macht geschwind im Speisezimmer Licht,
kennt und hört nur ihn und sieht mich nicht.

Braten, den es längst zu Mittag nie
gibt, kommt auf den Tisch, und Sellerie,
und der Mann nimmt stets das größte Stück;
Mutter legt das ihre oft zurück.

Seine Schnurrbartspitzen starrn vor Mark,
manchmal kommt Gelächter aus dem Park;
Mutter stockt und zieht die Stirne kraus,
doch er schnalzt und schielt und winkt hinaus.

Mutter gießt die Herzchen auf dem Brett
dann und vor der Zeit muß ich zu Bett;
dumpf ist's im Verschlag, der Strohsack hart,
und ich hör es, wenn es drüben knarrt.

Gegen Mitternacht geht sacht die Tür;
Früh bleibt Mutter über die Gebühr
in den Federn, unsre Milch brennt an.
Meine Sahne trinkt der fremde Mann.

Im Schrebergarten

Wann nach langem staubverbrannten
Tag die erste Kühle weht
und das Brausen der Hydranten
durch die Schrebergärten geht,
lenkt die Hand den Schlauch,
würzig riecht der Lauch,
und in tiefen Zügen reinigt
sich die Brust von Müh und Rauch.

Mit dem Schwall, der auf den Ranken
sprüht, verbraust ein Tag in Ruh,
und es wenden die Gedanken
unterm Gießen selbst sich zu;
schön steht der Spinat,
Lauch ist und Salat
mitzunehmen und die Rebe
hochzuziehn am Gitterdraht.

Und schon hat der Grund der Beete
rings ins Schwarze einen Stich,
bald versorgt sind die Geräte
und die Tische decken sich;
Sprecher, Grammophon
schnarrn und spielen schon,
und im Zwielicht glühn die blassen
Stempel durch den schwarzen Mohn.

Nach einem Wandertag

Draußen geht der Tag zu Ende,
in der Kammer rauscht es leer;
feucht vom Gras sind deine Hände
und vom Rucksacktragen schwer.
Nimm den Imbiß noch, ich stecke
übers Wandbrett dir ihn zu;
aufgeschlagen ist die Decke
und das Bett bereit zur Ruh.

Dunkel schimmert im Entschlafen
unsern Augen noch einmal
auf, was unterwegs wir trafen,
Klee am Hang, Gebüsch im Tal.
Vor dem Quell, aus dem wir schöpften,
schauen traumhaft wir uns stehn,
auch die Stöcke, wie sie köpften
Disteln unterm Weitergehn.

Deine Schulter, die mich duldet,
nun zu Ende geht der Tag,
dünkt mich fest, doch ausgemuldet
wie der Grund, auf dem ich lag.
Mit den Schläfen, mit den Wangen
schweigsam nahe deinem Hauch,
halt ich schläfrig dich umfangen
und Gesträuch und Rasen auch.

Am Strand

Schön ist der lange Sommertag
im heißen Sand am flachen Strand;
gemessen geht der Wellen Schlag
und hebt und senkt des Stromes Band.
Die Glut der schrägen Strahlen,
die leere Kringel malen,
verbrennt die Salbe in die Haut,
daß sich die glatte Röte rauht.

Die vielen, denen schier die Glut
die Augen zudrückt, halten still;
weit draußen regt sich in der Flut
und prustet, wer sich tummeln will.
Die weißen Fische schnellen
kopfüber aus den Wellen;
die Weiden in der seichten Au
drehn sacht ihr Laub bald grün, bald grau.

In seine Mulden fließt der Sand,
da blau der Tag zu Ende geht
und über Pflöcke, Gras und Strand
vom Strom her eine Brise weht.
Rings rauchen nicht geheuer
die kleinen Mückenfeuer;
im Becher prickelt der Siphon
und laut erschallt das Grammophon.

Das Badezeug verstaut geschwind,
wer sonnverbrannt nach Hause geht;
der Pfiff der Bahn verschwebt, vom Wind
aus blassen Fernen hergeweht.
Die starren Wellen leihen
den finstren Strandhausreihen
geschuppten Glanz von ihrem Glanz
und kühler Tau fällt in den Tanz.

Die Melker rufen in der Au,
bis sich im Mond das Gras versteint
und unterm ausgestirnten Blau
das Laub sich schwarz zu Blöcken eint.
Die feuchten Stufen glitschen,
das Holz ist kühl, die Pritschen
sind niedrig und auch Mund an Mund
der leichte Schlaf ist rein und rund.

Nach einem Tag im Bad

Stell noch draußen zum Erfrischen
reichlich Tee für beide auf;
gerne schnüre ich inzwischen
das Paket im Rucksack auf.
Schwach noch streift ein letzter Schimmer
Tisch und Wandbrett, Bett und Spind,
stirbt der Schwall im Badezimmer,
und es geht ein kleiner Wind.

Auf den Armen und im Bogen
um den Hals und im Gesicht
bist du etwas aufgezogen,
doch gefährlich ist es nicht.
Seltsam, wie verspielt die Glieder
schwingen, wenn man einen Tag,
nur ins Wasser hin und wieder
tauchend, in der Sonne lag.

Tu mir nun den Krümelbesen
fort und schlüpf aus deinen Schuhn;
heute wolln wir nicht mehr lesen
und nur lange wach noch ruhn.
Und es streben Mund und Wangen
aufeinander eigen zu,
ganz, wie sie es selbst verlangen
aus den Tiefen ihrer Ruh.

Ich möchte eine kleine Wirtschaft führen . . .

Ich möchte eine kleine Wirtschaft führen
am Rand der Stadt schon, wo im Gartensand
die Bäume nicht den Staub der Straße spüren,
für junge Leute, frisch und braungebrannt.

Es würde mittags kleine Braten geben
auf Wunsch und alles ganz bescheiden sein;
am Abend aber müßte immer Leben
in meiner Stube und im Garten sein.

Man könnte kommen wie man ist, vom Stanzen
und vom Büro, ist sauber nur der Zwilch,
und könnte Tango und auch Walzer tanzen
bei einem Stutzen Wein und auch bei Milch.

Die Leutchen würden auf die Tischtuchfalten
von selbst schon achten und im bunten Schein
der Lampenschirme gut sich unterhalten
und mit dem Ganzen recht zufrieden sein.

Und manchmal, wann es aus den Schattenfetzen
warm kommen würde und mir zwei zu sacht
sein würden, würd ich mich zu ihnen setzen
und etwas singen, bis nach Mitternacht.

Wir werden es zu Haus geräumig haben . . .

Wir werden es zu Haus geräumig haben;
die Zimmer werden zwar nicht riesig sein,
doch so gestellt, daß nirgends Staub und Schaben
sich halten werden, nur der Sonnenschein.

Es wird bei uns nur helle Farben geben;
und wenn du auch noch deine Zweifel hast,
nur soviel wirst du im Kaffeehaus leben,
als du's für deine Arbeit nötig hast.

Wir werden oft bescheiden essen müssen,
und Sonntag werden wir ins Gasthaus gehn;
doch immer wird ein kleiner Korb mit Nüssen
und ein paar Früchten auf dem Nachttisch stehen.

Wir werden uns, so gut es geht, nicht stören,
ein Tag bleibt jedem gern für sich allein;
und manchmal werden wir uns angehören
und immer, nicht wahr, gut und freundlich sein.

Der Fußball

Soll man unsrem Jungen etwas schenken?
Sieh, er dankte kaum für Ball und Dreß.
Andrer Zeiten muß ich da gedenken,
meiner Kindheit, die ich nie vergeß.

Streng und sehr gemessen war mein Vater,
was er sagte, nahm er nicht zurück;
nach dem Essen stahl ich in den Prater
mich davon mit einem Kuchenstück.

Flocken schwebten von den Ulmenriesen,
fürchten mußte ich für meine Schuh;
einsam stand ich auf der Wasserwiese,
sah dem Spiel der fremden Buben zu.

Wenn einmal ein Ball herüberrollte,
gab ich ihn zurück mit einem Tritt;
manchmal, wenn ich mutig war und wollte,
spielte ich auf eine Stunde mit.

Mit dem Sacktuch putzte ich die Schuhe
nach dem Spiel; verschwitzt war mein Gesicht,
und bis abends hatte ich nicht Ruhe.
Unser Junge kennt das alles nicht.

Auf den Sportplatz geht er, in den Prater,
nimmt den Ball, die Dreß und dankt mir nicht.
Und mir soll es recht sein! Auch mein Vater
hielt wohl, was er tat, für seine Pflicht.

An eine junge Freundin

Sacht schließen hinter uns die Türen;
laß bis zum Eck mit dir mich gehn
und an den Mund die Hand mich führen . . .
wir werden uns nicht wiedersehn.
Es ist nicht nur, weil oft zu rasten
mir ziemt, weil meine Börse leer;
damit würd ich dich noch belasten,
doch was uns trennt, ist etwas mehr.

Für dich mit deinen zwanzig Jahren
ist alles klar und nichts verzwickt;
ich aber bin zutiefst zerfahren,
hellhörig leb ich, eingedickt
sind meine Säfte um die Flachsen.
Mich quält noch viel, an dem du, Kind,
vorbei schon lebst; du bist erwachsen,
ich bin schon alt und doch ein Kind.

Mit deinem festen Mund, zum Pfeifen
geschaffen, praktisch und gescheit,
wirst du mich nie so recht begreifen;
in mir geht eine ganze Zeit,
zu weit gespannt und schwer, zu Ende.
So scharf und viel wie ich zu sehn,
hast du nicht nötig; deine Hände
sind gut . . . du wirst mich nicht mehr sehn.

Ausrangierung

Heute will ich nicht mehr schreiben
und im Schrank nach Ordnung sehn;
denn mein Fuß wird hölzern bleiben
und wird nie mehr richtig gehn.
Eingeschrumpft und aufgesprungen
schaun die Haferlschuhe aus;
was ich für die Wanderungen
brauchte, Kasten, muß heraus.

Erst der Rucksack mit den alten
Riemen und der Kartenschutz;
beide haben gut gehalten,
doch ich bin zu nichts mehr nutz.
Dann die Hose und der Sweater,
den ich schon als Knabe trug,
den zur Rast ich, wenn das Wetter
rauh war, um mein Mädel schlug.

Seltsam – ich verstand sonst immer
gut zu packen – ist mir heiß
von der kleinen Müh . . . das Zimmer
riecht nach Gras und Wanderschweiß.
Und der Staub, der von der Zwinge
meines Steckens plötzlich fließt,
wird nie gar, ob um die Dinge
sich auch steif das Zeltblatt schließt.

Auf einen alten Wanderzirkus

Draußen auf der alten Distelstätte
hinterm halb versiegten Wasserlauf
rasselt seit der Früh die Wagenkette,
schlägt ein Zirkus seine Zelte auf.
Dünner Rauch steigt aus den bunten Wagen,
auf den Stricken bläht sich Zeug; im Rund
stehen schon die Pflöcke eingeschlagen,
schwarze Risse laufen durch den Grund.

Mürb schon sind die Maste und verwaschen,
rostig ist das Reck, der Flitter blind;
aus dem Sprungnetz lösen sich die Maschen,
leise knarrt die Kurbel im Gewind.
Die Scharniere scheppern, ausgefahren
sind die Schienen und die Lager leer;
dies Gerät gibt in den letzten Jahren,
kaum geschmiert, geflickt, sein Letztes her.

Alter Zirkus, der du oft die Ferne
schon durchmaßest und nun nirgends Glück
findest: unter einem schlechten Sterne
kehrst du in die große Stadt zurück,
an den Rand, um den seit Jahren nimmer
deine Kunst mit lauter Trommel warb
und für den dein Wanderglanz und Schimmer
mehr als für die kleinen Flecken starb.

Dünkst du dich, da wohlfeil in den Ohren
uns von früh bis spät das Radio liegt,
nicht mit deinem Schellenklang verloren,
gibst du dich vom Kino nicht besiegt?!
Oder schwante dir auf deiner Reise,
daß uns das entseelte Leben quält,
daß es grausam uns gebricht an Speise
und an Geld für unsre Freuden fehlt?

Glaubst du, daß im Schutz der Krüppelweiden
auf der Distelstätte hier am Rand
sich für deine Kunst, wie wir bescheiden
und nach Buntem aus, ein Platz noch fand?
Kühler wird es, der Geschmack der Schwaden
mischt sich mit dem Hauch von Tau und Spelt;
alter Zirkus, viele will ich laden
morgen unter dein gestirntes Zelt.

Auf einer kleinen Haltestelle

Geh auf den Bahnsteig nur, der Schalter
ist zu und lang noch geht kein Zug;
im Efeu schwirrt ein später Falter,
komm, auf der Bank ist Platz genug,
Tu deinen Rucksack auf die Steine
und leg den Kopf auf meine Knie;
schwarz ragen überm Gleis die Raine
und schwirrt der Drähte Melodie.

Mit ihrem Ziehen in den Gliedern
ist diese Rast mir gut bekannt
und kehrt in meinem Leben wieder
nach langen Märschen über Land.
So zählt für mich zum wenigen Festen
des Bahnsteigs schwaches Licht, der Tau
dazu des Abends auf den Ästen,
auf meinen Knien eine Frau.

Schweig still, in dieser Stunde eben
liegt etwas, das man nicht versteht
und das sich nur mit unsrem Leben
erschöpft, wenn's einst ans Sterben geht.
Schweig still, nichts ist daneben wichtig . . .
sacht ahnt den Zug der wilde Wein;
in einer Stunde, wenn er richtig
fährt, werden wir zu Hause sein.

In einem Biergarten

Bleib noch ein wenig bei mir sitzen.
Schon zahlen alle, Tisch um Tisch
wird frei; der Mann mit den Lakritzen
zieht ab und mählich wird es frisch.
Schwarz aus dem Efeu stehn die Latten
und übers Tischtuch fährt der Schatten
der alten Ulme wie ein Wisch.

Ich laß uns noch ein Braunes geben,
dann sind wir ganz für uns allein;
wer hinten bei den wilden Reben
noch sitzt, will unbeachtet sein.
Kühl steigt es aus den blassen Kieseln
und zwischen etwas Wind und Nieseln
trübt sich der Hof des Mondes ein.

Ein Hauch zieht in die leeren Gassen
nur ein, der ewig seltsam bleibt,
die Ruh der Au, in der verlassen
die Grille schrill die Beine reibt,
die Angst vorm Sterben unterm Schimmer
des Horns, die in der Stadt noch immer
die Männer zu den Huren treibt.

Tief aus den Wäldern, nicht zu sehen
für uns, tönt die Verlassenheit;
vielleicht wirst du jetzt mehr verstehen
von mir . . . Der Falter, der dein Kleid
streift, riecht nach Tau und Ackerwinden.
Laß uns das Mitgebrachte binden
ins Tuch und gehn; es ist schon Zeit.

An drei alte Kartenspieler

Setzt euch still wie gestern um den Tisch.
In der Ecke ist es nicht zu frisch,
friert euch auch im abgetragenen Rock;
seht, der Ober bringt ein Spiel Tarock.

Streift inzwischen euch den Staub vom Bug,
tut noch jeder einen kalten Zug,
legt den Stummel der Virginier fort,
stützt euch ruhig auf und sagt kein Wort.

Sinnt nicht nach und denkt nicht an zu Haus,
in der Zeitung kennt ihr euch nicht aus;
doch die Karten, wie sie in der Hand
steif sich fügen, sind euch noch bekannt.

Schier von selbst sucht Blatt bei Blatt sich Halt,
der Pagat gilt, was er immer galt;
mühlos überschlägt sich der Verlust,
legt sich auch der Rauch euch auf die Brust.

Leise geht die Klappe an der Wand.
Zieht ein wenig aus dem Zug die Hand,
hört nicht hin und teilt; die Zeit vergeht.
Seht, schon ist es vor den Fenstern spät.

Auf einem Feld

Die Schotterhaufen leuchten schloh,
der Straßenrand ist kaum erhellt;
ein scharfer Hauch von Gras und Stroh
steigt aus dem finstren Stoppelfeld.
Die Schindeln, die verschattet stehn,
die Flechten hauchen ungesund;
durch Kraut und Kronen geht ein Wehn
und aus dem Dunkel bellt ein Hund.

Die Waben schwitzen, bitter reift
im dürren Fruchtgehäus der Mohn;
dein Arm, der meine Hüfte streift,
hat einen warmen Hauch davon,
vom Summen, das sich in mein Haar
aus bleichen Höhen dünn verirrt,
vom Flügelstaub der Falterschar,
die nachtblind durch das Schaumkraut irrt.

Dein Haar, das meine Hand erreicht,
gilt mir nicht mehr noch minder als
dem Lurch der Strunk, auf den er laicht,
der Mott das Saugen eines Schwalls
im schwarzen Gras. Was über dies
hinausgeht, hebt das Leben auf.
Die Finger greifen sacht auf Grieß;
durch Dunst zieht fahl der Tag herauf.

Der Nachtzug

Allnächtlich entgleitet in Diensttracht
der zittrige Vorstand dem Haus;
verhüllen auch Wolken die Sterne,
er findet doch ohne Laterne
marktüber zum Bahnhof hinaus.

Verhängt sind Gepäckraum und Schalter
– er ist schon ein Jahr in Pension –;
der Wartesaal dehnt sich im Dunkeln,
die Vogelbeerbüschel durchfunkeln,
beglänzt vom Signal, den Perron.

Das Weichenhaus läutet herüber,
der Fernzug fährt durch wie seit je;
der Alte erkennt durch den Trichter
des Dampfes die doppelten Lichter
und milderen Schein als Coupé.

Der andere schwenkt die Laterne,
der Alte steht traumhaft habtacht;
am Kappenschirm zittert nur leise
die Hand, rollt auf schwarzem Geleise
der Fernzug „Bahn frei“ durch die Nacht.

Auf die alten Tage

Sacht im Lichthof schlägt die dürre Esche
an die Wand, zu Ende geht der Tag;
auf der Leine bläht sich schwach die Wäsche,
still und finster wird es im Verschlag.
Leise findet meine Hand im kleinen
Schimmer unsrer Bettstatt zu der deinen.

Draußen bei den Kindern ist schon Ruhe
und der Größte bleibt heut lange aus;
durch den Türspalt schimmern schwarz die Schuhe,
die vorm Herd zum Putzen stehn. Im Haus
kann man uns jetzt sicher nicht mehr hören,
und kein Klopfen wird uns heut noch stören.

Langsam sinkt mein Kopf auf deine Seite,
schiebt sich meine Hand dir unters Kinn;
deine Augen glänzen feucht, und gleite
sacht ich tiefer, leuchtet alles drin:
Nacht im Kaipark, Wandern, Wehn der Haare,
Kummer, schlechte und auch gute Jahre.

Wenn ich so bei dir mich kaum bewege,
wird entspannt mir so vertraut zumut,
als ob still ich auf dem Rücken läge,
wach im Schlaf; wie ist das schön und gut.
Und ich weiß nach aller Müh und Plage
Bessres nicht auf unsre alten Tage.

An Mutter im Spital

Heut hab ich, Mutter, nachts von dir geträumt.
Nach Tisch hab ich zu Haus selbst aufgeräumt,
auf deinem Nähtisch steht ein Malvenstrauß;
komm wieder bald aus dem Spital nach Haus.

Bei uns steht alles noch an seinem Ort,
früh geht der Vater auf den Bauplatz fort;
er sperrt das Weckenbrot vor mir nicht ein,
doch niemand streicht es mir wie du so fein.

Beim Nachbar eß ich in der Schule mit,
dann knet ich was aus seinem Glaserkitt;
es sagt mir keiner: wasch dir das Gesicht,
geh spielen, doch zerreiß die Strümpfe nicht.

Die große Murmel, Mutter, rollt jetzt schwer.
Die Nachbarin schaut noch am Abend her,
macht zu, dreht alles ab, daß nichts geschieht;
ich glaub nur nicht, daß sie mich schlucken sieht.

Wenn Vater kommt, bin ich noch manchmal auf.
Er sagt, du stützt dich, wenn du ißt, schon auf,
und nächste Woche kannst du sicher gehn;
warum dann darf ich dich nicht einmal sehn?

Ganz tief in mir ist etwas steif jetzt; du,
ich bin doch noch nicht groß genug dazu . . .
Auf deinem Nähtisch steht ein Malvenstrauß;
komm nur recht bald aus dem Spital nach Haus.

Die Schenke im Ziegelfeld

1. Die Schenke

Auf halbem Weg, am Rand der Prellsteinstraße,
die von der Stadt zum Ziegelwerk sich schwingt,
steht breit die Schenke da, gebaut im Maße
der alte Einkehrhöfe. Unkraut schlingt
verstaubt sich stachlig um die fahlen Wände,
benetzt mit Fäden und verblasner Haut;
die Stadt im Rücken, dehnt sich das Gelände
nach Osten, mählich schütter überblaut.

Erhaben schaun die grünen Rasenschanzen
aus alter Zeit durchs Fensterkreuz herein;
scharf zwischen ihnen stehn die starren Lanzen
des Röhrichts um die fernen Ziegelein.
Klar kerbt den Saum das Land der Ziegelteiche,
in die der Staub des niedren Fachwerks rinnt;
auf Bohnenstangen hängt gespannt zur Bleiche
das bunte Zeug und bläht sich sacht im Wind.

Der aber ist ein Binnenwind aus Osten,
den schwer die Stadt mit ihrem Dunst belädt,
so schwer, daß zwischen Draht, Gestäng und Pfosten
er hängen bleibt und sich beladen dreht.
So streift die stets bewegte Luft die Schenke
bald breit und salzig, bald ein Strähnlein Rauch,
und zieht sich in die Wand und in die Bänke,
gebeizt mit ressem Dunst nach Talg und Lauch.

2. Die Gäste

Auf ihnen hocken nach der Schicht die Brenner,
die sich am scharfen Kümmel gütlich tun,
vom Bücken krumme, ausgedörrte Männer,
in steifen Lumpen und zerschundnen Schuhn.
Stumm lugen viele nach den fahlen Lichtern;
doch wieder war der kurze Weg zu weit
für ihren Durst, und auf den Lehmgesichtern
wächst hart mit jedem Schluck die Dunkelheit.

Und andre Bänke sind besetzt mit Paaren,
die aus dem Dunst der Stadt der Abend treibt
aufs Feld, wo Wind erwacht in ihren Haaren
und die Zikade schrill die Beine reibt.
Verklebt noch von der Rast her sind die Poren
vom Staub der Mulden und von kurzem Gras;
hohl rauscht das Blut in ihren heißen Ohren
und schaumig glänzt das Bier im Deckelglas.

Schwarz ragen aus dem weiten Feld die Schanzen
und auch ihr Abhub huscht zur Tür herein,
der Wasenmeister mit dem großen Ranzen,
das junge Diebsvolk aus den Ziegelein.
Und auch die alten Frauen öffnen leise
die schwere Schwingtür und ihr schwarzer Mund
summt aus bemalten Backen eine Weise
von warmer Blöße unter fahlem Rund.

3. Der Wirt

Gern drückt der Brenner sich um seine Zeche,
auch wenn er Geld hat, und schleicht fort ins Feld;
zu oft geschieht's, daß von der Schanktischfläche
sein gutes Kupfer in die Schale fällt,
eh ihm sein Schnaps gereicht wird. Das geeichte
Gefäß, das knapp den klaren Kümmel faßt,
das blanke Messingrohr, aus dem der leichte
Strahl quillt, ist ihm bis auf den Tod verhaßt.

Gut haßt er auch die Paare vor dem Stutzen,
wie sie die Stadt aus ihren Poren schwitzt,
die sich die grasverfärbten Nägel putzen
und denen oft die Zunge locker sitzt.
Weit offen knarrn vom Flur her laut die Dielen,
der Schlüssel winkt und ist nur umzudrehn;
sie aber kiefeln lang am Käs und sielen
und traun sich nicht zu zahlen und zu gehn.

Der Tisch weist frische Kerben, von den Simsen
rinnt sacht der Mörtel auf die Stangenwurst;
der Streuer würzt, der Spachtel streckt den Brimsen,
die grünen Kapern machen mächtig Durst.
Der Feitel springt ins Tischtuch ab, gespalten
ist bald ein Zündstein und der Brotkorb klirrt;
es ist nicht leicht im Schankraum Zucht zu halten,
dies kann ich sagen: denn ich – bin der Wirt.

4. Die Eltern

Die Eltern hielten Schafe noch und Ziegen
und gruben selbst ihr schmales Krenland um
und brauten sich den Absud für die Fliegen
und nahmen auch ein grades Wort nicht krumm.
Sie fühlten sich nicht wenig, doch sie gaben
dem greisen Brenner eine fette Brüh,
und sie entlohnten für ein bißchen Graben
den Haldenfahrer über seine Müh.

Die Teiche wachsen und mit vielen Zungen
langt schon die Stadt nach meiner Schenke aus;
zu einem reinen Flur bin ich gezwungen
und setz den trunknen Brenner vor das Haus.
Die Motorräder sausen durch die Rillen
und von den Schanzen weicht der rote Mohn;
im Eisschrank führ ich wider meinen Willen
den eibischfarbnen, süßlichen Siphon.

Nicht gern seh ich am Trog die weißen Jacken,
verbrannt von Zündern und beschmiert mit Soß,
der Salben Spur im Linnen; und im Nacken
sitzt eine Faust mir, wenn ich droh und stoß.
Und eines macht nur, daß in meiner Blöße
vor mir am Fenster mich es mächtig bläht,
daß klar das Feld in seiner räudigen Größe
zum Weinen hinter meinen Schläfen steht.

5. Das Feld

Am Rand des Feldes graben mit den Spaten
die Siedler mühsam sich durch den Kompost;
der Rauch der Kipfler, die im Grundmist braten,
verteilt in dünnen Schwaden sich im Ost.
Kaum wird die Rotte, ist erst Grund gefunden,
in meiner Schenke den Ertrag vertun;
des Pächters wird er sein, der mit den Hunden
durchs Schuttfeld stapft in ochsenroten Schuhn.

Oft kommen aus der Ziegelei die Jungen
in kurzen Hosen und im blauen Zwilch;
sie singen laut im Takt aus vollen Lungen
und löschen ihren Durst mit saurer Milch.
Sie baden in den schilfdurchsetzten Tümpeln
und laufen nackt und sonnen sich im Feld;
am Sonntag stehn sie zeitlich zu den Wimpeln
und ziehn mit ihnen in die weite Welt.

Noch aber kann ich Fässer rolln und tragen
und komme nicht mit meinen Seideln aus,
so klumpig sitzen in den Sommertagen
im Gras vom Rand die Leute rings ums Haus.
Im niedren Fachwerk schimmern breit die Sparren,
der feuchte Lehmdunst wird zu dürrem Hauch
und neues Knetgut wandert auf die Barren
und Schicht um Schicht bestreicht das Feld mit Rauch.

6. Ausblick

Der Abend stützt sich auf die schwarzen Schanzen
so klar, daß es mich vor die Türe zieht;
steif stehn die Binsen um den Teich wie Lanzen,
die Sterne glitzern ruhig überm Ried.
Drei Brenner kommen aus der Stadt geschritten
von jener neuen Art, die wenig spricht,
die man im Feld jetzt öfter trifft; zerschnitten
erreicht mein stummer Blick nicht ihr Gesicht.

Vielleicht ist unter ihnen schon der Wache,
auf den mein banges Wissen übergeht;
nicht lang beim Branntwein unter meinem Dache
kann es noch wohnen, denn es ist schon spät.
Wer kommt nach mir im Feld, wird mehr als grübeln,
und keiner wird es von den Bastlern sein,
die Winden ziehn bis zu den Abfallkübeln;
dazu ist das, was kommt vom Rand, zu klein.

Er klopft vielleicht die zähen Wurzelfasern
vom Spaten, der im Mergel sich verbog,
und zählt für Früh die Pflöcke, die sich masern,
und lauscht dem Keim, der schwillt im Samentrog.
Vielleicht auch ist es einer von den Jungen,
der jetzt das Mundholz an die Lippen führt
und den das Glosen in den Niederungen
zu härtren Dingen als zu Tränen rührt . . .

Die Kohlenschipper

Sie machten halt. Der Schein der Bogenlampen
schwand vor der Zufahrt schon aus dem Asphalt;
die Kohlen lehnten lose an den Rampen
und aus dem schwarzen Schneegrund kam es kalt.
Sie nahmen auf die Schaufeln, was sie faßten,
und in den Schwung vom Kreuz aus kam kein Hasten.

Es schneite schütter. Eh sie niedersaßen,
verkleideten mit Säcken sie den Grund;
er schmeckte aus dem Schmalzbrot, das sie aßen,
und lang behielten sie den Tee im Mund.
Ihr Unterzeug war durchgeschwitzt vom Schippen
und klebte frostig sich an ihre Rippen.

Wie sie die Schaufeln wandten auch, die Sohle
schien noch nicht durch, als sich verzog der Tag.
Sie wußten nicht mehr recht, ob mit der Kohle
nicht auch das Dunkel auf den Schaufeln lag,
so schwer nun fiel es ihnen, sie zu heben;
und immer öfter stießen sie daneben.

Die Rutschen

I

Hinterm Bahnhof, wo Gleis neben Stockgeleis läuft,
bis das ebene Nutzland sich dehnt,
steht die Kohle erhaben zu Bergen gehäuft
und an winddichte Planken gelehnt.
Breite Pflöcke glühn tief in die Erde gerammt
weit im Umkreis und halten sie fest,
die gezeichnet von Kalkspritzern leuchtet wie Samt,
in der Deckschicht von Regen durchnäßt.

Auf dem zwirndünnen Seil, das der Gegenmast trägt,
kommt am Kloben herüber der Kran;
lange Zeilen sind quer durch die Rutschen gelegt
bis zum Richtweg und halten die Bahn
für die Achsen der mächtigen Lastwagen frei,
deren Bretter zur Seite abstehn,
für die Schipper, die stumm ohne Tritt in der Reih
mit den Schaufeln zum Ausladen gehn.

Von dem Grieß, der zermalmt durch die Schubbretter rinnt,
ist der knisternde Grund aufgerauht;
an den Koks und die Halden der Nußkohle sind
die Baracken der Händler gebaut.
Bis zur Ausfahrt reicht über die Rutschen ihr Maß,
ihrer Teerpappe körniger Schein;
und die Bahnkohle spiegelt sich finster im Glas
und frißt in die Verschalung sich ein.

II

Von dem Brodem, der über dem Rutschenrevier
immer liegt, zieht der Häuser Bereich
bis ins Mauerwerk an; rings nach ihm schmeckt das Bier
und im Sommer und Herbst schmeckt's nicht gleich.
Selbst den stickigen Dampf, den das Heizhaus verpufft,
nimmt im Sommer der Fuhrmann nicht wahr;
nach zerriebenem Staub riecht die brenzlige Luft
und ist blau wie dem Saum zu und klar.

Schwer mit Staub und mit Rauch ist der Nebel getränkt,
der im Herbst von den Höhen her rinnt;
aus den Zeilen der Rutschen, die anwachsen, schwenkt
ihn kaum über die Planken der Wind.
Knirschend frißt sich die fettige Kohle ins Brot,
das der Kutscher vorm Haupttor einsteckt;
zottig stehen Gemäuer und Traufen und Schlot
rings mit nässenden Krusten bedeckt.

In den Rillen, die zwischen den Stückkohlen stehn,
wächst ein winziger schartiger Spelt;
zart von schütterem Flaum, wann die Glutwinde wehn,
sind die Kämme der Halden erhellt.
Wo die Kohlen am fahlsten verwittert sind, lebt
eine Steinrose auf, und die Glut,
die in Kringeln den brüchigen Krater umbebt,
hält sie gegen die Sonne wie Blut.

III

Wann zu Abend das Licht in den Lampen aufflirrt
und die Straßen vorm Dunkel bewahrt,
steht die Kohle der Rutschen ins Häusergeviert
wie ein Richtfeld von Särgen gebahrt.
Eine Hand stößt im Finstern den Riegel vors Tor,
leise schaukelt am Kloben der Kran;
die Signale stehn draußen auf Grün, durch den Flor
kommt noch manchmal ein Pfiff von der Bahn.

Stärker steigt aus den Halden der bittre Geruch
und die Fasern der Säcke gehn aus;
auf dem Rampenweg tragen die Kinder im Tuch
kleine Stücke von Kohle nach Haus.
Aus dem Brot, das der Bursch auf den Wandtisch hinstellt
aus dem Erbsenbrei schmeckt sie wie Sand;
und die Frau, die dem Mann durch die Haare fährt, hält
sie gesäuert von Schweiß in der Hand.

Nur der Stumme, der scheu nicht die Schatten verläßt,
kämmt die Splitter sich nicht aus dem Schopf;
wo es trocken ist, legt er sich nieder und preßt
einen Sack weich sich unter den Kopf.
Und er zieht seine Beine ein Stück an den Rumpf
und liegt unter dem finsteren Schein
reglos da wie ein Pfosten, der ausrutscht, ein Stumpf
ohne Halt bis ins Zwielicht hinein.

Im Stromland wächst ein Bretterdorf

Im Stromland wächst ein Bretterdorf,
auf Kies und Schutt gebaut;
das muß samt Pfahl und Pfosten
verfaulen und verrosten,
bevor es dreimal taut.

Am steilern Ufer steht auf Stein
die Mutterstadt und schweigt
und sieht, wie in den Gruben
und im Gebälk der Stuben
das Grundnaß faulig steigt.

Vom Grasgrund hebt sich ab das Beet,
wie blaß vors Haus gekarrt;
die Lauben schützen Scherben,
die seichten Dünste färben
die Backen hohl und hart.

Es naht kein Gleis, es reicht kein Mast
stromüber in den Ort;
und manchmal schleicht ein Wagen
voll abgetragner Schragen
vor Tag vom Bauplatz fort.

Schwarzfahrt ins Lehmland

Sonntags zieht's mich oft mit zwei, drei Freunden
nach dem Essen zur Garage hin;
und ich hänge ins Scharnier die Schragen,
um dem Pflaster auf dem Lastenwagen
in geschwinder Schwarzfahrt zu entfliehn.

Ratternd hat der Wagen bald die Schlote
hinter sich gebracht; schon weht der Sand
aus den Spargelfeldern, aus den Saaten,
die ich stach vor Jahren mit dem Spaten,
und das Lenkrad braust in meiner Hand.

Hüglig wird das Lehmland und verhalten
bieg ich in den alten Hohlweg ein;
und wir sitzen vor der Kellerschenke
nieder, blankgewetzt sind Tisch und Bänke,
und Akazien regnet's in den Wein.

Dunkel glühn, wie aus der Zeit gefallen,
Krug und Glas, und blau wölbt sich das Licht;
aus dem Fürtuch knüpft den Käs der Hauer,
golden blüht die Hauswurz auf der Mauer,
und ich zieh die Kappe ins Gesicht.

Und ich laß den Wein mir durch die Kehle
süffig rinnen; und mein Hals klopft heiß,
wenn ich mit dem Wagen mich verschweiße,
daß ich ihn nicht in den Graben reiße
auf der finstern Fahrt, die Stirn voll Schweiß.

Der Wintergärtner

Die Tomaten sind längst von den Stauden getan
und die Strünke gehäuft und verbrannt;
fein gesiebt sind die Beete, sacht rieselt vom Zahn
und vom Schaftring der Harken der Sand.
Winzig stehen die Rosen zusammengeschnürt
und das Stroh wirft verrotteten Schein;
in die Stadt hat der Herbst meine Leute geführt
und ich bin mit dem Garten allein.

Nur der Seller ragt welk aus dem Sand mit dem Kopf;
in den Glashäusern regt sich die Saat
und es geht durch die Röhren das leise Geklopf
und die Holztafeln schaukeln am Draht.
In die Ringe des Schafts sind die Säfte gezwängt
und bemalt mit der Schwäche des Lichts,
und die farbige Frucht, die am Judasbaum hängt,
hält die Runzeln gespannt um ein Nichts.

Rings im Land bis zum Saum starrt gehärtet der Frost;
meine Hand, die die Glut unterhält
und die Schößlinge schneidet, ist seltsam im Ost
an die Wärme des Lebens gestellt.
Mit der rissigen Haut, mit der einsamen Zeit,
mit mir selbst steh durch sie ich versöhnt,
die den Knollen bewahrt, daß er treibt und gedeiht,
da der Zwergbaum am Holzspalier stöhnt.

Sei gepriesen, trüb funkelnde Stadt überm Fluß,
um des Blusts willen, den du begehrst,
wenn die Astern verblüht sind; gepriesen sei, Nuß,
die du taub dich dem Fenster zu kehrst.
Sei gepriesen, du Schneebeere, weil ich dich schneid,
für die lederne Haut und den Kern,
der im glasigen Seim schwebt; gepriesen sei, Zeit
ersten Frostes: dir diene ich gern.

Nimmer hätt ich geglaubt, daß so gut und so warm
mir das Blut in den Adern noch rinnt,
daß sich meiner, wie ich mich des Setzlings erbarm,
auch erbarme noch Regen und Wind.
Heute bin ich ein Strohbund und morgen ein Rauch,
der schwach wärmt, wo die Saughärchen stehn;
und noch über ein kleines, wer weiß es . . . was auch
mir geschieht: nie sollt ganz ich vergehn.

In der neuen Siedlung

Bleib liegen nur, es ist noch lang nicht Tag.
Nur Regen ist es, was dich weckt; sein Schein
erhellt in schwachen Strähnen den Verschlag,
er rinnt und scharrt vorm Haus das Herbstlaub ein.
Das schwarze Nutzland rauscht an ihm sich satt;
so hörtest rings du nachts den Regen nicht,
als wir noch beide hausten in der Stadt,
die drüben blinkt durchs Dunkel Licht an Licht.

Zieh die Gardine fort und sieh hinaus:
der Pumpenschwengel schimmert seltsam klar;
unfertig steht die Stallung, nackt das Haus,
und alles wartet auf das nächste Jahr.
Es ist nicht so, daß man am Schalter knipst
und weiß: nun brennt das Licht . . . Drum zog ich schon
im Herbst ins Haus her, kahl und kaum vergipst,
zu lauschen auf den ungewohnten Ton.

Horch, wie der Grund rauscht und der Regen schwillt;
was nicht schon aufgebunden steht, wächst aus.
Sei nicht verzagt; versenkt, daß nicht es quillt,
ruht tief das Korn, und unterm Mull im Haus
liegt noch an Saat und Zwiebeln allerlei.
Das Radio, wenn dir bang wird, steht bereit
zum Aufdrehn auf dem Bord, und wir sind zwei;
der Regen rinnt, es ist noch lange Zeit.

Vom großen Frost im Sammelkanal

Alle, die sich stießen ihre Beugen
an den Schliefen, können es bezeugen,
daß die Arbeit mehr als mühsam war
im Kanal im Neunundzwanzger Jahr.

Hacken mußte man das Eis und sägen,
um die Zulaßschächte freizulegen;
und das Wasser, das das Kotgeäst
schmelzen sollte, fror im Dampfen fest.

Und die Schützer schienen, um zu wärmen,
in den Maschen viel zu weit; den Därmen
wurde literweis gegönnt der Tee
und man rieb sich das Gesicht mit Schnee.

Und man ließ sich in den breiten Gängen
von der Glut der Becken gern versengen,
die bei Tag und Nacht, wie Meiler still,
glommen blau bis tief in den April.

Und das Gute war, daß auch die Ratten
grausam unterm Frost gelitten hatten
und man lang noch durch die Finsternis
ruhig schliefen konnte ohne Biß.

Der Alte am Strom

Weit draußen am Strom, wo die Stadt schon ins Land übergeht
und ein muffiger Wind aus dem Dickicht der Erlenau weht,
hat der steinalte Fischer seit Jahren sein winziges Haus
und hängt in den Strom seine rissigen Garnnetze aus.

Er braut sich den Schwarzen und brutzelt sich selbst seinen
Schmarrn,
er geht in die Stadt, wenn er Mehl braucht und Speck oder Garn;
sonst sucht er das Leben nicht auf, doch er läßt es heran,
und die Tür, wenn es klopft, öffnet gastlich der steinalte Mann.

Den Frauen der Siedlung verkauft er den schlammigen Fisch,
er öffnet den Flößern, die fröstelt im Frühwind; zu Tisch
sitzt er lange mit ihnen, wann draußen der Landregen rinnt,
und sie stecken den Feitel ein, wann er zu reden beginnt.

Und er spricht von den Fischen, vom Stromwind, vom
schlammigen Grund,
von der Laichzeit, vom ewigen Lauf der Gezeiten; sein Mund
gleicht der Wabe am Stamm, aus der golden der Waldhonig rinnt,
gleicht dem schwarzen Bovist, der die Sporen verliert an den Wind.

Auf die Seite sinkt langsam sein Kopf und die Hand sinkt ihm nach,
er weiß wenig von dem, was er schaute und eben noch sprach,
und sein Atem geht schwer, er ist müde auf Tage hinaus;
und die Flößer verlassen auf pelzigen Sohlen das Haus.

In den Zufahrtstraßen zwischen den Fabriken

In den Zufahrtstraßen zwischen den Fabriken,
die weit vorgeschoben lagern um die Stadt,
stehn in staubversengten Büscheln Gras und Wicken,
Öl und Lauge färben selbst die Disteln matt.
Teer und Pappefetzen alter Holzbaracken,
roten Ziegelschutt und losen Mauerstein
wälzen in den weichen Boden zu den Schlacken
früh und spät die Felgen schweren Fuhrwerks ein.

Auf dem Rasenstreifen zwischen Damm und Planken
halten Hilfsarbeiter ihre Mittagsruh,
schaun dem Hoch- und Niedergehn der Zweigbahnschranken
und dem Scherengang der schwarzen Krane zu.
Rebschnurpeitschen knalln und blasse Kinder setzen
einem Kreisel nach bis übers freie Gleis;
Bälle steigen aus umplankten Fußballplätzen
und die Scherbenzäune klirrn im Staubwind leis.

Zu sind alle Tore, bis die Schlote blasen;
auf der Sohle weilt der Rotte schwerer Schritt
also lang, als höbe er von Grund und Rasen
große Stücke aus und nähm nach Haus sie mit.
Wann die Gaslaternen grau die Mauern spachteln,
stehn die Zufahrtstraßen Schächten gleich und stumm;
auf der Suche nach verlornen Zündholzschachteln
und nach Abfall drückt sich noch ein Greis herum.

Kalte Schlote

Stillgelegtes Werk

Still steht nun auf dem Hang
das Werk schon wochenlang.
Gestrüpp verfilzt die Schmalspurbahn,
im umgekippten Scherenkran
verfängt sich hohl der Wind,
der durch die Halden rinnt.

Der kleinen Stadt am Fuß
des Hügels fehlt der Ruß.
Die schmalen Straßen liegen leer,
die Leute kommen manchmal her
und pressen hungerbraun
die Backen an den Zaun.

Im Hof verdorrt das Gras,
die Stangen glühn durchs Glas.
Sie stehn noch da, sie sind noch nicht
zerlegt, verschrottet, nach Gewicht
verpackt und fortgeschafft;
das gibt noch etwas Kraft.

Quer durch den kahlen Flur
zieht sich des Schmieröls Spur.
Und ist zu Hause nichts zu tun,
vorm Gitter ist es gut zu ruhn,
klebt doch an Halm und Strauch
noch schwach der saure Hauch.

Die Straßensänger

Dem Zittrigen knurrte im Magen ein Loch,
den Narbigen fror in den Zeh'n;
so taten die beiden sich nachts vor dem Tschoch
zusammen, um winken zu gehn.

Es bracht in die Masse der zittrige Wicht
vor Früh die Harmonika ein,
der zweite den Brotsack, sein Pockengesicht
dazu und die blecherne Rein.

Der Staubwind der Stadt trieb sie hin durchs Revier,
zum Abgesang hielten sie nur;
doch selten aufschellten durchs Zeitungspapier
die Groschen auf steinigem Flur.

Aus dumpfigen Garküchen sprühte das Fett;
sie zogen und winkten sich matt.
Es umschlang sie der eigenen Stimmen Falsett
vor den Fenstern und Gittern der Stadt.

Die noch folgenden Wochen hindurch, da der Stich
in der Lunge den Schall ihnen stahl,
sah der Narbige immer das Eisen vor sich
und der andre den kalten Kanal.

Heut nacht gehn die Akazien auf . . .

Heut nacht gehn die Akazien auf.
Der Himmel bleibt heut lange grau;
kaum helln ihn die Laternen auf,
dicht fließt das Licht um Mast und Knauf,
und rasch im Sand verzischt der Tau.

Heut nacht gehn die Akazien auf.
Die Mauern hauchen Hitze aus;
die heisre Kehle schmeckt sie schier,
wer mehr nicht hat als auf ein Bier,
bleibt besser heute nacht zu Haus.

Heut nacht gehn die Akazien auf.
Die Kammer ist vor Duft zu eng;
die Büschel duften süß und weich,
die wüsten werden heute weich,
und die sonst schwatzen, strafft es streng.

Heut nacht gehn die Akazien auf.
Es schmerzt, am Fenster dazustehn;
es schmerzt der Dunst, der scharf befällt,
die Trunknen schmerzt ihr Rausch, das Geld,
es schmerzt zu ruhn, es schmerzt zu gehn.

Die Stoppeln schmerzen im Gesicht,
süß kommt es aus den Wipfeln her;
der Gurt ist eng, der Sack ist leer,
das Hemd ist naß; du hältst mich nicht!
Heut nacht gehn die Akazien auf.

Der Borstenzupfer

Noch einen kleinen Kümmel, Bürstenbinder!
So rasch und billig, alter Leuteschinder,
wie du das denkst – verzieh nur das Gesicht –,
bekommst du meine guten Borsten nicht.

Was weißt du denn, wie oft ich in den Nischen
mich drücken muß, daß sie mich nicht erwischen;
und zeigt sich endlich auf dem Markt kein Schurz,
fürs Einzelnzupfen ist die Zeit zu kurz.

Da heißt es schon, ein Büschel fest zu fassen
und dran zu ziehn; die fetten Schweine lassen
die Borsten leicht, die magren quieken laut,
bei ihnen ist, was mitgeht, oft schon Haut.

Ich armer Teufel muß mich überwinden,
glaub's oder nicht, um so ein Schwein zu schinden;
ja, ganz gebrochen komm ich oft nach Haus
und hock mich hin und brüh die Borsten aus.

Drum sollst du mir auch für das Kilo blechen,
was ausbedungen war, und nicht mehr sprechen
vom Schwund und nicht gar mit der Polizei
mir drohn: denn Lumpen – sind wir alle zwei.

Ein Krampenschlag vor Tag

Was bin ich nur so jäh erwacht?
So früh? Es ist noch lang nicht Tag.
Fahl liegt die Kammer, durch die Nacht
hallt eines Krampens dumpfer Schlag.
Vorm Fenster steht ein Mann und schwingt
den Schaft und bricht das Pflaster auf;
der scharfe Hauch der Erde dringt
mit jedem Schlag zu mir herauf.

Vor Schwäche dreht es mich zur Wand;
lang ist es her, schon viel zu lang,
daß auf dem Steig gespreizt ich stand
bei Nacht und selbst den Krampen schwang.
Die Funken stoben und wie Wein
roch scharf der Grund; das ist vorbei.
Ein andrer lockert Stein um Stein
und weckt mich vor dem Hahnenschrei.

Der du vorm Fenster stehst: vielleicht
hab ich vor Jahren dich gekannt
und dir die Schaufel zugereicht
und hab dich meinen Freund genannt.
Das ist vorbei. Lang hungert mich.
Ich tät dein Werk genau so gut.
Und säh ich auf der Straße dich,
ich zöge nicht vor dir den Hut.

Weißt du, Gesell, was Hunger ist?
Und weißt du's auch, was gilt es mir!
Den Karren, der die Erde frißt,
das Scheit, den Krampen neid ich dir.
Ich ließ' dich nicht herein zur Tür;
du reißt mit jedem neuen Schlag,
kannst du auch zehnmal nichts dafür,
mehr als das Pflaster auf vor Tag.

Den tiefen Riß, du schüttest nicht
so lang du lebst, mit nichts ihn zu.
Am Barren schwingt das rote Licht,
die fahlen Sterne gehn zur Ruh.
Ein Zug geht, draußen auf dem Steig
verhallt der letzte Krampenschlag;
ans Fenster schlägt ein schwarzer Zweig.
Mich friert. Es ist noch lang nicht Tag.

Das Sommerlager

Als wir im Mai noch ohne Arbeit waren,
versuchten wir es nicht mehr auf dem Bau;
wir packten uns zusammen, wie wir waren,
und bauten uns ein Zelt in der Lobau.

Das Segeltuch samt Seil und Pflöcken hatten
wir Burschen noch von unsren Touren her;
wir wählten seinen Platz so, daß kein Schatten
bei Tag das Zelt traf, abseits vom Verkehr.

Es gab zumeist nur Brot und Bettlersuppe,
die Au gab uns dazu die Knoblauchzeh'n;
dann hatten drei von unsrer Lagergruppe
noch in der Stadt die Unterstützung stehn.

Um Pfingsten hatten wir schon braune Rücken,
wir schwangen nackt im Gras den Schleuderball;
die Dämmerzeit mit ihren vielen Mücken
verbrachten wir im roten Reisigschwall.

Die ganze Zeit war jeder Tag ein neuer;
zu zeitig wurden uns die Disteln grau,
und noch im Herbstrauch saßen wir ums Feuer
und sangen laut ins Schlingkraut der Lobau.

Zehn Jahre Grund

Hast du im Korb den Rotwein mitgebracht?
Dann setz dich gleich im Garten hinten nieder;
ich komm dir nach. Die Frühseptembernacht
ist klar und spreizt den Bäumen das Gefieder.
Nimm diese erste junge Nuß, schenk ein;
die Asternbeete, die am Zaun verblassen,
das Zwergobst, das ich zog, sind nicht mehr mein,
und morgen muß ich meinen Grund verlassen.

Nimm von den Artischocken, die ich briet.
Sind sie nicht mehlig? Iß und laß uns trinken.
Gerodet hab ich jeden Fleck, gekniet
und mich geritzt am Zaundraht und den Zinken.
Zehn Jahre stecken drin. Schenk ein; das schmeckt!
Schon einmal kam um alles ich im Leben,
als ich im Graben draußen lag, verdreckt,
ganz an den Schaft des Stutzens hingegeben.

In meinen Kummer war ich nicht verliebt
und bin's auch heute nicht und red nicht leiser,
da man auf einmal mir zu wenig gibt
für meinen Kohl und meine Paradeiser.
Die in den Dreck mich schickten, sah ich nicht
und seh heut die nicht, die den Grund mir rauben;
stoß an und sieh dem Flimmern ins Gesicht
und sag bloß nicht: an etwas muß man glauben!

Ich glaube, daß der Rotwein bitter ist,
daß im September die Tomaten rosten,
daß jeder Herbst des Sommers Schnitter ist
und daß die Tage uns die Nächte kosten.
Ich glaube in den Kronen an den Wind,
ich glaube, daß ich viel genoß vom Herben,
daß uns die Dinge heute über sind
und daß an ihnen alle wir verderben.

Ich weiß nur, daß ich morgen geh von hier;
und willst du wissen, wo zur Nacht ich wohne,
so rück vom Sims ein wenig das Spalier
und heb vom feuchten Boden die Melone.
Grau und verrostet kerbt die Spur die Wand
und finster wimmelt's unter Frucht und Strunken;
groß steht der Himmel über uns gespannt
und nicht allein vom Rotwein bin ich trunken.

Der letzte Schwarze

Wenn erst mein Schuhwerk völlig durchgetreten
und meine Hose ganz zerfranst sein wird,
werd ich nach Tisch in mein Kaffeehaus treten,
als wär nicht viel ich durch die Stadt geirrt.
Ich werde mich in meinen Winkel setzen,
als gäb es nicht dem Ober einen Ruck,
und mit dem Schwarzen meinen Gaumen netzen,
der lang entbehrte einen heißen Schluck.

Nach der gewohnten Zeitung werd ich greifen
und tun, als würd ich nicht die Blicke sehn,
die mich vom Scheitel bis zur Sohle streifen;
nur meine Finger werden Krümel drehn.
Die gute Wärme werd ich lang genießen,
die Wandbank, die nach altem Seegras riecht,
und meine Augen werden auf den Fliesen
der Assel folgen, die sich satt verkriecht.

Noch einmal wird die Hand die Schale halten,
noch einmal werd ich, dem nichts mehr gerät,
mich fühlen stumm bis in die letzten Falten,
ganz wie ein Mann, der ins Kaffeehaus geht.
Dann werd ich mit den letzten Groschen zahlen
und noch ein Trinkgeld geben; Dämmerschein
wird vor der Tür das Pflaster blau bemalen,
das führt zum Strom, und dann wird nichts mehr sein.

Abschied vom Holzplatz

Schwarzer Reif zehrt an den dürren Ranken,
raschelnd sinkt das morsche Schlingkraut ein;
durch die Stauden treten hart die Planken,
aufgerauht von Sand und grau wie Stein.
Klar zum Weinen überm Holzplatz drechseln
sich die Schwaden im verhaltnen Ost;
aber in der nächsten Zeit schon wechseln
lange Güsse ab mit scharfem Frost.

An der Zeit ist's, meine Siebensachen
fortzuschaffen aus dem Balkenloch;
viel zu basteln fand ich und zu machen,
wenn ich bald nach Mittag mich verkroch.
Auf dem Rücken lag ich wie vor Jahren
und das Nichtstun fiel mir leichter hier;
sacht verwuchs der Spelt mit meinen Haaren
und der blaue Wind war über mir.

Schwerer wird zu Hause mir das Hungern
fallen, wo es kalt vom Flur her zieht,
wo man mich den ganzen Werktag lungern
und mich stumm die Nägel beißen sieht.
Von den schwarzen Sonnenblumenkernen
nehm ich, was noch nicht der Reif sich brach;
und mir ist, als säh ich aus den Sternen
der Zichorien selbst verblaßt mir nach.

Der Graben

Was gehn wir noch weiter, komm, faß meine Hand,
auf Stunden hin gibt es nur Schlacken und Sand;
die Zechen verschwimmen, die Halden sind leer,
rot färbt sich der Rauch und man sieht uns nicht mehr
vom Weg aus, mein Mädel, im Graben.

Breit aus deinen Mantel und wend dich mir zu,
die Stunde ist kurz und wir brauchen noch Ruh;
wie finster und kalt sind die Rippen des Grunds . . .
es ist nur, mein Mädel, wie alles, an uns,
uns Wärme zu geben im Graben.

Kaum haben dabei wir einander noch acht,
sacht gleitet ein Kran über uns durch die Nacht;
es endet, wie morgen die Schlote noch stehn,
so sicher, mein Mädel, der Weg, den wir gehn
das nächste Mal, wieder im Graben.

Die Nußentkerner

Sie hocken um den Tisch in ihrer Kammer,
die abgezählten Häufchen Reih an Reih;
im Takt fällt knapp in ihrer Hand der Hammer
und schlägt die Nüsse um den Spalt entzwei.
Die Kleinen klauben aus den halben Nüssen
das Gelbe, bis das Fruchtgehäuse kracht,
die fetten Kerne wandern in die Schüssel,
die dürren Schalen in den Ofenschacht.

Der Bartwisch fegt in allzu kurzen Pausen
den Tisch von Staub und von Zerquetschtem rein;
das bleibt, gesiebt, aufs trockne Brot zum Jausen,
die Schultern sinken unterm Klauben ein.
Den Kindern falln die Augen zu, sie dösen,
vorbei an ihnen hallt's, als wär es fern;
nur ihre arg zerstochnen Finger lösen
mechanisch aus den Schalen Kern um Kern.

Gebeizt vom scharfen Nußstaub ist der Gaumen,
die Hämmer fallen ohne Schwung und Kraft;
das Blut weicht aus den Nägeln und der Daumen
steht klobig ab vom schwachen Hammerschaft.
Der herbe Nußgeschmack verlegt den Magen.
Sang, Brot und Nüsse und ein Viertel Wein
in brauner Laube . . . Schlagen, klauben, schlagen,
und immer ist der Haufen noch nicht klein.

Lied eines Ausgesteuerten

Der Wind verfängt sich kalt in meinem Kragen,
in meinen Sohlen ballt sich hart der Schnee;
es gibt mir niemand Antwort, nur mein Magen
spricht noch mit mir, wenn ich im Lichthof steh.
Seit sieben Wochen bin ich ausgesteuert,
sacht zuckt mein Mund, wenn er es laut beteuert;
es würgt im Schlund mein Lied mich wie ein Stein
und schlägt doch nicht das kleinste Fenster ein.

Die lauten Straßen komm ich still geflossen,
still wie der Zorn, der sich durchs Herz mir schabt;
auch euch fühl ich mich längst entrückt, Genossen,
die ihr noch Arbeit und zu essen habt.
Wenn euer Blick sich senkt vor meinen Strippen,
drängt sich ein Schimpfwort wüst mir auf die Lippen;
und daß ich euch schon nicht mehr leiden seh,
tut mehr vielleicht noch als der Frost mir weh.

Verächtlich bin ich mir schon selbst geworden,
allzu beweglich sitzt mir das Genick;
nach Äpfeln späh ich auf den Fensterborden
und auf dem Steig im Schnee nach einem Tschick.
Und wenn die Silben mir im Mund sich dehnen
beim Singen, zieht's mich nur in allen Sehnen,
mit Schnaps den leeren Magen vollzutun
und im Erbrochnen warm und gut zu ruhn.

Dem Mann im Mond

Mir scheint, erst jetzt sind wir so richtig arm.
Der alte Ofen wird nie wirklich warm
und bald nach Mittag geht das Feuer aus;
der Vater hockt den ganzen Tag zu Haus.

Erst wann ich ausgeh, krieg ich meine Schuh,
der Stopfstich hält mein Jäckchen nicht mehr zu;
die Gassenbuben spielen nicht mit mir,
ich hab die Murmeln nicht, wenn ich verlier.

Wenn es an Bröseln uns gebricht im Haus,
wer sonst als ich borgt sie beim Nachbar aus;
um Brocken muß ich früh zum Fleischer gehn,
die sicher abseits für die Katzen stehn.

O Mutter, glaubst du denn, ich seh es nicht,
weil ich ein Kind bin, wie sich sein Gesicht
verzieht? Gibt sonst es nichts zu tun für mich,
kann ich nicht einmal waschen gehn für dich?

Im Schubfach hab ich einen Mandelkern;
den eß ich nicht. Am Fenster steh ich gern
vor Nacht und rede mit dem fremden Mann
im Mond, weil ich es dir nicht sagen kann.

Der Winterrock

Ins kleine Café hinterm Markt strebt vor Tag
im Winter ein Beinloser, feist, doch verhärmt;
er rückt schon beim Kommen den Tisch zum Verschlag
so nah, daß der Sparherd den Rücken ihm wärmt.
Den Hut hält der Haken, die Krücken die Wand,
die schlohweißen Haarwirbel machen sich breit;
er schlürft seinen Schwarzen und streift mit der Hand
den Winterrock, den er auf Stunden verleiht.

Der Winterrock ist noch ein ehrliches Stück;
die Schössel sind wuchtig, die Schultern wattiert,
die Brusttasche steht schon zerschlissen zurück,
mit blauem Besatz ist der Kragen verziert.
Doch scheu wie der Bittsteller unsteter Blick
lugt unter dem Aufschlag das Futter hervor
und riecht nach Tabak und gesenktem Genick,
Pomade und Angstschweiß vor kahlem Kontor.

Oft kommt schon nach sieben ein Mann ins Café
und zahlt seinen Schilling und schlüpft in den Rock
und hastet davon durch den wässrigen Schnee;
dann wagt der Verleiher ein Spielchen Tarock.
Doch zögernd nur richtet er manchmal sein Blatt
und schaut auf die Telleruhr über der Tür;
dann rechnet er nach, ob der Mann in der Stadt
noch weilt in den Grenzen der Stundengebühr.

Der Faschingskrapfen

Ich streute früh grad Sand,
da stockt ich unterm Stapfen;
zur Schau im Fenster stand
ein frischer Faschingskrapfen.

Er war so braun und gar,
hellknusprig um die Mitte,
der erste in dem Jahr,
und trug ein Schnittchen Quitte.

Er roch nach Rum und Tee
und Tanz; ich war schon lange
nicht lumpen . . . in den Schnee
stieß krampfig ich die Stange.

Ich stieß und strich das Eis
vom Steig; die ganze Strecke
lag blank vor Abend; leis
ging steif ich um die Ecke.

Ich kaufte mir ihn nicht,
den Krapfen drin; mich stechen
die Stoppeln im Gesicht,
wer möchte tanzen, sprechen

mit mir bei einem Glas?
Was sollte er mir taugen,
dem Schaufler? Dies und das;
es beißen mich die Augen.

Kalte Schlote

Still liegt die Stadt und in den leeren Gassen
flirrt ungewöhnlich lang und hell das Licht;
im Winkel drängen sich nicht mehr die Massen
die Viertelstunden vor und nach der Schicht.
Die Läden halten offen, alle Dinge
des kleinen Haushalts stehn zur Schau gestellt;
doch die Verkäufer malen Tintenringe
und werden fahrig, wenn es einmal schellt.

Nur in den Vierteln weiter draußen sitzen
die Leute rittlings auf der Bank vorm Haus,
verbrannt von Sonne, hager, braun und schwitzen
und spielen schweigsam ihre Trümpfe aus.
Sie gehn zum Essen nicht ins Haus und lassen
den Brotranft durch die graue Brühe ziehn,
eh sie den Löffel wie ein Messer fassen;
und ihre Zähne knirschen vor sich hin.

Die Jungen kommen erst vor Nacht mit schweren
und weichen Schritten aus dem Wald nach Haus,
im Henkelkorb ein paar verdorrte Beeren,
und breiten sie mit hartem Lächeln aus.
Sie stecken sich mit laubgebräunten Pfoten
die Zigarette schwindlig in den Mund
und starrn dachüber nach den kalten Schloten,
die wie gedrechselt glühn im Abendrund.

Die letzten Herbergen

Brief aus der Zelle

Nun wird es draußen zeitig wieder licht.
Den Schnee, der taut, sein Rieseln seh ich nicht;
ich hör es kaum, doch von der großen Helle
fällt auch ein wenig in die kahle Zelle.

Vom Ring der Klappe hängt der schwarze Strang
herab und schwingt, der Tag ist mehr als lang;
fern knarren hinterm Mauerwerk die Achsen,
die Nägel fangen an mir rasch zu wachsen.

Rasieren könnt ich abends mich und früh,
so sticht der Bart mich, und es macht mir Müh,
den Flur zu fegen und das Bett zu falten;
ich kann den Atem kaum im Kehlkopf halten.

Wie schal die Luft auch ist, mich bringt der Hauch
der Helle auf. Den Wärter hat es auch;
er zupft am Zwilch und trödelt mit dem Besen.
Ich mag die Suppe nicht und kann nicht lesen.

Oft stört mich aus dem Schlaf ein Vogelschrei;
an keinem geht der Sturz ins Jahr vorbei,
wo er auch weilt . . . Ich will nicht klagen, fluchen:
nur komm mich vor dem Frühjahr nicht besuchen.

Der Einstieg

Des Irrns durch die Stadt war der Alte schon matt,
Frost klirrte durch Pflaster und Pfahl;
da hob er das Gitter und blickte zur Stadt
und stieg in den Sammelkanal.

Sein Klingenstumpf trennte den Mörtel, zur Not
genügte die Nische als Bett;
er fischte im Spülicht nach Knorpeln und Brot
und schöpfte vom Schaum ab das Fett.

So lag er im Einstieg und sah unter sich
die Ratten nur rudern und zerrn;
der Tag, der im Gitter erstand und verstrich,
war ein einziger lautloser Stern.

Und mählich erstarben Gehör und Gesicht,
die Fußnägel wurden ihm fremd;
die alten Gewandläuse wollten ihn nicht,
so klebrig und schwarz war sein Hemd.

Und er spürte noch sprachlos im Rücken die Hand,
die ihn zerrte aus finsterer Ruh
in den überaus weißen und brausenden Brand –
und er stieß mit dem Klingenstumpf zu.

Ausweisung aus dem Blindenheim

Von den Mäusen warn im Heim die Gurten
angefressen und das Brot war schlecht;
und die blinden Bürstenbinder murrten
und sie wurden bittlich um ihr Recht.
Und die Sieben, die gebeten hatten,
kamen heim wie sonst von ihrer Tour,
und sie stießen sich an harten Schatten
plötzlich wund auf dem bekannten Flur.

Und sie legten ängstlich an die Kanten
die erhabnen Ballen ihrer Hand,
ihrer Fingerkuppen, und erkannten
ihre Habe, die beisammenstand.
Die verstellten Türen ihrer Kammern
gaben ihrem Druck nicht nach, und sacht
hörten sie die andern Blinden jammern
und sie lagen blank die ganze Nacht.

Und sie blieben finster und gedrungen,
ihrer Kordelbesen samtnen Bausch
zwei- bis dreimal um den Leib geschlungen,
auf den Fliesen liegen wie im Rausch.
Und sie wiesen mittags, als der Leiter
schroff verbot ihr Bleiben, ihr Gebiß
– Wölfen gleich – und lagen knurrend weiter,
bis man, spät, sie vom Gerümpel riß.

Empfang im Pfründnerheim

Hier steht dein Bett und dort dein Schrein,
nimm diesen Flausch, die Schuh aus Bast;
räum deine Siebensachen ein,
sieh zu, daß du nicht Heimweh hast.

Die Stube ist wohl rein, gebeizt
sind Tisch und Diele, Stuhl und Wand;
vom Klappzug her ist durchgeheizt;
kein Ding hier ist dir schon bekannt.

Mit uns zu viert nur über Nacht
bist du, nun Pfründner, hier zu Haus;
im Tagraum wird die Zeit verbracht,
dort löscht die letzte Pfeife aus.

Das Bett reicht aus, um gut zu ruhn,
der Kotzen wärmt, der Keil ist fest;
wir Alten werden dir nichts tun,
solang du uns in Frieden läßt.

Vielleicht nützt du die Abendruh
und schaust einmal vor dich ins Licht
versponnen hin; drum schweig auch du,
wenn einer nickt und mit sich spricht.

Im Tagraum drüben sind die zwei,
ich laß dich, Nachbar, nun allein;
vielleicht kommt einst an dich die Reih,
weih dann den Neuen freundlich ein.

Brief aus dem Versorgungsheim

Nur weil ihr so drängt, will ich berichten:
weiter nach der Stadt, als wohl es frommt,
ist es, und ich muß darauf verzichten,
daß man Sonntag mich besuchen kommt.
Alt ist das Gebäude, große Gruben
weist der Hof auf, draußen tost der Wald;
und so naßkalt ist es in den Stuben,
daß das Salz sich grau zu Klumpen ballt.

Im Verschlag, in dem ich schlafe, halte
selten ich mich auf, wir sind zu dritt;
ihre Furcht, im Bettzeug eine Falte
aufzuwecken, teilt sich mir schon mit.
Wenn ich nach dem Essen meine Pfeife
rauchen will im Tagraum, unterbricht
meinen Zug der Wartenden Gestreife
vor dem Eingang, und sie schmeckt mir nicht.

Und das Schlimmste ist: zuweilen spüre
wider die Gefährten im Verschlag
ich mich seltsam ausgespielt und führe
scharfe Reden oft den ganzen Tag.
Nicht und nicht kann ich mich dann bezähmen,
leer in Stirn und Kinn wird mein Gesicht;
und ich muß mich vor mir selber schämen
und ich schreib euch lieber wieder nicht.

Die Waggonbewohner

Auf einem leeren Stockgeleise
steht unsre Wohnung, der Waggon;
der Dampf zieht draußen weiße Kreise
und auf den Schwellen blüht der Mohn.
Das Trittbrett dient uns noch als Stiege,
im Wagen ist gerade Platz
für Tisch und Pritsche, Herd und Wiege;
der Bartwisch starrt von schwarzem Satz.

Die dünnen Semaphore klirren,
vorüber rasselt Zug um Zug;
stark stört bei Tag der Lüfte Schwirren
und nachts der Funken roter Flug.
Und dennoch kann so groß die Stille
sein, daß sie aus dem Leben merzt
beim süßen Duften der Kamille,
von Glut versengt, von Rauch geschwärzt.

Bisweilen hängen wir die Bohlen
noch ein und gehn auf Arbeit aus;
wir bringen nur die kleinen Kohlen,
die rutschten ins Gestrüpp, nach Haus.
Man hat uns eben abgeschoben
wie den Waggon auf dies Geleis,
um hier zu stehen, bis man oben
von ihm und auch von uns nichts weiß.

Heimlied

Die Stiege ist grau und die Diele ist grau,
durch die wir ins Nähzimmer gehn;
und das rissige Garn in der Nadel ist grau,
mit dem wir die Stofftiere nähn.
Wir schneiden die brüchigen Flicken zurecht
und arbeiten uns in die Hand
und malen aus Schatten durchs Gittergeflecht
dabei einen Hirsch an die Wand.

Wir stülpen ums staubige Stopfholz ein Tier
und tun durch den Stoff einen Stich
und summen; es ist immer besser noch hier
als draußen, daheim, auf dem Strich.
Wir ziehen den Mantel vom Leib mit Bedacht
und geben beim Falten uns Müh
und putzen das Grünzeug und kochen vor Nacht
uns selbst die gestoßene Brüh.

Wir stellen im Schlafsaal die Zahnbürst ins Glas
und schrauben den Brenner auf klein;
die Arme geöffnet, als fänden sie was
zum Herzen noch, schlafen wir ein.
Die Winkel, man mag tief ins Auge uns sehn
beim Teeholen, trübt nicht ein Hauch;
doch die, für die hier wir in Clothkitteln gehn
und Dienst machen, mühn sie sich auch?!

Der Hollerbaum

Wo die Stadt mit wenig Schloten
breit ins Weinland übergeht,
hauste hinter grünen Schoten
der Chauffeur und stach sein Beet.
Abends, wann sein schwerer Wagen
erst in der Garage stand,
lehnte er verschmiert am Schragen
gern und summte still ins Land:
 Kleiner Brunnen vor dem Tor,
 alter Hollerbaum;
 dunklem Rauschen steht das Ohr
 offen wie im Traum.

Und es bot ihm eine Bande,
als er ohne Dienst einst stand,
an, mit ihrem Diebsgewande
sie zu fahren über Land.
Und er fuhr sie, in den Schenken
schlugen sie die Webe los;
im Verschlag saß er beim Lenken
breit wie je und summte bloß:
 Kleiner Brunnen vor dem Tor,
 alter Hollerbaum;
 dunklem Rauschen steht das Ohr
 offen wie im Traum.

Und die Nacht kam, da nach ihnen
scharf gefahndet ward im Land;
Lichter blitzten, Kabel schienen
über jede Bahn gespannt.
Und er pfiff, da die Genossen
hinter ihm sich auf den Bauch
warfen und ins Blinde schossen,
durch die Zähne in den Rauch:
  Kleiner Brunnen vor dem Tor,
  alter Hollerbaum;
  dunklem Rauschen steht das Ohr
  offen wie im Traum.

Und auf schwarzen Wegen satzten
sie im Zickzack durch die Nacht
ziellos, bis die Reifen platzten;
und sie wurden früh gebracht
aus dem Korn. Der, der den Wagen
hatte fest geführt, lag wund;
bläulich, als sie ihm die Tragen
schnitten, hauchte noch sein Mund:
  Kleiner Brunnen vor dem Tor,
  alter Hollerbaum;
  dunklem Rauschen steht das Ohr
  offen wie im Traum.

Auf den gewaltsamen Tod eines alten Trafikanten

Alter Trafikant, den im Kanal
man am Wehr vor Früh zerstückelt fand,
deine Lippen waren hart und schmal,
blankgescheuert glänzte dein Gewand.
Einsam wie es war, ganz sicherlich
war dein Leben arm und reich genug,
war auch räudegleich dein Schnurrbartstrich,
schwer dein Holzfuß, der aufs Pflaster schlug.

Tags im Laden, den du ohne Frau
führtest, klang die Stille dir im Ohr;
und schon waren Steig und Fahrdamm blau,
legtest du allein den Balken vor.
Erst im Schutz des Dunkels, groß und fahl,
wagtest du den Huren dich zu nahn
auf der leeren Rampe am Kanal,
in den Gärten längs der Uferbahn.

Auf verwanzter Bettstatt ausgestreckt
lagst du aber mit entblößtem Bein,
und du wolltest, oben zugedeckt,
für dein gutes Geld gern grausam sein.
Doch schon überlief's dich kalt und heiß,
kam das fremde Fleisch dir sparsam nah,
und du knietest vor dem bloßen Schweiß
hin und wußtest, daß dir recht geschah.

Drum auch waren schließlich dir der Pfiff
und der Blick der derben Frau nicht fremd,
die dich beben sah vor Geiz, und griff
nach der Losung, eingenäht im Hemd.
Und der Strolch, aus dessen dunkler Hand
jäh sich hob die Klinge um zu stehn,
dünkte bis ans Herz hinan bekannt
dich, als hättest du ihn oft gesehn.

Und sie trugen nackt dich zum Kanal,
wuschen beide dort sich rein von Blut,
trennten unterm Himmel, wie du fahl
ihn geliebt, das Band aus deinem Hut.
Deine Barschaft ward in einer Nacht
aufgezehrt, wie bis zum frühen Schein
sonst du selbst sie hättest durchgebracht,
von den beiden: ängstlich, laut, beim Wein.

Winterhafen

Moses Vogelhut, den semmelblassen,
des Hausierens in den Häfen matt,
führte einst sein Rundgang aus den Gassen
bis zum Winterhafen vor die Stadt.
Mit der Flut im Schein der Uferlampe
zog ein angepflockter Kahn am Seil;
Schiffer hockten auf der kalten Rampe,
Vogelhut bot Kram und Messer feil.
    Moses Vogelhut,
    tu vom Haupt den Hut,
    spät am Strand zu schlendern tut nicht gut!
    Denn der Stromwind beizt Gesicht und Lunge
    und die Faust ist rascher als die Zunge,
    Moses Vogelhut, du alter Jud!

Moses Vogelhut, vorm Bauch den Kasten,
pflegte oft nun vor die Stadt zu gehn
und dem Löschen der verstauten Lasten
und dem Gang der Krane zuzusehn.
Auf die Schlepper trug er weite Hosen,
seine Börse dröhnte schlecht verwahrt;
auf der Rampe luden ihn Matrosen
ein zum Grog und zausten ihm den Bart.
Moses Vogelhut,
wisch den Priem vom Hut,
spät am Strand zu tänzeln tut ja gut!
Denn der Stromwind beizt Gesicht und Lunge
und die Faust ist rascher als die Zunge,
Moses Vogelhut, du alter Jud!

Moses Vogelhut schritt durch die Kühle
mancher Nacht, allein mit Tau und Strand,
bis das Schaufelrad der Ufermühle
morgens stockend ihn beim Kaftan fand.
Dünner Regen sprühte durch die Rahen,
ausgeblutet lag er und verstummt;
die ihn nachts noch bei den Speichern sahen,
sagten aus, er hätte dort gesummt:
Moses Vogelhut,
halt vom Haupt den Hut,
spät am Strand zu schlendern tut dir gut!
Denn der Stromwind beizt Gesicht und Lunge
und die Faust ist rascher als die Zunge,
Moses Vogelhut, du alter Jud!

Die Schritte

Im Finstern, die Hand in den Strohsack verkrallt,
vergeh ich und rühre mich nicht.
Im Strafhaus herrscht Ruhe; schwach fällt durch den Spalt
vom Flur her das ewige Licht.
Nur droben – die Zelle genau über mir –
geht einer und geht wie auf Sand:
fünf Schritte nach vorn,
zur Seite drei;
und fünf zurück zur Wand.

Der Schritt ist nicht hastig, der Schritt ist nicht schwer,
Wer bist du? Ich kenne dich nicht.
Die Zell über mir war bis heute nacht leer.
Sag, kamst du erst heut vom Gericht
und gehst, weil du willst, und es stärkt dich der Schritt –
oder wurdest du, Fremder, versetzt
und gehst, weil du mußt, diesen gnadlosen Schritt
und gehst ihn so fort bis zuletzt?

Fünf Schritte nach vorn,
zur Seite drei;
und fünf zurück zur Wand.
Drei winzige Wochen; dann läßt man mich frei,
zwölf längere wurden zu Sand.
Die Schnapptür aus Eisen, die Wand aus Beton;
du Fremder, das Dunkel heischt Ruh.
Und wüßtest du, wie ich geduldig schon wohn,
du schrittest so gnadlos nicht zu.

Wer bist du?! Dein Schritt ist aus Ruhe gesäult
und steigt doch quer über mein Hirn.
Rot wehn die Plakate, das Nebelhorn heult,
Laternenschein badet die Stirn.
Ich heb mich und mache – sonst mordet dein Schritt –,
als hielt ich dich bei der Hand,
fünf Schritte nach vorn,
zur Seite drei
und fünf zurück zur Wand.

Leiferde

Kein Feuer im Herd und im Kocher kein Docht,
die Stadt hat uns arme Geselln nicht gemocht,
die Landstraße sind wir gegangen;
wir haben im Regen das Handwerk verlernt
und gehn von den Häusern viel weiter entfernt
als unsere Hände und Wangen.

Der Ginsterbusch fröstelt, die Schlammkruste kracht,
wir haben am Bahndamm in donnernder Nacht
die Daumen uns blutig gebissen;
es glitzert der Tau auf dem Krampen im Feld
gleich Tränen . . . das Loch zwischen uns und der We
hat Schienen und Schwellen zerrissen.

Ihr Leute, wollt viel aus den Zugsfenstern sehn
– wir hörn schon die Bahnschranken läuten und gehn –
und wollt auch uns winken ein jeder!
Wir winkten euch gerne mit Mütze und Schuhn,
könnt einer das nur für den anderen tun . . .
o winkt doch und hemmt noch die Räder!

Die letzte Gewalt

Im Lepraasyl, in den Nebel der Memel gebahrt,
hat man jahrelang Brennholz und Torf an den Siechen gespart,
hat die Brühe verdorben gereicht und die Flechsen halb roh,
ist gebettet gelegen die Hälfte auf Reisig und Stroh.

Lange haben die Siechen mit Werg ihre Schwären geputzt,
graues Öl hat gemangelt, nichts haben die Bitten genutzt;
zehne haben für alle die Kammer erbrochen mit Müh,
sind beladen entwichen ins Sumpfland der Memel vor Früh.

Auf die Schilfpfade haben sie eitrige Lappen gestreut,
alle Milchwagen haben die Fahrt nach der Kreisstadt gescheut.
Und die Bauern sind abends gezogen mit Sensen ins Feld,
haben Grütze und Brot an den Saum aller Tümpel gestellt.

Und es haben die zehn in den Herbstnächten, neblig und kalt,
von Gendarmen gehetzt, sich berauscht an der letzten Gewalt,
haben fröstelnd und schwankend einander gefaßt bei der Hand,
sind – nur zehn – steil gestanden vor all den Gehöften im Land.

Vor dem Eingriff

Ich hab seit dem Knacks in den letzten zwei Jahren
nichts Gutes gehabt und viel Schmerzen erfahren;
und dennoch: ich hätte es nimmer gedacht,
daß man sich zu sterben entschließt über Nacht.

Erst hab ich getobt, dann die Briefe geschrieben,
ich bin bis vor Früh durch die Gassen getrieben;
mein Magen ist nüchtern, mein Haar schamponiert,
ich hab mich schon selbst für den Eingriff rasiert.

Herr Doktor, ich will Sie mit Fragen nicht quälen,
vergessen Sie nicht die Tampone zu zählen;
Sie halten ja dicht, doch Sie lügen nicht bloß,
als wär ich ein Neuling noch, blind darauf los.

Ich kann mich leicht in Ihre Lage versetzen:
Sie bürsten die Nägel und hören mich schwätzen
und schaun schon vor sich das verjauchte Geschwür;
und was Sie sich denken – ich lieb Sie dafür.

Sie denken: Der Nowak, mein alter Professor,
der nahm solche Fälle noch nicht unters Messer;
der kannte noch nicht diesen Kniff mit dem Stich,
der konnte noch leichter human sein als ich.

Uns beiden bleibt nur unsre Pflicht zu erfüllen;
Sie können nachher Ihre Memphis zcrknüllen;
für Sie ist der Fall damit aus, auch für mich,
im anderen Sinn, denn es geht ja um mich.

Ich hoffe, mein Murmeln war nicht zu vernehmen,
es galt einzig mir . . . doch was soll ich mich schämen
vor Ihnen, ich werd Sie ja so nicht mehr sehn;
beginnen Sie ruhig, es geht schon auf Zehn.

Die Heuhüpfer

Der Schwall der Besuchsstunde geht durchs Spital,
das Kinn fällt mir schläfrig nach vorn;
mein Atem geht dünn wie ein Faden,
sacht reiben im Hof die Zikaden
die Beine am Flugschild aus Horn.

Das gibt einen trockenen schnarrenden Ton,
der ist mir bekannt von zu Haus;
das Grummet ist wohl schon geschnitten,
die Käspappeln wehn, und die Quitten
glühn rauhwangig-golden vorm Haus.

Beim wackligen Tisch sitzt der Vater, vor sich
den Mostkrug, den Fladen voll Mohn;
er ißt nicht, der Mund steht ihm offen,
so hat er seit Mittag gesoffen,
er hat ja schon lang keinen Sohn.

Die Magd, die im Haus war schon, eh ich zur Bahn
ging, scheuert das Kupfergerät;
sie spannt ihre stocktauben Ohren,
sie wagt es nicht wieder zu bohren,
daß immer der Hafer noch steht.

O Vater, geschäh es und würd ich gesund
noch diesmal, ich fragte nicht recht;
ich schnürte noch heut meinen Binkel,
ich wischte dir still aus dem Winkel
den Speichel, nichts wär mir zu schlecht.

Die Heuhüpfer schnarren im Hof . . . wann das Werg
der Disteln weht, bin ich nicht mehr;
der Nußbaum vorm Weiher wird tragen,
ich möcht aus den Rohrdommeln schlagen
und flattern vor deinem Gewehr.

Nach der Liegezeit

Wenn die Wiesen ums Spital verblassen
und die Liegestühle der Terrassen
sacht sich leeren, stehst du drüben scheu
am Geländer, in der Brust den Pneu.

Schmächtig sind die Schultern, zwanzig Jahre
gibt der Kittel ihnen kaum, die Haare
schimmern aschblond; schmal ist dein Gesicht,
sieht zu Boden, doch herüber nicht.

In die Zimmer schieben sie das Essen;
deine Lungen sind von Staub zerfressen,
dumpf, wie Watte weich ist ihr Gehust
und es sagt mir, daß du sterben mußt.

Drinnen wartet meiner schon der Wickel,
glänzt zum Bett gedreht der Napf aus Nickel,
und der wilde Wein weht am Spalier;
doch du stehst die ganze Nacht vor mir.

In die Hände, die von Armut zeugen,
in den Schweiß der kindlich-schwachen Beugen
möcht ich betten mein Gesicht zur Ruh,
krank vor Ruß und Staub und arm wie du.

Fremdes Mädchen, unter weicher Decke
fröstelt mich; die alten Jutesäcke
stauben sacht herein in meinen Schlaf,
staunen, daß ich dich nicht früher traf.

Wiedersehen mit meinem Kaffeehaus

Nach langer Krankheit tret ich zag
durch deine Tür, mein Volkscafé;
Wie immer ist auch heut der Tag
noch schwach hier drinnen wie dein Tee.
Es riecht nach Käs und Räucherfisch,
im Küchenwinkel summt das Sieb;
noch steht im Eck der alte Tisch,
an dem ich meine Verse schrieb.

Weich ist die Wandbank, meine Hand
ist mager und sie zittert noch;
sieh, ängstlich prüf ich Wand für Wand
dich ab nach jedem Sprung und Loch.
Sind deine Wände noch so braun,
daß sich mein Blick nach innen senkt,
und dämpfst du seltsam zum Geraun
den Lärm noch, daß er nie mich kränkt?

Der Alte mit dem Besenstroh
ist auch noch da und krault sein Haar,
der Abtritt auch, auf den ich floh,
wenn ich zu sehr erschüttert war.
Bis auf den Sud im Dielenspalt
ist alles noch wie einst, Papier
und Bleistift haben den Gehalt
von einst; was fehlt, liegt nun an mir.

Herbstnacht in einer Herberge

Dünn hält mein Schlaf in der Kammer der Herbstnacht nicht stan
heiserer Husten dringt hohl durch die gipserne Wand,
trockenes Weinlaub kommt über die Stiege gerannt.

Über die Holzstufe zieht es ans Fenster mich sacht,
bleich stehn die Mauern der Gasse simsauf wie ein Schacht,
blind irrt der staubige Wind durch die herbstliche Nacht.

Dürr schwebt das Laub von den Ranken (der Reif zehrt zu kalt),
findet nicht Ruh wie im Gras, auf dem Acker, im Wald,
schlägt mit den Stengeln um Einlaß sich mürb am Asphalt.

Hinter der Wand knarrt Gerümpel und tickt's in der Truh,
findet der fremde Rumäne zur Nacht keine Ruh,
schnürt ihm das Rasseln der Lungen den Atem schier zu.

Schwer langt dem Bündel mit Kram er vom Bett auf den Grund,
zählt an der dreifachen Kette, korallen und rund,
salbt sich mit Fastenöl Herzgrube, Stirne und Mund.

Lang ist der Weg, der zur Stadt führt, und lang ist es her,
löchrig sind Flausch und Bakantschen, der Geldgurt ist leer;
Erde, verbraucht ist dein Sohn und das Sterben hier schwer.

Nicht winkt das Pflaster dem Nachbar, ein ruhvoller Schoß;
kalt streicht ein Zug durch die Ritzen, die Füße sind bloß,
langsam vom Fenster löst fröstelnd die Hand sich mir los.

Stengel auf Stengel kommt über die Stiege gerannt,
Husten dringt hohl durch die gipserne Herbergenwand,
dünn hält mein Schlaf auf dem Lager der Herbstnacht nicht stan

Das Tagheim

Der Schnee friert auf den Steigen und die Schroffen
vermögen nicht mehr an den Schuhn zu ziehn;
nun sind die Heime auch tagsüber offen,
da geh ich gerne gegen Mittag hin.

Es ist nicht nur der warmen Suppe wegen,
(das Scherzel freilich tut dem Magen gut);
man kann sich auf die Bank so gut wie legen
und wärmen lassen von der Ofenglut.

Und dann ist Licht im Saal. Zu Haus zu sitzen
im Finstern, ist das Schlimmste schier für mich;
im Tagheim kann man basteln oder schnitzen,
und dann noch eins: man ist dort unter sich.

Der Husten quält auch dort, die Skrofelnarben
des Jüngsten glühn mich übers Wachstuch an;
und doch nimmt übergossen dort mit Farben
sich alles aus . . . drum tut man, was man kann.

Nur eins liegt oft mir bitter auf der Zunge:
die Kälte muß dazu nicht wenig klein
daheim sein und man selbst ein halber Junge;
wie anders könnte doch das Leben sein!

Obdach

Komm, das Licht geht aus im Saal,
rück zur Wand und mach dich schmal;
stell ans untre End die Schuh,
leg dich unbesehn zur Ruh.

Bord und Diele rauschen blind,
draußen geht ein scharfer Wind,
bläst als wie in nächster Näh,
schwarze Schaufeln scharrn im Schnee.

Sollst drum nicht zum Fenster schaun;
fühl die Decke gut und braun,
fühl dich Nische, Flausch und Wand
wieder wie als Kind verwandt.

Wenig älter bist du schier,
deine Hand kommt sacht zu dir;
wenn du draußen wen noch hast,
lad sein Bild nun ernst zu Gast.

Lad es, eh dich Schlaf befällt,
seltne Stund ist ihm gestellt;
Ruhe hat und freier Traum
heut in deinem Herzen Raum.

Auf eine erfrorene Säuferin

Du Säuferin, schweigsam seit Jahren und schloh,
erfroren vor Früh unter Ranken und Stroh:
wir Brenner, wir Gärtner, wir Wirte vom Rand,
wir haben dich alle seit Jahren gekannt.

Verbeult war dein Häfen, ein Kürbis dein Krug,
es war jeder Brocken dir gut und genug,
es machte des Tropfbiers gestandener Schaum
die Schläfen dir schwer und das Leben zum Traum.

Du ruhtest zusammengerollt wie ein Tier,
die Wärme der Fäulnis war rauschend mit dir,
gehorsam dem Druck in den Beugen, und kam
dem zu unterm Laub, der sie suchte und nahm.

Es bargen die Strolche bei dir ihr Gesicht,
den Bierschaum, die Brocken verschmähten sie nicht,
und jeder verließ in der Folge dein Nest,
wie man nach der Rast eine Mulde verläßt.

Nun starrn deine Beugen verschwollen und steif;
noch weht aus dem Saum deines Kittels der Reif
des Felds, und von Reif dünkt ein Hauch uns verzehrt
der Wärme, von der alles Keimen sich nährt.

Schnee

Sie kannten sich nur vom Asyl her, vom Tee;
zerfetzt war ihr Flausch, in den Schuhn schwamm ein See
schon Wochen . . . sie schritten hinaus in den Schnee,
der Packer, die Frau, es gescheh, was gescheh.

Sie schritten – der Schneewind schloß Furchen und Spalt –
vorbei an Gehöften, Gestämm und Basalt,
und rissen, vom Dampf ihres Atems umwallt,
vom Leib sich die Fetzen im dornigen Wald.

Und lagen ganz nackt, es gescheh, was gescheh,
bar jeglichen Zutuns, im eisigen Schnee,
und spürten von unten her Zeh bald um Zeh
erstarren, und hörten Gebell in der Näh.

Doch der Frost war nicht gnädig. Sie litten im Schein
des Frührots, der Brand ließ die Frau rasend schrein;
mit spitzigem Stein schlug den Schädel ihr ein
der Mann und zerschnitt sich die Hand bis aufs Bein.

Es fand übern anderen Mond auf der Fahrt
zur Kreisstadt ein Bauer im Dornwald gepaart
die beiden; der ständige Frost hatte zart
im Schneelicht die Ränder der Wunden bewahrt.

Die letzten Herbergen

Hinterm Viehmarkt, im plankenverbauten Revier
gibt es Herbergen, zwölf oder zehn,
für ihr billiges Obdach verschwiegen bekannt,
in die, wenn es soweit ist, die Paare vom Rand
gern zum letztenmal nächtigen gehn.

Und die Kammern empfangen sie ganz ohne Dunst,
ohne Schelte und Kindergeschrei
mit Geräumigkeit, wenig genossen zu Haus,
und sie rechnen im Bett an der Barschaft sich aus
stumm der Tage noch zwei oder drei.

Und sie schlafen bis tief in den hellichten Tag
und bestelln sich das Frühstück ins Bett;
seltsam schlaff drehn am Ständer sich Mantel und Hut
und die Sahne ist süß und die Butter schmeckt gut
und das Schinkenbrot saftig und fett.

Und sie ziehn sich ein wenig zu Mittag nur an
und genießen nur Leichtes und Brüh,
daß nicht dick wird ihr Blut und beim Lieben sie stört
und das Summen des Lichts auf dem Flur überhört,
das den nötigen Gram leiht vor Früh.

Mit der Ziehharmonika

Kleiner Wind

Kleiner Wind im Binnenfeld
zwischen Stadt und Land,
bitter von der Halden Spelt
und der Schlacken Sand:
alles, was ich seh und sah,
schwebt in deinem Hauch,
Duft der Stauden, fern und nah,
und der Schlote Rauch.

Kleiner Wind, zu jeder Zeit
fand dein Hauch zu mir,
ob ich um die Anbauzeit
streunte im Revier,
ob ich nach der Schicht – noch Kind –
Kipfler stahl im Hag,
in den Gruben, kleiner Wind,
nachts bei Frauen lag.

Kleiner Wind, nicht reicht auch heut
über deinen Kreis
Schicht und Schlaf, und, eingestreut,
kurze Rast im Mais.
Deinen leisen Atem leih
mir, daß nicht verrinnt,
daß die Weise Einerlei
wehe, kleiner Wind!

Brief aus der Stadt

Soll ich nun vom Sommer zwischen Steinen
dir noch schreiben? Zeitig bin ich frei
und ich flieh in eine jener kleinen
Buden mit fast leerer Bretterreih.
Mit Karbol und Stauböl sind die Matten
herb gewürzt, es klimpert das Klavier
und die Leinwand flimmert helle Schatten,
und ich sehne sinnlos mich nach dir.

Vor dem Schacht, der auf die Straße mündet,
liegen Steig und Pflaster leer und blau;
nur ein kleiner Hauch vom Kai her kündet
Dunkel an und eine Spur von Tau.
Stimmen stehn schon unterm Tor beisammen,
mein verstörter Blick trifft im Revier
hie und da auf kleingestellte Flammen
und ich sehne sinnlos mich nach dir.

Und in einem jener Lichthofgärten,
deren Efeu dumpfig haucht und schal,
nehm ich später zwischen halbgeleerten
Deckelgläsern ein bescheidnes Mahl,
Rahm und Rettich. An den Nebentischen
plaudert frohes Volk; der Simse Zier
und die Traufen seh ich sich verwischen,
und ich sehne sinnlos mich nach dir.

Für die, die ohne Stimme sind . . .

Schön sind Blatt und Beer
und zu sagen wär
von der Kindheit viel und viel vom Wind;
doch ich bin nicht hier,
und was spricht aus mir,
steht für die, die ohne Stimme sind.

Für des Lehrlings Schopf,
für den Wasserkopf,
für die Mütze in des Krüppels Hand,
für den Ausschlag rauh,
für die Rumpelfrau
mit dem Beingeschwür im Gehverband.

Ohne Unterlaß
spricht es, viel schwingt Haß
mit, ich bin nicht bös und bin nicht gut;
wenn ich einsam steh,
wenn ich schlafen geh,
dünkt es mich, ich hab den Mund voll Blut.

Wehrt mir, Leute, nicht,
der ich so im Licht
niedrig steh und sing: es währt nicht lang;
eine kurze Zeit
hört ihr großes Leid
und vielleicht ein wenig auch Gesang.

Werkwächters Nachtlied

Wann der Abend um das Heizhaus dämmert
und der Dampf kalt in den Rohren hämmert,
hallt der letzte Schuh
heimwärts und die Ruh
draußen strömt durchs Gitter auf mich zu.

Durch die Halden mach ich still die Runde
und am Haupttor stech ich meine Stunde;
wach steh ich allein,
nur in schwachem Schein
in der Halle bricht der Kesselstein.

Bub und Former weilen bei den Ihren,
leise klickt der Stahl in den Scharnieren;
schwarze Scherbenzier
starrt um das Revier,
starrt mir auf die Wurst, ins kühle Bier.

Nur die schwarzen Dinkelähren beben;
wer sonst wacht, wann alle sich erheben,
sich erst legt wie ich,
kann im Schutt den Strich
lieben und wird leicht absonderlich.

Mög es wie vor Ruß die Windendüten
mich vor Neid und Seltsamkeit behüten;
dunkel ist die Nacht
und mein Schritt hallt sacht
und ein Schauer hat sich aufgemacht.

Lied der Bahnwächtersfrau

Wann die Rampenstiegen
ganz im Finstern liegen
und die andern Männer
längst nach Hause gehn,
starr am Fensterladen
lang ich in die Schwaden,
die vom Frachtenbahnhof
fahl herüberwehn.

Kühl stehn Keil und Decken
auf im Bett, mich wecken
deine schweren Schritte
mit dem frühen Tag;
übernächtig bist du,
Aufgewärmtes ißt du
und den Vorhang ziehst du
still vor den Verschlag.

Fleisch und Kohl im hellen
Licht leis zuzustellen
und den Tisch zu decken,
fällt zuweilen schwer;
deine alten Socken
stopf ich, gute Brocken
leg ich dir beim Essen
vor und geh doch leer.

Schwer wirst du dir schlüssig,
bist auch überdrüssig
deines Tuns und nimmst mich
rasch und nebenbei;
und mir steht den langen
Abend das Verlangen,
mühst du dich im Rauch,
nach Putz und Näscherei.

Ferner, sorgsam falte
ich dein Bett und halte
wider mich dein Linnen,
dein verschwitztes Hemd;
meiner beim Verschieben
denk auch und laß sieben
Tag uns schön verbringen,
werd mir bloß nicht fremd.

Über die Lehne

Über die Lehne noch häng dein Gewand,
Kind, und dann geh schon zur Ruh.
Alles macht Nacht; selbst der Mann, der sein Beet
draußen am Ende der Siedlung gießt, dreht
seinen Hydranten schon zu.

Dreh dich zur Wand, mein Kind, sämig vorm Haus
wandert der Mond durch den Raum.
Sacht kommt ums Eck durch den Garten der Wind;
Blätter und Früchte, die wurmstichig sind,
wirft über Nacht er vom Baum.

Wehr nicht dem Schlaf, der dir sacht durch den Rist
nahn will; die Decke ist warm.
Dunkel ist, schwarz wie die Nacht, was geschieht,
allen geheim; durch die Obstbreiten zieht
nur sein Gewehr der Gendarm.

Sichrer als dort, Kind, wohin du nun sinkst,
warst auch bei Tag du noch nie;
Kräfte, die still bei den Sohlen dir stehn,
Säfte, die sacht durch die Baumringe gehn,
schwellen und reinigen sie.

Bald sink auch ich, Kind, dir nach und bei dir
bin ich und wieder auch nicht.
Mög tief zu tauchen dir niemals versagt
bleiben; noch grüßt dich, mein Kind, wenn es tagt,
nicht nur dein blankes Gesicht.

Hast du den Garten gesprengt . . .

Hast du den Garten gesprengt,
hast du den Schlauch aufgerollt
und noch die Raupen geklaubt
von Kohl und Quitten,
hab ich die Laube gefegt,
hab ich den Tisch schon gedeckt
und auf die sauere Milch
den Lauch geschnitten.

Hast du dich richtig gestreckt,
hast du die Milch ausgetunkt
und deine Klinge noch blank
durchs Brot gezogen,
sind schon die Malven verblaßt,
stehn überm farblosen Zaun,
Schlot schwarz an Schlot schon gereiht
im bleichen Bogen.

Summen die Mücken im Phlox,
streicht durch das Haar dir der Wind,
rührt unterm Tisch deine Hand
leicht an die meine,
tut meine Schulter sich still
wie eine Mulde dir auf,
bin ich wie einst auf dem Grund
zur Nacht die deine.

Warum alte Leute ihren Garten so lieben

Schön ist's Samen einzusetzen,
still zu sehn, wie sie gedeihn,
und das junge Grün von Netzen,
Brut und Raupen zu befrein.
Guter Saft steigt in den Stauden
und der Wassertrieb welkt schloh;
darum lieben alte Leute
ihren Garten so.

Dankbar bald für jede Stunde
ist der Strauch, der voll sich ziert;
unterm Baumwachs heilt die Wunde,
die das Messer okuliert.
Um den Draht rankt sich der wilde
Wein und wächst nicht irgendwo;
darum lieben alte Leute
ihren Garten so.

Starr verblühn die Königskerzen
und der Bärenfalter stockt;
doch die Adernwülste schmerzen
nicht die Hand, die heimst und brockt.
Humus würzt die müde Erde
und die Birne reift im Stroh;
darum lieben alte Leute
ihren Garten so.

Auf dem Zimmer

Zum erstenmal wären wir hier nun allein,
im Blumentopf dreht sich der Trieb
zum Fenster; die Vorhänge filtern den Schein
des sinkenden Tags wie ein Sieb.
Geh rasch noch – das Zimmer
steht offen – für immer,
mein Mädel; denn dich hab ich lieb.

Geh rasch noch, ich hab ja nur selten zu tun
am Bahnhof und viel zu viel frei;
schon springt dir in Schuppen der Lack von den Schuhn,
und morgen, da wären wir zwei.
Sich mühen und sparen,
zu etwas nach Jahren
zu kommen, das ist heut vorbei.

Der Mond, sieh hinaus, hält die Rispen in Bann
so weiß und so starr, daß mir bangt;
sie duften und tropfen . . . es kommt darauf an,
was einer vom Leben verlangt.
Mich lockt es zu leuchten,
den Mund mir zu feuchten
nicht wenig, solang es noch langt.

Ein Wind macht sich auf und belädt sich mit Staub
und streift die Akazienallee;
die Flamme singt sacht auf dem Flur und durchs Laub
fällt heiser der goldene Schnee.
Es zirpen ganz leise
die Maste, die Gleise:
mein Mädel, nun bleib oder geh.

Lied zur Nacht

In den Wachsblumen hat sich ein Wind aufgemacht
seit der Stunde, in der wir uns trafen;
zieh den Vorhang zur Seite, ich singe zur Nacht
dir ein Lied, denn man muß ja doch schlafen.
Überm Sessel hängt schlaff meine alte Montur
und die Nippsachen leuchten durchs Zimmer;
längst verstummt ist das Summen des Lichts auf dem Flur,
doch der Schlaf flieht uns beide noch immer.

Still; ich singe zur Nacht dir ein Lied. Ich marschier
in der Früh mit dem Zug in die Ferne;
morgen lümmelt ein Spießer in deinem Quartier,
und ich tu doch, als hätt ich dich gerne.
Finster ist's schon, vom Mond draußen träufelt der Glast
wie der Schaum noch von einer Melone;
seit der Mond scheint, marschiere ich während der Rast
und geschieht's mir im Marsch, daß ich wohne.

Ist mein Lied nicht das rechte zur Nacht, sieh hinaus:
längst schon finster und leer sind die Steige;
selbst die Mädchen, die Bettler sind längst schon zu Haus,
schwarz ruhn Schienen und Drähte und Zweige.
Selbst der Wind, der den Tau bringt zur Nacht, ist verweht
und die Sterne sind alle im Hafen,
und kein Licht ist, das scheint, und kein Schritt, der noch geht,
gutes Kind; nur die Angst kann nicht schlafen.

Die Kamille

Wo die leeren Stockgeleise
sich ins Nutzland wie ein Keil
schieben, blüht aus Schutt und Rille
kiesgesäuert die Kamille
um die Schwellen blaß und heil.

Dünner Rauch steigt aus den Schloten,
dumpf verschwebt der Pfiff der Bahn;
keiner von den vielen Funken,
die ins spröde Gras gesunken
sind, hat ihr noch was getan.

Willst du mich am Abend sehen,
warte nicht im Stiegenhaus;
komm im ersten leichten Schatten,
der die Holpern längs der Latten
schwach noch sehen läßt, hinaus.

Scherbenzaun, Gestäng und Halle
sind im Finstern mir nicht fern;
einsam weist die lange Reihe
der Signale grün ins Freie
und am Himmel schwingt ein Stern.

Rührst du leicht an meine Schulter,
steht ein Schein blaß auf und glüht;
und ich pflück dir in der Stille,
die süß duftet, die Kamille,
die für uns verschattet blüht.

Auf dem Holzplatz, wo der Wermut blüht

Auf dem Holzplatz, wo der Wermut blüht,
spielten wir, zerlumpt und blaß, als Kinder;
Glas und sprödes Kraut
ritzten uns die Haut
und du warst der Spitz und ich der Schinder.

Auf dem Holzplatz, wo der Wermut blüht,
kamen wir zum Mittagsbrot zusammen,
du, die Hände rauh
und zerlumpt, vom Bau
ich, vom Schupfen und vom Pfostenrammen.

Auf den Holzplatz, wo der Wermut blüht,
gingen dann die Fenster unsrer Wohnung;
oft, wann Regen strich,
fand sich nichts für mich,
aber du, du hattest niemals Schonung.

Auf dem Holzplatz, wo der Wermut blüht,
lag zuweilen ich, mir gram, betrunken;
Wind kam und der Sand
biß mich, deine Hand
zog mich still und sorgsam aus den Strunken.

Auf den Holzplatz, wo der Wermut blüht,
siehst du nicht und nimmer, liebe Tote;
scheu schleich ich vorbei,
Schinder, mit dem Schrei
der Sirenen und dem Rauch der Schlote.

Hätt ich ein Gewind zu schmieren . . .

Hätt ich ein Gewind zu schmieren,
den Franzosen in der Hand,
kröch ich gern auf allen Vieren,
tropfte Öl ins Schraubenband.
An mein Brot würd ich vergessen,
spät erst streifte ich die Kluft
ab und noch beim Abendessen
schmeckte nach Metall die Luft.

Hätt ich einen Platz am Krampen,
mächtig schlüg ich mit ihm ein;
übers Brett bis zu den Rampen
sprühten Sand und Kieselstein.
Mittags setzte ich die Flasche
an den Mund und gäb sie satt
weiter und die leere Tasche
drückte nicht wie heut mich platt.

Hätt ich einen kleinen Garten,
sauber harkte ich den Grund,
siebte ihn und pflanzte zarten
Blumenkohl und Türkenbund.
Rote Blumen, blaue Blumen
schnitt ich für mein schönes Kind,
beutelte die trocknen Krumen
aus der Tasche in den Wind.

Hätt ich Karren, Hund und Leine,
Leute . . . doch ich habe nichts,
Garten nicht noch Platz im Scheine
milden Lichts und grellen Lichts.
Beine hab ich nur zum Wandern
und zum Singen einen Mund;
und ich gehe an euch andern
und ihr geht an mir zugrund.

Bittlied

Seit Stunden hock ich auf dem Stand,
mild ist der Tag und braun das Laub;
die Orgel, die mit schwacher Hand
ich dreh, mich dünkt, sie ist aus Staub.
Die Sonne scheint mir ins Gesicht,
mich schwindelt schier vor so viel Licht;
die Orgel singt: vergiß mich!

In großer Schwäche hock ich da
und war einmal ein guter Mann;
so lob ich, was mir auch geschah,
mir dies: es kommt auf mich nicht an.
Der du vorbei gehst, sieh nicht her,
mein Lied macht dir die Ohren schwer:
und siehst du her: vergiß mich!

Klar ist der Mann im Schurz zu sehn
weit überm Strom vorm Schreberhaus;
die grünen Stauden läßt er stehn,
die kranken Stauden reißt er aus.
Den Glast verdürbe bald der Rauch,
die feuchten Schläfen streift ein Hauch;
du kleiner Wind, vergiß mich!

Mild ist das Lüftchen, das mich flieht;
und sollte droben einer sein,
so schützt vor mir mein kleines Lied,
denn wenig nur an Schuld ist mein.
Nicht wohlgeraten wär die Welt,
durch meinen Anblick dir vergällt;
ich bitt dich, Gott, vergiß mich!

Zum Schlafengehn

Auf dem Flur singt sacht das Licht,
fürcht dich drum im Finstern nicht;
Mutter geht noch einmal aus,
bringt ein weißes Brot nach Haus.

Zieh inzwischen Kleid und Schuh
aus und leg dich still zur Ruh;
mußt ja, tritt der Vater ein,
unter deiner Tuchent sein.

Sei dann still und gib dir Müh,
Mutter kommt und wärmt die Brüh;
wenn der Vater ungut spricht,
lug nicht hin und rühr dich nicht.

Vater ist nicht schlecht, mein Kind,
steht den ganzen Tag im Wind;
was er schafft für dich und mich,
reicht oft nicht, drum kränkt er sich.

Muß doch immer freundlich sein;
schilt er, muß man's ihm verzeihn,
daß der Groll nicht über Nacht,
Kind, dich selbst leicht schlechter macht.

Halt dich still drum bei der Hand,
dreh dich ohne Laut zur Wand:
und wie gestern deinen Flaum
rührt es an mit Ruh und Traum.

Nach einem Ausflug

Sämig ist das Licht geschieden,
frostig bebt am Strauch das Blatt;
laßt uns kurz noch vor den Rieden
rasten angesichts der Stadt.
Schwach genährt von Span und Raute,
tut das kleine Feuer wohl;
summt im Kreis, was aus der Laute
ich an vollen Tönen hol.

Schön war heut der Tag im Freien
und der Herbstwald roch wie Zimt;
vielen in den Lichterreihen
drunten war es nicht bestimmt,
nicht gegönnt, gleich uns zu wandern.
Sie, die unsresgleichen sind,
schlendern unter Satten, andern
einsam jetzt im späten Wind.

Eingeschlossen samt den Trauben
seien sie in unsren Sang;
Wind gibt's vielerlei wie Glauben,
mancher währt ein Leben lang.
Sanfte Regel, harte Regel
lenkt es still von früh bis spät,
steht ein andres wie ein Segel
straff von seinem Wind gebläht.

Wenig gilt, will mich bedünken,
was sie voll es fühlen macht,
vor dem Leben; aus den Strünken
grüße sie das Lied zur Nacht.
Grüßt sie, weil wir alles haben,
was ein Mensch nur haben kann:
Freude an den schönen Gaben,
Mitleid mit dem armen Mann.

Schnürt den Sack: die Sterne sprühen
und die Glut ist ausgebrannt;
eine Woche hebt mit Mühen
an und bindet uns die Hand.
Ob wir feilen, ob wir weben,
immer ist uns angedroht,
was uns beugt, und nah im Leben
bei der Schönheit steht der Tod.

Lied am Gärtnerfeuer

Sammle das Kraut,
das aus den Beeten und Furchen ich kämm mit dem Rechen;
acht auf die Haut:
dürr ist am Stecken das Stroh und die Strunkstacheln stechen.
Schier geerntet ist rings, was die Krume noch trägt,
und die Ableger sind in das Glashaus gelegt
und geharkt und gesiebt und gemistet sind drüben die Fläche

Zünde den Span!
Frisch ist es schon und die Glut wärmt uns Rücken und Hände.
Viel ist getan;
was nun zu tun bleibt, für uns ist des Bleibens ein Ende.
Seinen Lauch auf den Markt bringt der Gärtner allein
und die Stadt wartet unser mit Schloten und Stein
überm Strom und die Lauben stehn schütter im Wind auf de
Län

Sing noch einmal!
Sing, was so schön zur Harmonika abends geklungen.
Runzlig und fahl
ist das Gerank und die Schoten sind alle gesprungen.
Auf uns selbst um die Zeit sind wir morgen gestellt
und der Reif säumt die Latten und scharf übers Feld
und die Stadt fällt der Frost und so bald wird nicht wieder
gesung

Im Ziegelfeld

Draußen im Ziegelfeld wird es schon Nacht;
schlaf, wenn du schlafen kannst, Kind.
Schwarz wehn die Stauden ums Fachwerk, im Schacht
wimmert gefangen der Wind.
Hört ihn der draußen und weiß ihn allein,
wirft er gleich Kehricht und Hadern herein,
daß sie beisammen so sind.

Stark streicht die Glut aus dem Sparrenwerk her;
schlaf, wenn du schlafen kannst, Kind.
Stickig dazu macht der Staub sie und schwer,
der durch das Lehmgebälk rinnt.
Morgen schon gibt's keine Glut mehr bei Nacht;
was aber bringt, wenn kein Span sie entfacht,
Essen ins Haus für mein Kind?

Sacht blakt der Docht und die Lampe löscht aus;
schlaf, wenn du schlafen kannst, Kind.
Weil es der Vater weiß, flieht er das Haus
heute und irrt durch den Wind.
Wann er nach Hause kommt, Kind, gilt ganz gleich,
wenn in der Tür seine Augen bloß weich
heut und nicht glasig leicht sind.

Schwarz tut die Tür sich auf wie ein Wisch;
schlaf, wenn du schlafen kannst, Kind.
Nein, einen Sack stellt er still auf den Tisch,
der nur so raschelt und rinnt.
Was wird darin sein? Ein Hase! Gleich Früh
häuteln wir beide ihn ab und die Brüh
schöpfen wir ab für mein Kind.

Mit der Ziehharmonika

Mit der Ziehharmonika
zieh ich durch die Gassen;
viel Geräusch von fern und nah
kriegt mein Sack zu fassen:
dumpfen Pfiff der Uferbahn,
Stahlgezirp der Schienen,
Koksgeklirr im Scherenkran,
Lärm aus den Kantinen.

Schwach aufs Pflaster fällt das Geld,
spärlich auf den Stätten;
durch der Plätze schüttren Spelt
klirrn die Wagenketten.
Das Gebrumm der Bälge trägt
schwer den Staub der Krume;
mein Falsett, das drüber schlägt,
singt die Sonnenblume.

Seufzend schrumpft der Schwall bald ein,
schöpft bald aus dem Vollen,
zieht mit sich, was schwingt an Wein,
und des Volkes Grollen.
Immer, bis mich deckt der Sand,
ohne viel zu rasten,
wünsch ich so zu gehn, die Hand
trunken an den Tasten.

Verbannt aus Österreich

Auf einen Vogelbeerbaum in Staffordshire

Brennroter Baum vor meinem Haus,
es zuckt mir schwach das Kinn;
daß du so schön herübergleißt
zu mir, ist nur, weil du nicht weißt,
daß ich nicht britisch bin.

Wann mit dem Jahr vorm Haus die Welt
zu End mir schien als Kind,
dann wiesest seltsam, rot bepackt,
den Weg du übers Joch mir nackt
im herbstrauchblauen Wind.

Und sah ich auf der Wanderschaft,
schon müd, gespreizt dich stehn,
so schlang ich um die Hand ein Gras,
das schnitt, und summte dies und das,
und konnte weitergehn.

Sie wiesen mich aus meinem Land,
lang her ist's; mir geschah,
daß mir ertaubten Sinn und Ohr
und ich mich hierzuland verlor,
bis ich dich wiedersah.

Wie müd ich bin auch, meine Zeit
ist, Baum, noch nicht zu End;
mir steht ein Weiser irgendwo
und wirft zum Himmel, groß und schloh,
die aufgeregten Händ.

Er teilt den Weg, es ist ein Weg,
den muß ich einst noch gehn,
der ich hier niedrig steh im Licht;
die Leut und Dinge kenn ich nicht,
die wohl am Ende stehn.

Sind es die Freunde, die zum Wein
mir reichten oft das Brot?
Ist es verworrn die alte Stadt,
die nichts Bekanntes an sich hat,
und dort ein Knüppeltod?

Weiß ich auch nicht, was mir noch winkt,
geheimnisvolle Frucht:
lebendig ward ich wiederum
im fernen Land und beug mich stumm
in mir der schönen Wucht.

Ich bin so viel zuhaus und bin schon nicht mehr hier

Ich bin so viel zuhaus und bin schon nicht mehr hier,
was ich an Schriften habe, trag ich stets mit mir;
die Borde sind verstaubt, die Tücher reißen ein,
das Bett, in dem ich schlafe, ist schon nicht mehr mein.

Wohin ich gehen werde, weiß ich heut noch nicht,
nur daß ich gehn muß, weiß ich so wie die Pflicht;
ich denke mir es aus, ich sage mir es vor:
es wird mir nicht zur Schau, es dringt nicht an mein Ohr.

Bekannte aufzusuchen, fällt mir selten ein,
es kann nie ein Beginn und nur ein Ende sein;
das Wort, das treffen wollte, ist heut nur verpufft,
mir ist, als hinge ich seit Wochen in der Luft.

Von dem, was einmal war, trennt lang schon mich ein Riß;
daß alles ungewiß ist, ist allein gewiß.
Die Maus selbst hat ihr Loch; wenn sie nicht nisten, ziehn
die Stare . . . nur der Mensch lebt so im Nichts dahin.

Wer läutet draußen an der Tür?

Wer läutet draußen an der Tür,
kaum daß es sich erhellt?
Ich geh schon, Schatz. Der Bub hat nur
die Semmeln hingestellt.

Wer läutet draußen an der Tür?
Bleib nur; ich geh, mein Kind.
Es war ein Mann; der fragte an
beim Nachbar, wer wir sind.

Wer läutet draußen an der Tür?
Laß, Schatz, die Wanne voll.
Die Post war da; der Brief ist nicht
dabei, der kommen soll.

Wer läutet draußen an der Tür?
Leg du die Betten aus.
Der Hausbesorger war's; wir solln
am Ersten aus dem Haus.

Wer läutet draußen an der Tür?
Die Fuchsien blühn so nah.
Pack, Liebste, mir mein Waschzeug ein
und wein nicht: sie sind da.

Was soll ich dir denn schreiben

Was soll ich dir denn schreiben,
ich komm vom Flur-Aufreiben
in meinem blauen Schurz;
es sind, um zu verweilen,
die vierundzwanzig Zeilen,
die mir nur zustehn, viel zu kurz.

Ich brauch ein Hemd, ein Kissen,
und Schuh; ich laß dich wissen,
was ankam, was ich schrieb.
Kein Zensor, der die Tinten
durchliest von vorn und hinten,
soll lesen, daß ich dich noch lieb.

Nichts von der kahlen Stube,
nichts von des Strohsacks Grube . . .
vorm Fenster glänzt der Kies;
der Ginster blüht im Gatter,
doch nie stockt das Geschnatter
der alten Leute vom release.

Der Staub schleift durch die Gassen;
würd, Schatz, ich heut entlassen,
mir bangte früh und spät,
du wärst in deiner Süße,
Mund, Wangen, Brüst und Füße,
mit Staub und Stacheldraht besät.

Beim Schreiben und beim Essen
und Schreiten einst, vergessen
werd ich es nie und nie,
daß man die Kameraden,
die besten, mir verladen
auf Loren hat wie Stücker Vieh.

Der Bogen geht zu Ende,
es zittern mir die Hände,
zerflossen ist die Schrift;
versuch, mich zu besuchen,
wir haben morgen Kuchen,
wenn man mich nicht vor Früh verschifft.

Die alten Genossen aus Wien

Entzwei schrillt die Pfeife den roll-call, die Nacht
schwingt fahl durch den Stacheldraht her;
rings werden im Lager die Fenster vermacht
und sacht schlägt ans Ufer das Meer.
Da fülln wir das basement im hintersten Haus
und hocken vors Feuer uns hin
und nehmen das dünne Gesangsbuch heraus,
wir alten Genossen aus Wien.

Tief stimmt unser Grundbaß das Geyerlied an,
laut fallen die anderen ein;
verrostete Spieße, wir tragen voran
im camp euch und schließen die Reihn.
Wir liegen im Weinberg im frostigen Gras,
die heiseren Herbststare ziehn;
es flackert das Feuer, es schimmert das Glas
uns alten Genossen aus Wien.

Die bellende Sprache, der brockige Laut
des Lands klingt im Lied nicht so fremd;
die Moore, die Klippen, sie dünken vertraut,
den nämlichen Schweiß saugt das Hemd.
Die Häuer im Stollen, die Hirten im Moor,
nicht sie hierzuland sind zu fliehn;
wir haben ihr Herz und wir hätten ihr Ohr,
wir alten Genossen aus Wien.

Wir haben noch lang durch den Nebel zu gehn,
der Drahtverhau strichelt das Meer;
geb's Gott, daß wir drüben die Freunde verstehn,
dann ist diese Haft nicht so schwer.
Den Freunden daheim und im Land hier gesellt,
dann dösen wir nicht mehr dahin,
dann baun wir mit ihnen die neue, die Welt
der alten Genossen aus Wien.

Lied vorm Güterbahnhof

Dreh sacht dich zur Wand, Kind, und streck dich fein aus,
es flackert und surrt die Laterne vorm Haus;
durchs Fenster gleißt blaß der Akazien Bug,
fern hinter dem Schuppen verschiebt sich ein Zug,
und vom Bahngleis her sprühen die Funken.

Schlaf ruhig, das rote und grüne Licht wacht,
denn Züge, mein Kind, gehn bei Tag und bei Nacht;
es beizen so nahe vom Bahnhof die Luft
der beißende Rauch und der Dampf, der verpufft,
und vom Bahngleis her sprühen die Funken.

Sie beizen dem Vater das Brot und die Wurst,
die Mutter ihm mitgibt, und machen ihm Durst;
von ihnen ist rissig die hornige Hand,
das Leibchen verschwitzt und verschmiert das Gewand
und durchlöchert vom Sprühen der Funken.

Am Fenster im Kistchen der goldene Lack,
ein Achtel Gespritzten, die Pfeife Tabak,
das sind seine Freuden, im Haar auch der Wind,
und abends im Bettchen ein unruhig Kind,
das blinzelt beim Sprühen der Funken.

Dreh ganz dich zur Wand, Kind, und streck dich fein aus;
und schläfst du, so schick ich dich leicht einst hinaus,
daß streift dir das Haar der Akazien Bug
im Wandern und daß du den Kopf aus dem Zug
mir steckst in das Sprühen der Funken.

Herbst vor Matzen

In der Kammer ruht das Korn,
wann der Phlox verblüht,
und die Beere morscht am Dorn,
wann der Phlox verblüht;
heiser ruft der Star und reist
und der Birnbaum gleißt geweißt,
wann der Phlox verblüht.

Maus und Igel scharrn sich ein,
wann der Phlox verblüht,
und im Bottich saust der Wein,
wann der Phlox verblüht;
in die Tiefe wächst der Raum
und die Schote klafft am Baum,
wann der Phlox verblüht.

Blank stehn Bank und Tisch vorm Haus,
wann der Phlox verblüht,
wer den Wein liebt, kommt heraus,
wann der Phlox verblüht,
sitzt mit seiner Liebsten da,
singt zur Ziehharmonika,
wann der Phlox verblüht.

Kühler steigt es aus dem Grund,
wann der Phlox verblüht,
und die Nacht ist ungesund,
wann der Phlox verblüht;
roter Hauch am Hang verschwimmt
und im Glas der Schwimmer glimmt,
wann der Phlox verblüht.

Die Stehweinhalle

Daumhoch bedeckt ist die Diele mit Spänen,
da steht der Schank, um an ihn sich zu lehnen:
weißer Wein, roter Wein, Wein, der zerrüttet,
wird hier im Stehen heruntergeschüttet.

Spund vorn gestapelt stehn sieben acht Fässer,
rings auf dem Zinkblech auch Teller und Messer;
da für den Hunger sind Hausbrot und Brimsen,
Gurken und Schotengewürz auf den Simsen.

Armes und müßiges Volk ist versammelt:
Tür, die den Eingang zur Freude verrammelt,
eindrückt sie mancher hier nach ein zwei Stutzen,
all seinen Mut nach Belieben zu nutzen.

Blau zum Plafond raucht der Holzpfeifen Knaster;
scharf gehn die Schwingtürn und nah steht das Pflaster,
mahnt, was es meint an Sich-Bücken und Schnaufen,
um sich im Stehn einen Rausch anzusaufen.

Wien, Fronleichnam 1939

Wenige waren es, die Stellung nahmen
unterm Himmel, um zur Stadt zu gehn;
als sie singend ihres Weges kamen,
blieben viele auf den Steigen stehn.

Schütter quoll der Weihrauch und die Reiser
längs der Straße standen schier entlaubt;
klagend sang der kleine Chor sich heiser
und das Volk entblößte still das Haupt.

Manche kannten nur vom Hörensagen
noch den Umgang; doch dem baren Haar
tat es wohl, daß selbst in diesen Tagen
irgendetwas manchen heilig war.

Und indessen sie dem Zug nachstarrten,
salzigen Auges, Mannsvolk, Weib und Kind,
schwenkten aus den Fenstern die Standarten
alle das verbogne Kreuz im Wind.

Lied im Ziegelofen

Dreh fein dich zur Wand und schlaf weiter, mein Kind,
was draußen so raschelt, ist nichts als der Wind;
das Mäuslein, das beißt nicht, der Großvater wacht
und schürt mit der Stange die Glut auf im Schacht
und wendet die Formen im Ofen.

Die Milch ist für morgen; wir warn immer arm,
doch heut sind so arm wir, daß Gott es erbarm.
Leer drehn sich die Maiskolben über der Wieg,
die Mutter ist fort und der Vater im Krieg,
und Großvater nur schürt den Ofen.

Er knetet das Lehmgut und kratzt seinen Schorf;
wer braucht heut in Haufen schon Ziegel im Dorf?
An Häusern und Ställen wird wenig gebaut,
es bauscht das verbogene Kreuz sich ja laut,
und Knetgut sieht wenig der Ofen.

Es flackert das Lämpchen, es krümmt sich der Docht.
Sie haben uns früher schon wenig gemocht:
der Branntweiner wollte sein Geld in die Hand
und heut wiesen gerne sie uns aus dem Land,
schöb sonst wer das Gut in den Ofen.

Der Großvater ist nur ein alter Slowak;
so wie, Kind, vor dem Fenster der goldene Lack
sich kraust und verblüht ohne richtigen Duft,
so ist auch im Bruch seine Mühe verpufft,
und schwach glost die Glut nur im Ofen.

Halt fein dich zur Wand und schlaf weiter in Ruh;
was macht für mein Enkelkind alles su-su:
der Wind vor der Tür und das Glosen im Schacht
und bald auch noch andres . . . der Großvater wacht
und wendet die Formen im Ofen.

Der Vater

Ich konnte schon als Bub dich nicht begreifen,
wann ich dich nur mit dem Franzosen sah;
ein Schraubenstück, ein alter Eisenreifen,
und sonst war einfach gar nichts für dich da.
Die andern brachten von den Stätten Samen
und machten aus den Wurzeln ein Gericht;
ich find für dich gar keinen richtigen Namen,
ich weiß nur eins: ein Mensch, Franz, bist du nicht.

Es wurde gern und gut bei uns gegessen,
so lang ich Samstag eine Stange Geld
nach Hause brachte; du nur warst versessen,
auf deinem Rad zu rasen durch die Welt.
Zur Zeit, um die die Burschen ihre Lade
versperrn und oft das Blut schießt ins Gesicht,
zogst frech du deinen Scheitel mit Pomade
und gingst dann aus: ein Mensch, Franz, bist du nicht.

Ich selbst zog mit vors Parlament, den Bruder
gar machte eine Schoberkugel still;
du aber, du verstocktes kaltes Luder,
kamst pfeifend Nacht für Nacht vom braunen Drill.
Daß ich dich zeugte, kann ich noch verstehen;
doch bis zum heutigen Tag begreif ich nicht,
wie deine Mutter dich nach großen Wehen
mir auch gebar: ein Mensch, Franz, bist du nicht.

Auch ich trank gern und hab nicht viel gebetet,
ich kann verstehn, daß man das Messer zückt;
doch wie ihr *kalten* Bluts die Menschen tretet,
darüber werd ich einmal noch verrückt.
Du kannst heut nacht gleich mit dem Blockwart sprechen
den Vater anzugeben ist euch Pflicht;
doch wenn wir, Söhnchen, dir das Kreuz einst brechen,
ist's mir nur recht: ein Mensch, Franz, bist du nicht.

Beim Haustrunk

Laß auf dem Tisch mir den Most eine Weile noch stehn,
Zeiten wie die hat der Bauer lang nicht gesehn;
ähnlich, doch ähnlich nur war es im vorigen Krieg,
als der Gendarm uns vor Früh auf den Kornboden stieg.

Und seine Worfel gab an, daß das Herz uns aufschrie:
dies für den Hausbrauch und dieses noch etwa fürs Vieh.
Mehr als dies Fleisch in der Lake vergönne dir nicht,
störrischer Bauer, sonst wirst du gestraft vor Gericht.

Manchem so schwand aus der Selche der Schinken vom Dorn.
Aber wir trugen des Nachts in die Mühle das Korn,
tranken vom Euter und nahmen der Sau, wann sie warf,
eines der Ferkel und brieten es heimlich und scharf.

Und als die Zeiten nicht wenig sich hatten gewandt,
ließen wir kommen das Stadtvolk zu uns auf das Land,
ließen im Rucksack sie Wollstoffe schleppen heran,
zündeten mit dem Papiergeld die Pfeifen uns an.

Schlimmer sind, Leute, die Zeiten für Mann, Weib und Kind,
seit das verbogene Kreuz bei uns bauscht sich im Wind,
seitdem vom Grund keiner losschlagen darf mehr ein Joch,
seit sie bemessen das Mehl uns fürs Brot und fürs Koch.

Ihrer ist, Leute, das Korn heut, bevor es noch wächst,
ihrer die Traube im Weinberg, bevor ihr sie fechst;
legte den Hasen ich Schlingen vor Nacht im Gesträuch,
fände sich morgen ein Angeber leicht unter euch.

Euer ist nicht am Gebrenn eurer Zwetschken ein Recht,
euer ist kaum mehr der Same, der schwillt im Geschlecht;
ist, wie sie sagen, das Leben nicht mehr als ein Lehn,
Gott dem Erbarmer will dereinst ich Rede nur stehn.

Betet, ihr Leute, und schlagt an die Brust euch mit mir,
daß von uns weiche das Übel, die unreine Gier;
schärfet die Sensen und reinigt die Büchsen von Rost –
bleibt noch und laßt in der Runde mir gehen den Most.

Vom Himmel von London

Vom Regen vor Nacht

Das ist der Regen, der herniederrinnt,
wann es zu dämmern ob der Stadt beginnt;
der niedre Himmel tut sich plötzlich auf
und läßt dem Naß ein wenig seinen Lauf.

Es ist kein Regen, der nach Dunst erfrischt,
die Sockel scheinen alle weggewischt;
die Bäumchen längs der Straße machen schlapp,
wie Tinte kommt der Ruß auf sie herab.

So rasch geknöpft und rauh ist das Gewand,
die Schirme sind so einig aufgespannt,
so schnell die Mantelkragen aufgestellt,
als müßt's jetzt regnen auf der ganzen Welt.

Das Pflaster hallt, es hallen Bau und Brück,
in die Kamine schlägt's den Rauch zurück,
rings über England regnet's schwarz und sacht
in allen großen Städten so vor Nacht.

Auf der Nachhausefahrt in der Untergrundbahn

Die Flügel gleiten aufeinander zu,
die Türe schließt und mich umfängt die Ruh
des vollen Abteils; mein Geschäft ist aus,
durch London trägt die Bahn mich dumpf nachhaus.
Wie bin ich in der großen Stadt allein.

Die Fenster sind bis auf ein Loch vermacht,
durchs fahle Abteil streicht die schale Nacht;
der schwere Mann, der in der Ecke döst,
das junge Ding, das Kreuzworträtsel löst,
sie alle sind in dieser Stadt allein.

Viel tausend Kessel summen bald und leis
in Häusern, wo vom Nächsten keiner weiß;
der Kessel auf dem Gasring steht bereit,
was tu ich mit der angebrochnen Zeit?
Ich bin doch so in dieser Stadt allein.

Ein drink vielleicht, der nicht dem Magen frommt,
ein Jazz, der aus dem glatten Kästchen kommt,
ein Kuß im black-out, wenn ihr glücklich seid . . .
lebt wohl, für mich ist's auszusteigen Zeit.
Seid nicht zu viel mir heute nacht allein!

In einer Untergrundbahnstation

Wie sie alle schlafen,
wie sie alle schlafen,
auf geflochtnen Matten ausgestreckt,
ihre Siebensachen
neben sich, den flachen
Leib mit Daun und Mänteln zugedeckt.

Schal streicht oft ein Saugen
durch den Schacht, die Augen
blinzeln bleiern im gedämpften Licht;
die nach langen Pausen
dumpf vorüberbrausen,
die schon späten Züge störn sie nicht.

Ihre kleinen Zimmer,
manches Ding, das Schimmer
lieh dem Leben, alles ist nicht mehr;
und die Beßres hätten,
aber hier sich betten,
ach, wie elend sind erst sie und leer.

Wie sie alle schlafen,
wie sie alle schlafen,
Mann Weib Kind geheiligt durch ihr Leid;
als die Dächer barsten
und der Stadt Verkarsten
anhob, war ich fern in Sicherheit.

Wo es riecht nach Asche,
wo ich nun mich wasche
früh im Finstern, bin ich ihnen nah,
will ich nicht die Gassen
dieser Stadt verlassen,
mag geschehn, was ihnen einst geschah.

In den winkligen Gassen um Leicester Square

In den winkligen Gassen um Leicester Square
sind die Häuser verfallen und alt;
und die leidige Lust, sich lebendig zu sehn,
überkommt alle, die durch ihr Winkelwerk gehn,
schon am hellichten Tag mit Gewalt.

In den winkligen Gassen um Leicester Square
blies die Mauern es hier und dort fort;
und aus staubiger Höhle und schimmliger Gruft
ragen plötzlich die Träger so schwarz in die Luft,
daß die Zunge im Mund schier verdorrt.

In den winkligen Gassen um Leicester Square
gehn die Mädchen geschminkt und geschürzt;
und sie wissen um das, was den Müden erregt,
was den Starken erschöpft und den Atem verschlägt,
was das Schalste mit Bitterkeit würzt.

In den winkligen Gassen um Leicester Square
rächt sich einsam der Mensch an der Stadt;
für das Leben, das sauber zurecht er sich putzt,
wird nach Wunsch er geschlagen, bedient und beschmut[illegible]
aber immer verbindlich und glatt.

In den winkligen Gassen um Leicester Square
fühlt, wer fremd ist, sich einzig zuhaus;
wo das Land ihm ausbrannte das Herz, trommelt's toll,
und der Schritt wird ihm leicht und der Mund ihm so vo[illegible]
und es brennt es ihm noch einmal aus.

Vom Himmel von London

Vom Blau, das nicht lange die Farbe behält,
ein Stück, das vor Abend wie Soda zerfällt
und sein tintiges Naß sacht in Strichen verpißt,
bis die Dächer zu brausen beginnen: das ist
der niedrige Himmel von London.

Wo patzig die Büsche im Rasenrund stehn
und schläfrig die Schwaden des Nebels sich drehn,
wo immer vorbei der Autobus zwängt
seinen Weg, in die winkligen Gassen hängt
der niedrige Himmel von London.

Wann die gleitende Treppe zu Tage mich trägt,
wann das Hasten nach Arbeit die Straßen abschrägt,
wann der Boß mich mit leerem Versprechen entläßt,
feucht fast streift mich, verdurstet, verrußt und durchnäßt,
der niedrige Himmel von London.

Wie wäre der Tag, wenn im wildfremden Land
hell strahlte die Sonne und gleißte das Band
des Stromes, erst einsam und trostlos für mich;
bepiß mich, was täte ich denn ohne dich,
du niedriger Himmel von London.

Auf dem Weg durch den black-out

Gib acht, Kind, die Straße liegt finster und leer;
der Nebel streicht fahl aus den Anlagen her.
Die Lampe wirft matt auf den Steig ihren Kreis;
wie gut, daß vom Tag her genau ich noch weiß,
nachhause den Weg durch den black-out.

Wie grün sich das Licht aus dem Ampelschlitz zieht!
Wie laut hallt der Schritt, den der Nächste nicht sieht!
Es zündet, wer kann, seine Woodbine sich an
und trägt ihren rötlichen Schimmer voran,
die Hände im Sack, durch den black-out.

Wie hoch sind die Häuser, die Pfosten wie klein!
Mein Mädel, komm, häng wie die andern dich ein.
Die Hand ist nicht größer ja als eine Nuß;
laß falln deinen Kopf auf die Seite zum Kuß,
zum ersten, mein Mädel, im black-out!

Was kümmert es uns, wer da lehnt an der Wand?
Nicht alles ist Frösteln und Rauch hierzuland.
Komm weiter, wirf weit deine Haare zurück;
in uns ist die Wärme der Welt . . . welch ein Glück,
zu gehn noch ein Stück durch den black-out.

Auf Urlaub

Es ist etwas mit dir, mein Kind, geschehen,
seit ich das letzte Mal auf Urlaub war,
bloß was es ist, kann ich noch nicht verstehen;
es ist nicht nur das eingedrehte Haar.
Ganz anders kommst du durch die Tür gegangen,
du stellst die Tassen sichrer auf den Tisch;
ein wenig straffer fülln sich dir die Wangen,
und deine Augen leuchten seltsam frisch.

Wann ich so rede, wie bei den Soldaten
man redet, schaust du nicht mehr in die Luft,
du gehst in die Fabrik und drehst Granaten
und trägst wohl selbst jetzt eine blaue Kluft.
Die Finger, die sich übten auf den Tasten
der Schreibmaschine, sind nun hart und fest;
mir scheint, daß diese Zeit, die wir verpaßten,
sich nicht mit ein paar Küssen nachholn läßt.

Du bist, im Ernst, im Süßen und im Herben,
nicht mehr mein Mädel, zärtlich warm und still,
das ich verließ; ich muß von neuem werben
um dich, wenn ich dich so auch heut noch will.
Was weiß ich denn, du bist mir nicht geheuer . . .
ich bitt dich, fremdes Fräulein, sag nicht nein,
und mach dich schön; ich wag das Abenteuer
und lad gleich heute dich ins Kino ein.

Brief an einen Soldaten

Du schreibst, du hast jetzt schon drei Streifen . . .
Ich muß dir heut etwas gestehn,
ich wollt, du könntest es begreifen:
es ist mit mir etwas geschehn.
Es ist kein Leben in den Dingen,
ich muß zum Schreiben schier mich zwingen;
warum, mein Freund, bist du nicht hier.

Man sollte lieb sein zu Soldaten . . .
Du weißt, ich helf nicht mehr zuhaus;
ich dreh von früh bis nachts Granaten,
und wenn ich frei bin, geh ich aus.
Ich hab so viel zu sehn, zu denken,
ich will dich ganz gewiß nicht kränken;
warum, mein Freund, bist du nicht hier.

Glaub nicht, daß ich in etwas fehlte;
ich bin bloß nicht das kleine Ding,
das selbst das Kleinste dir erzählte,
das es zu tun sich unterfing.
Was soll ein Wort mir, das mich bindet;
ich brauch wen, der mich sucht und findet:
warum, mein Freund, bist du nicht hier.

Das reuige Mädchen

Als mein Liebster seinen Ranzen schnallte
und von mir zu den Soldaten ging,
bogen wir vom Bahnhof noch ins alte
Erlenholz ein, das uns schön umfing.
Durch die Stauden glommen Mohn und Rade
aus dem Korn her und der Kuckuck rief;
ach wie ist es schade, ewig schade,
daß mein Freund nicht damals mit mir schlief!

Aus den Lüften lernte er zu zielen
und mich rief man zum Granatendrehn;
und ich war oft müd, und mit so vielen
war es leicht, am Abend auszugehn.
Oft nahm ich sein Bild nachts aus der Lade
und wie plagte ich mich mit dem Brief;
ach wie ist es schade, ewig schade,
daß mein Freund nicht damals mit mir schlief!

Morgen wird mein armer Liebster kommen
und von mir wird er nun nimmer gehn,
denn sie haben ihm das Bein genommen
und ich hab derweil zuviel gesehn.
Wie das Dunkel, das um Mohn und Rade
floß, ist nimmer eine Nacht so tief;
ach wie ist es schade, ewig schade,
daß mein Freund nicht damals mit mir schlief!

Wo der Schritt in Schlacke schier versinkt

Wo der Schritt in Schlacke schier versinkt,
wo der Rost von alten Loren springt,
lieg absonderlich mit dir ich gern,
blinzle auf zum blassen Abendstern.

Wann das Aug den Rauch der Schlote spürt,
spröd das Gras an meine Finger rührt,
weiß ich zwischen Schutt und fahlem Spelt
unentrinnbar uns vor Nacht umstellt.

Wie den Mohn, der auf den Halden blüht,
es mit Funken und mit Schutt durchglüht,
steht bedroht, was uns zusammentut,
schön und winzig wie ein Tropfen Blut.

Wie die Glut des Schürflands, das uns trägt,
da das Licht weicht, rasch in Frost umschlägt,
hat sich uns ein Schauer aufgemacht,
Knie an Knie noch, Liebste; gute Nacht.

Frühling in Wales

Schlaff ist der Sack, ich bring heut wenig Kohlen,
weich braust es, Liebste, heute überm Tal;
doch schwarz starrn um den toten Schacht die Bohlen,
die Halden stehn wie immer taub und kahl.
Kein Hälmchen sproßt in den entholzten Klüften,
der Frühling ist nur droben in den Lüften.

Was soll das Flämmchen aus geklaubten Brocken
mir, der die Kohle selber brechen könnt;
wie ist die Fülle der Pastete trocken,
wie lang hab ich mir keinen Trunk gegönnt.
Wir darben fröstelnd in den Backsteingrüften
und Frühling ist nur droben in den Lüften.

Wie ist die Hose grau und fadenscheinig . . .
plätt sie mir gut, denn morgen wird marschiert;
die Städte, die wir streifen, blaß doch einig,
sie sollen sehn, wie man hier darbt und friert.
Der Brotsack scheuert schlaff die knochigen Hüften,
ja, Frühling strotzt nur droben in den Lüften.

Wir wolln die Welt erfülln, so weit wir reisen,
mit Weisen tiefen Grams und großen Zorns:
Glut für die Roste, Schinken für die Speisen,
fürs müde Aug den Anblick grünen Korns.
Fürs Herz den Blust mit allen seinen Düften
und Frühling nicht nur droben in den Lüften.

Verbannt aus Österreich

Wir haben nicht Zeit

Wann werden in Frankreich die Engländer landen,
wann haun das verbogene Kreuz wir zuschanden?
Wir warten und planen, die Heimat ist weit,
die Nachrichten fehln, und wir haben nicht Zeit.

Wir haben nicht Zeit, und wir haben es über,
die meisten von uns sind schon Vierzig und drüber;
man stellt sich mit Fünfzig so leicht nicht mehr um
und schafft noch . . . doch wer von uns bliebe gern stumm

Das Seinige hätte noch jeder zu leisten,
zu stehn wo er stand, auszumisten die meisten,
zu raten auch noch, wann das Umkrempeln ruht;
wer hat schon ein Kind, das dies Werk für ihn tut.

Und dann möchte jeder noch gern etwas treiben,
was lang er sich wünschte; der eine möcht schreiben,
der andre möcht schnitzen und Grundbirnen ziehn,
der dritte ein wenig noch streunen in Wien.

Wir schneiden aus Heften Tabellen und Karten,
wir lauschen dem Ansager abends und warten;
wir tun unser Tagwerk, die Heimat ist weit,
das Heut zehrt uns aus und wir haben nicht Zeit.

Von den Faustregeln

Es hat aus der Heimat hierher ganz verarmt uns verschlagen,
man kommt nicht heraus aus dem Frösteln und hat nichts zu sagen:
ein paar Faustregeln gibt es, zu denen muß jeder wohl stehn,
onst können wir – schad um die Müh – vor die Hunde gleich gehn.

Nicht erlaubt ist's, den Mutterlaut samt unsren Feinden zu hassen,
icht erlaubt ist es, Freunde hier fallen und hungern zu lassen:
einer schreibe noch drucke ein Wort, das nicht wirklich er meint,
einer schäme sich, wann es ihm abdrückt das Herz und er weint.

Denn nicht Engländer sind wir, wir wahren ein anderes Erbe,
eiter mische in uns sich lebendig das Süße und Herbe;
ach dem Anmelde-Weg, nach der Sorge ums tägliche Brot
t Erstarrung das Schlimmste, was allen uns hierzuland droht.

och wie füttern den Freund, wenn von heute auf morgen wir leben,
nd wie sagen das Lautre, wenn Geld wird fürs Schmähen gegeben,
nd wie bleiben bewegt, wenn der Haltung nur Achtung man zollt . . .
er von allen, die untergehn, hat nicht das Beste gewollt.

n paar Faustregeln gibt es (für manchen noch mehr als die alten),
die muß sich jeder, den's hieher verschlagen hat, halten,
uß sein Eigen ja nennen der Mensch und muß fest dazu stehn,
nst können wir – schad um die Müh – vor die Hunde gleich gehn.

Ich möchte nicht alt werden hier

Wann aber mein Haar einmal schloh wird,
was soll mit mir Fremden geschehn,
der heut hierzuland schon nicht froh wird;
zu wem soll aufs Alter ich gehn.
Man hat über manches gesprochen,
doch wer schon wird sehn hier nach mir
und wird mir was Leichtes mal kochen;
ich möchte nicht alt werden hier.

Laßt besser mich denken: was machen,
was freut sonst im Alter die Leut;
sie gehn gerne durch ihre Sachen;
mir sind sie verbrannt und verstreut.
Sie sehn ihre alten Genossen:
daheim weiln die ältesten mir,
voraus sind mir andre geflossen . . .
ich möchte nicht alt werden hier.

Wer kann mich schon wirklich hier leiden
und wird mich zum Strohmandeln holn;
ich hab keine Hecke zu schneiden,
ich hab keinen Grund zu rigoln.
Zu schwer ist der Wein und zu teuer,
zu bitter das leidige Bier,
mich fröstelt schon heut hier beim Feuer;
ich möchte nicht alt werden hier.

Verbannt aus Österreich

Es blassen schon im Wasserglas
nach einem Tag die Nelken;
das Laub des Baums, der aus dem Gras
getan ist, muß verwelken.
Schon dreimal fiel und schmolz der Schnee;
wie lang noch, daß ich nicht vergeh,
verbannt aus Österreich?

Der Goldlack, wird ihm Salz gestreut
ins Glas, hält sich noch gelber;
aus bittren Tränen mir erneut
des Lebens Saft sich selber.
Entwurzelt, schwind ich nicht so leicht;
um meine Schläfen, sing ich, streicht
ein Hauch von Österreich.

Mein Herz, ich werf dich – du gehst still –
gach ins Getös der Zeiten;
rasch, wann ich nicht verbluten will,
muß ich dich nun erstreiten.
Doch faß und setz ich dich ins Loch,
bevor mein Blut gerann, wer noch
kennt mich in Österreich?

Irgendwo bist du

Irgendwo bist du in dieser zu riesigen Stadt,
Mädchen, vereinsamtes, das meine Liebe schon hat,
du, der so gut ich sein könnte, daß einmal ich nicht
meiner gedächte, daß schwände der Ring ums Gesicht.

Pechschwarzen Haars, nicht zu schlanker noch voller Gestalt,
Mohn in den Augen vergossen, nicht jung und nicht alt,
ernst, mehr dem Leben gewachsen, für das ich nicht taug,
aber des leichten Worts mächtig, wann feucht wird das Aug.

Irgendwo stellst du den Kessel zur Stund auf den Ring,
löst mit den nervigen Fingern das morsche Geschling
billiger Grasblumen, eh du ins Kistchen sie tust,
rückst zwei, drei Polster, bevor auf der Bettstatt du ruhst.

Lieber und ungesüßt tränk ich den goldenen Tee,
wenn du ihn einschenktest; an deinen Mundwinkeln säh
– ohne zu fragen – ich, ob du Verdruß im Geschäft
hattest, und legte dir still auf das Tischchen mein Heft.

Irgendwo bist du. Nach dir schau ich überall aus,
geh zu den Vorträgen allen und esse im Haus,
wo sich die Flüchtlinge treffen; fuhrst grad du aufs Land,
wohnst du, nach der ich mich umschau, mit mir Wand an Wand.

Schön ließe, Mädchen, es liegen im Gras sich vor Nacht,
Liebste, wie hast du den naßkalten Sonntag verbracht?
Lasse dich finden, bevor noch das Laub grün verdorrt;
leise schon fröstelt es nachts und ich schwinde schon fort.

Drum gönn dir die eine Minute

Du mußt nach den Fingern ein wenig auch sehn
ja, Liebste, sonst werden sie hart,
(sie sind ja schon rissig vom Schleifen und Drehn);
der Wecker hat kaum erst geschnarrt.
Ich spül schon das bißchen Geschirr in der sink,
der Autobus hält in der Näh;
drum gönn dir die eine Minute und trink,
bevor du gehst, rasch noch den Tee.

Du bist im Betrieb so geschickt und geschwind,
du weißt auch, ich bin auf dich stolz;
doch glaub mir, du bist nicht aus Eisen, mein Kind,
(gottlob, du bist auch nicht aus Holz).
Du kommst nach der Schicht und gehst gleich wieder weg,
(ich weiß, du mußt Schriften abziehn);
doch gönn dir die eine Minute und streck
dazwischen ein wenig dich hin.

Rot wird oft und klopft dir der Fleck ja am Hals,
derselbe ja, den ich so gern
dir, Liebste, oft küsse zur Stunde des Schwalls,
bevor ich von dir mich entfern.
Du tust, machst du schlapp erst, für nichts was dazu
für Wochen; drum trink rasch den Tee
und gönn dir die eine Minute und ruh
auch dann und wann . . . nun aber geh.

Lied für Verbannte

Horch, wie der Staub vorm Fenster rennt,
Frost wird die Nacht heut bringen;
bevor das Feuer niederbrennt,
will ich noch eines singen,
vom Volk daheim, von groß und klein,
vom weißen Wein, vom roten Wein,
den beißen in den Schenken,
die unsresgleichen henken.

Verboten ist der alte Bund,
verbrannt sind Band und Schriften;
des Volks ist nicht das Korn im Grund,
das Vieh nicht auf den Triften.
Ein Tick läuft durch die Tausendhand,
die tut das gleiche unverwandt;
die so geschwächten Seelen
sind lüstern nach Befehlen.

Es ist für uns hier, fremd, verstreut,
die Zeit noch nicht gekommen;
es ist schon viel, wann wir wie heut
einmal zusammenkommen.
Was nächtens an Propellern schallt,
hat zu zerstören nur Gewalt;
wir aber sind die Erben,
wir dürfen noch nicht sterben.

Wie wir, vergessen und verirrt,
hier um die Asche kauern,
die Laute, die ich schlag, sie wird
uns alle überdauern,
die Schar, die sich mit Blut besäuft,
das Band, das durch die Halle läuft;
nun laßt uns still entfernen,
ein Frost klirrt von den Sternen.

Oh, wer geht mit mir rasch noch ins Kino vor Nacht

Im Speiseraum muffelt's, die Zunge verdorrt
beim Kaffee mir und hart ist der Platz;
der eine bezahlt und der andre geht fort
und ein jeder hier hat einen Schatz.
    Oh, wer geht mit mir rasch noch ins Kino vor Nacht,
    denn das Hocken allein hat mich traurig gemacht
    und grün blinken im black-out die Lichter.

Die andern sind Flüchtlinge, ich aber bin
fremd in London dazu . . . es erstirbt
das Geräusch in den Gassen; es zuckt mir das Kinn,
da ganz nah es im Finstern aufzirpt.
    Oh, wer geht mit mir in den Hyde Park zur Nacht,
    denn es hat sich im Ziergrün ein Wind aufgemacht
    und grün blinken im black-out die Lichter.

Bis aufs Bröckeln des Mörtels vom Sims ist es still
vor den Häusern; ich kann es verstehn,
daß kein Mädel mit mir was zu tun haben will,
doch allein muß noch heut ich vergehn.
    Oh, wer geht mit mir in die Bar noch vor Nacht,
    denn betrunken schon hat selbst das ale mich gemacht
    und grün blinken im black-out die Lichter.

Ich hab keine Arbeit, kein Heim, es zerreibt
das Gedärm mir im Leib . . . was ich kann,
ist: Gedichte zu schreiben wie keiner sie schreibt;
in ganz London kein Hund prunzt mich an.
    Oh, wer schlägt mir rasch ins Gesicht noch zur Nacht,
    denn das Herz ist mir nur zum Zerspringen gemacht,
    und grün blinken im black-out die Lichter.

Es sag mir wer, wie alt ich bin

Ich red davon, was war, woher ich kam,
ich zieh nicht mehr durchs Land, mein Bein ist lahm;
wenn ich mich bück, gerat ich gleich in Schweiß:
ich bin kein Mann mehr, fast bin ich ein Greis.

Ich bin kein Greis, ich bin ja noch ein Kind,
ich platz heraus, wo andre schweigsam sind;
vor meinen Lehrern beb ich noch im Traum,
ich nasch verstohlen noch vom Pfirsichbaum.

Ich bin kein Kind, dazu bin ich zu groß:
ich bette mich in meiner Liebsten Schoß;
ich küß vor Früh ihr Füße, Brüst und Händ,
sie macht mich rein, die Liebe hat kein End.

Ich bin kein Knab, um mich ist alles still,
ich setz die Worte sicher, wie ich will;
es wächst mein Werk, ich kenne meinen Sinn:
nun sag mir wer, wie alt ich bin.

Schlaflied für ein großes Kind

Mein großes Kind, schlaf ein, schlaf endlich ein,
kurz schwimmt die Nacht nur zwischen Schein und Schein;
ich weiß, daß niemand sich aus dir was macht,
drum sing ich selbst heut dir ein Lied zur Nacht.
Schlaf ein, heute nacht nur schlaf ein.

Mein großes Kind, schlaf ein, schlaf endlich ein,
nichts langt nach dir in den Verschlag herein;
was seltsam raschelt auf den Vorsatz hin,
ist nur der Ruß, der rinnt aus dem Kamin.
Schlaf ein, heute nacht nur schlaf ein.

Mein großes Kind, schlaf ein, schlaf endlich ein;
willst du nicht selber einmal gut wem sein?
Vielleicht daß dann der Ring sich locker biegt,
der unsichtbar dir um die Wangen liegt.
Schlaf ein, heute nacht nur schlaf ein.

Mein großes Kind, schlaf ein, schlaf endlich ein;
es sind noch Dinge, die du liebst, da dein:
der Staub, der rennt den Steig entlang im Wind,
der schwarze Mohn, der aus der Kapsel rinnt.
Schlaf ein, heute nacht nur schlaf ein.

Mein großes Kind, schlaf ein, schlaf endlich ein,
das Licht in den Laternen geht auf klein;
gleich schwinden wird das Kringlein, das noch gleißt,
wann du dir selbst ein wenig nur verzeihst.
Schlaf ein, heute nacht nur schlaf ein.

Stehn meine Bücher . . .

Stehn meine Bücher, die ich vorm Verreisen
dir schenkte, noch auf deinem Bücherbord,
das roch nach Leder, Lack und schwarzem Eisen
(wir nahmen vielen noch den Umschlag fort)?
Kommst du dazu, in ihnen noch zu lesen,
wann sacht am Licht der Wände Schatten zehrt
und wann im Hinterhof der dürre Besen
des kranken Baums im Wind ans Fenster fährt?

Machst du noch Kringel aus gewiegten Nüssen,
kommt noch der alte Blockwart dir ins Haus,
hast du nicht manche doch verbrennen müssen
und leihst du heimlich noch die andern aus?
Wen siehst du noch von Zeit zu Zeit von allen,
die zueinander ich bei Wein und Brot
noch führte, wer von ihnen ist gefallen
und wen von ihnen schlug der Mordsturm tot?

Kann man bei euch die Freundschaft noch bewahren
und macht, versteckt, ein Blick noch warm ums Herz?
Ich weiß es nicht und werd es nicht erfahren,
bis es nicht Feuer regnet mehr, noch Erz.
Nichts kann ich tun, lang lieg ich wach im Leisen
und spür, wie mir der Laut im Mund verdorrt;
stehn meine Bücher, die ich vorm Verreisen
dir schenkte, noch auf deinem Bücherbord?

Für Otto in Wien

Oft kam ich – denn du durftest dich nicht zeigen
im Park mit mir – zu dir ins Erdgeschoß,
in dem die Decke mählich sich zu neigen
begann und Wasser von den Wänden floß.
Du schlucktest erst die Datteln samt den Kernen,
vom Lebzeltkuchen blieb kein Krümel stehn;
dann sagtest du: »Ich möchte englisch lernen
und, wenn ich groß bin, auch nach England gehn.«

Als ich dann packte, welkten die Reseden
am Fenstersims; du sahst mir ins Gesicht:
»Der neue Lehrer kann mir lange reden,
ich halt zu dir, ein Brauner werd ich nicht.
Die Mutter geht schon zeitig morgen waschen
und Vater trüge, schwärte nicht sein Bein,
kein Hakenkreuz. Ich brauche nichts zum Naschen;
ich wollte nur, ich wäre nicht so klein.«

Viel Eisenregen fiel vom schwarzen Himmel
seither; es ist nun schon das dritte Jahr,
doch immer riech ich noch der Wände Schimmel
und seh ich noch vor mir dein schlohes Haar.
Wirst du auch satt? Was steift dir, Bub, den Rücken?
Hast du zum Zeichnen Farbstift und Papier?
Hast du gelernt, wann's sein muß, dich zu bücken?
Denn richtig biegen kann dich niemand mir.

An meinen Hausmeister

Deiner oft gedenk ich, alter Mann,
der den Pförtnerdienst versah im Hause;
Hemd und Anzug saßen gut dir an
und dein Tisch war stets gedeckt zur Jause.
Ging die neue Brause nicht im Bad,
war ein Steckkontakt herausgenommen,
willig kamst du stets und wußtest Rat:
alter Mann, wird deine Zeit noch kommen?

Als sie um mich kamen, dank ich's dir,
daß sie meine Tür verschlossen trafen;
und du ließest andre, drei und vier,
in den unbewohnten Zimmern schlafen.
Zum verhaßten Gruß hobst du die Hand;
wann vorm Fenster die Akazien glommen,
lauschten wir, wie um die Welt es stand:
alter Mann, wird deine Zeit noch kommen?

Aufrecht trägst du deinen Kopf auch heut,
sicher, aber deine Seele trauert;
im Beton des Kellers ruhn verstreut
viele unsrer Schriften eingemauert.
Das verbogne Kreuz weht überm Haus
und der Krieg hat dir den Sohn genommen,
und der Blockwart geht dir ein und aus:
alter Mann, wird deine Zeit noch kommen?

An einen unbekannten Buchhändler

Nichtsahnend war ich ins Geschäft gekommen,
vom Freund zu holen mein verstecktes Geld;
du hattest grad den Laden übernommen
und Hakenkreuze rings zur Schau gestellt.
Dein Daumen wies mich schweigsam in den Keller,
am Hals die große Ader klopfte schneller;
still legtest du den Umschlag vor mich hin,
verbotne Bücher barg das Magazin.

Das Zeug war unverkäuflich und gefährlich;
erst später war es, daß ich dich verstand:
am Kai lag das Geschäft, dir war's beschwerlich,
von früh bis spät zu wägen in der Hand
das Zeug, um das nun die Studenten kamen . . .
Wann mittags sprang der Lack vom Fensterrahmen,
dann hocktest du auf eine Weile hin
und lasest, was da barg das Magazin.

Drei Jahre sind es her; im Schutt die Stangen,
sie standen einst von Mauern eingesäumt . . .
Bist du inzwischen an die Front gegangen,
hast du die alten Schriften gut verräumt?
Wem speisten außer dir sie noch die Seele?
Lang lieg ich wach mit Würgen in der Kehle.
Wann breiten wir vor unsre Freunde hin
am hellen Tag, was birgt das Magazin?!

Im Umschulungskurs

Wir saßen von Mittag bis Abend zu zehnt
im dumpfen Gewölb wie im Bann;
der Meister stand da, an die Presse gelehnt,
und hielt uns zum Buchbinden an.
Das Falzbein fuhr über das alte Papier,
wir stießen die Bogen zuhauf;
wir sägten der Buchrücken drei oder vier
und trennten die Bände oft auf.

Es waren nur zwei von uns wirklich geschickt,
ich konnte die Nadel kaum ziehn;
warn Rücken und Ecken mit Kleister gepickt,
dann dösten wir still vor uns hin.
Die Schneidemaschine im Winkel glomm hell;
geschah unvermutet ein Schnitt,
so war uns, als schöb die S.A. das Gestell
von der Tür weg und nähme uns mit.

Der wollt nach Paris, der nach London hinaus;
von allen, die damals mit Müh
es lernten, wer macht heut sein Leben daraus
und rührt sich die pappige Brüh?
Wem ging, was er wünschte, sich aus? Für wen zeugt
ein Kleines? . . . Was sein mag, ich seh
uns immer noch über die Bogen gebeugt,
summt leise im Kessel der Tee.

Auf einen einbeinigen Würstelmann

In den Würstelstand vorm Viadukt,
wo die staubigen Akazien glommen,
war ich, vor dem braunen Mob geduckt,
einst zur guten Stund hineingekommen.
Jeden Tag kam ich seither vorbei
und ich kaufte für die kranke Mutter,
war die Bude leer, ein frisches Ei,
Ölsardinen, einen Ziegel Butter.

Wann zu Mittag wer um Würstel kam
und zum Kessel du auf der Prothesen
stapftest, pflegte ich ein Fläschchen Rahm
auszulöffeln und ein Buch zu lesen.
Bange wartete ich nur auf eins:
auf den Paß, um rasch noch auszuwandern;
du, im ersten Krieg beraubt des Beins,
wünschtest täglich dir herbei den andern.

Aufgeschlagen haben muß dein Fuß
ungeduldig, als sich's zu umnachten
anfing und die Flieger nicht den Gruß
schwarzen Eisens dir vom Himmel brachten.
Schuldig sind wir hier dir noch den Wein;
wenn dein Stand noch steht im staubig-bleichen
Glast, wer kehrt in deine Bude ein
und was hast du, Bruder, ihm zu reichen?!

Dir gab ich, eh ich schied, mein Herz, mein Kind

Die Winden rollten sich zu blassen Düten,
drei Jahre sind es heut, da kam ich her;
was wird noch blühen wohl von all den Blüten,
nicht am Spalier nur, wann ich wiederkehr.
Du konntest nicht gleich fort, doch mir war's eilig . . .
im Staub am Kai Akazien tausendzeilig:
dir gab ich, eh ich schied, mein Herz, mein Kind;
ich bitt dich, schau, daß ich es wiederfind.

Schwarz brausen wird noch oft der Eisenregen,
es starrt das Laub durchlöchert und verbrannt;
kein Stein mag ganz stehn an den alten Stegen
und scheuern mag im Schreiten das Gewand.
Wann nirgendwo bekannte Schilder grüßen
und Staub nur rennt vorbei an meinen Füßen:
dir gab ich, eh ich schied, mein Herz, mein Kind;
ich bitt dich, schau, daß ich es wiederfind.

Erschlagen haben mögen sie den einen,
der andre mag im Schnee verschollen sein;
doch wenig weiß ich, nichts gerad vom Kleinen,
was ihm geschah, geht wer schon auf mich ein.
Verschieden ist die Sprache, die wir reden . . .
wann mein Gesicht ich berg in den Reseden:
dir gab ich, eh ich schied, mein Herz, mein Kind;
ich bitt dich, schau, daß ich es wiederfind.

Die Laute

Gern laß den Blick ich gleiten
zur Klampfen an der Wand;
verrostet sind die Saiten,
verblaßt das Lautenband.
Wir zogen, sie zu schlagen,
in unsren alten Tagen
– schrum schrum – oft über Land.

Wo magst du sein heut, Peter,
man sah dich nie allein;
verfalln bliebst du auch später
den Weibern und dem Wein.
Ich hab dich nicht vergessen,
es hat dir auch zerfressen
– schrum schrum – das Nasenbein.

Im Gehn und Zeltaufschlagen
warst du schon immer gut;
zum Volk hat's dich getragen,
das gern marschieren tut.
Du gingst mit unsren Bütteln,
es komme, Kurt, in Knütteln
– schrum schrum – auf dich mein Blut.

Du brietest manche Rippe,
doch nie warst, Hans, du fest;
dich zog's zur Futterkrippe,
jetzt bist du wie der Rest.
Ich will von dir nichts wissen,
verleugnet und beschissen,
– schrum schrum – hast du dein Nest.

Es blieb vom Wandervogel
ich von uns viern allein;
verwehrt sind Kolk und Kogel
längst meinem lahmen Bein.
Zu Büchern kam ich nieder,
man druckte hin und wieder
– schrum schrum – die Verse mein.

Vom Haken, der verrostet,
komm, Ding; verstimmt und schlecht,
du bist für den, der kostet
der Fremde Brot, grad recht.
Die Weise will ich singen,
wie wir zugrunde gingen;
– schrum schrum – drum lebet recht.

Ich bin froh, daß du schon tot bist, Vater

Ich bin froh, daß du schon tot bist, Vater,
daß du starbst, bevor die Horde kam,
die mich schrubben ließ und mir im Prater
am Kastanienblust die Freude nahm.
Ich bin froh, daß dich zum Spaß kein Bube
zerrte je am langen weißen Bart,
daß es nicht verwies dich auf die Stube;
denn viel auszugehn war deine Art.

Schwerer hättest alles du ertragen;
denn im Flecken, abseits von der Bahn,
wo du Arzt warst, wuchs sich mit den Tagen
aus dein Stolz zu leichtem Größenwahn.
Gute Lungen, die ein ganzes Leben
Waldluft tranken, gehn im Dunst zugrund;
besser ward's zu leiden mir gegeben,
dem als Knab zerschossen ward der Schlund.

Oft gebeugt schon, doch nicht untertänig,
konnt ich retten mich ins fremde Land;
buschig ist mein Haar wie deins, doch strähnig
schon mit Grau durchsetzt, und taub die Hand.
Doch zu rächen, was dir widerfahren
hätte können, schreibt sie dies und das;
und im Dorf, das ehrte dich nach Jahren,
bringt dir, Vater, einst dein Sohn ein Glas.

Laßt preisen uns, eh noch die Nacht auf uns fällt

Laßt preisen uns, eh noch die Nacht auf uns fällt,
bevor wir verstummen und gehn,
was teuer uns war auf der rollenden Welt,
(bevor wir verstummen und gehn),
wofür wir Verbannten noch heut was empfinden
und was auch im fremden Land heut noch wir finden,
bevor wir verstummen und gehn.

Laßt preisen den Himmel uns laut und das Gras,
bevor wir verstummen und gehn,
beim Feuer das bis an den Rand volle Glas,
(bevor wir verstummen und gehn),
den Weißwein, den Rotwein, den Branntwein, und leider
das stout und das ale und den süffigen cider,
bevor wir verstummen und gehn.

Preist laut mir die Karten, auf sie ist Verlaß,
bevor wir verstummen und gehn,
mit Siebner und Eichel und Schell und Herz-As,
(bevor wir verstummen und gehn),
die Brettspiele, die in verzweifelten Tagen
uns immer noch helfen, die Zeit totzuschlagen,
bevor wir verstummen und gehn.

Den Mädchen, den leichten, noch kling unser Dank,
bevor wir verstummen und gehn,
mit denen wir schliefen, verlassen und krank,
(bevor wir verstummen und gehn),
dem Staub, den Akazien, dem Geld in der Tasche,
dem Feitel im Sack, dem Tabak und der Asche,
bevor wir verstummen und gehn.

Laßt preisen uns, eh noch die Nacht auf uns fällt,
bevor wir verstummen und gehn,
was uns noch verblieb auf der rollenden Welt,
(bevor wir verstummen und gehn),
den Haß, daß das Haus es zu säubern gelinge,
um noch zu genießen ein wenig die Dinge,
bevor wir verstummen und gehn.

Unseren Toten

Die Ihr dahinstarbt lange vor der Zeit,
die Ihr im Kampf fürs Recht gefallen seid,
zerstochnen Auges und zerschlagnen Munds,
Ihr Toten seid für alle Zeit mit uns.

Die Eure Zunge zwängte schwarz verdorrt,
uns drosselt noch die Schnur das freie Wort;
das Öl, daran Ihr ausgeronnen seid,
verkrampft uns nachts im Leib das Eingeweid.

Was sonst zu schwer erschiene, es zu tun,
daß Ihr begannt damit, läßt uns nicht ruhn;
wo Euch das glutige Eisen unterbrach,
zieht uns Geruch versengten Fleisches nach.

Nicht um zu sterben, doch fürs Leben Bahn
zu brechen allen, die da untertan,
mit Brot und Wein und würdigem Genuß;
zu sterben, wann gestorben werden *muß*.

In unsrem Zwist, in unsrer Dürftigkeit,
zur Stunde unsrer Angst, die Mut sich leiht,
im Fluß des Augs, im Zucken unsres Munds,
seid, Tote Ihr, für alle Zeit mit uns.

Wien 1938
Die Grünen Kader

Kurt Blaukopf
gewidmet

Wien 1938

ERSTER TEIL

Geschrieben in Wien / März bis August 1938

Nun ziehn die Leute überall zusammen . . .

Nun ziehn die Leute überall zusammen,
die Kinder finden still ins Haus zurück;
die Möbel, die von Mutters Eltern stammen,
stehn seltsam neben manchem Schleiflackstück.
Der Blick hält sich an Bett und Tisch und Kasten,
sonst ist die Wohnung nur ein Magazin;
um einen Brief zu schreiben, um zu rasten,
schiebt man die Garnituren her und hin.

Nun läg es an den Leuten, so zu leben,
daß keins sich abseits hält und sich nicht grämt;
der Doppelhausrat hat noch nichts zu geben
und auf der Straße fühlt man sich verfemt.
Der Vater hat sein altes Amt verloren,
ein Band im Knopfloch, geht der Sohn umher;
selbst die verstellten Wände haben Ohren
und die gekerbten Schläfen brausen leer.

Am meisten ist vom Gleichmaß zu erhoffen
des Ablaufs – das für jeden kommen muß,
ist er auch heute noch so sehr betroffen –
mehr als von Zuspruch, Tränen, Wort und Kuß.
Es muß geräumt, gekocht, gewaschen werden,
sind auch die Zimmer eng, die Mittel klein;
und mit den abgemessenen Gebärden
stellt sich wohl auch die innre Ruhe ein.

Nach dem Umzug

Mit vielem Hausrat bin ich umgezogen,
die enge Wohnung ist mit ihm verstopft;
die Schriftenordner haben sich verbogen,
der Kotzen reißt, der Puls geht rasch und klopft.
Ich heb die schweren Koffer auf den Kasten,
ich schaffe für die kleinen Schachteln Raum
und pack sie wahllos aus: dann muß ich rasten
und döse für mich hin als wie im Traum.

Dazwischen koch ich mir mein karges Essen,
denn Brot und Speck schlägt meinem Leib nicht an;
ich schwing den Schlüsselbund und hab vergessen,
mit welchem ich die Fächer öffnen kann.
Um zu dem Glas im Winkel zu gelangen,
schieb ich die Schragen vor dem Spind ins Eck;
die Fingernägel fassen zu wie Zangen,
der Staub fliegt auf und ich erstick im Dreck.

Seit Tagen haus ich wie auf einem Boden;
dünn ist der Schlaf, der mich zur Nacht befällt.
Ich lieg gewickelt wie in dumpfem Loden
und müh mich sehr, die Bilder einer Welt
vor die verklebten Augen mir zu zwingen,
in der ich sicher lebte manches Jahr,
in der ich schrieb, mich wusch, und nicht den Dingen,
die ich benützte, ganz verhaftet war.

Alles ist die Wohnung nun geworden ...

Alles ist die Wohnung nun geworden,
Schlafraum, Straße, Garten und Café;
was man liest, steht auf den Bücherborden,
und im Kessel summt der schwache Tee.
Während andre auf die Rasenflächen
vor der Stadt mit Stock und Rucksack ziehn,
kann sonst unsereins kein Wörtlein sprechen
und geht drum seit Wochen nirgends hin.

Tisch und Spind, die Wandbank in der Ecke,
jedes Ding gewinnt an Wichtigkeit;
Schutz gewähren plötzlich Wand und Decke
wie zu Vaters und zu Mutters Zeit.
Mit dem Tischtuch, mit der Suppenschüssel,
mit dem Sieb steht man auf du und du;
zehnmal zählt man seine Wohnungsschlüssel
und putzt selber früh sich seine Schuh.

Um den nächsten Monat noch zu leben,
rechnet man beständig hin und her;
den verstimmten Flügel fortzugeben,
den man nie benützte, fällt nun schwer.
Wohl zu schätzen weiß mit einem Schlage
man sich, was man ißt und wie man ruht;
und vielleicht wird auf die letzten Tage
man versöhnlich und am Ende gut.

Jetzt führ ich Schaufel, Tuch und Besen . . .

Ich habe mancherlei gelesen
und fand zum Schreiben auch noch Ruh;
jetzt führ ich Schaufel, Tuch und Besen
und putze selber mir die Schuh.
Genau bereit ich mir die Brühe,
den Reis, von dem mein kranker Leib
sich nähren muß, und diese Mühe
ist auch mein einziger Zeitvertreib.

Schon schwinden meine kleinen Mittel,
bisweilen kommt ein Freund zu mir
und nennt mich mit dem alten Titel
und legt verschämt was aufs Klavier,
bevor er geht. An andern Tagen
leb ich mit meinem Kram allein;
zu weit ist mir mein weicher Kragen
und meine Wangen schrumpfen ein.

Vorm Fenster zirpen früh die Schienen,
die Sträucher schießen rings in Saft;
wie müßig dünkt's da, zu bedienen
den eignen Leib, der nichts mehr schafft.
Und wär ich nicht darauf versessen,
stets zu vermerken, was ich seh
und fühl, ich stellte längst mein Essen
nicht zu und kochte keinen Tee.

Wir kommen noch wie sonst zusammen . . .

Wir kommen noch wie sonst zusammen
und können kaum mehr uns verstehn;
die einen rücken hier zusammen,
die andern wolln für immer gehn.
Die einen packen ihre Sachen
und warten auf den großen Brief,
und andre müssen grundlos lachen,
und manchen geht schier alles schief.

Es streicht sich jener Käs und Butter
seit gestern daumendick aufs Brot;
der hat mit jeder Schraubenmutter
und jedem Nagel seine Not.
Der Tee schmeckt wie gewärmter Essig,
die Schnitte Braten schmeckt nach Blut;
viel, was gesagt wird, klingt gehässig,
und jeder meint dabei es gut.

Man sähe gerne neue Leute,
die auf die gleiche Hoffnung baun;
und doch, man kann gerade heute
nur denen, die man kennt, vertraun.
Die alten Bande sind zerrissen,
bevor man auseinandergeht;
und wirklich kennt man nur das Kissen,
das zwischen Kopf und Arm sich bläht.

Gegen Früh

Tagsüber steht man um Papiere Schlange,
mit einem Pulver schläft man abends ein;
man träumt, doch richtig wird erst einem bange,
füllt gegen Früh das Zimmer fahler Schein.

Verkrustet haben sich die schweren Lider,
man liegt ganz zugedeckt als wie im Wind;
in ihren Beugen regen sich die Glieder
und wissen plötzlich, wieder, wo sie sind.

Der Kopf beginnt darüber nachzusinnen,
was noch bevorsteht und was niemand weiß,
und tausend Dingen kann man nicht entrinnen,
und die Gedanken gehn verstört im Kreis.

Dann ist es gut, schon vorgemerkt zu finden:
heut ist auf dies und jenes Amt zu gehn,
ein Draht ist ums gesprungne Schaff zu binden,
ein Futter für den Mantel zu erstehn.

Die Crême verreibt sich in die trocknen Hände,
und langsam wird man der Verwirrung Herr;
schon dringt des Nachbars Prusten durch die Wände,
und rings beginnt das Radio sein Geplärr,

der Rock hängt auf dem Bügel in der Helle.
Wie ist doch auf die Dinge noch Verlaß!
Die Viertelflasche Milch steht vor der Schwelle;
darüber werden jäh die Augen naß.

Der Zweig an der Tür

Als ich gegen Nacht nach Hause kam
und die Schlüssel aus der Tasche nahm,
spießten sie sich über die Gebühr,
stak ein Blütenzweig an meiner Tür.

Irgendeine unbekannte Hand
hing ihn, als ich fort war, an die Wand,
hing ihn hin zu einer Stunde gar,
da ich niemals noch zu Hause war.

Hing sie ihn aus einer Art von Pflicht
hin nur und gedachte meiner nicht,
bebte vor der Türe sie mir zu,
war ich einst mit ihr auf du und du?

Wie auch immer es damit nun stand,
lang noch hielt den Zweig ich in der Hand,
streifte seine Blüten, rot und blaß,
und die Augen füllten sich mit Naß.

Der Morgenzettel

In der Früh such ich noch ganz benommen,
ob ein Zettel an der Türe steckt;
find ich ihn, bist du nach Haus gekommen
nebenan und hast mich nicht geweckt.

Ist er leer, so ist es gut gegangen
dieses Mal und dir ist nichts geschehn;
bald nach Tee und Kessel wirst du langen
und ich werd dein gutes Antlitz sehn.

Ist er schräg durchkreuzt, kann ich mir denken,
was man dir befahl und was geschah;
doch wohin wird feucht mein Aug sich lenken,
ist er eines Morgens gar nicht da?

Der Kaktus

Ich geh schon lange nicht mehr aus dem Haus,
nur selten bringt mir jemand einen Strauß:
drum steht im Kistchen, hinter meinem Bett,
ein kleiner Kaktus auf dem Fensterbrett.

Er steht in einem irdnen Gartentopf,
gezahnte Blüten treibt sein Stachelkopf:
sein stumpfes Grün ist derb und dauert an,
die Zier ersetzt mir Wiese, Feld und Tann.

Ich bring dem Kaktus, der sich ruhsam baucht,
das bißchen Wasser, das er täglich braucht,
und Salmiak ab und zu der Tropfen drei;
so trag ich etwas zum Gedeihen bei.

Sein Anblick labt mich, trink ich meinen Tee,
sein Grün hält an und ist wie Leder zäh;
so leben wir, ein jeder still für sich,
zu zweit dahin, mein grüner Freund und ich.

Früher

Wenn mich auf der Straße jemand streift,
muß ich denken: will er mir auch gut?
Früher hätt ich nicht daran gedacht,
und ich hätte mir nichts draus gemacht,
hätt sein Blick auch scheel auf mir geruht.

Wenn im Laden jemand mich was fragt,
denk ich nach: was sag ich ihm darauf?
Früher dacht ich nicht so klug und klein
und mir fiel dazu noch manches ein,
und das Herz ging mir beim Reden auf.

Wenn ich heut zu Hause einsam bin,
weiß ich nicht zu wem noch wohin gehn.
Früher war ich da und dort zu zweit,
und ich liebte die Geselligkeit,
und ich konnt mit jedem mich verstehn.

Wenn ich mitternachts noch schlaflos lieg,
zieht im Finstern nur Vergangnes her;
früher plante ich noch dies und das,
einen Ausflug, gönnte mir ein Glas,
aber diese Zeit kommt niemals mehr.

An mein Kaffeehaus

Wo schwere Wagen fahren
vorüber in der Näh,
beim Zollamt, steht seit Jahren
mein kleines Volkscafé.
Das Glas ist abgeschlagen,
in ihre Fugen fliehn
die Asseln; schon seit Tagen
geh ich nun nicht mehr hin.

Sacht tropft die Wasserleitung,
es stützt sich gut aufs Kinn;
ein andrer liest die Zeitung,
es steht auch wenig drin.
Ich war, wenn dort die Wände
mich bargen, erst zu Haus;
dort schrieb ich viele Bände,
damit ist es nun aus.

Ich mach mir keine Zeichen,
längst bleibt mein Merkheft leer;
ein Mensch wie meinesgleichen
hat nichts zu schreiben mehr.
Er braucht auch nicht zu lesen,
es gilt nicht, was er tut;
kaum kehrt wie Staub der Besen
ihn fort mit schwarzem Sud.

Jetzt schlägt es draußen sieben,
ich will bald schlafen gehn;
von dem, was ich geschrieben,
bleibt dies und das wohl stehn.
Wenn zwei sich's weitergeben
bei einer Schale Tee,
dann sitz ich still daneben
im himmlischen Café.

Die Wahrheit ist, man hat mir nichts getan

Die Wahrheit ist, man hat mir nichts getan.
Ich darf schon lang in keiner Zeitung schreiben,
die Mutter darf noch in der Wohnung bleiben.
Die Wahrheit ist, man hat mir nichts getan.

Der Greisler schneidet mir den Schinken an
und dankt mir, wenn ich ihn bezahle, kindlich;
wovon ich leben werd, ist unerfindlich.
Die Wahrheit ist, man hat mir nichts getan.

Ich fahr wie früher mit der Straßenbahn
und gehe unbehelligt durch die Gassen;
ich weiß bloß nicht, ob sie mich gehen lassen.
Die Wahrheit ist, man hat mir nichts getan.

Es öffnet sich mir in kein Land die Bahn,
ich kann mich nicht von selbst von hinnen heben:
ich habe einfach keinen Raum zum Leben.
Die Wahrheit ist, man hat mir nichts getan.

Euch, die ich liebte, leb ich ferne

Euch, die ich liebte, leb ich ferne,
wie kann ich euch da noch verstehn;
ich möchte abends manchmal gerne
zu euch hinein durchs Fenster sehn.
Unsichtbar möcht ich bei euch sitzen,
sehn, wie ihr euer Schmalzbrot streicht,
hörn, was ihr sprecht, wenn aus den Ritzen
das letzte Licht des Tages weicht.

Ich kann nichts über euch mehr schreiben,
ich weiß heut nicht mehr, was ihr sinnt.
Vertraut war ich mit eurem Treiben
und Tun schon als verwöhntes Kind;
ich teilte eure Bitterkeiten
und eure frohe Rast im Schank
als Mann. Es macht für alle Zeiten,
daß ich euch ferne leb, mich krank.

Bei Tisch gebrauch ich noch das Messer
wie ihr und spieß mir Wurst und Brot;
es wäre, Leute, für mich besser,
ich säh euch nie und wäre tot.
Was ist von alledem geblieben?
Mein Kinn schrumpft ein, es graut mein Haar;
viel hab ich über euch geschrieben,
für damals war es wohl auch wahr.

Von der Angst

So gewaltig ist nichts und nichts läßt so nicht ruhn,
wie die Angst, die den Menschen befällt,
wenn es ihm nicht erlaubt ist, sein Tagwerk zu tun
und er gar nichts mehr gilt auf der Welt.
Wie ein Schlafwandler, der jäh erwacht aus dem Traum
auf dem First, steht er da und nichts bietet im Raum
seinem Griff sich, woran er sich hält.

Er sieht niemanden an und betritt keinen Schank,
denn er meint, ihm ist mehr noch verwehrt,
als man ihm schon verwehrte; das macht ihn so krank,
daß er selber sich alles erschwert.
Er verbrennt seine Bücher und Schriften, ihm fällt
auch die Feder, wie krampfhaft er immer sie hält,
in die Glut, weil die Angst an ihm zehrt.

Seinen Reis trägt er früh unterm Mantel scheu heim;
eh gekündigt wird, räumt er das Haus.
Was die Welt von ihm weiß, hält er ängstlich geheim,
und das Heimlichste plaudert er aus.
Wo er niedersitzt, schweigt er und macht sich ganz klein,
und er scharrte am liebsten für immer sich ein
vor der Zeit, wie im Winkel die Maus.

Und ein kleines, so ist er zu nichts mehr imstand,
nicht zu fahrn mit der Bahn noch zu gehn;
ihm verschwimmt, was er sieht, ihm gehorcht nicht die Har
doch er kann nicht von selber vergehn,
ob das Lid ihm auch zuckt, ob der Schlaf ihn auch flieht;
und er stöhnt, wenn ihn nachts niemand hört oder sieht:
Laßt es bald, laßt es heut noch geschehn!

Wer läutet draußen an der Tür?

Wer läutet draußen an der Tür,
kaum daß es sich erhellt?
Ich geh schon, Schatz. Der Bub hat nur
die Semmeln hingestellt.

Wer läutet draußen an der Tür?
Bleib nur; ich geh, mein Kind.
Es war ein Mann, der fragte an
beim Nachbar, wer wir sind.

Wer läutet draußen an der Tür?
Laß ruhig die Wanne voll.
Die Post war da; der Brief ist nicht
dabei, der kommen soll.

Wer läutet draußen an der Tür?
Leg du die Betten aus.
Der Hausbesorger war's; wir solln
am Ersten aus dem Haus.

Wer läutet draußen an der Tür?
Die Fuchsien blühn so nah.
Pack, Liebste, mir mein Waschzeug ein
und wein nicht: sie sind da.

Zum Abschied

Lange leb ich schon für mich im Leisen,
nur Vergangnes geht mir durch den Sinn;
an den vielen Freunden, die verreisen,
seh ich erst, wie alt ich plötzlich bin.

Durch mein Kränkeln bin ich ganz gebunden
an dies Land, und nichts mehr liegt vor mir;
alle Tage haben viele Stunden,
und gern gieß ich auf dem Bord die Zier.

Langsam lern ich meinen Reis zu rösten
und verlern es, alles zu verstehn;
seltsam ist es, daß mich alle trösten,
die von hier ins Ungewisse gehn.

Einer schenkt mir auf die letzten Hosen,
die ich tragen werde, noch das Tuch;
und ein andrer bringt mir noch Mimosen
und der dritte ein zerlesnes Buch.

Habt auch Dank, es tut doch wohl, zu spüren,
daß ich mehr als irgendwer nur war;
sorgsam will ich meine Feder führen,
mir getreu, wie manches beßre Jahr.

Bleibt auch vieles ewig ungeschrieben,
andres schreib ich auf in schlichter Schrift;
wie ich selbst geliebt ward, will ich lieben,
bis mich meine letzte Stunde trifft.

Ich weiß, ich wär nicht fähig, auszureisen . . .

Ich weiß, ich wär nicht fähig, auszureisen,
mein Leib braucht Schonkost und verträgt kein Bad;
so lebe ich seit Wochen schon im Leisen
und kann nicht tun mehr, wie ich früher tat.

Ein dumpfer Schmerz sitzt immer mir im Nacken,
oft bleib ich mitten auf der Straße stehn;
ich kann nicht selber meine Sachen packen,
um auf Erholung in ein Heim zu gehn.

Nichts wird von mir und meinen Schriften bleiben,
der Schlaf, der winkt, ist nicht mein eigner Schlaf;
fänd ich nur Ruh, ich könnt so manches schreiben,
denn meine Feder trifft noch, was sie traf.

Erwacht ich nur in einem fernen Lande!
Die ihr mich liebt, es geht mir nicht um mich.
Im Stillen wär ich manches noch imstande,
doch meine Kräfte lassen mich im Stich.

Es gingen mir die Kräfte plötzlich aus

Es gingen mir die Kräfte plötzlich aus,
mich brachten Freunde in ein stilles Haus
am Rand der Stadt; dort hab ich nichts zu tun,
als gut zu essen und mich auszuruhn.

Die karge Habe ist verstaut im Spind,
durchs Fenster kommt vom Rebenhang der Wind,
ein Pirol flötet sacht im Pfirsichbaum;
das sollte schön sein, doch ich hör es kaum.

Die Unrast spür ich nur, die an mir zehrt.
O Freunde, eurer Lieb bin ich nicht wert.
Was bin ich schon, zumal in dieser Zeit?
Um was ich schrieb, geht's; darum ist mir leid.

Säh ich für mich nur irgendeine Tür,
daß wiederum ich meine Feder führ,
dann ließe leicht ich alle Sorge sein
und tränke unbeschwert vom Apfelwein.

So aber hilft, was ihr an mir auch tut,
heut nur mir selbst; doch auch schon das ist gut.
Laß eure Güte drum euch leichter sein!
Mich fröstelt. Seid bedankt! Bald schlaf ich ein.

Gestern abends ging ich in den nahen Wald

Gestern abends ging ich in den nahen Wald,
warm war noch der Weg, das Buschwerk war schon kalt;
leise strich der Wind der Zweige mir durchs Haar,
niemand sah mich gehn und wußte, wer ich war.

Schmal geschnitten schien der Mond aus gelbem Glas
und die Grillen zirpten schrill im spröden Gras,
wie sie früher zirpten, und ihr Zirpen galt
mir wie jedem andern, wie der Luft im Wald.

In das Gras zu legen wagte ich mich nicht,
auf der Straße flitzte nah und grell das Licht
lauter Motorräder; und noch lang ich stand,
schön getrennt von alldem durch die laubige Wand.

Nahm Andromeda und Schwan am Himmel aus;
dann durchs Strauchwerk schlug ich fröstelnd mich nach Haus,
und das Herz der alten Zeit, an der ich hing,
schlug mir rasend, daß der Atem mir verging.

An der Wende

Es ging die alte Welt um mich zugrunde,
die eignen Schriften warf ich auf den Rost;
doch täglich schrieb ich um dieselbe Stunde
und hielt mich streng an die verschriebne Kost.

Schier nichts zu hoffen gab es für mich Kranken,
ich suchte in kein fremdes Land die Bahn
und brauchte Wochen, um auch nur zu schwanken;
dann schlug die Angst mich über Nacht mit Wahn,

ich kannte nicht einmal mehr meine Schuhe.
Mich brachten Freunde in ein grünes Haus;
dort fand ich viele Tage keine Ruhe
und ruh nun über die Gebühr mich aus.

Noch immer liegt's auf mir wie böser Zauber
und seltsam scheu neigt sich mein Kopf noch vor;
ich hör die Klingel schärfer schrillen, doch tauber
find ich für alles andere mein Ohr.

Noch seh ich schlecht, noch ist es nicht entschieden,
ob ich die innre Spaltung übersteh,
so ungeheuer ist in mir der Frieden
und groß das Leid der Freunde, das ich seh.

Doch wenn es sich zum Guten fügt – im Leisen
zeigt es sich an –, so mag nach manchem Jahr
in einem fremden Land es sich erweisen,
ob ich der Schwächre oder Stärkre war.

Bitte an die Freunde

In diesem grünen Haus wohn ich nun bald
drei Wochen schon; mir ist nicht heiß noch kalt,
nichts tut mir weh und doch bin ich noch krank;
ich weiß, ich schuld euch, Freunde, großen Dank:

Viel ist's, in solchen Zeiten dies zu tun.
Um zu gesunden, sollt ich nichts als ruhn.
Verzeiht es mir wie einem scheuen Kind,
wenn ich noch nicht die rechte Ruhe find.

Ihr wißt vielleicht nicht, wie ich viel mich müh;
die Arme stoß ich hoch und seitwärts früh,
ich geh vor Tisch das mir gesteckte Stück,
das Pulver leg ich Nacht für Nacht zurück.

Ihr müßt verstehn, daß es mich noch erschreckt,
wenn sich beim Lesen mir das Licht verdeckt,
daß ich dem Nichts nur widerstehen kann,
wenn ich die Angst vor ihm in Verse bann.

Ich weiß, es ist damit noch nicht genug;
ich, den mit Trübsinn so das Schicksal schlug,
muß mich behutsam zwingen früh und spät,
daß neu in mir ein Adam aufersteht.

Dies ist's, was euch ich und mir selber schuld.
Habt drum mit mir ein wenig noch Geduld,
denn ich auch muß sie haben; ohne sie
gediehe, was dereinst gedeihn soll, nie.

Ich suche Trost im Wort

Ich suche Trost im Wort, das niemals noch mich trog,
das von den Dingen mir getreu den Umriß zog,
wie durch ein Blatt ein Kind die Fibel für sich paust,
die Bilder und den Sinn, der zwischen ihnen haust.

Auf heller Straße täuscht Gebärde und Gesicht,
ich trau des Nachbars Gruß, dem Wort des Freundes nicht,
ich traue selbst nicht dem, was ich soeben sprach,
nur, was ich schreibe, zieht, was feststeht, richtig nach.

Nur an Geringes will vorerst ich wagen mich,
an Dinge, die im Schlaf ich traf auf einen Strich,
vielleicht im Fenster dort an Flügelpaar und Zweig,
ans Pflaster, das gekörnt sich wölbt von Steig zu Steig.

Wie der Holunder sich zur Zeit der Blüte spreizt,
das ist so schmerzhaft klar, daß es zu Tränen reizt;
das üb ich, das bewährt dem Ohr sich auch im Klang:
zu sagen ist so viel, nun ist mir nicht mehr bang.

Ich habe zu viel und zu gerne gelesen . . .

Ich habe zu viel und zu gerne gelesen,
ich hab mich bewegt wie auf ebener Bahn,
ich bin all die Jahre zu sicher gewesen,
ich habe mein Lebtag zu wenig getan.

Ich bin viel zu selten ins Grüne gegangen,
ich habe bei Schmerzen zu viel oft gestöhnt,
ich habe zu sehr an den Dingen gehangen,
ich hab mich zu sehr an mein Tagwerk gewöhnt.

Ich hab mich zu viel in Gedanken betrachtet,
ich habe die Worte zu wenig gesiebt,
ich habe die andern zu wenig beachtet,
ich hab meine Freunde zu wenig geliebt.

Ich bin auch stets viel zu offen gewesen,
ich habe zu wenig an später gedacht,
ich habe gelebt wie ein eigenes Wesen,
ich hab es am Ende so schlecht nicht gemacht.

Blühst du noch immer, kleiner Baum . . .

Blühst du noch immer, kleiner Baum
im Vorstadtpark am Rasensaum?
Die Leut gehaben sich ringsum
ganz anders, und ich selbst geh stumm.
Ja, kleiner Baum, du blühst noch.

Grünst du noch immer, gutes Gras?
Seit langem trink ich schon kein Glas,
verschlossen ist mir jeder Schank,
kein Platz für mich ist auf der Bank.
Ja, gutes Gras, du grünst noch.

Reifst du noch immer, harte Beer?
Ein Jahr nur, Stemplein, ist es her,
da galt ich was und war ein Mann,
doch heute schlägt mir nichts mehr an.
Ja, harte Beer, du reifst noch.

Gegrüßt seid, Baum und Gras und Beer,
ihr seid noch da, ich dank euch sehr.
Wenn ich auch stumm vorübergeh
und übers Jahr euch nicht mehr seh,
ihr blüht und grünt und reift noch.

Bevor ich sterbe, möcht die Welt ich preisen

Bevor ich sterbe, möcht die Welt ich preisen,
die schöne, die ich doch nicht fassen kann,
längst außerstand zu wandern und zu reisen,
ja selbst zu rasten wie ein andrer Mann.

Gern möcht ich sie beschwören, doch vergessen
ist vom Beginn an alles wie ein Traum;
von allem Land, das fröhlich ich durchmessen,
weiß ich die Wege und die Weiser kaum.

Vergossen hab ich schluchzend meinen Samen
in manchen Schoß und weiß nichts mehr davon,
die Orte nicht und nicht die lieben Namen
noch von der süßen Worte Flüsterton.

In meinen Büchern, die ich nicht mehr kenne,
in meinen Heften muß geschrieben stehn,
wovon ich mich unsäglich schmerzhaft trenne,
kann ich auch nicht es fühlen oder sehn.

Bewältigt muß sich dies und jenes finden
in ihnen. Haltet, Freunde, euch an sie!
Gern möcht die Welt ich preisen, doch mir schwinden
dazu die Kräfte und erneun sich nie.

Woher soll das Brot für heute kommen . . .

Woher soll das Brot für heute kommen,
wenn ich keine Arbeit finden kann;
andre wissen nicht, wie davon essen,
doch ich darf mich nicht einmal vermessen,
sie zu suchen wie ein andrer Mann.

Woher soll die Ruh zu Abend kommen,
wenn man jederzeit sie stören kann;
jede Stunde können sie mich holen
und mir krümmen sich im Bett die Sohlen,
läutet es und ist's nur nebenan.

Woher soll der Mut für morgen kommen,
wenn ich mir ihn gar nicht denken kann;
gegen nichts vermag ich mich zu wehren,
denn seit langem leb ich ganz im Leeren
und ich streif nur an den Möbeln an.

Woher soll aus mir die Liebe kommen,
wenn ich doch zu keinem gut sein kann;
Brot und Ruhe sind zum Leben wichtig
und mein eignes ist seit langem nichtig,
aber Liebe not tut jedermann.

Wenn du zur Ruhe gehst

Wenn du zur Ruhe gehst und dich der Tag,
der schwer verging, gemahnt an jene Zeiten,
da eine Frucht auf deinem Nachttisch lag
und du noch nicht dich umsahst unterm Schreiten,
dann schweig, denk nach und halt den Atem an:
bist du nicht auch ein wenig schuld daran?

Als es noch Zeit und Reden alles war,
schwiegst du nicht oft und zogst kaum deine Brauen
ein wenig hoch, und schenktest Jahr für Jahr
nicht ein paar Leuten blind du dein Vertrauen,
um bar der Sorge ungestört zu ruhn,
anstatt für dich zu prüfen, was sie tun?

Erkennst du dies – und bist du heute nicht
in deinem Tun schon anders und verständig? –
dann neige eine Weile dein Gesicht:
In dieser Spanne, trächtig und lebendig,
steht dir unsichtbar zwischen Stirn und Wand
mehr als dein eignes Leben zugewandt.

Geh tief in dich und halt den Atem an:
mit dem, was ist um dich, lebst du verbunden;
entzieh dich ihm: du bleibst ein kranker Mann;
nicht eher, als es blüht, wirst du gesunden.
Nun schlaf; so wahr dich dies gefangen hält,
wächst schwach aus solchem Schlaf schon neu die Welt.

Abschied von einem ausreisenden Freund

Meinem Freund, der seinen Paß schon hatte,
gab ich gestern das Geleit zur Bahn;
unsre Hände waren wie aus Watte,
als wir tief uns in die Augen sahn.
Dreimal winkte er mir aus dem Wagen,
und ich winkte stumm ihm wie erschlagen:
den ich selber war noch immer hier.

Aus der Halle fuhr mit ein paar Pfiffen
schon der Zug mit ihm, er reiste aus;
doch ich hatte es noch nicht begriffen,
ging vom Bahnsteig wie betäubt nach Haus.
So als säß er, wo er oft gesessen,
war mir, und mir mundete kein Essen:
denn ich selber war noch immer hier.

Hinter den vertrauten Fensterläden
immer noch vermeinte ich den Mann,
und ich rief ihn, um mit ihm zu reden,
heute zur gewohnten Stunde an.
Aus der Muschel kam ein kleines Knacken,
und ein Schauer lief mir durch den Nacken:
denn ich selber war noch immer hier.

Andre, die das Land so sehr nicht liebten

Andre, die das Land so sehr nicht liebten,
warn von Anfang an gewillt zu gehn;
ihnen – manche sind schon fort – ist besser,
ich doch müßte mit dem eignen Messer
meine Wurzeln aus der Erde drehn.

Keine Nacht hab ich seither geschlafen,
und es ist mir mehr als weh zu Mut;
viele Wochen sind seither verstrichen,
alle Kraft ist längst aus mir gewichen
und ich fühl, daß ich daran verblut.

Und doch müßt ich mich von hinnen heben,
sei's auch nur zu bleiben, was ich war.
Nimmer kann ich, wo ich bin, gedeihen;
draußen braucht ich wahrlich nicht zu schreien,
denn mein leises Wort war immer wahr.

Seiner wär ich wie in alten Tagen
sicher; schluchzend wider mich gewandt,
hätt ich Tag und Nacht mich nur zu heißen,
mich samt meinen Wurzeln auszureißen
und zu setzen in ein andres Land.

Ich bin so viel zu Haus und bin schon nicht mehr hier

Ich bin so viel zu Haus und bin schon nicht mehr hier,
was ich an Schriften hab, das trag ich stets mit mir;
die Borde sind verstaubt, die Tücher reißen ein,
das Bett, in dem ich schlaf, das ist schon nicht mehr mein.

Wohin ich gehen werde, weiß ich heut noch nicht,
nur daß ich gehen muß, weiß ich wie eine Pflicht;
ich denke mir es aus, ich sage es mir vor:
es wird mir nicht zur Schau, es dringt nicht an mein Ohr.

Bekannte aufzusuchen, fällt mir selten ein,
es kann nie ein Beginn und nur ein Ende sein;
das Wort, das treffen wollt, es gilt nichts und verpufft,
mir ist, als hinge ich seit Wochen in der Luft.

Von dem, was einmal war, trennt lang schon mich ein Riß;
daß alles ungewiß ist, ist allein gewiß.
Die Maus selbst hat ihr Loch; ein Ziel winkt, wenn sie ziehn
den Staren . . . Nur der Mensch lebt so im Nichts dahin.

Unlängst saß ich in versteckter Schenke

Unlängst saß ich in versteckter Schenke,
brach zum Apfelwein das mürbe Brot,
roch das Holz der blankgewetzten Bänke,
und ich wußte jäh: das ist der Tod.
Unterm Laub am altgewohnten vollen
Glas mich freuen darf ich fürder nicht;
denn sich freuen, das heißt Bleibenwollen,
und von hier zu gehn ist meine Pflicht.

Hart ist es für mich, mich zu vermauern,
denn es ist noch alles ungewiß,
und es kann noch viele Tage dauern
großer Einsamkeit und Finsternis.
Gut ist Härte, gut ist Freude, beides
tät mir bitter not, so wahr ich bin;
groß ist heut das Maß gemeinen Leides,
und das Leben drängt nach einem Sinn.

Stärker wär's, die Stunde so zu nehmen,
wie sie fällt, bevor das Licht erlischt;
denn das Herbe mit dem Angenehmen
ist in mir absonderlich gemischt.
So geartet, wie ich bin, nicht minder,
hab ich mich zu retten in die Welt,
wo wir alle wieder Gottes Kinder
sind und bleiben, wenn es ihm gefällt.

Nach dem Ordnen eines Manuskriptes

Traurig schleppte ich mich schon seit Tagen.
Ungeordnet in der Laube lagen
meine Schriften auf dem Tisch vor mir,
schön getippt auf gutem Quartpapier.

Und mein junger Freund saß mir zur Seite,
der sie in den glatten Ordner reihte;
wie ich sichtend es für richtig fand,
nahm er summend sie mir aus der Hand.

Was das Schicksal über mich verhängte,
was mich so verstörte und bedrängte,
daß das Lid mir zuckte und das Kinn,
fügte sich zu einem guten Sinn.

Und mir war, als sich die Blätter reihten,
so zu Mut als wie in alten Zeiten,
als ich lebte ohne Zwang und Rat
und in allem Sinn war, was ich tat.

Eine Stunde solch gewohnten Lebens
war für mich Verstörten nicht vergebens,
und ich war den ganzen Abend froh;
wann leb wieder ich und immer so?

ZWEITER TEIL

Geschrieben in England / 1942 bis 1943

Stehn meine Bücher . . .

Stehn meine Bücher, die ich vorm Verreisen
dir schenkte, noch auf deinem Bücherbord,
das roch nach Leder, Lack und schwarzem Eisen?
(Wir nahmen vielen noch den Umschlag fort.)
Kommst du dazu, in ihnen noch zu lesen,
wann sacht am Licht der Wände Schatten zehrt
und wann im Hinterhof der dürre Besen
des kranken Baums im Wind ans Fenster fährt?

Machst du noch Kringel aus gewiegten Nüssen,
kommt noch der alte Blockwart dir ins Haus,
hast du nicht manche doch verbrennen müssen
und leihst du heimlich noch die andern aus?
Wen siehst du noch von Zeit zu Zeit von allen,
die zueinander ich bei Wein und Brot
noch führte, wer von ihnen ist gefallen
und wen von ihnen schlug der Mordsturm tot?

Kann man bei euch die Freundschaft noch bewahren
und macht, versteckt, ein Blick noch warm ums Herz?
Ich weiß es nicht und werd es erst erfahren,
bis es nicht Feuer regnet mehr, noch Erz.
Nichts kann ich tun, lang lieg ich wach im Leisen
und spür, wie mir der Laut im Mund verdorrt;
stehn meine Bücher, die ich vorm Verreisen
dir schenkte, noch auf deinem Bücherbord?

An den ausgewanderten Liebsten

Noch immer nimmt im Kabinett der runde
geschnitzte Tisch mir ein den halben Raum;
doch was ans Fenster schlägt zur Abendstunde,
ist nicht im Lichthof der verdorrte Baum:
das krumme Kreuz ist's an den Fahnenstangen.
Warum, mein Liebster, bist du fortgegangen?

Ich werde viel gefragt, und stets das gleiche
hab ich zu sagen, wenn ich im Geschäft
den Kundinnen die spröden Haare bleiche;
am Abend les ich im vergilbten Heft,
und nachts plagt zum Vergehn mich das Verlangen.
Warum, mein Liebster, bist du fortgegangen?

Ich weiß, es war für dich hier zu gefährlich;
so gut wie nichts ist's, was zu dir noch dringt.
Ein warmer Blick, ein Nicken ist hier spärlich –
da ist ein Bursch, der mir Broschüren bringt.
Wer wird das weiter tun, wenn sie ihn fangen?
Warum, mein Liebster, bist du fortgegangen?

Ich weiß, du wirst, sobald wir sie verjagen,
nach Hause kommen, um uns beizustehn;
wirst du auch dann verstehn noch, was wir sagen?
Seit Achtunddreißig ist so viel geschehn.
Wie wird das sein, wenn wir uns nachts umfangen?
Warum, mein Liebster, bist du fortgegangen?

Fronleichnam

Wenige waren es, die Stellung nahmen
hinterm Himmel, um zur Stadt zu gehn;
als sie singend ihres Weges kamen,
blieben viele auf den Steigen stehn.

Dünn nur quoll der Weihrauch, und die Reiser
längs der Straße standen schier entlaubt;
klagend sang der kleine Chor sich heiser,
und die Leut entblößten still das Haupt.

Viele kannten nur vom Hörensagen
noch den Umgang; doch dem baren Haar
tat es wohl, daß selbst in diesen Tagen
irgend etwas manchen heilig war.

Und indes sie hinterm Zug dreinstarrten,
salzigen Auges, Mannsvolk, Weib und Kind,
schwenkten auf den Masten die Standarten
alle das verbogne Kreuz im Wind.

Für Otto in Wien

Oft kam ich – denn du durftest dich nicht zeigen
im Park mit mir – zu dir ins Erdgeschoß,
in dem die Decke mählich sich zu neigen
begann und Wasser an den Wänden floß.
Du schlucktest ernst die Datteln samt den Kernen,
vom Lebzeltkuchen blieb kein Krümel stehn;
dann sagtest du: »Ich möchte Englisch lernen
und, wenn ich groß bin, auch nach England gehn.«

Als ich dann packte, welkten die Reseden
am Fenstersims; du sahst mir ins Gesicht:
»Der neue Lehrer kann mir lange reden,
ich halt zu dir, ein Brauner werd ich nicht.
Die Mutter geht schon zeitig morgens waschen
und Vater trüge, schwärte nicht sein Bein,
kein Hakenkreuz. Ich brauche nichts zum Naschen;
ich wollte nur, ich wäre nicht so klein.«

Viel Eisenregen fiel vom schwarzen Himmel
seither; es ist nun schon das dritte Jahr,
doch immer riech ich noch der Wände Schimmel
und sehe noch vor mir dein fahles Haar.
Wirst du auch satt? Was steift dir, Bub, den Rücken?
Hast du zum Zeichnen Farbstift und Papier?
Hast du gelernt, wenn's sein muß, dich zu bücken?
Denn wirklich biegen kann dich niemand mir.

An meinen Hausmeister

Deiner oft gedenk ich, alter Mann,
der den Pförtnerdienst versah im Hause;
Rock und Kappe standen gut dir an
und dein Tisch war stets gedeckt zur Jause.
Ging die neue Brause nicht im Bad,
war ein Brathuhn noch nicht ausgenommen,
willig warst du stets und wußtest Rat.
Alter Mann, wird deine Zeit noch kommen?

Als sie um mich kamen, dankt ich's dir,
daß sie meine Tür verschlossen trafen;
und du ließest andre, drei und vier,
in den unbewohnten Zimmern schlafen.
Zum verhaßten Gruß hobst du die Hand;
doch wann draußen die Laternen glommen,
lauschten wir, wie um die Welt es stand.
Alter Mann, wird deine Zeit noch kommen?

Sicherlich trägst du den Kopf noch heut
aufrecht, aber deine Seele trauert;
im Beton des Kellers ruhn verstreut
viele unsrer Schriften eingemauert.
Das verbogne Kreuz weht überm Haus,
und der Krieg hat dir den Sohn genommen,
und der Blockwart geht dir ein und aus.
Alter Mann, wird deine Zeit noch kommen?

An einen unbekannten Buchhändler

Nichts ahnend war ich ins Geschäft gekommen,
vom Freund zu holen mein verstecktes Geld;
du hattest grad den Laden übernommen
und Hakenkreuze rings zur Schau gestellt.
Am Halse klopfte mir die Ader schneller;
dein Daumen wies mich schweigend in den Keller,
du legtest still den Umschlag vor mich hin.
Verbotne Schriften barg das Magazin.

Das Zeug war unverkäuflich und gefährlich;
erst später war es, daß ich dich verstand:
am Ring lag das Geschäft, dir war's beschwerlich,
von früh bis spät zu wägen in der Hand
das Zeug, um das nun die Studenten kamen . . .
Wann mittags sprang der Lack vom Fensterrahmen,
dann hocktest du auf eine Weile hin
und lasest, was da barg das Magazin.

Drei Jahre sind es her; nur Schutt und Stangen
die Häuser, die den Laden eingesäumt . . .
Bist du inzwischen an die Front gegangen,
hast du die alten Schriften gut verräumt?
Wem speisten außer dir sie noch die Seele?
Lang lieg ich wach mit Würgen in der Kehle.
Wann breiten wir vor unsre Freunde hin
am hellen Tag, was birgt das Magazin?!

Im Umschulungskurs

Wir saßen von Mittag bis Abend zu zehnt
im dumpfen Gewölb wie im Bann;
der Meister stand da, an die Presse gelehnt,
und hielt uns zum Buchbinden an.
Das Falzbein fuhr über das alte Papier,
wir stießen die Bogen zu Hauf;
wir sägten der Buchrücken drei oder vier
und trennten die Bände oft auf.

Es waren nur zwei von uns wirklich geschickt,
ich konnte die Nadel kaum ziehn;
warn Rücken und Ecken mit Kleister gepickt,
dann dösten wir still vor uns hin.
Die Schneidemaschine im Winkel glomm hell;
ertönte unvermutet ein Schritt,
so war uns, als schöb die SA das Gestell
von der Tür weg und nähme uns mit.

Der wollt nach Paris, der nach London hinaus;
von allen, die damals mit Müh
es lernten, wer macht heut sein Leben daraus
und rührt sich die pappige Brüh?
Wem ging, was er wünschte, so aus? Für wen zeugt
ein Werk schon? . . . Was sein mag, ich seh
uns immer noch über die Bogen gebeugt,
summt leise im Kessel der Tee.

An eine Feinkosthändlerin

Als ich kam um Ankerbrot und Wurst,
hießest in der Stube hinterm Laden
du mich ausruhn, stillen meinen Durst
und mit Apfelsaft die Kehle baden.
Die Akazien standen schön in Blust;
braun und hager waren deine Züge
und ein Kreuzlein zierte deine Brust.
Draußen bauschte sich das Kreuz der Lüge.

Oft nun kam ich auf ein warmes Mahl,
das man anderswo mir nicht mehr tischte;
nie war ich so müd, mein Mund so schal,
daß die kurze Rast mich nicht erfrischte.
Meinen Koffer hatte ich bei dir
eingestellt, um stets ein Hemd zu haben;
und er stand noch, als der Efeuzier
steife Blätter sich dem Staub ergaben.

Feigen und Zitronen starben aus,
mählich leerer wurden die Regale;
auf sich warten ließ der Paß, zu Haus
war ich nur bei dem vergönnten Mahle.
Kannst du bei verschrumpfter Frucht bestehn?
Hat man dir den Laden weggenommen?
An der Kette möcht ich hängen sehn
noch dein Kreuzlein, wann wir wiederkommen.

Auf einen einbeinigen Würstelmann

In den Würstelstand beim Viadukt,
wo die feuchten Quadersteine rochen,
war ich, vor dem braunen Mob geduckt,
einst zur guten Stund hineingekrochen.
Jeden Tag kam ich seither vorbei,
und ich kaufte für die kranke Mutter
einen Wecken Brot, ein frisches Ei,
Ölsardinen, einen Ziegel Butter.

Wann zu Mittag wer um Würstel kam
und zum Kessel du auf der Prothesen
hinktest, pflegte ich ein Fläschchen Rahm
auszulöffeln und ein Buch zu lesen.
Bange wartete ich nur auf eins:
auf den Paß, um rasch noch auszuwandern;
du, im ersten Krieg beraubt des Beins,
wünschtest täglich dir herbei den andern.

Aufgestampft muß dein gesunder Fuß
oft wohl haben, als sich's zu umnachten
anfing und die Flieger nicht den Gruß
schwarzen Eisens dir vom Himmel brachten.
Schuldig sind wir dir, dich zu befrein.
Wenn dein Stand noch steht im staubig-bleichen
Glast, wer kehrt wohl heute bei dir ein
und was hast du, Bruder, ihm zu reichen?!

Im Gasthaus

Wann ich abends nach Hause vom Buchbinden kam
und halb leer schon mein Bücherschrank stand,
überkam vor dem Spiegel mich brennende Scham
und ich schlüpfte ins beste Gewand.
Im Gasthaus am Marktplatz, von Fahnen bedroht,
vom scheidenden Abend umblaut,
bestellte ich einen Gespritzten und Brot,
ein Bauchfleisch mit Kren oder Kraut.

Ich warf einen Blick in die Zeitung und hielt
beim Lesen sie mir vors Gesicht;
verbogene Kreuze umrahmten das Bild,
darunter ich aß mein Gericht.
Vom Ausschank her schwirrte der Burschen Gejohl,
still schlürften die Ältern den Wein;
es tat mir Verfemten zum Aufschluchzen wohl,
wie einst unter ihnen zu sein.

Daheim im beschlagenen Schrankkoffer stand
meine Habe seit Wochen verpackt;
ich aber saß hier, und mir zuckte die Hand
und trommelte leise im Takt.
Sie trommelte leise vor Angst auf die Bank
und vor Glück, unter Menschen zu sein;
und manchmal im Wind schlugen jäh in den Schank
die gierigen Fahnen herein.

Ich bin froh, daß du schon tot bist, Vater

Ich bin froh, daß du schon tot bist, Vater
daß du starbst, bevor die Horde kam,
die mich schrubben ließ, die mir im Prater
am Kastanienblust die Freude nahm.
Ich bin froh, daß dich zum Spaß kein Bube
zerrte je am langen weißen Bart,
daß man dich nicht bannte in die Stube;
denn viel auszugehn war deine Art.

Schwerer hättest alles du ertragen;
denn im Flecken, abseits von der Bahn,
wo du Arzt warst, wuchs sich mit den Tagen
aus dein Stolz zu leichtem Größenwahn.
Gute Lungen, die ein ganzes Leben
Waldluft tranken, gehn im Dunst zugrund;
leichter war zu leiden mir gegeben,
dem schon früh zerschossen ward der Schlund.

Oft gebeugt zwar, doch nicht untertänig,
konnt ich retten mich ins fremde Land;
buschig ist mein Haar wie deins, zwar strähnig
schon mit Grau durchsetzt, und taub die Hand.
Doch zu rächen, was dir widerfahren
hätte können, schreibt sie dies und das;
und im Dorf, das ehrte dich vor Jahren,
bringt dir, Vater, einst dein Sohn ein Glas.

Die grünen Kader

Geschrieben in England / Sommer 1943 bis Sommer 1945

Dem Andenken meiner Mutter
† 26. Jänner 1943 in Theresienstadt

Polnisches Wiegenlied

Sonne ist hinter die Sümpfe gesunken,
kühl kommt der Wind aus den dumpfigen Strunken;
leer ist der Napf, der sonst barg deinen Brein:
Marek, mein Brüderchen, schlafe mir ein.

Vater, heißt's, haben sie gestern gefangen,
hungrig ist Mutter heut schlafen gegangen;
grein nicht, ich feuchte den Schnuller dir ein:
Marek, mein Brüderchen, schlafe mir ein.

Wird wohl auch einst, was wir heute ertragen,
dir widerfahrn, daß sie Roß dir und Wagen
nehmen, dir lassen das Gras nur am Rain:
Marek, mein Brüderchen, schlafe mir ein.

Hart für ein Volk ist's, geschlagen zu werden;
alles, was wert macht das Leben auf Erden,
hast du verloren, verwirkt, nichts ist dein:
Marek, mein Brüderchen, schlafe mir ein.

Mehr nicht, als draußen die Saat ist im Keimen,
hast du heut Anspruch, zu sinnen, zu reimen;
Herzblut viel tränkt sie, läßt reif sie bald sein:
Marek, mein Brüderchen, schlafe mir ein.

Der Ofen von Lublin

Es steht ein Ofen, ein seltsamer Schacht,
ins Sandfeld gebaut, bei Lublin;
es führten die Züge bei Tag und bei Nacht
das Röstgut in Viehwagen hin.
Es wurden viel Menschen aus jeglichem Land
vergast und auch noch lebendig verbrannt
im feurigen Schacht von Lublin.

Die flattern ließen drei Jahre am Mast
ihr Hakenkreuz über Lublin,
sie trieb beim Verscharren nicht ängstliche Hast,
hier galt es noch Nutzen zu ziehn.
Es wurde die Asche der Knochen sortiert,
in jutene Säcke gefüllt und plombiert
als Dünger geführt aus Lublin.

Nun flattert der fünffach gezackte Stern
im Sommerwind über Lublin.
Der Schacht ist erkaltet; doch nahe und fern
legt Schwalch auf die Länder sich hin,
und fortfrißt, solang nicht vom Henkerbeil fällt
des letzten Schinderknechts Haupt, an der Welt
die feurige Schmach von Lublin.

Wann der Pirol flötet früh im Jahr

Wann der Pirol flötet früh im Jahr,
komm ich auf dein Großgut, Gospodar.
Recht zum Pflügen weich ist dir die Erde,
abends tränke ich noch deine Pferde;
warten muß mein eigner Ackerstreif,
spät vorm Haus wird Mais und Mohn mir reif.

Wann zum Markt ich in die Kreisstadt fahr,
flötet schön der Pirol, Gospodar,
fliegt der bunte Vogel auf und nieder,
fliegt der Fuhr voraus und setzt sich wieder;
und mein Herz ist zum Zerspringen still,
wüßte gerne, was der Pirol will.

Wann der Pirol schwindet aus dem Jahr,
steht dir voll die Scheune, Gospodar.
Wir dann müssen für dich fällen, sägen
und die Stämme ziehn auf langen Wegen.
Hart kommt mich für dich das Fronen an,
wann ich selbst kaum Brennholz haben kann.

Was der Pirol pfiff schon früh im Jahr,
wird, die Augen naß vor Rauch, mir klar,
und in Nächten, wann die Mädchen spinnen,
kann ein dunkles Wörtlein viel beginnen.
Wann der Pirol flötet übers Jahr,
baumelst wie ein Zwetschklein, Gospodar.

Slawisch

Gospodar, dein Großgut birgt heut unsre Band,
unsre guten Flinten lehnen an der Wand;
Frost knarrt in den Ästen, Wind pfeift durch die Ritz,
gute Wärme gibst du, Bruder Sliwowitz.

Treiben wir die Fremden übers Jahr erst aus,
Gospodar, wer, glaubst du, bleibt im Herrschaftshaus?
Werd ich knechtisch aufstehn, wo ich mächtig sitz?
Sind nicht solche Tölpel, Bruder Sliwowitz.

Haben unser Herzblut nicht für nichts vertan;
alles für die Seinen will der Partisan:
Mutterschaf und Lämmer, Gänse, Geiß und Kitz,
Kürbis und Melone, Mais und Sliwowitz.

Sind die wilden Schweine aus dem Land verjagt,
die verkohlten Hütten aufgebaut, und ragt
blank im Dorf der Maibaum, Flattern und Geflitz,
oh, wie wird das schön sein, Bruder Sliwowitz.

Besuch beim Großherrn

Großmächtiger Grundherr, neig dich gnädig vor,
die Büchsenkolben trommeln an dein Tor;
die deutschen Totenvögel gib heraus,
die du verborgen hältst im Herrschaftshaus.

Großmächtiger Herr, gibt's dir nicht einen Ruck?
Bin, den dein Ahn einst hängte, der Haiduk,
– leucht ins Gesicht mir näher mit dem Span –
als Bursch dein Knecht und heut der Partisan.

Schweinsköpfiger Großherr, wann ich mit der Schar
den Grund brach, drohte mir dein Hauerpaar;
du schmaustest Pilaw, ich aß Hirsebrei:
Großmächtiger Herr, die Zeiten sind vorbei.

Rück mit dem besten Sliwowitz heraus!
Dies Glas für mich, den Rest trink selber aus.
Großmächtiger Herr, verstatt, daß ich dich lüpf,
daß um den Hals ich dir die Schlinge knüpf.

Mai in der Dobrudscha

Wo die verkohlten Sparren, maibetaut,
noch rauchen, sei das neue Haus gebaut;
wo wühlte mir im Mais das wilde Schwein,
solln mir die Stauden voll zum Brechen sein.

Verschont am Hang steht leer das Herrschaftshaus,
nie mehr zur Fron reih es die Rotte aus;
wann hell vom Barragan die Disteln wehn,
solln meine Kinder dort zur Schule gehn.

Stich tiefer! In den krummen Zwetschkenbaum
häng ich, du guter Spaten, meinen Traum,
daß er mir blüh und trage übers Jahr:
kein Mensch mehr Knecht und jeder Gospodar.

Der Steinbrech

Der Steinbrech bricht durchs nackte Felsgestein,
die Blätter schmal, die Blüten winzig fein;
so tut die Jugend und ergibt sich nicht
und zwängt sich durch den kleinsten Spalt zum Licht.

Der Steinbrech wächst und streckt sich allezeit,
wo keine andre Pflanze sonst gedeiht;
so tut die Jugend und verzweifelt nie,
ist es auch kahl und öde rings um sie.

Der Steinbrech braucht nicht viel, ein Tröpfchen Tau,
den Schrei des Bussards und des Himmels Blau;
so tut die Jugend und sie fordert nur,
was Gott verweigert keiner Kreatur.

Der Steinbrech pflückt ein jeder, der da will,
die Jugend trägt ihn unterm Aufschlag still;
sie trägt ihn treu, wächst zäh gleich ihm heran,
bis frei im Land ihn jeder tragen kann.

Der Verräter

Mir zittert beim Zeichnen der Akten die Hand;
ich ging heute morgens ins Amt,
da stand dick mit Kalk es gemalt an die Wand:
Leblanc ist zum Tode verdammt.
Ich fühlte die Mappe wie Blei unterm Arm,
mich grüßte vorm Tor die SS;
das Öfchen, wie nah ich's schieb, macht mir nicht warm
und hilft mir nicht, daß ich vergeß.

Ihr Landsleut, was tat ich, daß ihr mich verstört?
Der Raubmörder, eh er die Zell
des Todes betritt, wird befragt und gehört:
für mich gibt es keinen Appell.
Noch schreite ich frei und mit steifem Genick
und blas durch die Nase den Rauch –
und spür um den Hals schon beim Schlucken den Strick
und spüre die Kugel im Bauch.

Weh jedem, der unter die Fremden gerät!
Ich glaubte, ich tät es für euch,
und als ich es merkte, da war es zu spät:
so nackt wie im Licht das Gesträuch
steh ich da, vor mir weicht selbst der Schatten zurück.
Was habt ihr nicht gleich mich zerfetzt?
Denn Böses noch muß ich euch tun, bis, o Glück,
ihr, Freunde, den Streich mir versetzt.

Der Tote in Seeland

Wir brachten dich, Vater, die brotarmen Jahre,
in denen die Deutschen uns ausraubten, durch;
uns sprenkelten sich an den Schläfen die Haare,
dir grub in den Schwartenhals Furch sich um Furch.
Im Abziehn zerstörten sie unsere Deiche;
die Flut, als sie wich, ließ nur salzigen Sand
zurück auf den Marschen. Da zuckte das bleiche
Gesicht und zurück fiel die bläuliche Hand.

Wir hüllten in Linnen dich ein und verscharrten
im finstern Gesträuch dich, daß niemand es weiß;
so blieben uns doch deine kostbaren Karten:
dein Brotranft, dein Käse, dein Becherchen Reis,
sie stillen uns dreien das Nagen im Magen,
sie geben der Brühe die Augen allein;
wir machen zur Nacht noch dein Bett auf dem Schragen
und lassen kein Fremdes zur Türe herein.

O Vater, dort unterm Holunder, wo weben
die Spinnen, o segne uns Kindern das Brot!
Du hast einst uns dreien das Leben gegeben,
nun hältst du am Leben uns drei noch im Tod.
Wir wollen dir stiften drei ewige Kerzen
und jedes Jahr lesen dir lassen die Meß
und auftun vorm Volk unsre sündigen Herzen,
daß niemand in Seeland die Teufel vergeß.

Im Gutshof steht aus Holz der Bock

Im Gutshof steht aus Holz der Bock,
wie ihn der Ahn einst kannte,
in den der Vogt mit Strick und Stock
ihm noch den Vater spannte.
Daß heut der Bauer sitzt im Rat,
vermag ihn nicht zu trösten,
wann sie ihn hinter Stacheldraht
sperrn und die Sohln ihm rösten.

Wir pflügten einst dem Herrn das Land,
eh unsers um wir lehnten;
vom Korn, wo es am schönsten stand,
ward ihm gebracht der Zehnten.
Doch heute bleibt uns keine Weil,
kein Küchlein, keine Pflanze;
sie nehmen nicht den zehnten Teil,
sie nehmen gleich das Ganze.

Es steht von Buch zu Buch vermacht:
wann eine Magd wer freite,
nahm sich der Herr die erste Nacht,
dem Bauer blieb die zweite.
Doch das verbogne Kreuz, es schafft
sie in den Pferch wie Rinder,
es raubt nicht nur die Jungfernschaft,
es raubt auch noch die Kinder.

Schon fällt herab, der kaum die Trift
verschont, daß hin sich legen
die Städte, wie es in der Schrift
steht, schwarzer Eisenregen.
Die Flammen, die den Sündern wehn,
sie werden uns vernichten
samt ihnen, wenn wir auf nicht stehn
und, wo sie sind, sie richten.

Auf, Bauer, auf vom leeren Topf,
fall nachts sie an im Häufel
und faß sie, die den Totenkopf
im Wappen führn, die Teufel.
Sind Axt und Winzermesser stumpf,
zerbrochen Sens und Flegel,
so ramme ihnen ein den Rumpf
mit deinem Brunnenschlegel.

Vertrau auf ihn und deinen Zorn,
daß deinesgleichen lebe,
dein wieder sei am Halm das Korn,
die Traube an der Rebe,
am Ast der Pfirsich, süß und weich,
im eignen Mark der Samen,
und unser endlich Gottes Reich
auf Erden werde, amen!

Die Grünen Kader

Wo hoch im Windischen die Berge ragen
und in der Klamm der Wildbach stäubt und rennt,
geschieht es heimlich nun seit vielen Tagen,
daß man die Pfade und die Plätze nennt.
Auf macht vom Zug zur Nacht sich der Verlader,
beim Heuen stiehlt der Jungknecht sich vom Plan,
es hausen tief im Forst die Grünen Kader,
zu ihnen strebt und stößt der Partisan.

Wie sehr im Schlaf die jungen Äste drücken,
wie lang er an den harten Fladen schluckt,
er muß sich nicht mehr vor den Fremden bücken,
wann sie ihn zwingen und ihn Zorn durchzuckt.
Ins Holz zurück ziehn sich die Grünen Kader,
wann sich in losem Schwarm die Truppen nahn;
im Nahkampf läßt sie mit der Axt zur Ader,
vom Fels aus schießt sie ab der Partisan.

Viel ist zu tun noch, klein noch sind die Häufel,
noch rauchen viele Schlote ungesprengt;
den Totenkopf im Wappen führn die Teufel,
geflochten ist der Strick schon, der sie hängt.
Doch einst fügt wieder Quader sich auf Quader
und friedlich knirscht durchs Holz der Säge Zahn;
dann kehrt aus dem Gebirg vom Grünen Kader
müd und zerschunden heim der Partisan.

O Österreich, ich kann für dich nicht streiten

O Österreich, ich kann für dich nicht streiten,
mein Bein ist lahm, mein Herz ist fett und schwach,
ich kann nicht Platten schweißen, Stahl bereiten,
ich räume Bücher ins verstaubte Fach.
Wann nachts aus Westen die metallenen Schwingen
den Himmel fülln und Flammenregen bringen,
die Erde birst, eh sich die Schar verzieht,
glaub nicht, daß ich, dein Sohn, dich hier verriet.

O Österreich, ich kann nicht von dir singen,
bräch auch das Lied wie Blut mir aus dem Mund,
unsichtbar trag, mag schön mir auch gelingen
dein Preis, ich einen Maulkorb wie ein Hund.
Wann deine Frauen weinen nachts im Stillen,
wann satt im Weinberg reifen die Marillen,
wann bunt im Salzsee spiegelt sich das Ried,
glaub nicht, daß ich, dein Sohn, dich hier verriet.

O Österreich, ich kann mich nicht bewahren,
auf jedes Kind daheim ist mehr Verlaß,
Geringes treibt den Schweiß mir aus den Haaren,
ich renn den Kopf mir ein, weil ich mich haß.
Wann das verbogne Kreuz weht an den Stangen,
wann sie die Besten der Genossen fangen
und wieder einer vor dem Richtblock kniet,
dann glaubt dein Sohn hier, daß er dich verriet.

O Österreich, ich möcht nicht sterben müssen,
bevor ich deine Leiten wiederseh,
bevor ich schmause Brot zu jungen Nüssen
und wieder aus dem Stadel riecht der Klee.
Könnt ich vom Knecht erzählen und vom Brenner,
von ihrer Mühsal, und im Kreis der Männer
mir von der Seele singen nachts mein Lied,
du glaubtest mir, daß ich dich nicht verriet.

Altes Paar im Wienerwald

Seitdem sie über Wiener Neustadt flogen
und die Fabriken rauchen arg zerscherbt,
erschauern wir, sobald der blaue Bogen
des schönen Herbstes lautlos sich verfärbt.
Wir packen, was an Kotzen uns und Decken
die Winterhilfe ließ, denn mächtig kalt
sind schon die Nächte; durch die bunten Hecken
ziehn still wir, Alte, in den nahen Wald.

Die Buben, die in Rußland fielen heuer,
erzählten oft, wie man im Wald kampiert,
wie man vor Wind erst schützt das kleine Feuer
und es mit Klaubholz nährt, daß man nicht friert;
das gäbe hellen Schein und ist verboten.
Es werden keine Pfannen ausgewischt,
dünn ist der Aufstrich auf den dünnen Broten,
aus Erdbeerblättern ist der Tee gemischt.

Ja, tote Buben, eure Eltern liegen
im morschen Laub wie Tiere, wie ein Wurm;
vor Mordmaschinen, die am Himmel fliegen,
verscharrn sie sich und nicht vor Gottes Sturm.
Und die wir betten unsre grauen Strähnen,
wir sind dem Gras, das unterm Laub sich leis
schon regt, ganz nah und näher als all jenen,
von denen niemand übers Jahr was weiß.

Schutt

Der Schutt liegt in den Gassen,
er liegt auf Steig und Strauch,
liegt über den Terrassen
als feiner bittrer Rauch.

Wir tragen ihn zur Lehne
in Kübeln früh und spät
und klauben aus ihm Späne,
daß unser Feuer geht.

Die Kübel sind nur Tüten;
der Sommer geht zu End,
und so wie Laub und Blüten
ermatten unsre Händ.

Wollt rasch uns Bagger geben
und was man sonst noch hat,
sonst wird bald Schutt nur leben
in der geborstnen Stadt.

Requiem für einen Faschisten

Du warst in allem einer ihrer Besten,
erschrocken fühl ich heut mich dir verwandt;
du schwelgtest gerne bei den gleichen Festen
und zogst wie ich oft wochenlang durchs Land.
Es füllte dich wie mich der gleiche Ekel
vor dem Geklügel ohne innern Drang,
vor jedem Wortgekletzel und Gehäkel;
nichts galt dir als der schöne Überschwang.

So zog es dich zu ihnen, die marschierten;
wer weiß da, wann du auf dem Marsch ins Nichts
gewahr der Zeichen wurdest, die sie zierten?
Du liegst gefällt am Tage des Gerichts.
Ich hätte dich mit eigner Hand erschlagen;
doch unser keiner hatte die Geduld,
in deiner Sprache dir den Weg zu sagen:
dein Tod ist unsre, ist auch meine Schuld.

Ich setz für dich zu Abend diese Zeilen,
da schrill die Grille ihre Beine reibt,
wie du es liebtest, und der Seim im geilen
Faulbaum im Kreis die schwarzen Käfer treibt.
Daß wir des Tods und Ursprungs nicht vergessen,
wann jeder Brot hat und zum Brot auch Wein,
vom Überschwang zu singen wie besessen,
soll um dich, Bruder, meine Klage sein.

Wann in mein Grünes Haus ich wiederkehr

Wann in mein Grünes Haus ich wiederkehr,
wo kahl die Wände und die Kasten leer,
müßt ihr mir kommen, lad ich ernst euch ein,
zu Brot und Nüssen und zu herbem Wein.

Du, Liebste, die mir vielen Unfug trieb,
verbliebne Freundin, mir kaum minder lieb,
du, Wolfsgesicht, ihr stellt von selbst euch ein
im Grünen Haus daheim zum herben Wein.

Der du mir in der Fremde still verstarbst,
der du mir unter Tritten schwarz verdarbst,
ihr dürft nicht fehlen, nichts ohn euch würd sein
das Fest im Grünen Haus beim herben Wein.

Ihr an den Wegen, die ich nicht mehr geh,
Kastanien, Flieder und Akazienschnee,
taucht eure Kerzen, Büschel, Rispen ein
im Grünen Haus tief in den herben Wein.

Ihr vielen, denen man die Knochen brach,
und wer mir etwa auf der Welt strebt nach,
kommt mir, es wird wie nie ein Singen sein
im Grünen Haus daheim beim herben Wein.

Die untere Schenke

Grete Oplatek gewidmet

Die Heimkehr des Burgenländers

Der Bub des Burgenländers

Der Mais schwingt unterm Dach, der schwarze Seller
ist ausgetan, im Sand steckt nur der Kren,
die Mutter füllt seit Sonntag mir den Teller
mit Brüh, auf der die fetten Augen stehn;
die Nebel sind schon aus dem Schilf geschwommen ...
Nun kannst du jeden Abend, Vater, kommen.

Was wirst du mir vom Bau im Ranzen bringen?
Es blieb zum Spielen mir nur wenig Zeit,
ich klaubte Lauch und Kipfler in die Schwingen,
Großvater spaltete so manches Scheit,
sonst hätt ihm Mutter den Tabak genommen ...
Nun kannst du jeden Abend, Vater, kommen.

Sie treibt die Ziegen immer in die Senke
(du weißt, am Hang wächst würziger das Kraut),
schön bläst die Flöte abends bei der Tränke,
die Milch verkocht sich auf dem Herd zu Haut,
längst ist die Röte überm See verglommen ...
Nun kannst du jeden Abend, Vater, kommen.

Im Zauneck stehn dir noch ein paar Tomaten,
in Oggau ist der Schilcher heuer gut,
die größte Fettgans will dir Mutter braten,
vor unserm Sliwowitz sei auf der Hut.
Ein weißes Pulver ist in ihn gekommen ...
Mit Stock und Feitel woll schon, Vater, kommen!

Der Vater des Burgenländers

Erfroren sind die winzigen Tomaten,
die Sellerschöpfe drehn sich welk im Kreis;
in Oggau ist der Schilcher gut geraten,
blank unterm Tor schwingt uns der volle Mais;
schwarz schließen sich die Bürdel um den Flecken,
die Wildgans schreit und zieht im Keil davon . . .
Wann hallt im blauen Vorhaus auf der Stecken,
wann kommst du endlich heim vom Bau, mein Sohn?

Nie hatte ich für meinen schwachen Magen
ein Weinkoch, und ich hab kein Geld im Sack,
das große Holz hieß deine Frau mich schlagen
und kaufte kaum am Samstag mir Tabak;
wenn nachts die Nüsse, die zerschelln, mich wecken
und aus dem Uhrschrank kommt des Pendels Ton,
glaub ich, im Vorhaus draußen hallt der Stecken,
wann kommst du endlich heim vom Bau, mein Sohn?

Dein Weib treibt selbst die Ziegen in die Senke
und schickt den Buben viel zum See um Rohr,
schief biegt der Zaun sich, wacklig sind die Bänke,
sie aber schnürt sich und steht lang vorm Tor;
wenn sie dir, Sohn, zum mohngefüllten Wecken
den Sliwowitz kredenzt, trink nicht davon . . .
Wann hallt im blauen Vorhaus auf der Stecken,
wann kommst du endlich heim vom Bau, mein Sohn?

Die Frau des Burgenländers

Der Schilcher hat die längste Zeit gegoren,
gebündelt schwingt der Mais, der Phlox verdorrt,
der letzte Seller ist im Grund erfroren,
die Wildgans schreit und zieht nach Süden fort;
sieb ich den Mohn, so kommen mir Gelüste,
ich steh am Abend lange vor dem Haus . . .
Wann kommst du heim und beißt mich in die Brüste,
wann treibst du, Mann, mir meine Mucken aus?

Die großen Scheite hieß ich Vater schlagen,
er möcht am liebsten nichts mehr Rechtes tun
und redet nur von seinem schwachen Magen,
ich aber schlacht nicht eigens ihm ein Huhn;
er murmelt viel, als ob er etwas wüßte,
der Bub klebt in der letzten Zeit am Haus . . .
Wann kommst du heim und beißt mich in die Brüste,
wann treibst du, Mann, mir meine Mucken aus?

Legst du zu meinem Milchgeld ein paar Gulden,
so kaufen wir ein kleines Schwein davon,
das Rohr wär schon zu schneiden in den Mulden,
gemahlen für den Fladen ist der Mohn;
der Fuhrmann, der mich hinterm Hoftor küßte,
er kam mir nicht ein einzigs Mal ins Haus . . .
Wann kommst du heim und beißt mich in die Brüste,
wann treibst du, Mann, mir meine Mucken aus?

Der heimkehrende Burgenländer

Es baumelt der Ranzen am Stecken,
es ist noch ein Stündlein zu gehn;
der Seller beginnt sich zu flecken,
im Sand hält sich nur noch der Kren.
Schön ist's, ins Dorf einzubiegen,
zu streifen den Mais unterm Tor,
zu schlachten im Vorhaus die Ziegen,
zu schneiden im Schneefeld das Rohr.

Es klimpert das Silber im Beutel;
dir, Vater, für deinen Tabak,
dir bring ich ein schweinernes Häutel,
dir, Söhnchen, ein Spielzeug im Sack.
Bei dir, Weib, will endlos ich liegen
wie alle die Jahre zuvor,
will schlachten im Vorhaus die Ziegen,
will schneiden im Schneefeld das Rohr.

Brennt hell mir im Ofen ein Feuer
und steht die Polenta gerührt?
Für euch sieben Monate heuer
hab fern ich die Kelle geführt.
Was vorging im Haus, soll nicht wiegen,
streif, Weib, ich den Mais unterm Tor.
Wer schlachtet im Vorhaus die Ziegen,
wer schneidet im Schneefeld das Rohr?!

Die untere Schenke

Am Samstaghimmel stehn die ersten Sterne,
des Tages Glut ist seufzend ausgebrannt;
sein Gläschen hebt der Ziegelbrenner gerne,
ist brüchig auch der Tisch und morsch die Wand.
Vorm Fenster zieht das Vieh des Dorfs zur Tränke,
uns in der untern Schenke klirrn im Sack
nur ein paar Kreuzer, wacklig sind die Bänke,
doch schön im Fenster blüht der goldne Lack.

Es stehen keine Sprüche an den Simsen,
am Haken schwingt die luftgeselchte Wurst;
Speck taugt dem Bauer, doch für uns tut's Brimsen,
die Pfefferschoten machen mächtig Durst.
Das, Männer, ist im Dorf die untre Schenke
für Brenner, Häusler und dergleichen Pack;
morsch ist die Wand und wacklig sind die Bänke,
doch schön im Fenster blüht der goldne Lack.

Vorm obern Wirtshaus flattern Tand und Seide
am Maibaum und es dröhnt die Kegelbahn.
Schwingt mir den Flederwisch aus Besenheide,
laßt mir die Würfel rolln und schnitzt den Span!
In jedem Dorf ist eine untre Schenke,
wie Bockmist stinkt der billige Tabak,
morsch ist die Wand und wacklig sind die Bänke,
doch schön im Fenster blüht der goldne Lack.

Spätherbst in der untern Schenke

Aus den Gruben in der Senke
streichen faule Schwaden her,
machen in der untern Schenke
Gast und Wirt das Herz nun schwer.
Ried und Gras verklebt es eisig,
tief gefriert der lehmige Grund,
um die Hütte steht das Reisig
schwarz gestapelt, Bund bei Bund.
Ausgetan sind rings die Rüben
und die Senke liegt im Trüben
und die Glut lischt aus im Schacht:
Kleine Schenke, gute Nacht!

Und die Rübenzupfer halten
laut beim Lauch einander frei,
eh sie ihren Fellsack falten
für die schöne Slowakei.
Ungebleichten von der Treber
schlürft der Brenner ohne Halt,
eh er tief bis in den Feber
seinen Riemen enger schnallt.
Ausgetan sind rings die Rüben
und die Senke liegt im Trüben
und die Glut lischt aus im Schacht:
Kleine Schenke, gute Nacht!

Dösen nun für viele Stunden
hinterm Öfchen mag der Wirt,
ehe sich von seinen Kunden
einer in den Schank verirrt,
mag durch Kreide, feingemahlen,
die verschmutzten Karten ziehn.
Und er summt, schwingt er den kahlen
Kopf beim Branntwein her und hin:

Ausgetan sind rings die Rüben
und die Senke liegt im Trüben
und die Glut lischt aus im Schacht:
Kleine Schenke, gute Nacht!

Frühling in der untern Schenke

Nun schimmern grün und rot die Stecken,
die Märzenluft ist seltsam weich;
es schmilzt zu Mittag hinterm Flecken
das Eis im seichten Ziegelteich.
Der Halter treibt das Vieh zur Tränke,
schnalzt mit der Peitsche, was er kann;
nun fängt auch in der untern Schenke,
ihr Leut, ein neues Leben an.

Der Brenner, der das Reisig schlichtet,
der Teichknecht, der das Grabscheit schleift,
ist dasig; trittfest ist gerichtet
der Flur, der Käse ausgereift.
Geschrubbt stehn die gerillten Bänke,
es gluckst der Branntwein in der Kann;
nun fängt auch in der untern Schenke,
ihr Leut, ein neues Leben an.

Komm, Bruder Brenner! Unumwunden,
du fielst mir stark vom Fleisch, verzeih,
ich konnt dir keinen Schnaps mehr stunden,
doch heut halt ich euch alle frei.
Komm, Kräuterliese aus der Senke,
vielleicht findst heut du einen Mann;
nun fängt auch in der untern Schenke,
ihr Leut, ein neues Leben an.

Herbst im Ziegelofen

Rings ist der Grund nun spatentief gefroren,
die Leiten warten auf den ersten Schnee;
es fällt wie Blech das Laub, vom Reif geschoren,
schwarz ragt die Gabel aus dem spröden Klee.
    Schon gebacken sind die Ziegel
    und die Glut geht aus im Schacht;
    allen Leuten hinterm Riegel
    sagt der Brenner gute Nacht.

Im Flecken hat der Bauer reichlich Muße,
und mit Zibeben spickt die Frau das Koch;
der Brenner aber tut fürs Schuften Buße
und schnallt den Riemen auf das letzte Loch.
    Ach, gebacken sind die Ziegel
    und die Glut geht aus im Schacht;
    allen Leuten hinterm Riegel
    sagt der Brenner gute Nacht.

Den Kremser spannt der Wirt ein zu Besuchen,
es ziehn die Burschen nachts zur Fröhlichkeit;
rauh ist der Schlund dem Brenner schon vom Fluchen
und im Verschlag verdöst er dumpf die Zeit.
    Ja, gebacken sind die Ziegel
    und die Glut geht aus im Schacht;
    allen Leuten hinterm Riegel
    sagt der Brenner gute Nacht.

Winter im Ziegelofen

Gefroren ist die Grube
und kalt im Schacht der Rost,
scharf zieht es in der Stube:
Erheb dich stärker, Frost,
laß mich in Blöcke schlagen
das Eis im Wasserarm;
der Brein füllt mir den Magen,
der Branntwein macht mir warm.

Mir steigen viele Blasen
absonderlich im Hirn:
Treib aus dem Holz die Hasen
her, Frost, mir durch den Firn,
laß mich zur Nacht sie schlagen,
verkaufen Fell und Darm;
der Brein füllt mir den Magen,
der Branntwein macht mir warm.

Der Hecht vergräbt die Kiemen
im Schlamm, so ist ihm kalt;
ich habe meinen Riemen
aufs letzte Loch geschnallt:
Magst, Frost, dich immer plagen,
du frierst dich selber arm;
füllt Knetgut mir die Tragen,
hält mich die Röstglut warm.

Tauzeit im Ziegelofen

Nun taut vorm Haus der kleine Ziegelteich,
bald ist im Bruch der Boden wieder weich;
dann knet ich wieder, was ich kneten kann,
und mach im Schacht ein großes Feuer an.

Die Schneide fährt durchs Kienholz mit Gekreisch;
ich fiel, so scheint's, im Winter stark vom Fleisch
und mit dem Adam steht es schlecht fürwahr,
wenn solches Werk mir treibt den Schweiß ins Haar.

Verflucht das Beil, es wackelt mir am Schaft,
verflucht der Brein, in ihm ist keine Kraft,
verflucht die Kürbisflasche, sie ist leer,
verflucht der Wirt, er kreidet mir nicht mehr.

Komm, Hunderl, komm, der Herrgott sendet dich,
hast keine Marke und bist schwach wie ich.
Gib mir die Pfote, schnauz mir einen Kuß:
es tut mir weh, daß ich dich schlachten muß.

Der Glasbläser

Der Glasbläser schreitet im böhmischen Wind
am Samstagabend zu Tal
und summt sich vom Ofen, von Haus, Weib und Kind
still fort und der Schlund ist ihm schal.
    Hast du den Wein, der mir den Gaumen netzt,
    der mich erquickt und mir den Schweiß ersetzt,
    weht aus dem Hafen heiß mich an der Glast,
    schenk voll den Krug, wenn du dies Weinlein hast.

Der Glasbläser zieht aus dem Beutel sein Geld,
von ihm will der Wirt es voraus;
am Tisch wird es leer, wenn sein Glas er draufstellt,
und sein Summen füllt trotzig das Haus.
    Hast du den Wein, der mir den Hauch entfacht,
    der wieder mir die Lung elastisch macht,
    dreh seufzend an der Pipe ich den Glast,
    vergelt's dir Gott, wenn du dies Weinlein hast.

Der Glasbläser ließe die Klinge gern ziehn
durchs Kletzenbrot, durch den Speck;
drum pflanzt er sein Holzfeitel steil vor sich hin,
und niemand nimmt es ihm weg.
    Hast du den Wein, der mir auch Glück beschert,
    der wunderlich und bunt die Welt verklärt
    und scheucht die Fratzen, die ich schau im Glast,
    hol dich die Pest, wenn du den Wein nicht hast.

Samstag vor den großen Feiertagen

Neuer in der Rotte, laß dir sagen,
hast du auch den Steinbruch noch so satt,
geh mir vor den großen Feiertagen
nicht an einem Samstag in die Stadt.
Stehen mußt du, willst du einen heben,
und es rollt das Geld dir aus dem Sack;
schmaler, Bruder, ist als schmal das Leben
dann am Samstag hier für den Slowak.

Teuer ist die Hure, teuer, Bruder,
führt dich in ein abgelegnes Haus,
will das Geld im vorhinein, das Luder,
zieht sich nicht einmal die Bluse aus.
Ach, wo sind die Zitzen wie Zibeben,
um die Fenster das Papiergezack?
Schmaler, Bruder, ist als schmal das Leben
dann zum Samstag hier für den Slowak.

Und der Wirt in deiner Herberg findet
nicht ein Wörtlein vor Geschäftigkeit;
und wie schnell der Abend dir auch schwindet,
weißt du nichts zu tun mit deiner Zeit.
Nichts zu sehn gibt's auf dem Markt daneben
und für sich hält sich das feine Pack;
schmaler, Bruder, ist als schmal das Leben
dann am Samstag hier für den Slowak.

Lied bei Herbstregen

Ich sing euch ein Lied, denn gesungen muß sein,
wann der Herbstregen trommelt ins Gras;
setzt auf euch im Stroh und fallt alle mit ein,
wann der Herbstregen trommelt ins Gras.
Kein Laut ist so öd und so traurig zu hören,
kann anschwellen so und die Seele verstören
wie der Regen, der trommelt ins Gras.

Dem Bauer am Herd, dem den Tag es verkürzt,
wann der Herbstregen trommelt ins Gras,
schmeckt stickig die Luft und mit Spelzen gewürzt,
wann der Herbstregen trommelt ins Gras.
Er riecht den verrotteten Lein in den Wellen,
hört wohlig die Äpfel und Nüsse zerschellen,
wann der Herbstregen trommelt ins Gras.

Der Taglöhner aber, in Lumpen verschalt,
wann der Herbstregen trommelt ins Gras,
verdöst seine Zeit, die ihm niemand bezahlt,
wann der Herbstregen trommelt ins Gras.
Es wäscht wie den Strunk ihn der Schwall aus der Erde,
ins Nichts weist des Wegweisers schwarze Gebärde,
wann der Herbstregen trommelt ins Gras.

Den Bast wäscht's vom Baum und die Zäune verfauln,
wann der Herbstregen trommelt ins Gras;
am Tor scharrn die herrnlosen Köter und jauln,
wann der Herbstregen trommelt ins Gras.
Es brodeln die Bäche, es gurgeln die Gleise,
und lang noch verebbt nicht im Schuppen die Weise,
wann der Herbstregen trommelt ins Gras.

Abschied vom Steinbruch

Der Rasen ist gefroren,
das letzte Loch gesprengt,
gezählt sind Schlegel, Loren,
der Ranzen umgehängt.
Die blanken Meißel blinken;
nun zünden wir den Span
und wolln ums Feuer trinken,
bis kräht vor Tag der Hahn.

Einäugig ist der eine,
im Kreuz der andre steif;
wie unterhöhlte Steine
sind wir zum Rollen reif.
Wir ziehn nach den vier Winden,
verkrätzt, verschrumpft, vertan;
wir sind bestimmt zu schwinden,
eh kräht vor Tag der Hahn.

Seht, daß rundum, ihr Männer,
der süße Branntwein geht;
euch, Brecher, Fäller, Brenner,
wo rot die Sprengfahn weht,
da grüß euch diese Weise,
sie klinge euch voran
dereinst zur guten Reise,
wann kräht vor Tag der Hahn.

Vom Most des Taglöhners Franta

Wo hinterm Flecken im Bach sich verdickt das Gekräusel,
hat dicht am Schluchtabhang Franta sein winziges Häusel;
hat sich verdingt und stets redlich sein Tagwerk gemacht,
hat's aber nie zu was Eignem im Weinland gebracht.

Hat fünfzig Jahr die Kann auf dem Rücken getragen,
hat schön die Reben gespritzt, viele Pfähl eingeschlagen;
hülf bei der Lese heut gern, da der Herbstrauch blau wallt,
kann aber nur bis zur Tür humpeln. Franta ist alt.

Über dem Riegel wird's dunkel. Still hockt er beim Feuer,
kiefelt sein Schwartel zum Brot, und ihm ist nicht geheuer;
denn durch den Hohlweg herab hört die Winzer er gehn:
»Franta«, so juchzen sie, bleiben vorm Häusel ihm stehn.

Und vor der Tür unterm Faulbaum – es ist kaum zu glauben –
reichen sie ihm aus den Weinbutten Trauben um Trauben,
auch eine Flasche mit Most, schrein: »Das wird dir ein Wein!«
»František«, schrien sie, »dann sollst du vergessen nicht sein.«

Franta hält zittrig die Flasche und möchte was sagen,
aber es hat ihm, weiß Gott, ganz die Rede verschlagen,
führt drum zum Mund nur die Flasche und schnalzt mit der Zu
Franta, ihr Leut, kann nicht keltern, doch Franta ist jung.

Bei einem Treffen im Waldviertel

Lang hat im Waldviertel nicht so ein Treffen getagt.
Hast uns die Ehr angetan, hast dein Sprüchlein gesagt;
will über uns nun, Genosse, mich etwas ergehn,
Steinbrecher, Brenner und Taglöhner, wie wir da stehn.

Grün schwelln die Äpfel und grün steht der Roggen am Rain,
Arbeiter sind wir und möchten gern Landleute sein,
hätten gar gern einen Acker, ein eigenes Haus,
zahlten im Wirtshaus den Feiertrunk nicht gern voraus.

Knapp mag der Arbeiter oft auch, wo du herkommst, sein,
wir aber sind unterm Landvolk verlorn und allein,
schlachten den herrnlosen Hund um sein Fett und sein Fell,
wittern die Köter im Dorf uns, verfolgt uns Gebell.

Oh, wann sie einführn das Korn und der Rasen gefriert,
wann sich das Glosen der Glashütten mählich verliert
und wann dem Brenner die Glut seufzend ausgeht im Schacht,
Nacht senkt auf uns sich im Waldviertel, eisige Nacht.

Brettspiele nicht nur, nicht Zeitungen nur brauchen wir,
nicht für die Kleinen nur farbig bedrucktes Papier,
Absud nicht nur für den Husten und Milch auf den Sterz;
mächtiger Bruder vom Gußwerk, wir brauchen dein Herz.

Brauchen dein Herz, eure Lieb wie ein Ding, das man greift,
daß sie wie Branntwein uns aufmischt, den Rücken uns steift,
über den Winter hinweghilft im böhmischen Wind,
die wir die letzten, doch lang nicht die Schlechtesten sind.

Von den Prellsteinen

Die Prellsteine sind an die Straßen gestellt,
wo immer die Böschung ansteigt oder fällt;
sie weisen der Lore, dem Rad, dem Gespann
den richtigen Platz auf der Fahrdecke an
von beiden Seiten der Straße.

Schön ragen die Stümpfe gemeißelt ins Licht,
ob niedrig es dämmert, ob flirrend es sticht;
wann gegen das Einschlafen alle ihm fehln
die Mittel, beginnt sie der Kutscher zu zähln
zu beiden Seiten der Straße.

Dem Pirol gleich, wenn er vorausfliegt und nah
vorm Wagen sich niedersetzt, sind sie stets da;
absonderlich gut aber sind sie am Platz
im Flachland, im saumlosen, mit ihrem Satz
zu beiden Seiten der Straße.

Und wer über sie dieses Liedel erdacht,
dem haben das Schreiten sie leichter gemacht,
wann mittags die Glut ihm den Schweiß trieb durchs Ha
wann abends er fröhlich vom Poysdorfer war,
von beiden Seiten der Straße.

Von den Wegweisern im Buckelland

Die Wegweiser stehen bedeutsam ins Feld
und steil an die Ränder der Schluchten gestellt;
sie deuten mit plumper verwitterter Hand
die holprigen Wege im buckligen Land
nach links und nach rechts übern Bühel.

Sie sind, ob es grünt, ob nur fahl noch am Saum
die Mandeln stehn, samt dem gespaltenen Baum
das Bleibende weithin durchs Jahr auf der Flur
und weisen die Richtung der knarrenden Fuhr
nach links oder rechts übern Bühel.

Der Stromer selbst, dem es nicht viel eben gilt,
wohin ihn der Pfad führt durch Hag und Gefild,
er freut sich, die hölzernen Finger zu sehn,
wann einsam vor Abend zwei Fußsteige gehn
nach links und nach rechts übern Bühel.

Die Kräutlerin

Am Bach hinterm Dorf, wo die Wege sich zweigen
und mählich die Leiten zum Wald hinaufsteigen,
tritt schwärzlich in Schroffen das Urgestein aus,
steht windschief und rissig der Kräutlerin Haus.

Der Seller, die Bohnen, die sich an den Stecken
im Gärtchen hier ranken, gehörn noch zum Flecken;
der Farn aber, der im verwitterten Spalt
vorm Häusel sich büschelt, gehört schon zum Wald,

zum Wald, der das Weib in den dürftigen Hüllen
im Frühjahr mit Lorcheln und Morcheln läßt füllen
den Korb und mit Beeren bis in den August
die bauchigen Kruken, mit moosiger Krust

und Flechten und Klaubholz am Rücken die Tragen,
wann schwarz in den Eiswind die Föhren dann ragen.
Wie sie den Wald aufsucht, gehört er zu ihr;
verhutzelt und scheu, ist sie weis wie ein Tier

und kennt alle Wurzeln, die herben und geilen,
die Kräuter, die töten, die Kräuter, die heilen,
das bittere Moos auf dem Fels in der Schlucht,
das höllische Körnlein, das abtreibt die Frucht.

Und wann durch das Schmalz schaut der Boden im Topf,
kein Kukuruzzähnchen der Gans füllt den Kropf,
im eisigsten Februar kann sie bestehn:
der Wald vor der Tür läßt sein Kind nicht vergehn.

Die Schnapshütte

Hinterm Dorf, wo der Bauer den Schutt in die Grasmulde karrt,
wo der Halter das Vieh, das ihm umsteht, im Boden verscharrt,
wo wie Schuppen sich schiebt auf dem Rinnsal die schwärzliche
Haut,
steht erbärmlich aus Brettern der Schank an die Lehne gebaut.

Wer zum saueren Wein nicht was zubeißt, der hat's mit der Reu,
und der höllische Schnaps ist des Budenwirts eignes Gebräu,
das aus Kräutern und Wurzeln im Brennkessel aufsteigt und
schäumt
durch die kupferne Schlange, die dreimal gewunden sich bäumt.

Wer hier herkommt zu trinken, der kommt schon am hellichten
Tag,
und der Durst, der den Brenner, den Häusler, den Schinderknecht
plagt,
st ein Durst, der den Schlund so lang würgt und den Gaumen
zerbeißt,
is der Rausch ihm die Hirnschale füllt und zu Boden ihn schmeißt.

chweigsam hocken sie alle am Tisch in der Rund
nd sie stopfen mit Lauch und gepfefferter Roßwurst den Mund,
ann herein durch die Tür weht den Säufer sein eigener Wind
nd er, ohne zu reden, sogleich mit dem ersten beginnt.

nd es öffnet den Mund ihm vom Fusel ein weiteres Glas,
nd er staunt, denn zu singen auf einmal hebt dies und hebt das
as ihm an, und er schluchzt, wie das leidige Leben ihn zwackt,
nd laut schlagen die andern dazu mit den Feiteln den Takt.

Der sieche Bauer

Dem Unkrautfleck, nicht breiter als fünf Schuh,
dacht ich schon manches Jahr den Spaten zu;
doch seit mich auszehrn um den Arsch die Fisteln,
starr nach dem Essen gern ich in die Disteln.
Ich laß sie wuchern und ein Jahr noch stehn:
mich dünkt, wann ich sie umgrab, muß ich gehn.

Wann unser Köter vor der Ofenbank
sich niederließ, verdroß mich sein Gestank;
ich stieß nach ihm mit meiner Stiefelspitze,
heut laß ich ihn sich sielen, wo ich sitze.
Er kann zur Not noch auf den Beinen stehn:
mich dünkt, wenn er mir umsteht, muß ich gehn.

Im Hof am Brunnentrog der dürre Baum,
längst fechs von ihm ich, was dafürsteht, kaum,
schwitzt aber Harz noch in der Mittagstille
und trägt noch eine goldene Marille.
Ich laß ihn – Holz hab ich genug – noch stehn:
mich dünkt, wenn ich ihn fälle, muß ich gehn.

Josefa

Wo hinterm Dorf sich das schillernde Rinnsal verdickt,
liegt ein Stück Feld, aus den niedern Akazien gezwickt,
dort hat am Hohlweg Josefa ihr winziges Haus,
legt vor der Türe zum Trocknen die Steinpilze aus,

sammelt vom Flieder der spanischen Fliegen Geschmeiß,
bricht von den Ranken die Saubohnen, melkt ihre Geiß;
klopft's aber dreimal am Abend ganz leis bei ihr an,
weist nicht die Türe im Finstern Josefa dem Mann.

Schweigsam zu ihr kommt der Bauer, der einschichtig ist,
schweigsam der Wirt, dessen Frau es die Brüste zerfrißt,
schweigsam der Roßkamm, der billig erstand einen Ring,
schweigsam der Brenner, dem Wild in den Schlingen sich fing.

Bitteren Schnaps für den Gast hat Josefa im Haus,
Stangen aus Zucker zum Zuzeln, von Mohn einen Schmaus,
und auf der Streu ihren Schoß, wie das Ende gewiß,
den ihr der Absud aus Mutterkorn dreimal zerriß.

Ob die Akazien blühn, ob die Disteln verwehn,
keiner im Dorf hat sie jemals sich kleinmachen sehn;
samt ihrem Haus, ihrer Geiß, ihrem kleinen Stück Feld
zählt auch Josefa sich füglich zum Dorf und zur Welt.

Die Kommission

Komm, Dorfarzt, du alter, komm, Kreisarzt, herein,
von Herzen gern will ich zu Willen euch sein;
ihr seid von den lieben Verwandten gesandt,
die sagen, ich hätt, nicht mehr ganz bei Verstand,
kein Recht, meinen Grund zu versaufen.

Ich brach mir vor Jahren beim Heuen das Bein:
zu kurz ist es, Doktor, und gut ist der Wein;
zwei Buben sind's, die auf dem Friedhof mir ruhn . . .
Was würdest du, Kreisarzt, da anderes tun,
als auch deinen Grund zu versaufen.

Ich trank heute früh schon ein tüchtiges Glas –
und find bei geschlossenem Aug auf die Nas
mit dem Finger. Da staunt ihr! Es hat wohl ein Mann,
der schreiben und dreimal bis zehn zählen kann,
das Recht, seinen Grund zu versaufen.

Doch bleibt noch, es tut noch zu gehen nicht not,
eßt vorher mit mir ein Stück Surfleisch und Brot
und trinkt einen Retzer, er ist euch nicht schlecht.
Ich füll euch die Gläser, stoßt an auf mein Recht,
das Recht, meinen Grund zu versaufen.

Ich geb euch noch gern bis zum Tor das Geleit.
Nun seid ihr gegangen. Bleibt fein, wo ihr seid,
ihr Mäuse, und daß ihr euch nicht mehr erfrecht
zu wimmeln, bevor ich eins trink auf mein Recht,
das Recht, meinen Grund zu versaufen.

Weinnacht

Die Pfähle stricheln schwarz den Riegel,
betäubend riecht der junge Wein
im Kellerweg; die Treberziegel
starrn blau zur Kammer mir herein.
Mostfarbne Abendnebel wallen
vom Hang her, späte Schritte hallen
und gehn vorbei an meiner Tür.

In dieser Nacht ist alles trunken,
die Nuß am Baum dünkt seltsam groß,
und schwammig kommt es aus den Strunken –
ein bracher Acker ist mein Schoß.
Steif wird mein Kreuz, mein Aug wird trüber,
dies Jahr, den ganzen Sommer über,
kam keiner her zu meiner Tür.

Wie alle schnitt und grub die Reben
auch ich; in einer Nacht wie heut
dürft es im Dorf nur frohe geben,
nur frohe und betrunkne Leut.
Der du des Wegs im rauchigen Schimmer
des Mondes kommst, seist du wer immer,
geh nicht vorbei an meiner Tür!

Ländliches Herbstlied

Nun starrt vor allen Wäldern
wie Lehm verbrannt der Farn;
der Mensch kann in den Feldern
hörn, wie die Mäuse scharrn.
Der Bauer löst den Knebel
vom Garbenband und füllt
den Keller, eh der Nebel
die Schlucht am Weg verhüllt.

Wir aber, Arzt und Lehrer
und Schreiber, rings verstreut,
wir sind uns keine Mehrer
und unser Leben reut
ganz plötzlich uns gewaltig,
uns ist erbärmlich kalt,
wann schwarz sich's vielgestaltig
spreizt und die Büchse knallt.

Uns bleibt nur, stracks zu wenden
den Schritt vor Nacht zum Krug,
das Leben zu verschwenden,
das sich nicht fühlt genug.
Wir sind schon nicht verloren,
wann uns umseufzt die Luft,
als hätte seine Sporen
sacht ein Bovist verpufft.

Lied für großen Frost

Nun stehn Gefild und Dämme
vom Schnee schier gleichgemacht:
anfällt der Frost die Stämme
und mancher birst zur Nacht.
Nun ist es Zeit, zu spüren
den Ofen und zu schüren
das Feuer, daß es kracht.

Der Frost treibt aus den Wäldern
verstohlen Has und Reh;
sie scharren auf den Feldern
das Grüne aus dem Schnee.
Nun ist es Zeit, den Stutzen
zu öln, sie wegzuputzen,
daß rot sich färbt der Schnee.

Im Weinberg auf der Leiten
schwingt schwarz ein Pfirsichkern;
er dreht die blauen Weiten
und ruft den Abendstern.
Nun ist es Zeit zum Zechen
bei Nacht und aufzubrechen
mit Juchzen und mit Plärrn.

Der Rangierbahnhof

In der Ebene, kaum eine Fahrstunde hinter der Stadt,
wo der Ausblick nur Halt an den schnurgraden Pappelreihn hat,
steht ins Lehmland der Bahnhof der toten Geleise getrieben,
wo verschlafen die Reihen der Güterwaggons sich verschieben.

Leck stehn Barrel an Barrel gereiht, für die Grenze bestimmt,
und beladene Loren, und andre, verrostet wie Zimt;
rußgeschwärzt sind die Halme, von Funken durchlöchert die
Hecken,
an die Böschung gedrückt von der Bahn steht der nichtige Flecke

Bleiches Gras wächst im Gäßchen, durch das man zum
Fleischhauer geht,
wo der Laden des Greißlers beim Laden des Flickschusters steht;
aber sonst wohnt nur Volk von der Bahn an der rußigen Ader,
Weib und Kind nicht gerechnet, nur Bahnwärter, Heizer, Verlad

Laut und rauh ist dies Volk, das im Ohr nur den Pufferlärm hat,
dem Entfernungen nichts sind, das denkt wie man denkt in der
Stadt,
aber hausen muß hier in die lautlose Ebne verschlagen,
das mit Bier seinen Durst löscht, mit Schmolle sich vollschlägt d
Magen.

Und wenn zwei oder drei spät vom Dienst kommen, mag es
geschehn,
daß sie plötzlich auf einem der Stockgleise stolpern und stehn
und es unter sich ausschnapsen, so zwischen Schiene und Schien
wen der Bahnwärter mitnimmt von ihnen auf seiner Draisine.

Vom Bahnwärter

Es hat der Bahnwärter tausende Schwellen
abzugehn und die Weichen zu stellen;
drum ist, wo die endlose Ebene blaut,
sein Häusel ganz nah an den Damm hin gebaut.

Wann mittags bahnfrei stehn die lautlosen Strecken,
sind bald die Fisolen gebrockt von den Stecken,
das Gras, das am Damm wächst, gemäht für die Geiß,
das bindet ihn schön an den ländlichen Kreis:

die Flecken, die fern aus der Ebene ragen,
die Weiser, die Scheunen und knarrende Wagen,
die schwanken einher durch das sandige Feld,
und grad, wann der Schranken den Fahrweg verstellt.

Und wenn dann die Schienen erklirren und singen,
da hat er am Bahndamm die Fahne zu schwingen,
im Donnern des Fernzugs zu stehen gespreizt,
im Rauch, der zu Tränen die Augen ihm beizt.

Braust, Züge, weit in die blühende Ferne,
akazienbegleitet, bis aufglühn die Sterne,
und singt auch von ihm, wann ihr klirrt durch die Nacht,
der still über euere Sicherheit wacht!

Heizers Schatz

Es bringt mich ein paarmal die Wochen
mein Überlandzug in die Stadt;
mich schmerzen vom Schaufeln die Knochen,
es schwitzt, wer mich ablöst, sich matt.
Grün glühn die Signale, ich schreite
im Abendschein über den Platz,
da steht schon das Häuschen, die Breite
der Tür füllt mein rundlicher Schatz.

Verrußt, will ich nicht sie erdrücken
und knie vor dem Waschtrog mich hin;
sacht schrubbt mir die Liebste den Rücken
und hilft mir das Hemd anzuziehn.
Der Stuhl, der zum Herd nur mit Mühe
sich rollt, ist mein richtiger Platz;
es streicht mir zur dampfenden Brühe
die Brote mein rundlicher Schatz.

Es fülln auf dem Sims die Reseden
die Kammer mit mildem Geruch;
vor Früh läßt sich's gut mit ihr reden,
ich zeig ihr das seidene Tuch.
Was laß ich mich, der ich so wandre,
an diesem so heimlichen Platz
nicht nieder? Dann wär eine andre
dem Heizer sein rundlicher Schatz.

Lied am Rand

Es frißt der Ruß bei uns am Rand
sich in die Zeile ein;
im Hinterhof ein Scherben Land
ist alles zum Gedeihn.
Wie bist du lieblich anzuschaun
in deiner Wangen Flaum;
ich bin aus schwarzem Holz der Zaun,
du bist der Apfelbaum.

Es liegt sich gut am Damm im Gras
zu Abend längs der Bahn;
die Drähte summen dies und das,
die Welt steht aufgetan.
Die Funken fallen in den Spelt,
rennt laut der Zug davon;
ich bin, was da verkohlt und fällt,
du bist der zarte Mohn.

Schwül ist bis lang nach Mitternacht
es zwischen Haus und Haus;
die Mauern strömen mehr als sacht
die Glut des Tages aus.
Es dreht sich das Akazienlaub
und schwebt durch die Allee;
ich bin, der an ihm frißt, der Staub,
du bist der süße Schnee.

Am Rammbär

Ums Bohrloch sprühn die Splitter,
das grelle Pflaster loht;
süß schmeckt der Grund und bitter
als wie Johannisbrot.
Glut flutet aus den Quadern,
es brodelt der Asphalt;
nie klopfen so die Adern
wie wann der Rammbär schallt.

Ein Brausen in den Händen,
verspreizt der Mensch sich breit,
bis sich die Blätter wenden
zur heißen Mittagszeit.
Die Speckwurst spießt das Messer,
leer rauscht im Ohr das Blut;
nie schmeckt der Straßler besser
wie wann der Rammbär ruht.

Hin geht in großen Stärken
der Tag, der Schlaf ist schwer;
bevor's die Augen merken,
sind rings die Hecken leer.
Der Vogelbeern Gezündel
lischt, da das Jahr sich neigt;
nie wiegt so schwer das Bündel
wie wann der Rammbär schweigt.

Strohwitwerlied

Nun ist die Wohnung morgens leer,
der Luster eingehüllt;
und wenn die Putzerei nicht wär,
so wär das Hemd zerknüllt.
An Socken wählt das beste Paar
der Mensch und bläht die Lung;
wann er ins Amt geht übers Jahr,
ist er nicht mehr so jung.

Zu Mittag ist es heiß, nach Haus
der lange Weg zu weit;
der Mensch vergönnt sich einen Schmaus
als wie in alter Zeit.
Das Bries – der Wein ist leicht und klar –
zergeht ihm auf der Zung;
wann er es kostet übers Jahr,
ist er nicht mehr so jung.

Er liest vor Nacht den Brief zu Haus
und gießt den Kaktus brav,
dann geht der Mensch noch einmal aus,
er braucht nur wenig Schlaf.
Auf jeder Bank sitzt schon ein Paar,
das macht ihm Mut und Schwung;
wann er wen anspricht übers Jahr,
ist er nicht mehr so jung.

Wer noch ein Wirtshaus offen findt . . .

Schon schließen rasselnd Schank für Schank,
die Steige liegen leer;
die Bogenlampen nur drehn blank
die großen Bälle her.
Aus Wand und Nischen flutet blind
des Tags verhaltne Glut;
wer noch ein Wirtshaus offen findt,
der trifft fürwahr es gut.

Der Standuhr schwarzer Zeiger frißt
gelassen an der Zeit;
die Süße der Akazien ist
nun nichts als Bitterkeit.
Aus dem Verputz der Mauern rinnt
aufs Pflaster ekle Brut;
wer jetzt noch eine Hure findt,
der trifft fürwahr es gut.

Der untre Saum der Nacht verbleicht,
die Weichen klicken leer;
vom Bahnhof aus den Rutschen streicht
der Staubwind beizend her.
In ihren blassen Höhlen sind
die Fenster ausgeruht;
wer jetzt noch seinen Schlummer findt,
der trifft fürwahr es gut.

Kleines Café an der Lände

Kleines Café an der Lände,
bröckelnder Firnis und Kitt,
alles für ihn ist zu Ende,
wann dich der Stammgast betritt.
Nichts ist für ihn mehr vorhanden
als die gepolsterte Bank,
draußen die Barken, die landen,
drinnen der Pfeifengestank.

Kümmelbestreut sind die Kipfel,
stark ist der heiße Kaffee;
strahlend im bläulichen Zipfel
sagen die Wolken ade.
Möge die Welt draußen warten:
Schein ist sie, nichts hier ist wahr
als nur die Regeln der Karten
und das Geschick im Billard.

Hier ist die Zeit nicht bemessen,
Träger, hier trägst du nicht mehr,
Kind, dein Geschäft ist vergessen,
Stelzfuß, dein Gang ist nicht schwer.
Still schlägt die Flut an die Lände;
reicht ihr im Schwinden des Lichts
einmal dem Dämmern die Hände,
zieht es am End euch ins Nichts.

Fünfziger beim Heurigen

Der Walnußbaum, der Pfirsichbaum,
die Bänke vor der Tür,
sie stehn so heimlig, daß ich kaum
die fünfzig Jahre spür.
Es spiegeln sich durch das Geschling
im Wein die Lichter fahl;
ich trink, wie ich ihn heute trink,
vielleicht zum letzten Mal.

Das Blatt, das durch die Rinne rennt,
das Korn, das surrt im Mohn,
der Flaum, der sich vom Schlingkraut trennt,
sie geben eignen Ton.
Im Gras zerschelln die schwarzen Nüss',
der Herbstrauch füllt das Tal;
ich küss', wie ich dich heute küss',
vielleicht zum letzten Mal.

Im Strom glost der Laternen Flucht,
die Nacht ist noch nicht alt;
ich fühle noch in mir die Wucht
der eigenen Gewalt.
Dir bring ich's, um den Mond du Ring,
euch, Sternen ohne Zahl;
ich sing, wie ich dies heute sing,
vielleicht zum letzten Mal.

Der kranke Fleischhauer

Ich fäll im Schlachthaus wie ein Lot
das Vieh noch, wann es tagt,
und kiefle mein gebähtes Brot,
sobald mein Magen nagt.
Zu schaffen gibt es dies und das,
wann sie ins Vorhaus gehn
und in der Runde geht das Glas
zum fetten Fleisch mit Kren.

Die Keulen reihn sich auf dem Brett,
im Kessel kreist die Wurst
und von den Grammeln tropft das Fett;
das Zuschaun schon macht Durst.
Ich aber halt in allem Maß
und laß das Zehnte stehn;
es gibt schon lang für mich kein Glas,
kein fettes Fleisch mit Kren.

Ich bin schon froh, wenn bittrer Trank
die Hungerschmerzen stillt,
wenn leer mir steht zur Nacht die Bank
und wenn mein Weib nicht schilt.
Nicht lang, so deckt mich kühles Gras;
wann alle auferstehn,
gönnt mir Sankt Petrus dann ein Glas
und fettes Fleisch mit Kren?

Wunsch eines Wiener Vaters

Und wenn dieses Übel die Oberhand hat,
so kauft auf dem Friedhof am Rand
ein Grab mir; nicht weit soll es sein von der Stadt,
aber doch schon im riedigen Land.
Stellt, Kinder, euch alle in Lieb bei mir ein,
denn dies ist mein Will und Beschluß,
wann mild saust im Bottich der goldene Wein
und schwarz ist die Schale der Nuß.

Sprecht still für den Vater ein kurzes Gebet
und geht mir dann schön in den Schank
an der Endstation, wo mein Stutzen noch steht
und wo schon der Großvater trank.
Die Rieden schaun mittags zum Fenster herein,
geraten die Nebel in Fluß;
gut schmeckt aus dem Bottich der goldene Wein
und milchig der Zwiekern der Nuß.

Gut munde, was jeder da mitgebracht hat,
zum süffigen Wein und zum Brot;
die Toten in unsrer gesegneten Stadt
sind nah und nicht immer ganz tot.
Drum streut unterm Mahl ein Gebet mir auch ein
für den, der als nächster gehn muß;
denn süß ist im Bottich der goldene Wein
und bitter die Schale der Nuß.

Am Abend vorm Geschnittenwerden

Still ist's im Saal, der Zeiger rückt auf zehn.
Laß unterm Messer früh mich nicht vergehn!
Ich hab noch keine Bouillabaisse gegessen,
ich bin noch nicht im Palmenwind gesessen . . .
Gib, daß es heil das Wühlen und den Stich;
Maria, Mutter Gottes, bitt für mich!

Das Laub beginnt im Reif sich sacht zu drehn.
Laß unterm Messer früh mich nicht vergehn!
Ich bin noch nicht von allen Bitternissen
wie die verschrumpften Beeren schwarz zerrissen,
daß süß die Weisheit ränn wie Wein durch mich . . .
Maria, Mutter Gottes, bitt für mich!

Die Schläfen brausen leer, die Uhr bleibt stehn.
Laß unterm Messer früh mich nicht vergehn!
Es ist so vieles vorwärts noch zu treiben,
es ist dazu noch dies und das zu schreiben,
und manches davon schreiben kann nur ich . . .
Maria, Mutter Gottes, bitt für mich!

Entlassener Trinker

Die Wipfel der Akazien sind schon gelber.
Der Kohl ist gut. Warum bist du so still?
Wo ist der Teppich? Ja, den trug ich selber
ins Pfandhaus, als ich stier war im April.
Im Trinkerheim bei uns gab's keine Klinken . . .
mir ist, ganz unter uns, ich weiß nicht wie;
hab keine Angst, ich werd mich nicht betrinken:
doch was ich tun werd, weiß ich nicht, Marie.

Ich will nicht grade sagen, daß die Kehle
verdorrt, wenn Schnaps und Schilcher sie nicht netzt;
doch reden können muß mit einer Seele
der Mensch, sonst ist er ganz zutiefst verletzt.
Wo sonst wird jemand um den Hals mir sinken –
was anders ist, als liegen Knie an Knie.
Ich werd ins Werk gehn und mich nicht betrinken:
doch wie das sein wird, weiß ich nicht, Marie.

An meiner Drehbank hab ich dreißig Jahre
verbracht und sonst mich rein um nichts geschert;
das Herz verfettet, schloh die Säuferhaare,
bin zag der Welt erst jetzt ich zugekehrt.
Kann dies noch einem alten Esel winken,
daß er gebraucht wird, wo er anfrug nie?
Dann könnt ich schaffen, statt mich zu betrinken,
und froher sein, als je ich war, Marie.

Hof der Angesteckten

Mohn schläft in deiner Augen Glanz,
wann durch den Hof wir irrn;
aus Papeln steht ein roter Kranz
auf deiner blassen Stirn.
Im Kittel, der dem Schreiten wehrt,
in deinen losen Schuhn
bist du ja für das Gift, das schwärt
in meinem Blut, immun.

Im Krankensaal ist's mehr als öd,
im Hof der Weißdorn loht;
die kahlen Kinder schwingen blöd
den Kopf, bemalt mit Jod.
Im Wind, der durch die Sträucher fährt,
möcht gern bei dir ich ruhn;
denn du bist für das Gift, das schwärt
in meinem Blut, immun.

Wie Lab gerinnt das Licht, komm still
zum Wasserbad den Flur
herab; die Ratten pfeifen schrill
schon in der Prosektur.
Laß uns, da sich der Schatten mehrt,
tun, was sie draußen tun;
denn wir sind für das Gift, das schwärt
in unsrem Blut, immun.

Gefahndet

Es sind nur noch wenige Tage,
daß ich mich so fortbringen kann;
die Schenken, in die ich mich wage,
sie sehn mir die Untat nicht an.
Rasch geht meine Barschaft zu Ende,
dann ist's mit mir Armen vorbei;
dann legt mir die Schelln um die Hände
die schwarze Zivilpolizei.

Die Stadt, durch die sinnlos ich treibe,
sie ist mir heut immer noch fremd;
ich finde darin keine Bleibe
und wechsle im Abtritt mein Hemd.
Sie haben nur wenige Spuren,
ganz ändert ein Bärtchen den Mann;
ich schlafe bei billigen Huren
und rühr all die Nacht sie nicht an.

Das Gras wellt sich zwischen den Steinen,
schön schwimmen die Käfer im Seim
der Kelche; es macht mich schier weinen,
wie oft ich sie spießte daheim.
Schön starrt auf den Ständen die Butter,
schön leuchten Levkojen und Mohn;
ich könnte so Tage stehn . . . Mutter,
nun hängen sie bald deinen Sohn.

Vorstadthure

Einmal, wann leise den Regen es treibt durch die Gassen
und die Laternen die zottigen Steige verlassen,
fänd ich mir gern einen schweigsamen Gast auf dem Strich,
einen, der schlechter daran ist und ärmer als ich.

Still würd ich ihn in die billige Herberge führen,
heimlich bezahln für den Schlüssel – er würd es kaum spüren –,
drückte die knarrende Türe sacht auf ins Quartier,
brächte von unten uns Kuttelfleck dann und ein Bier.

Still würd vom blechernen Tisch ich die Brotkrümel fegen
und mich im Finstern ganz leise ins Bett zu ihm legen,
herzte ihn, daß mir sein Samen im Schoß überränn,
herzte ihn, daß er ganz leise zu weinen begänn.

Nähm seine salzigen Wangen mir zwischen die Brüste,
bis daß er schliefe; und morgens, bevor er es wüßte,
wär ich gegangen und ließe zurück einen Schein . . .
Kühl sind die Nächte, es könnte leicht morgen schon sein.

Alte Arbeiter

Alte Arbeiter tragen ums Hemd keinen Strick,
sind, noch bevor die Sirenen schrein, vor der Fabrik,
schauen, wer trottet durchs Werktor und machen die Runde
zwischen den Halden durchs Gras, eh sie stechen die Stunde.

Alten Arbeitern geht's nun mal gegen den Strich,
wenn man sie antreibt; sie tragen ihr Werkzeug mit sich,
halten nicht viel von der Fütterung in der Kantine,
essen, was Mutter im Topf mitgibt, bei der Maschine.

Alte Arbeiter gehn nicht gleich abends nach Haus,
liegen im Gras oder fahrn in den Garten hinaus,
wenn es nicht regnet, und sehn nach den Trieben und Kernen
reden beim Umgraben gerne mit sich und den Sternen.

Alte Arbeiter sind ein verschlossener Schlag,
weniger gibt es von ihnen mit jeglichem Tag;
und mit der elenden Welt geht es immer mehr nieder,
glaubt mir, denn solche wie sie kommen einfach nicht wieder.

Längs der Bahn

Wo mein Leben ich zu früh vertan,
in der langen Zeile längs der Bahn
fällt durchs Fenster Ruß mir auf mein Mus,
fällt aufs Brot mir Ruß und nichts als Ruß.

Ruß frißt fett sich in die Mauern ein,
Wandbrett, Tisch und Fach sind nicht mehr mein,
in den Lungen, schau ich auf den Grus,
fühl ich rasseln Ruß und nichts als Ruß.

Wann ich greif nach meinem Schlüsselbund,
wann ich meinem Schatz verschließ den Mund,
wann ich räuspre mich zum Morgengruß,
kommt aus mir nur Ruß und nichts als Ruß.

Wann die Funken nachts herübersprühn,
summ ich mir ein Lied wie Rosmarin,
daß uns Volk, trägt nicht mehr mich mein Fuß,
andres blüh als Ruß und nichts als Ruß.

Lob der Verzweiflung

Einem künftigen Leser

Wenn meine Därme, die beim Bücken heut
mich scheußlich schmerzen, längst schon sanft verwesen,
wirst du, der sich am Licht des Tages freut,
in einer freien Stund dies Büchlein lesen.

Lies es vor eines blinden Spiegels Glanz,
lies es in einer Schenke, blau von Knaster;
die guten Seiten des gemeinen Manns,
ich hatt sie nicht, doch alle seine Laster

und manche andre: Überheblichkeit,
Rechthaberei . . . Ein Kleines abzutragen
von meiner Schuld, verwandt ich meine Zeit,
von seinem Leben etwas auszusagen.

Wenn dich bewegte davon dies und das
und es dich treibt, ein Wesen so zu lieben
wie ich den Blust im Staub, im Schutt das Gras,
steht es dafür, daß ich dies Buch geschrieben.

Roßhaar und Seegras

Roßhaar und Seegras in alten Matratzen
stechen durchs Gradel und zwingen zum Kratzen;
ihnen verdank ich manch juckende Wunde,
mach guten Einfall in schlafloser Stunde.

Roßhaar und Seegras: was wär eine Schenke,
wo sie nicht quöllen durchs Leder der Bänke,
was eine Stätte der billigen Liebe,
wo in die Haut nicht ihr Abdruck sich schriebe.

Roßhaar und Seegras, ihr schärft mir die Sinne,
wenn ich auf euch mich zu räkeln beginne;
laßt mich, was auftaucht an Bildern, beschreiben,
laßt mich auf euch es noch lange so treiben.

Spinnweben

Spinnweben hängen in Winkeln und Ecken,
hängen von Leisten und Simsen und Decken,
häufen sich justament dort, wo nicht leicht
man sie mit Besen und Bartwisch erreicht.

Spinnweben können sich seltsam bewegen,
wehn aus verlassenen Kammern entgegen,
schlingern wie Schnüre, wenn Staub sie verdickt,
finden sich zwischen den Hausrat gestrickt.

Spinnweben legen die Bauern auf Wunden,
die nicht von selber verharschen, gesunden,
daß sie an sich ziehn, was tief darin schwärt,
und sich's in heilende Säfte verkehrt.

Rost

Rost frißt rötlich sich in altes Eisen,
zeigt sich auf verlassnen Stockgeleisen;
Rost bedeckt die schweren Eisenstangen,
die den Trödlern vorm Gewölbe hangen.

Rost ist auf dem Schlüsselbart zu sehen,
der sich schwer nur läßt im Türschloß drehen;
Rost schuppt sich im Park vom schwarzen Gitter,
macht den süßen Blust der Sträucher bitter.

Rost läßt sich von alten Eisenstreifen
leicht mit einer stumpfen Klinge streifen,
haftet zäh an Nägeln, Zwecken, Stiften,
reizt die Haut und kann das Blut vergiften.

Dachpappe

Dachpappe, Teerpappe, deckt nur Baracken,
deckt zwischen Stacheldraht, Dinkel und Schlacken
mancherlei flüchtig gebaute Verschläge,
schwärzlich gekörnt, und verdüstert die Wege.

Dachpappe, Teerpappe, braucht nichts als Zwecken,
eilends die Blöße der Bretter zu decken,
daß sie nicht selbst Glut und Regen erfahren,
schält sie sich ab auch nach wenigen Jahren.

Dachpappe, Teerpappe, ist als ein Zeichen
kurzer Beständigkeit leicht zu begreifen,
wölbt sich zu Buckeln und rollt sich zu Ringen;
gut läßt von ihnen im Gras es sich singen.

Garagen

Garagen sind Schächte, geräumig und laut
in Häuser verlassener Gassen gebaut;
es schmecken die Schwaden, die scharf sie durchziehn,
nach Kautschuk und Schmieröl, nach Stahl und Benzin.

Garagen sind nüchtern, und kahl ist die Wand,
im Winkel steht vierschrötig nackt der Hydrant;
es ruhn auf der Werkbank, bereit zum Gebrauch,
beim Keil der Franzos und die Kanne beim Schlauch.

Garagen belebt ins Metallne ein Stich,
sie haben was Männliches, Grades an sich;
drum ißt gern sein Brot dort zum Bier der Chauffeur
und ißt es auch trocken oft, hat er Malheur.

Garagen sind Schächte, sind tagsüber leer,
man macht von den Ratten nicht viel eben her;
schraubt abends der Mond sich die Dächer herauf,
so spielt ihm vorm Tor die Harmonika auf.

Halden

Halden aus Scherben und Halden aus Schlacken
stehn vor Fabriken und stehn vor Baracken,
heben sich finster und stumpf aus dem Plan
längs den Kanälen und hinter der Bahn.

Halden ziehn langsam den Kran zu sich nieder,
strahlen die Glut ihres Inneren wider,
achten nicht Mulden, noch Buckel noch Strauch,
schwelen in ewigem bitteren Rauch.

Halden sind stetig im Wachsen und Strecken,
drohen, die Welt mit der Zeit zu bedecken,
ruhn nicht, solang das Getriebe nicht ruht;
Mohn sickert winzig aus ihnen wie Blut.

Baracken

Wo der Himmel am Rand zwischen Schloten und Waldkuppen
blaut
und sich die Wiese mit Disteln und Kletten und ungutem Kraut
überzieht und sich einverleibt Haufen von Scherben und Schlacken
stehn, für kranke Soldaten einst Obdach, die alten Baracken.

Und weil längst sie zu räumen der Stadtrat den Leuten gebot,
sind die rissigen Wände, erbaut in den Zeiten der Not,
nur mit Fetzen verstopft und mit Klammern zusammengeschustert
auf den Dächern im Wind sich schwärzlich die Dachpappe pluster

Und das Volk, das hier immer noch haust in Verschlag an
Verschlag,
hat zum Leben nicht mehr als von einem zum anderen Tag,
hilft einander oft aus mit Zichorie, mit Zwiebeln und Linsen,
stutzt die Kopfweiden kahl und trägt heim aus den Tümpeln die
Binsen.

Und man findet es bald nach dem Frühstück schon liegen im Gras
wie es, halb nur bekleidet und stumpf, sich sonnt ohne Maß,
auf die Disteln zum Trocknen hängt die löchrigen Socken
und im Sommerwind folgt mit den Blicken den silbernen Flocken.

Mittag vor der Fabrik

Es liegt sich gut zur Mittagszeit
vor der Fabrik im Spelt,
die Stätten dünken seltsam weit,
kein Kolben steigt und fällt;
es glüht auf Kies und Zwergbahngleis
herab das Firmament;
die mürbe Schlacke ist so heiß,
daß sie die Sohlen brennt.

Die Glut, die durch den Wermut streicht,
dörrt seine Wedel kraus,
sie legt sich auf das Gras und bleicht
die spröden Halme aus;
zu hören ist fast, wie sich leis
ein Blatt vom Stempel trennt;
die mürbe Schlacke ist so heiß,
daß sie die Sohlen brennt.

Es glüht und glitzert auf der Kant
das grüne Scherbenglas,
es glühn die Kipper voller Sand,
der Stacheldraht im Gras;
das Wellblech glüht, es glühen weiß
die Sockel aus Zement;
die mürbe Schlacke ist so heiß,
daß sie die Sohlen brennt.

Hinterm Güterbahnhof

Hinterm Güterbahnhof im verräucherten Schank,
wo der staubige Efeu sich rankt am Spalier,
hocken Heizer und Bremser gedrängt auf der Bank,
und sie essen ihr Wurstbrot und trinken ihr Bier,

von Asche versteift ihre Hosen, verschwitzt
ihre Leibchen; sie sitzen vom Tag noch beschwert,
bis der Plankenzaun hart aus der Dämmrung sich schnitzt
und ein feuriger Rauch aus der Dunkelheit fährt.

Der Verlader, dem fast es vor Jahren die Brust
zerquetschte, der ist vor den Schanktisch gerückt,
und ihm lauschen die Männer, zerfurcht und verrußt,
wenn er kräftig die Knöpf der Harmonika drückt

und mit näselnder Stimme gar viel singt dazu
vom Sich-Abküssen unterm Akaziengezweig,
von den Kisten, vom Grus, der sich frißt durch die Schuh,
von der rußigen Plag und vom riesigen Streik,

der sich ausdehnte damals die Strecke entlang,
da schwieg jedes Läutwerk, da blühte der Mohn
zehn Tage lang heller; und bei dem Gesang
befingern die andern im Beutel den Lohn.

Die Eisenbahnerherberge

Gleich hinterm Bahnhof, wo die Weichen klicken,
steht das verrußte immer offne Haus;
hier gehn die Eisenbahner, die seit Jahren
auf Überland- und Güterzügen fahren,
so mitternachts wie mittags ein und aus.

Voll ist der Kohlenkübel in der Küche,
das Wasser heiß im Häfen auf dem Herd;
hier kann der Heizer seinen Schwarzen brauen,
der Bremser seinen Speck mit Kornbrot kauen,
bevor er aus der öligen Bluse fährt.

Hier kann er sein verschwitztes Leibchen waschen
und auf den Ofenschirm zum Trocknen tun
und seine ausgedörrten Schuhe fetten;
bald findet vorgewärmt er eins der Betten
von andern, die jetzt müd noch darin ruhn.

Steigt er die Treppe dann hinauf im Finstern
und leckt ihm auf dem Gang die Hand der Hund,
so fühlt er sich zu Haus; was in der Leere
der Früh vielleicht zu wünschen übrig wäre,
ist neben ihm ein warmer Schoß und Mund.

Herbergsmutter

Heizer und Maschinenführer,
wann den Zug ihr übers Land
bringen sollt, stier mit dem Schürer
ich die Glut zu neuem Brand;
einem schärfer, einem linder
steht sein Essen schon gemacht.
Alle seid ihr meine Kinder,
jede Woche eine Nacht.

Eure Leibchen, eure Socken
wasch ich auch noch abends aus,
sind bis morgen wieder trocken;
streckt die Beine wie zu Haus,
lockert Hosenbund und Binder,
bald ist euch ein Bad gemacht.
Alle seid ihr meine Kinder,
jede Woche eine Nacht.

Daß den Schlund euch nicht die Asche
ausdörrt, daß mir keiner Not
leide, füll ich euch die Flasche,
packe fettes Fleisch zum Brot;
drehn die Räder sich geschwinder,
wißt, euch steht ein Bett gemacht.
Alle seid ihr meine Kinder,
jede Woche eine Nacht.

Die einen Eisenbahner nimmt . . .

Die einen Eisenbahner nimmt,
ist nicht so schlecht daran;
er hat sein festes Grundgehalt,
das heutzutage nicht so bald
ein Mann verlieren kann.

Die einen Eisenbahner nimmt,
die hat mehr Ruß als Ruh;
es treibt der Dienst ihn Jahr für Jahr
und beizt ihm Hose, Rock und Haar
und pfeift ihn fort im Nu.

Ist er daheim, hat sie viel Plag,
doch bleibt sie oft allein,
und wenn sie ihn im Fernzug weiß,
lädt manchesmal am Abend leis
sie einen andern ein.

Und wenn er Wind davon bekommt,
so redet er nicht viel,
trinkt Schnaps statt Bier, wenn Durst ihn quält,
und wird's erst finster, so verfehlt
sein Stecken nicht das Ziel.

Die einen Eisenbahner nimmt,
ist nicht so schlecht daran;
sie hat viel Ruß und wenig Ruh,
doch Geld genug und Zeit dazu
und einen ganzen Mann.

Gasthof nächst der Bahn

Hier sind der Zimmer nie genug,
aus Blech und Eisen Bett und Krug,
die Wände grau von Rauch und Ruß;
kein Gast wohnt länger, als er muß,
im Gasthof nächst der Bahn.

Die Korridore sind verstellt
von Koffern und stets schwach erhellt;
und oft erklirren Glas und Kann,
stets reist wer ab, stets kommt wer an
im Gasthof nächst der Bahn.

Der Tagportier, der Nachtportier,
sie schütten Rum in ihren Tee,
und nicht ein Finger wird gerührt,
eh nicht die Hand das Trinkgeld spürt
im Gasthof nächst der Bahn.

Mittagspause im Magazin

Im Zwielicht, das zur Mittagszeit
sich durch das Milchglasfenster seiht,
spießt gut aufs Messer sich die Wurst,
gut löscht ein Krügel Bier den Durst
im alten Magazin.

Bald ist der Packtisch freigemacht,
die Kiste hergerückt; ganz sacht
tropft der Behälter immerzu,
es stört kein andrer Laut die Ruh
im alten Magazin.

Im grauen Ballen harren bunt
die neuen Bücher, und gesund
der Kleister riecht; es ruhen kraus
Spagat und Strick am Boden aus
im alten Magazin.

Und seltsam ist's, wie vom Verpack
der Bücher und vom Siegellack
sich recht erst das Geschäft erfaßt;
gut tut zur Mittagszeit die Rast
im alten Magazin.

Hinterm Altmarkt in der Innern Stadt

Hinterm Altmarkt in der Innern Stadt
sind die Häuser klein und gar nicht glatt;
ihre Mauern, quaderdick und breit,
halten sommers kühl, und warm, wann's schneit.

In der Einfahrt schon und überm Tor
haben alte Firmen ihr Kontor;
wann es Ave läutet lang und schwer,
werden langsam alle Gassen leer.

In den alten Häusern über Nacht
bleibt der Hauswart nur, der sie bewacht,
bleibt ein Wirt, der im Gewölb aus Stein
nahe wohnt bei seinem kühlen Wein.

Und es öffnet das verrufne Haus
weit die Fenster, und ein Hauch strömt aus,
daß der späte Gast, der kommt von weit,
wiederfindet die verlorne Zeit.

Sonntag nachmittags im alten Gäßchen

Sonntag nachmittags im alten Gäßchen
ist der leere Steig zum Weinen still;
aufgetan sind alle Fensterläden
und verlassen blühen die Reseden,
weil kein Gast am Sonntag kommen will.

Sonntag nachmittags im alten Gäßchen
sehn die Huren nach dem Vierblattklee,
putzen ihre Sämischlederschuhe,
stopfen Strümpfe, kramen in der Truhe,
und es dampft im Häfen der Kaffee.

Sonntag nachmittags im alten Gäßchen
kommt zuweilen jemand von zu Haus:
's braucht der kleine Bruder eine Fibel
und der große eine Silberzwiebel
und die Schwester hält's im Dienst nicht aus.

Sonntag nachmittags im alten Gäßchen
streichen sich die Huren lang nicht an;
Fäden ziehn von Sims zu Sims die Spinnen,
Staub und Schalen liegen in den Rinnen,
und es spielt am Eck ein Werkelmann.

Föhn

Es schwanken die lange und ruhlose Nacht
die Kringel vorm Bord hin und her,
verdrückt ist das Linnen, der Schläfer erwacht
und streckt sich, der Kopf ist ihm schwer;
es sitzen die Leute beim Frühstück wie tot,
verhängt ist das Frühlicht und matt,
der Braune schmeckt bitter und sandig das Brot,
wenn der Föhn liegt über der Stadt.

Der Schraubschlüssel rutscht unterm Anziehen aus,
die Stahlklinge wackelt im Heft,
es zittern die Sträucher im stillen Gebraus,
im Laden ist wenig Geschäft;
stumm stochern die Gäste zu Mittag im Fleisch
und sind nach zwei Brocken schon satt;
die Straßenbahn bremst mit verbißnem Gekreisch,
wenn der Föhn liegt über der Stadt.

Die Sohlen sind wie an das Pflaster geklebt,
es treibt in die Haare den Schweiß,
der Staub, der in Wirbeln vom Gehsteig sich hebt,
macht schwindlig und durstig und heiß;
es fließt in den Schenken zu Abend viel Wein,
die Maste glühn finster und glatt,
und lose sitzt's Messer und mischt sich leicht ein,
wenn der Föhn liegt über der Stadt.

Von den hellen gefährlichen Nächten

Vom Himmel, zur Nacht, will ich singen ein Lied,
der wie eine Glocke aus Glas saugt und zieht,
daß der Blust an den Sträuchern sich züngelnd verzweigt,
in den Adern ein mächtig Gelüst drängt und steigt,
in den hellen gefährlichen Nächten.

Alleen und Gassen stehn taumelnd verkürzt,
die Luft ist von Flieder und Branntwein gewürzt,
und den Nachtschwärmer treibt's, seinen Rundgang zu gehn,
in die Schenken und Höfe und Nischen zu sehn
in den hellen gefährlichen Nächten.

Unters Kissen schiebt stöhnend der Schläfer die Hand,
und es schleudert der Säufer sein Glas an die Wand,
und der Strolch schluchzt auf, denn an ihn kommt die Reih,
und er stellt am Kanal sich der Strompolizei
in den hellen gefährlichen Nächten.

In den Anlagen blinken die Kiesel wie Zinn,
und das Leben erfüllt seinen schmerzlichen Sinn,
wenn verzückt es des süßen und zähen Gewichts
sich entledigt und aufseufzend schwängert das Nichts
in den hellen gefährlichen Nächten.

Es geht ganz sacht auf Früh

Vom Kai her kommt ein kleiner Wind,
das dicke Grau der Nacht gerinnt,
im Schatten sind noch Sims und Tor,
fahl treten Damm und Steig hervor:
es geht ganz sacht auf Früh.

Es löst ganz hörbar in der Stadt
sich irgendwo vom Baum ein Blatt,
dumpf haucht die Bude auf dem Markt,
die ersten Karren stehn geparkt:
es geht ganz sacht auf Früh.

Die Seitengassen hallen taub,
es schmeckt nach bitterm Kohlenstaub,
die Rutschen ragen längs der Bahn,
an seinem Pflock knarrt leis ein Kahn:
es geht ganz sacht auf Früh.

Kleines Café am Morgen

Es kommen, bevor die Laternen im Schein
der Dämmrung verblassen, schon Gäste herein
vom Markt, aus den Gäßchen und aus der Allee
und brechen die Kipfel im kleinen Café
zu einem Glas Schwarzen mit Rum.

Der Markthelfer kommt, der die Kisten verlud,
der Nachtschwärmer kommt im zerknitterten Hut,
vom Stand der Chauffeur, aus dem Stundenhotel
die Huren und hängen ihr Zeug aufs Gestell
und schlürfen den Schwarzen mit Rum.

Noch öd ist der Tag vor den Fenstern und kalt,
doch drinnen ist's dunstig und wohlig, und alt
ist der Öllack, der sacht von den Wandleisten bricht,
der Löffel, der langsam den Zucker zersticht
im dampfenden Schwarzen mit Rum.

Das Seegras entquillt der gepolsterten Bank,
es dampft der Kaffee, und sie schlürfen den Trank;
sie schlürfen und seufzen und lassen sich Zeit.
Was wartet schon ihrer? Sie haben's noch weit
nach ihrem Glas Schwarzen mit Rum.

Die heißeste Stunde

Alle Geräusche versiegen,
grell stehn die Maste vermummt;
träg falln ans Fenster die Fliegen,
und auch der Rammbär verstummt.
    Dies ist die heißeste Stunde,
    still wie sonst nichts auf der Welt,
    wo nur das Sprengfaß die Runde
    macht und der Fruchteismann schellt.

Jäh vor die Augen im gachen
Glast hebt ein jeder die Hand;
feierlich stehen die Plachen
über die Steige gespannt.
    Dies ist die heißeste Stunde,
    still wie sonst nichts auf der Welt,
    wo nur das Sprengfaß die Runde
    macht und der Fruchteismann schellt.

Kühl, wo die Katzen sich lässig
sonnen im Flirren des Lichts,
riecht's aus der Einfahrt wie Essig,
führen die Tore ins Nichts.
    Dies ist die heißeste Stunde,
    still wie sonst nichts auf der Welt,
    wo nur das Sprengfaß die Runde
    macht und der Fruchteismann schellt.

Rast im Gäßchen

Wann mittags die Läden rings schließen
und die Leut in die Anlagen gehn,
ist's schöner, die Rast zu genießen
im winzigen Gäßchen, zu sehn,
    wie ausdorrt das Kraut in der Tonne,
    zu hörn, wie ein Kind von fern greint,
    zu wissen im Schank, wie die Sonne
    aufs bucklige Pflaster scheint.

Es strecken lässig die Beine
sich aus unterm wackligen Tisch,
es schmeckt zum gekühlten Weine
in Sulz der gepfefferte Fisch.
    Die Luft ist aus Kringeln gesponnen,
    die Bank ist zum Dösen gemeint,
    wenn heiß vor der Türe die Sonne
    aufs bucklige Pflaster scheint.

Es stützen mit starrenden Brüsten
die Huren im Fenster sich auf,
und leidet der Mensch an Gelüsten,
so geht er ein Stündlein hinauf.
    Es mehrt hinterm Vorhang die Wonne,
    zu hörn, wie ein Kind von fern greint,
    zu wissen, wie draußen die Sonne
    aufs bucklige Pflaster scheint.

Die Oleander

Wann die Leute matt einander
streifen und das Licht sich wellt,
stehn die schönen Oleander
vor die Schenken hingestellt.
Eh das Eis schmilzt in den Tüten,
wird im Krug das Wasser schal;
nur die winzig roten Blüten
schlürfen durstig Strahl um Strahl.

Würzig blühn sie, wie sie blühen,
wo sich nichts zu Mittag duckt,
wo die Felsen schweigsam glühn
und den Schatten es verschluckt.
In den Kübeln vor den Schenken
stehn sie fremd und seltsam da;
selbst der Staub, der auf den Bänken
liegt, kommt ihnen nicht zu nah.

Nur die leicht vorüberwandern,
starr die Wangen, grell den Mund,
sind verwandt den Oleandern,
wie sie in der Mittagstund
ihre süße Würze wiegen,
die wie Opferduft verraucht,
während nackt die Gassen liegen
und es aus den Toren haucht.

Kino nach Tisch

Wenn die Sonne nach Tisch auf den Gehsteigen liegt
und der mürbe Asphalt unterm Absatz sich biegt,
ist es gut, in ein schäbiges Kino zu gehn
und dösend im muffigen Dunkel zu sehn,
wie es flirrt auf der Leinwand und flimmert.

Der Fußboden knarrt, das Parkett ist fast leer,
und die Luft ist von Stauböl und Leutgeruch schwer;
der finstere Saal schluckt das Straßengebraus,
und es nehmen die schläfrigen Augen kaum aus,
was da flirrt auf der Leinwand und flimmert.

Und es löst sich, was lange vergessen schon lag,
und was vor den Augen da auftauchen mag,
die Kringel und Fratzen, die nie wollen ruhn,
haben nichts, aber gar nichts mit dem mehr zu tun,
was da flirrt auf der Leinwand und flimmert.

Im alten Gasthausgarten

Im alten Gasthausgarten
kommt durch den Zaun ganz zag
der Ruch von Hobelscharten
am frühen Nachmittag;
fern klappert noch ein Teller,
und manchmal, wie ein Wisch,
fährt träge bald, bald heller
ein Lichtfleck übern Tisch.

Es spreizt sich das Gefieder
des Buchsbaums starr und stumpf,
ein Kästenblatt schwebt nieder,
das Holz der Bank riecht dumpf;
die Winden rolln die Tüten,
es häuft sich das Gemisch
von Staub und welken Blüten
und Borke auf dem Tisch.

Es schläft auf der Terrasse
verrankt der wilde Wein,
vergessen schläft die Tasse,
und selbst der Kies schläft ein;
es schläft sogar die Grille,
nur manchmal, wie ein Wisch,
fährt in der großen Stille
ein Lichtfleck übern Tisch.

Wann die Akazien blühn

Grell zwischen Häusern fällt der Schein
bis auf den Grund der Stadt herein;
zu Mittag ist kein Schatten breit,
die Kringel flirrn, es ist die Zeit,
wann die Akazien blühn.

Von Staub und Süße ist gewürzt
die Straße, die sich scharf verkürzt;
es strömen Quadern, Kies und Haus
am Kai die Glut des Tages aus,
wann die Akazien blühn.

Zu Hause ist's so schwül und eng,
schwarz glühn Geländer und Gestäng,
und auch im Tschoch ist's viel zu heiß;
der Wein bringt auf die Stirn den Schweiß,
wann die Akazien blühn.

Es geht kein Hauch durch die Allee;
es treibt die Unrast ins Café
und weg vom Schwarzen auf den Strich;
sie plagt und plagt absonderlich,
wann die Akazien blühn.

Von Geld und Gut und Teurerm trennt
der Mensch sich leicht; das Firmament
saugt stark an ihm, bis kühl der Wind
sich aufmacht und die Nacht verrinnt,
wann die Akazien blühn.

Im Efeugärtchen

Wann das Licht wie Soda blau erlischt
und der Staub mit Bratendunst sich mischt,
ist zu warm es auf den Polsterbänken,
sitzt es schön sich draußen vor den Schenken.

Abgegrenzt durch Efeulaub vom Steig,
hinter grüner Kisten Schlinggezweig
sitzt es doch sich mitten im Getriebe,
spricht es sich verstohlen gut von Liebe.

Räder rollen, der Laternenschein
streift den Teller, guckt ins Glas herein,
zage Hände finden zueinander,
und es duftet süß der Oleander.

Was da schöner schimmert, Großer Bär
oder Lampe, wär zu sagen schwer;
heißer Hauch des Tags strömt aus der Mauer,
mischt sich mit dem kühlen Sternenschauer.

Nach dem Urlaub

Leer gähnt die Wohnung nach den Sommertagen,
die Möbel stehn in Tücher eingeschlagen,
der Luster hängt, vermummt, wie blind und taub,
die Leisten deckt ein feiner bittrer Staub.

Die Fenster knarrn beim Auftun, und die Gassen,
aus denen Glut hereinströmt, sind verlassen;
am kranken Baum hängt grün verdorrt das Laub,
die Blätter deckt ein feiner bittrer Staub.

Im Kasten schwingt der Mottentod am Faden,
schwer öffnen sich die vollen Schreibtischladen;
die Hand, die sie durchsucht, begeht fast Raub,
und alles schmeckt nach feinem bittrem Staub.

Wenn ich mir einen Schatz noch fänd

Was mir in Saft steht, geht zu End;
wenn ich mir einen Schatz noch fänd,
so hielt ich schon, bin ich auch arm,
mit guten Worten mir ihn warm.

Ich ginge abends selten aus,
ich brächte immer was nach Haus,
sei's nur ein Pfirsich, sei's ein Schal,
ich lobte das gekochte Mahl.

Ich könnt kaum satt mich sehn an ihr,
an jeder Rundung, jeder Zier;
und schlief vor Früh ich endlich ein,
so müßt sie mir im Rücken sein.

Und neckte ich sie dann und wann,
ich säh ihr's an den Augen an,
was immer möcht mein schönes Kind;
wo aber find ich's noch geschwind?

Nach einem Ausflug

Komm, Liebste, in den leeren Wartesaal,
hier ist es schummrig, ist die Luft auch schal;
leg dich nur hin, wir haben Zeit genug,
in einer Stunde erst geht unser Zug.

Bedaure nicht, daß hier der Guß uns hielt,
der Ofenschirm ist dir ein guter Schild;
ist auch der Napf zerscherbt, die Diele schlecht,
genieße wartend diese Stunde recht.

Nicht oft wirst du so fremd sein und zu Haus,
den kleinen Finger laß darum nicht aus;
sieh, was der Mensch nicht braucht zum Glück, mein Kind,
wie eitel all die vielen Dinge sind.

Wie wenig ist es, was du haben mußt . . .
sacht glost das Öfchen und die Lampe rußt;
es regnet sich vorm Fenster langsam ein . . .
Der Laut wird nachts in unsern Ohren sein.

Lied am Bahndamm

Süß das schwarze Gleis entlang
duftet die Kamille;
Mückenschwall und Vogelsang
sind verstummt, die Grille
regt allein sich schrill im Sand,
und uns beide, Hand in Hand,
überkommt die Stille.

Rote Tropfen streut der Mohn
über Hand und Stätte,
auf dem Stockgleis der Waggon
ist heut unser Bette,
wo man uns zwei schlafen läßt,
und schon hält dein Haar mich fest,
als ob's Finger hätte.

In der Tür das Blau wird satt,
Sterne schaukeln trunken;
wenn auf Spelt und Schaufelblatt
sprühen jähe Funken,
und ein Zug vorüberfährt,
bleib ich ganz dir zugekehrt,
ganz in dich versunken.

Nach Tisch

Im Zimmer glühn die Lehnen,
der Sessel blasses Stroh;
es ziehn die Sonnensträhnen
voll Stäubchen durchs Rollo.

Es hängt, verschnürt mit Zeitung,
der Luster wie ein Lot
herab, die Wasserleitung
tropft langsam sich zu Tod.

Sacht setzt die halbe Helle
viel leere Ringe an;
vorm Fenster schwingt die Schelle
ganz dünn ein Fruchteismann.

Könnt ich dies Klingen tragen,
ich trüg es gern zu dir;
so lieg ich wie erschlagen
und hätt dich gern bei mir.

Bei Bier und Rettich

Gut ist's spät noch auf dem Steig zu sitzen,
hinterm Schutz verstaubter grüner Zier;
laß den Rettich noch ein wenig schwitzen,
trink den Schaum aus meinem Krügel Bier.

Kühle Lichter zittern auf den Rinnen,
Räder machen vor dem Gasthaus halt;
aber schwül und stickig ist's noch drinnen,
und die Schaben schaukeln aus dem Spalt.

Seltsam lieb ich diese Stunde, Mädel;
näher bist du mir als Mund an Mund,
nun den Schweiß es kühlt auf meinem Schädel
und ich lockre meinen Hosenbund.

Tausende sind so wie wir gesessen,
Tausende noch werden sitzen so
und des Tages Müh und Glut vergessen;
eins mit ihnen fühl ich mich und froh.

Sieh, vom Stern dort löst sich eine Zacke,
am Spalier der Efeu raschelt sacht;
pack nun ein und schlüpf in deine Jacke,
denn ein Schauer hat sich aufgemacht.

Wohin solln wir nun gehen?

Wohin solln wir nun gehen?
Der Windling fällt vom Draht,
die Sonnenblumen drehen
ihr schwarzes Samenrad;
es findet auf den Gstetten
sich nun kein sichrer Platz,
wo wir uns könnten betten
verstohln vor Nacht, mein Schatz.

Es reihen sich am Himmel
die Sterne kalt und fahl,
es riechen dumpf nach Schimmel
die Nischen am Kanal;
es scheint die Stocklaterne
auf den verlaßnen Platz,
ich herzte aber gerne
dich oft vor Nacht, mein Schatz.

Vorbei an schwarzen Schütten
laß uns stromabwärts gehn,
bis wo die Badehütten
in langer Reihe stehn;
vergaß man sie zu sperren,
hat eine für uns Platz,
dieweil die Wellen zerren
am Gras vor Nacht, mein Schatz.

Morgen abends zieht mein Schatz hier ein

Morgen abends zieht mein Schatz hier ein;
morgen leb ich nicht mehr ganz allein,
weht nicht still es an mich aus dem Fach,
liegt mir wer im Rücken, wenn ich wach.

Morgen abends zieht mein Schatz hier ein;
alter Armstuhl, wie wird alles sein?
Wird sie's leiden, wenn ich les und schreib,
lieb sein, wenn ich lang im Wirtshaus bleib?

Morgen abends zieht mein Schatz hier ein,
muß ich nicht mit Wurst zufrieden sein,
steht ein warmes Mahl mir auf dem Tisch,
sind die Teller warm, die Semmeln frisch.

Morgen abends zieht mein Schatz hier ein;
wie's auch sein mag, viel wird anders sein;
froh ist mir ums Herz zugleich und weh . . .
Alte Zeit, ich sag dir heut ade.

Es ist schön . . .

Es ist schön, wenn du spät im verfinsterten Raum
ins geglättete Bett zu mir kriechst
und mich anrührst mit deinem kaum sichtbaren Flaum
und nach Seife und Pfefferminz riechst.
Deine Haut ist noch kühl, deine Hände sind schwer;
und dein Mund gibt sich zögernd und tut
bei allem, als ob es das erste Mal wär,
und das, liebe Liebste, ist gut.

Es ist schön, wenn die Brust sich dir hebt und sich senkt
und mich leise dein Atem weht an
und dein Leib sich mir nähert und freundlich sich schenkt,
weil er einfach nicht anders mehr kann.
Die Nacht ist noch lang und um uns alles still,
in den Ohren rauscht leise das Blut;
und was du willst, will ich, und du tust, was ich will,
und das, liebe Liebste, ist gut.

Es ist schön, wenn im Fenstergeviert sich der Schein
des Tages erhebt und mich weckt,
und die Hand läßt die Rundung der Schultern nicht sein,
bis der Druck meiner Finger dich schreckt.
Süß und weh zugleich ist, was ich tu oder laß,
wenn dein Arm mich umfängt, uns zu Mut,
und ich küß vom Gesicht dir das salzige Naß,
und das, liebe Liebste, ist gut.

Die Azalee

Der Vorhang bläht sich sacht, der Raum
füllt mählich sich mit frühem Licht;
dein Atem geht ganz still, der Flaum
wellt seidig sich um dein Gesicht.

Am Fensterbrett die Azalee
starrt wie aus Kalk; ich hebe leis,
behutsam mich aus deiner Näh
und lieg, noch feucht von deinem Schweiß.

Ich tast zurück mich in die Nacht,
es hält mir schier den Atem an
vor Glück; ich hätte nie gedacht,
daß ich noch so gelöst sein kann.

Wenn ich auch älter bin, ein Kind
bin ich bei dir; verzeih du mir
die vielen Huren – es beginnt
mein Leben, Liebste, erst mit dir.

Es wiegt ja nichts mehr, was ich weiß,
ich bin doch ohne deine Näh
nur halb; ich nehm dich, sieh, so leis . . .
Am Fenster starrt die Azalee.

Laß uns schlafen

Laß uns schlafen, laß uns schlafen,
laß uns schlafen, liebes Kind;
alle Sterne sind im Hafen,
und es geht ein kühler Wind.
Ernst im Fenster stehn die Maste;
selbst der schwarze Draht, der sang,
als ich abends dich umfaßte,
schweigt schon viele Stunden lang.

Heiß in meinen hohlen Händen
hat dein Fleisch sich abgepreßt;
dreimal zwischen deinen Lenden,
Liebste, hat dein Schoß genäßt;
mehr vielleicht, als uns erschöpfen,
könnt uns einmal unsre Näh;
schlaf, umrahmt von deinen Zöpfen,
die zum Spiel ich dir noch dreh.

Kühle schwarze Tropfen schlichten
draußen das erschlaffte Gras;
nur drauf aus, sich zu vernichten,
ist der Liebe Übermaß.
Heute Nacht sind wir gewesen,
wo die Liebe sich verzehrt, –
laß uns schlafen und genesen,
eh der Schein am Saum sich klärt.

Schlaflied vor Früh

Der Schein im Spiegel ist noch blind,
vorm Fenster geht ein kleiner Wind,
ins Zimmer schlägt die Vorhangschnur,
sonst regen sich die Fliegen nur.

Seit Abend strebte Mund zu Mund,
Schlaf brauchen apfelsinenrund
die Brüste dein, der Schoß so feucht,
in deinen Augen schwimmt Geleucht.

Blank wie die Kressen sollst du sein
zur Morgenstund, drum schlaf mir ein;
schon trinkt das Laub den ersten Tau,
drum schlaf, bevor ich wieder schau.

Ich möcht mit dir, Liebste, gern liegen

Ich möcht mit dir, Liebste, gern liegen
in den Betten, in denen ich lag,
und hören ans Fenster die Fliegen
verschlafen schlagen vor Tag.

Gern hört ich die Milchwagen fahren
und röch in den Rillen die Spreu;
ich pflückte dir gern aus den Haaren
im schummrigen Stadel das Heu.

Gern stopfte ich in die Matratzen
dir sorgsam das Seegras zurück,
genösse, wenn draußen die Spatzen
laut tschilpen, das flüchtige Glück.

Ich stünd mit dir gern in den Nischen
und hätte im Stehen dich gern;
ganz aus möcht mein Leben ich wischen,
mit dir es zu leben, mein Stern.

Die Wege, die als Bub ich ging

Die Wege, die als Bub ich ging,
ich ging sie gern mit dir;
dran ich mich schnitt, das Halmgeschling
reicht ich dir gern als Zier.
Ich machte, wo ich schön im Gras
je ruhte, gern dir Platz;
noch einmal tränk ich jedes Glas
mit dir, herzlieber Schatz.

Ich strömte gern so viele Mal,
wie ich mich bang ergoß,
noch einmal in dich ein; der Stahl,
der mir den Schlund zerschoß,
gäb er dir nur ein Tröpflein Blut,
gern litt ich seinen Schlag.
Gern sagt ich dir genau und gut
Bescheid von mir vor Tag.

Es wächst kein Gras, kein Wegerich,
wo heut ich geh, kein Wein;
nur meine Liebe bettet dich,
wann du sie willst noch, ein.
Für dich allein ist stets bereit
mein Lied, ein kleiner Schall,
und der nur noch für kurze Zeit,
mein Um und Auf und All.

Ich bett mich tief in deine Arme ein

Ich bett mich tief in deine Arme ein:
ich dachte nicht, es könnt noch so was sein;
du bist für mich der Blust in der Allee,
das Weingeländ, durch das ich nicht mehr geh.

Ich bett mich tief in deine Arme ein:
oh, den verlornen Dingen nah zu sein!
Du bist das Landbrot, das ich nicht mehr beiß,
im irdnen Topf aus Rahm die süße Speis.

Ich bett mich tief in deine Arme ein:
mein kleiner Krampf wird bald vorüber sein,
bald lös ich mich von dir, und du bist frei;
hab Dank, hab Dank, mein Mädel, und verzeih!

Beim Stromwirt

Laß, Liebste, von neuem dir füllen das Glas
und koste vom Hecht, er ist frisch.
Du bist noch jung wie im Stromland das Gras,
aber ich, ich bin alt wie ein Fisch,
der grundelt im Schlamm, wo am tiefsten es rauscht,
und jedes Jahr legt seinen Laich.
Doch ich kann auch reden, und wenn du mir lauscht,
vielleicht macht's dich weiser und reich.

Es stirnt überm Garten der Himmel sich aus,
der Strom hüllt mit Nebel sich ein;
zart bist du, blank wie die Winden im Strauß,
aber ich, ich bin alt wie der Wein,
der lag seine richtigen Jahre im Faß
und hält, was der Zung er verspricht.
Und kostest du mich, wird das Aug mir so naß,
und dir wird das deine so licht.

Hinterm Holz geht der Mond auf und schwebt auf uns zu
und leg ich um dich meinen Arm,
so geb ich vielleicht dir die nötige Ruh,
und du machst ums Herz mir schön warm.
Wir sind, wie wir sitzen, ein seltsames Paar,
du jung wie die Nacht, ich schon alt;
wer weiß, ob wir sitzen hier heut übers Jahr . . .
Dies Glas noch. Vom Strom kommt's schon kalt.

Sieh sacht die bleiche Vorhangschnur . . .

Sieh sacht die bleiche Vorhangschnur
herein ins Zimmer wehn;
sie wird, surrt draußen auf dem Flur
das Licht, noch oft so wehn,
wenn du dich einem andern schenkst;
schau hin – ich mach dir Platz –
daß, schwingt sie, du auch mein gedenkst,
herzallerliebster Schatz.

Sieh blaß mit seinem Hof den Mond
im blinden Fenster stehn;
er wird, wenn das Gewölk ihn schont,
vor früh noch oft so stehn,
wenn du dich einem andern schenkst;
schau hin – ich mach dir Platz –
daß, scheint er, du auch mein gedenkst,
herzallerliebster Schatz.

Sieh auf dem Buchsbaum blank den Tau
in schwarzen Tropfen stehn;
er wird zur Stunde zwischen Lau
und Kühl noch oft so stehn,
wenn du dich einem andern schenkst;
schau hin – ich mach dir Platz –
daß, blinkt er, du auch mein gedenkst,
herzallerliebster Schatz.

Langes Scheiden

Du tust mir noch immer so manches zulieb,
ich lese dir immer noch vor, was ich schrieb;
wir können uns nicht mehr wie früher verstehn:
was ist denn mit unserer Liebe geschehn?

Wir sitzen beisammen im schummrigen Schein,
du setzt mir den Zwickel im Unterzeug ein,
ich müßt zu den Mädchen in Lumpen sonst gehn:
was ist denn mit unserer Liebe geschehn?

Dein Atem geht schwer und dein Herz klopft geschwind,
du trägst mir schon von einem andern ein Kind;
ich tröste dich, mußt du es abtreiben gehn:
was ist denn mit unserer Liebe geschehn?

Mir wird, wenn du freundlich mich anlachst, noch warm,
du legst mir noch manchmal die Hand auf den Arm;
und doch kann es, Kind, nicht mehr lange so gehn:
was ist denn mit unserer Liebe geschehn?

Auf einen Ausflug bist du weggegangen

Auf einen Ausflug bist du weggegangen –
im frühen Zimmer bin ich ganz allein;
der Vorhang raschelt an den Messingstangen,
auf deiner Jacke spielt der Sonnenschein.
Ich spann ein Blatt in meine Schreibmaschine
und schütt das erste Pulver mir ins Glas.

Geh nur und sing! Es hat so kommen müssen:
mein Haar ist grau, mein Bein ein wenig lahm;
ich wußt beim Tee es zwischen deinen Küssen
und wenn vor Früh ich dich behutsam nahm.
Ich hab dir meinen Rucksack gern geliehen;
grüß mir die Quelle, wo ich manchmal saß.

Auf einen Ausflug bist du weggegangen,
zum erstenmal bin Sonntag ich allein;
gehst bald du weiter weg, werd ich nicht langen
nach dir, viel lieber will ich einsam sein.
Wohin du gehst, mit wem – ich bin nicht eitel,
ich dank dir, daß ich dich so lang besaß.

Allein

Ich hab am Abend nichts mehr zu verhehlen,
ich merk mir nichts mehr, um es zu erzählen,
ich kaufe nicht geschwind noch Aufschnitt ein:
du bist gegangen, und ich schlaf allein.

Nichts ist im Bett, um es an mich zu drücken,
ich spüre nichts mehr wohlig mir im Rücken,
ich ström nicht mehr in deine Süße ein:
du bist gegangen, und ich schlaf allein.

Der Arm wird nicht mehr starr mir früh beim Dösen,
da ist kein Haar, sich sacht aus ihm zu lösen,
ich lasse laut ins Bad das Wasser ein:
du bist gegangen, und ich schlaf allein.

Ja, ich kann eine Liebste noch finden . . .

Dicht noch stehn überm Scheitel die Strähnen,
wenn ich auch über Vierzig schon bin;
und gerührt bin noch leicht ich zu Tränen,
wenn von mir ich zu reden beginn.
Süß noch blühn mir Akazien und Linden,
sacht braust nachts mir der Wein am Spalier:
Ja, ich kann eine Liebste noch finden,
aber bleiben wird keine bei mir.

Denn es packt mich die Kolik beim Baden
und es wird mir das schlechte Bein lahm,
wenn die Wege zum Wandern mich laden,
und zutiefst bin ich selber mir gram.
Kann ich Lieder auch schreiben, nicht binden
läßt mit ihnen sich, was ich verlier;
ja, ich kann eine Liebste noch finden,
aber bleiben wird keine bei mir.

Darum danke ich auch deinem Munde,
deinem Schoß, der mich willig empfängt,
und der Nacht und der zögernden Stunde
wie dem Licht, das das Dunkel verdrängt.
Nimm es leicht drum, denn vor der Zeit schwinden
muß ich bald vielleicht, Liebste, von hier;
und ich werd eine andre noch finden,
aber bleiben wird keine bei mir.

Nun werden bald die ersten Gäste kommen

Nun werden bald die ersten Gäste kommen,
ich kühle rasch noch den Vöslauer ein;
es zeigt der Gartenzaun sich nur verschwommen
und auf den Stauden spielt ein schwacher Schein.
Im Eck, das Fichtenladen hell verkleiden,
wird bald wer auf dem Tisch das Hausbrot schneiden:
doch er versteht es nicht so gut wie du.

Das Mitgebrachte werden wir verzehren,
beim Wein ein wenig noch gesellig sein
und reden, um das Herz uns auszuleeren;
ich greif zum Schluß nach meinen Schreiberein
und lese vier fünf meiner letzten Lieder,
und sie erwägen mir das Für und Wider:
doch es versteht das keiner so wie du.

Dann gehn sie. Durch betaute Farnkrautwedel
begleit ich bis zum Gitter sie das Stück;
vielleicht kommt doch das dralle schwarze Mädel
im grünen Kleid um ihren Schal zurück.
Es schmeckt der Mund nach herbem Wein und Nüssen,
im finstern Stiegenhaus kommt es zum Küssen:
doch sie versteht es nicht so gut wie du.

Alte Leute

Auf der Stiege geht mir oft der Atem aus,
doch mich alten Rentner leidet's nicht zu Haus;
sitze viel im Kaipark, weht nicht scharf der Wind,
geh in eine Schank, wo alte Leute sind.

Alte Leute such ich, denn die wissen noch,
wie in meinen Tagen gut das Leben roch;
alte Leute such ich, denn sie hörn sich's an,
klagt von den Gebresten gern ein alter Mann.

Ach, sie tun mir leid wie ich, und zög ich bloß
in der Lotterie einmal das große Los,
richtete ich gleich ein kleines Gasthaus ein:
Gäste dürften dort nur alte Leute sein.

Dürften dort mir spucken, ohne sich zu scheun,
dürften ihre Asche auf das Tischtuch streun;
spielte ihnen gerne auch zuweilen auf,
gäb zum Heimgehn ihnen Bischofsbrot darauf.

Der alte Packer

Bei schwachem Licht, in einem Hauf
von Stricken, Holzwoll, Staub und Rost
brach er die großen Kisten auf
und siegelte die Auslandspost.
War ein Scharnier im Laden schlecht,
brach ein Regal, so rief man ihn;
er nagelte es bald zurecht
im dumpfen Magazin.

Wir schickten ihn zur Gabelzeit
um heiße Würstel, Senf und Brot;
und wenn er kam – es war nicht weit
bis hin – war seine Nase rot.
Wenn wir uns fanden zum Tarock,
ließ er den braunen Zucker ziehn;
wir tranken manchen steifen Grog
im dumpfen Magazin.

Der eine kam, der andre ging,
er blieb; sein Haar ward schmutziggrau,
ihm schwollen um den Siegelring
die Knöchel, und sein Mund ward blau.
Nicht nur dem Lehrling war zum Plärrn,
als wir im März begruben ihn;
wir saßen nachher nicht mehr gern
im dumpfen Magazin.

Die alte Köchin

Am Ersten kommt unsere alte Marie,
die lang bei uns kochte zu Haus;
gewöhnlich kommt sie ein Stündlein nach Tisch,
der Kaffee ist noch warm und die Mehlspeis ist frisch,
und mein Mann ist schon wieder dann aus.

Am Ersten kommt unsere alte Marie;
sie kramt aus dem Korb, in der Tür,
ein wenig Gemüs, wie ihr Garten es trägt,
und Eier, von ihren drei Hennen gelegt,
und nimmt keinen Kreuzer dafür.

Am Ersten kommt unsere alte Marie,
wir haben dann unseren Plausch;
sie weiß, wo wir wohnten und wie's bei uns war,
wie Mutter mir knüpfte die Masche ins Haar,
und kennt noch vom Schlafrock den Flausch.

Am Ersten kommt unsere alte Marie;
ich schneid aus Flanell für ihr Bein
die Fasche und kauf ihr gleich heute die Schmier;
kommt einmal zum Ersten sie nicht mehr zu mir,
dann bin ich erst wirklich allein.

Der alte Vater

Solang ich schaffte, warst du klein und zart,
und tätig, als es um mich stiller ward
und knisternd anhub mir im Ohr der Ton:
du kommst mir immer näher nun, mein Sohn.

Nie sprachst du von der Zeit, da unsre Speis
stets voll war und im Stroh die Birnen leis
nachreiften; doch heut sprichst du oft davon:
du kommst mir immer näher nun, mein Sohn.

Es hat sich für uns beide viel gedreht;
wann uns was Neues zu Gesicht nicht steht,
so heißt es, wir verstünden nichts davon:
du kommst mir immer näher nun, mein Sohn.

Am Sonntag lädtst du mich jetzt manchmal ein,
mit dir spaziern zu gehn; gut schmeckt der Wein,
hängt um die Hügel kühl der Herbstrauch schon:
du kommst mir immer näher nun, mein Sohn.

Alter Mann zur Jausenzeit

Die Uhr überm Sofa geht mählich auf Vier,
ich schlüpf in die Hasenfellschuh
(da tun mir die Füße nur angenehm weh)
und koch in der Küche mir einen Kaffee
und nehm zwei Stück Zucker dazu.

Das ist so die Zeit, die am meisten ich lieb;
ich bin ja auch sonst wohl allein,
wenn still meine Frau an der Bettjacke strickt,
beim Zimmerherrn drüben die Remington klickt
und mein Sohn spannt die Laubsäge ein.

Doch hier ist's um mich nun so richtig erst still
und ganz wie mein Leben so leer:
ich geh seit dem Herbst nicht mehr früh ins Büro,
mein Schnurrbart ist immer verklebt und wird schloh,
und freuen tut längst mich nichts mehr.

Die Jugendzeit aber wird seltsam mir klar,
ich hab sie ja einst nur durchrast;
zu sagen wär viel, wie das Blut in mir singt,
wie eines das andere so mit sich bringt
und alles sich setzt und verglast.

Zu sagen wär viel, doch die zuhörten gern
verlor ich als Bursch und als Mann;
in Pfeifenrauch geht mir schön auf, was ich sinn,
und daß so im Schlummer mir einmal das Kinn
herunterfällt, ficht mich nicht an.

Der Witwer

Nun brauch ich nicht zu zögern, aufzustehn,
schlaf ich nicht ein, kann in die Küche gehn,
zum Zeitvertreib mir einen Schwarzen braun,
mich räuspern dann und in den Hals mir schaun

und suchen, wo der leidige Husten sitzt.
Ob er im Bett sich umdreht, ob er schwitzt,
hält einem Menschen niemand zornig vor;
kein Wattebausch macht pampstig ihm das Ohr.

Der Vormittag wird auch mir viel zu lang,
es schickt mich niemand fort auf einen Gang;
Milch, Brot und Topfen find ich vor der Tür,
ein Fleisch zu kaufen steht mir nicht dafür.

Bis ich nach Tisch in mein Kaffeehaus kann,
seh oftmals ich den trägen Pendel an:
ich stupst ihn gern, tät mir die Uhr nicht leid;
ich bin allein, und ich hab zuviel Zeit.

Seit meine Alte starb . . .

Seit meine Alte starb, geh ich nicht gern
nach Haus, bevor im Amt das Tor sie sperrn;
ich mach mich staubig, faß ich etwas an:
ich wußt nicht, daß wo so viel Staub sein kann.

Ich zieh mich um und geh gleich wieder aus,
es leidet mich bei keinem Buch zu Haus;
die alte Wanduhr tickt mich hölzern an:
ich wußt nicht, daß ein Raum so still sein kann.

Wenn ich vom Stammtisch komme, ist's schon spät,
die Nachttischlampe ist bald abgedreht;
kühl weht's mich unter all den Decken an:
ich wußt nicht, daß ein Bett so leer sein kann.

Der alte Gelehrte

Für meine Schüler halt ich offen Haus;
sie kommen immer noch zu mir heraus,
sie kommen nicht, um mir Gesell zu sein,
sie kommen nur zu meinem guten Wein.

Oft kommen sie zu ungewohnter Zeit,
um mir zu sagen, wie ihr Werk gedeiht;
sie kommen nicht um Rat für ihre Seel,
sie kommen nur, damit ich sie empfehl.

Die Foliobände schaun auf mich vom Bord:
schüf er an seinem großen Buch noch fort,
er stellte neben uns manch neuen Kauf
und spielte nicht als unser Freund sich auf.

Die alte Witwe

Nun ist's ein Jahr her, seit mein Alter ruht,
die letzte Zeit war er zu nichts mehr gut;
ich schob ihm oft das Kissen unters Bein,
das Essen hatte ohne Salz zu sein.

Nun bleibt das Tischtuch länger glatt gepreßt,
ich wach nicht auf, wenn er sein Wasser läßt;
kein Pfeifenstank verpestet mir den Raum,
das Becken starrt nicht stets von Seifenschaum.

Mit seiner Rente tu ich mir nicht knapp,
ich koch nicht lang, ich brat mir rasch was ab;
die Einmachgläser auf dem Schrank stehn leer,
ich malträtiere keinen Schlegel mehr.

Der Kasten steht jetzt so, wie ich es mag,
es widerspricht nicht wer, wenn ich was sag,
es können Tür und Fenster offenstehn,
und wann's mir paßt, kann ich nun schlafen gehn.

Doch seltsam wird mir, wenn der Abend blaut:
das Uhrgewicht im Glasschrein tickt so laut,
es hebt mir schier vom Boden auf die Füß,
ich geh so leicht, es schwindelt mir so süß.

Um mich liegt es nun nicht mehr wie ein Ring;
ich selber bin mir plötzlich zu gering
auf einmal und hab nichts zu schaffen mehr:
ich bin allein, mein breites Bett ist leer.

Herrschaftsköchin im Altersheim

Nun färbt das Laub sich gelb und rot im Land;
die Schürze miß ich überm Tuchgewand,
die große Küche, die im Herrschaftshaus
auf Kuttelkraut und Dillen ging hinaus.

Die höchste Zeit wär's, Ehre anzutun
Fasan und Wachtel, Reb- und Haselhuhn,
im Rotwein zart zu dünsten Hirsch und Reh,
die Kuchen anzufüllen mit Gelee.

Was Beßres gibt's nicht gegen Gram und Leid
als, was das Jahr beschert, zu seiner Zeit
recht zu genießen; war ich dort auch arm,
so machte es mir um das Herz doch warm,

zu schöpfen aus dem Vollen, Fest um Fest
das Beste aufzutischen, jeden Rest
von Fleisch und Wild in würzigem Haschee
schmackhaft zu machen. Hier, wohin ich seh,

herrscht Dürftigkeit; zwölf Betten stehn im Saal,
zäh ist das Rindfleisch und die Brühe schal.
Gern wäre ich wieder, hatt ich auch nicht viel,
wo auch auf mich der Glanz der Fülle fiel.

Alte Hausgenossin

Ich weiß, ihr wollt zu mir nur freundlich sein,
doch bitt ich, liebe Leut, mir zu verzeihn,
wenn ich schon früh am Abend meinen Tee
zum Schabfleisch trink und dann nach oben geh.

Dort ist kein Zug, der kühl im Rücken weht,
dort hockt der Sittich, der mich noch versteht,
dort ist nur alter Hausrat, den ich kenn
aus beßren Zeiten und mein eigen nenn.

Denn meine Welt ist längst schon nicht von heut;
und der und jener, mit dem oft zerstreut
bei Tisch ich Zwiesprach halt, ist nicht mehr hier
für euch, und lebt doch, wie er war, in mir.

Es hat im Haus sonst alles seinen Platz,
der Hund sein Lager, ihren Korb die Katz,
verzeiht drum, wenn ich zeitig meinen Tee
zum Schabfleisch trink und dann nach oben geh.

Die alte Kranke

Allein im Zimmer lieg ich alte Frau,
vom Fleisch gefallen und die Wangen grau;
ich laß den Wulst, der sich im Magen ballt,
nicht schneiden, dazu bin ich schon zu alt.

Ich mag mich nicht mehr fortrührn aus dem Haus,
sonst räumen mir den Schrank die Töchter aus,
Geschirr und Linnen, teilen sich darin,
wenn im Spital ich noch am Leben bin.

Das Frühstück macht und bringt ans Bett mein Mann;
zu Mittag zieh ich mich ein wenig an
und wasch mich dann und kämm mein bißchen Haar:
so geht das vielleicht noch ein halbes Jahr.

Ich habe Frieden mit der Welt gemacht;
und kommt die Katze auf mein Bett zur Nacht,
da möcht ich nur, ich nickte ruhig ein
und würde so am Morgen nicht mehr sein.

Der Nachlaß

Wenn mir im Stuhl nach vorne fällt das Kinn,
und wenn ich so auf einmal nicht mehr bin,
dann halt, geblümte Decke, ist es schwül,
die Bettstatt meines jungen Enkels kühl.

Du, Spieluhr, grüß die Nichte vom Kamin
— sie kann die schönsten Zimmerblumen ziehn –
und gib von dir dein silbernes Geläut,
das jede Stund mich alte Frau erfreut.

Sprecht, liebe Dinge, so noch eine Weil
von mir, ihr seid ja noch mein bester Teil;
denn sehr beschwerlich, wie geschickt ich war,
fall ich den Meinen schon zu viele Jahr.

Der Mieter

Man sehe sich nur meinen Mieter an!
Das Zimmer, das bezog mein seliger Mann,
als seine Blase störte mich bei Nacht,
ist ganz mit Koffern und mit Kram vermacht.

Ich hab die Hälfte nur von der Pension;
der ungebetne Gast weiß nichts davon,
er macht sich breit in meinem Messingbett,
als ob ich immer schon vermietet hätt.

Den ganzen Abend hockt er mir zu Haus,
und manchmal wieder geht er plötzlich aus;
ob sich mein Mops verkutzt, ihm liegt nichts dran,
er paßt sich einfach meinem Haus nicht an.

Zwar bracht er mir noch keine Frau ins Haus –
ich würf auch auf der Stelle ihn hinaus!
Allein zu sein, ist aber ungesund . . .
Ich trau ihm nicht, er ist ein schlauer Hund.

Zum Lesen möchte er ein zweites Licht,
in meinem Zimmer gibt es so was nicht;
so wie es ist, war's gut für meinen Mann . . .
Man sehe sich nur meinen Mieter an!

Der Nachfolger

Der junge Bursche neben mir im Amt,
der mich mit jedem Seitenblick verdammt,
er wird es sein, der mein Register führt,
wenn meine Hand den Bleistift kaum noch spürt.

Er hält mich heute für ein Heim schon reif,
mich stört sein stetes Grinsen und Gepfeif;
wie es um eines Burschen Geist wohl steht,
der weder liest noch ins Theater geht?

Und doch: ich zeig, was ich ihm zeigen kann;
ich biet von meiner guten Wurst ihm an,
seh ich sein Brot ihn aus der Tasche ziehn,
ich häng sein nasses Zeug vors Feuer hin.

Denn er wird sitzen, wo ich heute sitz;
gern für die Akten schärft ich seinen Witz:
denn etwas soll von mir im Amt noch sein,
ist auch der Platz am Schreibtisch nicht mehr mein.

Alter Mann

Ich weiß nicht, was mich überkommen hat:
wenn unsre Katze schleicht zur Lagerstatt,
so schreck ich sie und trample mit den Schuhn.
Laß mich der Katze, Gott, kein Leid antun!

Wenn meine Alte fragt, was für ein Stück
vom Huhn ich will, so knurr ich so zurück,
daß ihr die Tränen in den Augen stehn.
Laß mich sie, Gott, noch lange leben sehn!

Wenn neben mir im Wirtshaus sich wer stärkt,
hust ich so lange, bis er mich bemerkt;
kreid mir die Bosheit, Gott, nicht zu sehr an!
Ich bin ein armer alter schwacher Mann.

Alter Werkwächter

Sacht knirschen die Schlacken, die Halle liegt leer,
fahl kommt von den Halden die Dämmerung her;
es liegt auf den Disteln von Tau eine Spur,
ich mach meine Runde und steche die Uhr,
und es blinken im Dunkeln die Kolben.

Ich war noch ein Bub, als ich zögernd durchs Tor
zum erstenmal stapfte, mir zischte ins Ohr
der Dampf der Sirene; ich äugte gespannt,
der Werkwächter hob seine hornige Hand,
und es fielen und stiegen die Kolben.

Gern ruhte ich später im schütteren Gras,
gespickt stand die Mauer mit Scherben von Glas,
mir brachte die Alte im Topf mein Gemüs,
das Schmieröl roch scharf und das Schaumkraut roch süß,
und im Lichte blinkten die Kolben.

So schwanden – kaum merklich – die Jahre dahin,
ich greif mich erstaunt an das faltige Kinn;
es ragen die Schlote, die Hallen, sie stehn,
und froh muß ich sein, nachts die Runde zu gehn,
wann im Dunkeln blinken die Kolben.

Die Nacht im Büro

Ich mach alle sieben acht Wochen noch spät
im Büro dies und das mir zu tun;
mein Tippfräulein ruft meine Frau an und geht
ins Gasthaus und holt mir ein Huhn.
Ich geh das Journal und das Hauptbuch schön durch
und drück der Virginier das Stroh;
das Leder der Armsessel zeigt manche Furch
in meinem alten Büro.

Die Schreibmaschintasten schaun her, und es steht
vor mir das Geschäft, wie ich's schuf:
die Säckchen mit Mustern mein ganzes Gerät,
die eiserne Kasse mein Ruf.
Hier muß kein Geschwätz nach dem Nachtmahl ich hörn,
es liegt vor der Welt ein Rollo;
es geht mir das Herz auf, und nichts kann mich störn
in meinem alten Büro.

Auf dem ich nur selten zu schlummern mich schick,
heut nacht gönnt das Sofa mir Ruh;
ich schieb alle Pölster mir unters Genick,
mein schottisches Plaid deckt mich zu.
Ich schenke noch rasch einen Kognak mir ein;
und wird auch mein Haar mir recht schloh,
ich schlief dann und wann auch schon, pst!, nicht allein
in meinem alten Büro.

Sonntag des Reisenden

Wie langsam vergeht in dem kleinen Hotel
der Sonntag dem Mann auf der Tour;
das Musterbuch liegt auf dem Koffergestell,
die Gasflamme singt auf dem Flur.
Im Bett sind geschrieben bald Brief und Bericht,
es starrt aus dem Spiegel ein fremdes Gesicht,
und träg an der Wand tickt die Uhr.

Den Kamm putzt er lang auf dem Zwirnsfaden aus,
der Braten zu Mittag schmeckt zäh;
wie säß es nach Tisch sich gemütlich zu Haus
statt hier im verrauchten Café.
Das langweilt heut den, der's die Woche durch hat;
es ziehen die Mädchen zu zweit durch die Stadt
und zeigen sich in der Allee.

Leer stünd eine Bank, wo's im Dunkel schon lacht,
sie steht aber leer nicht für den,
der einpacken muß und den Zug nimmt zur Nacht,
um lang sie nicht wiederzusehn.
Es riechen die Gäßchen nach Schimmel und Wein,
und wohin wird einer am Sonntag allein
im Schein der Laternen schon gehn?

Vom Wirtshaus

Die Leut, Marie, die sich beim Wein
zu mir tun nach der Schicht,
die mögen derb und borstig sein,
Tagdiebe sind sie nicht.
Sie wissen zu erzählen gut,
sie hören mir auch zu,
ist recht zum Prahlen mir zumut,
genauso gut wie du.

Sie nehmen gern es von mir an,
wenn ich ein Glas spendier,
und zahlen, daß ich trinken kann,
bin ich grad einmal stier.
Sie helfen, wenn ein Werkzeug brach;
doch, wie's in mir geht zu,
darüber denken sie nicht nach,
genauso nicht wie du.

Ich war bis heute nie noch voll,
drum laß das Nörgeln sein;
warum ich nicht eins trinken soll,
das seh ich gar nicht ein.
Sie lachen mit, ist froh mein Sinn,
und lassen mich in Ruh,
wann ich einmal zuwider bin,
verständiger als du.

Das Bahncafé

Wenn deine Einlag im Büchel die Summe erreicht,
heiraten wir, und bevor noch der Monat verstreicht,
wird hier gekündigt – wir haben genug hier getan,
pachten ein kleines Café gegenüber der Bahn;

eins, wo die Schwingtür, Marie, niemals aufhört zu gehn,
wo wir fast nie einen Gast noch ein zweites Mal sehn;
wenn ich dann Chef bin und wenn du dann sitzt am Buffet,
laß mir die Köchin nicht urassen mit dem Kaffee.

Merk dir das eine: serviert werden muß dort geschwind,
wie das Geschlader auch schmecken mag; denn wie im Wind
sitzen die Gäste und halten den Koffer am Griff,
schaun auf die Uhr, und es leert das Lokal oft ein Pfiff.

Altbacken sein, wenn nur dreizehn aufs Dutzend uns gehn,
dürfen die Semmeln, die Butter darf reß sein vom Stehn,
spörr darf das Wurstzeug sein, wenn man's nur billig erhält;
lieblos und karg sein darf alles, mach rasch ich nur Geld.

Schippelweis bleiben am Morgen im Kamm mir die Haar,
hart wird dein Mund, und dein Busen ist nicht, was er war;
haben vom Leben, bevor mir versagen die Knie,
möcht ich noch gern was. Drum spar nur recht fleißig, Marie.

Wunsch eines Markthelfers

Wenn mich der Schlag streift und die Hand,
die kundig schlingt das Seil, mir lähmt,
dann gib, daß sich vom Volk am Rand,
Maria, niemand meiner schämt;
gib, daß der Bursch, der heut mit mir
die Kisten trägt, mich dann noch kennt,
und daß mein Weib, trink ich ein Bier,
nicht mehr vom Schank mich holen rennt.

Laß mich im alten Marktcafé,
Maria, sitzen und das Stroh
der Körbe riechen, Karpf und Reh,
und gib mir Glück im Domino,
daß ich noch ein paar Kreuzer hab,
plärrt mich vorm Markt ein Bettler an,
und daß ich, schmeckt mir nicht der Papp,
mir noch ein Gulasch gönnen kann.

Doch wenn die Alte mir den Rock
nicht flickt, wenn mich zu Haus Verdruß
erwartet, wenn ich mich am Stock
zum Siechenbründel schleppen muß,
dann denk, was meinem Schweiß gebührt,
und sieh mir nach mein Seidel Wein,
und laß, Maria, wenn mich rührt
der Schlag, es gleich zu Ende sein.

Lied des Wanzenvertilgers

Ich steig in meinem blauen Schurz
die Leiter auf und ab
und kratz mit Strichen, scharf und kurz,
die Wandtapete ab.
Es fällt aus Fugen und Scharnier
so viel an Wanzenbrut
auf mich herunter, daß sich mir
der Magen heben tut.
    Komm, Wind, und feg den Himmel blank,
    bis keine Wolken sind,
    auf daß ich nicht im Schwefelstank
    verschrumple und erblind.

Die Fenster dicht vermach ich auch,
eh ich's den Leuten künd,
daß ich jetzt gleich nach altem Brauch
die Schwefelwoll entzünd.
Es stinkt, im Haus gibt's ein Gekreisch;
ich laß den Kübel stehn
und geh und würg ein Schweinefleisch
mit Erdäpfeln und Kren.
    Komm, Wind, und feg den Himmel blank,
    bis keine Wolken sind,
    auf daß ich nicht im Schwefelstank
    verschrumple und erblind.

Tret wieder ich ins Zimmer ein,
so liegt die Brut vergast;
still wasch ich Wand und Winkel rein,
bis sich der Tag verglast.
Ich schwank nach Haus, die Zunge dick,
und find im Bett nicht Ruh
und bind mir gut mit einem Strick
die Nachthemdärmel zu.

Komm, Wind, und feg den Himmel blank,
bis keine Wolken sind,
auf daß ich nicht im Schwefelstank
verschrumple und erblind.

Werkelmann im Hurenviertel

Nur für euch Saubärn und Ferkel
– kommt mir drum für nur und für –
dreh ich im Gäßchen mein Werkel
vor der verrufenen Tür.
Werft euer Geld in die Mütze,
die ich euch hinhalte hier,
daß es mir klingle und nütze,
schämt ihr euch euerer Gier.

Alles, wonach euch gelüstet,
war einst im Überfluß mein,
Seuche, wie sehr ihr euch brüstet,
fraß meiner Nase das Bein.
Zittrig sind Hände und Füße,
weiß sind die Haare wie Zwirn;
Sliwowitz tränkte mit Süße,
machte mir fahrig das Hirn.

Kühlt euch Lavendel das Linnen –
nichts, wann die Dämmerung fällt,
bleibt als der Staub in den Rinnen
und als das kupferne Geld;
nur ein verschwommnes Gedenken
zuckt mir durch Knöchel und Zeh;
wollt drum die Kreuzer mir schenken,
wenn ich mein Werkel hier dreh.

Am Ersten

Bringt mir der Postbot am Ersten die Rente ins Haus,
leg auf dem Tisch ich in winzige Häufchen sie aus,
eins für den Zins, eins fürs Essen und eins für die Schulden,
bleiben mir noch, wenn es gut geht, am Rand drei vier Gulden.

Nachmittags hink ich zum Greißler und kaufe was ein,
manchmal ein Schweinszüngerl, manchmal auch Aufschnitt, und
Wein,
hink ins verrufene Gäßchen in hellichter Helle,
pfeif den Radetzkymarsch, ziehe die rostige Schelle.

Weit macht die Freundin, die dralle, die Türe mir auf,
küßt mich und hilft mir die steilstufige Treppe hinauf,
schiebt mir den Stuhl hin, als wär ich der Mann hier im Hause,
kocht einen starken Kaffee für uns beide zur Jause.

Frisch überzieht sie das Sofa und macht es bereit,
streift sich die Schuhe schön ab (um die Zeit hat sie Zeit),
rührt sich so fleißig, sie läßt sich, so sagt sie, nichts schenken;
liegen dann still, bis vorm Fenster die Schatten sich senken.

Zwinkre vorm Tor mich zurück in die schwierige Welt,
tu nicht vom Ärmel das Blatt, das vom Fenstersims fällt;
Hausflur voll Kühle, im Kistchen ihr süßen Reseden,
könnt's nicht nur einen Tag so für mich sein, sondern jeden!

Die Herberge

Seit an den Schläfen sich garnfarb mir sprenkelt das Haar,
möcht ich bisweilen vergessen vor Nacht, wer ich war,
möcht ich vergessen, was je ich gesehn und getan,
einziehn in eine der Herbergen hinter der Bahn.

Lang auf dem Eisenbett läg ich, von Kotzen bedeckt,
starrte aufs wacklige Fenster, von Fliegen bedreckt,
hätt in der Nase vom Flur her den Dunst von Lysol,
rauchte mein Weichselholzpfeifchen und fühlte mich wohl.

Irgendwie stünd eine Rente am Ersten mir zu,
langte auf Kost und Logis und auf Wichs für die Schuh;
und alle heiligen Zeiten mal macht ich mich auf,
nähm mir zur Nacht ein vereinsamtes Mädel herauf.

Und wann die Lastzüge schwiegen, da späch ich zu ihr:
»Siehst du den Mond, Kind, und hörst du den Wind ums Quartier?
Dies ging uns beiden einst nah, es ist lange schon her;
wolln ein Stück Wurst, ein Glas Wein, und nur Ruhe – nicht
mehr.«

Letzter Brief

Wenn du dies Dienstag liest, back keinen Kuchen
und laß nicht von der Polizei mich suchen;
du hättest damit auch nur wenig Glück:
es gibt für mich von hier nun kein Zurück.

Im Schreibtischfach hab ich dir Geld gelassen,
in der Vitrine stehn noch meine Tassen;
zerbrich sie nicht, verkauf sie Stück um Stück:
es gibt für mich von hier nun kein Zurück.

Ich sitz in einem schlechten Gasthofzimmer;
das Licht lockt aus dem Spiegel keinen Schimmer,
die Schiffe tuten, und es dröhnt die Brück:
es gibt für mich von hier nun kein Zurück.

Gebricht es mir an Wein, den Schlund zu netzen,
so kann ich immer Briefe übersetzen;
um Winkelschreiber ist hier ein Gedrück:
es gibt für mich von hier nun kein Zurück.

Wie ihre Fracht die fremden Schiffe landen,
das seh ich gern; du hast mich nie verstanden . . .
Hier kann ich dösen, schmökern – welch ein Glück,
es gibt für mich von hier nun kein Zurück.

Im Alter

Es bleibt mir nicht mehr zuviel Zeit,
um jeden Tag ist schad;
mir galt nur die Geselligkeit
und nicht der Kamerad.
Es spricht im Amt mich keiner an,
zum Suchen ist's zu spät;
was wird aus mir: ein alter Mann,
der einen heben geht.

Beim Gehn versagen mir die Knie,
es sticht mich in der Brust;
beim Lieben dacht ich nie an sie
und nur an meine Lust.
Nun lacht von selbst mich keine an,
zur Ehe ist's zu spät;
was wird aus mir: ein alter Mann,
der zu den Huren geht.

Ich war zu sehr auf mich beschränkt
und hatte keine Eil;
nun hab ich, da der Tag sich senkt,
an nichts so richtig teil.
Es nimmt die Welt mich nicht mehr an,
für alles ist's zu spät;
was wird aus mir: ein alter Mann,
der vor die Hunde geht.

Bis zum Ersten

Ich geh seit Tagen nur noch wenig aus,
ich bring an Stummeln und an Brot nach Haus,
was ich grad find, und dann schließ ich mich ein.
Die Wohnung ist noch bis zum Ersten mein.

Der Boden schaut durchs Zwetschkenmus im Glas,
das Schmalz geht aus, gesperrt ist mir das Gas;
ich schab die Krusten ab und weich sie ein.
Die Wohnung ist noch bis zum Ersten mein.

Schlaff in der Ecke steht der Kohlensack;
es ist zum Weinen still, es springt der Lack,
und an der Wand reißt die Tapete ein.
Die Wohnung ist noch bis zum Ersten mein.

Nach Arbeit such ich nun schon lang nicht mehr,
mir saust das Ohr, die Schläfen brausen leer;
vor Schwäche schlaf ich in den Kleidern ein.
Die Wohnung ist noch bis zum Ersten mein.

Lied eines Obdachlosen

Wann's riecht im Flur nach Sand und Laugen,
tret früh ich aus dem Männerheim
und reib mir die verklebten Augen
und räuspre lang mich frei von Schleim;
das Schlafgeld heißt es zu verdienen,
das Pflaster stößt mich durch die Schuh,
es blinken mir die Tramwayschienen,
es nicken mir die Bäume zu:
    Du bist einst wer gewesen,
    hast deine Zeit gehabt;
    sei dankbar, wann kein Besen
    dich jagt, kein Hund dich schnappt.

Ein jeder Tag ist mir gesegnet,
ob rasch, ob zögernd er beginnt,
an dem es nicht in Strömen regnet
und durch den Rock nicht beißt der Wind;
zum Sitzen find ich viele Bänke,
bis leer sich mir der Magen knüllt
und bis man in der ersten Schenke
den Häfen mir mit Hansel füllt:
    Ich bin einst wer gewesen,
    hab meine Zeit gehabt;
    muß froh sein, wenn kein Besen
    mich jagt, kein Hund mich schnappt.

Erreichbar warn mir die Melonen
am Stand, ich spießte Käs und Wurst,
doch mein ist heut nur in den Kronen
der Wind und in der Kehl der Durst;
laßt Geld in meine Kappe fallen,
es ist nicht viel, worum ich bitt;
und sollte euch mein Lied gefallen,
so summt beim vollen Krügel mit:
    Du bist einst wer gewesen,
    hast deine Zeit gehabt;
    sei dankbar, wenn kein Besen
    dich jagt, kein Hund dich schnappt.

Wintermorgen im Männerheim

Durchs matte Milchglasfenster fleckt
nur fahl das Licht den Raum,
der rauhe graue Kotzen deckt
den steifen Rücken kaum;
mich juckt die abgefrorne Zeh
schon zu so früher Stund,
es scharrt die Schaufel durch den Schnee
und scharrt das Herz mir wund.

Sie scharrt, der unbarmherzge Laut,
er sagt mir, wo ich bin
und läßt mich fühln die Gänsehaut,
den Säuferbart am Kinn;
mit einem Gradelfaden näh
den Knopf ich an den Bund,
es scharrt die Schaufel durch den Schnee
und scharrt das Herz mir wund.

Sie scharrt, und wo der Schnee sich legt,
stößt ihn die Stange klein,
doch nichts mehr scharrt und nichts mehr fegt
den alten Adam rein;
vom Vorraum riecht es nach Kaffee,
macht wässern mir den Mund,
es scharrt die Schaufel durch den Schnee
und scharrt das Herz mir wund.

Lied des Bierschaumtrinkers

Rasselnd schließen alle Schenken,
und es winkt mir kein Quartier,
keine flachen Schüsseln schwenken
mir in meinen Topf ihr Bier.
Alle Steige sind verlassen,
und verlassen ist der Strich;
nur die Nischen, nur die Gassen
sind mit ihrem Staub für mich.

Wo sich Leut noch hinbegeben,
wartet ihrer weicher Flaum;
sacht versickert mir das Leben
wie des Hansels schaler Schaum.
Nur Laternen zum Umfassen
gibt für mich es auf dem Strich,
nur die Nischen, nur die Gassen
sind mit ihrem Staub für mich.

Nichts mehr läßt daran sich ändern,
sauer stößt mir auf, was war,
nur der Wind streicht unterm Schlendern
kühl mir durch mein Säuferhaar.
Alle Steige sind verlassen,
und verlassen ist der Strich;
nur die Nischen, nur die Gassen
sind mit ihrem Staub für mich.

Zu End

Die Straßen sind seltsam verengt und verkürzt,
die Luft ist mit Flieder und Branntwein gewürzt,
der Wirt stürzt die Tische, es starren die Wänd:
Laterne, Laterne, die Nacht geht zu End.

Es trieben durchs Viertel von Schank mich zu Schank
die leeren Gesichter, und nun bin ich blank;
die Schwingtüren – hab nicht auf Wein und auf Bier –
Laterne, Laterne, sie schnappen nach mir.

Mir tropft durch die Röhren der Hosen der Schweiß,
es ist mir vor Ohnmacht bald kalt und bald heiß;
ich machte der Nacht, eh sie seufzend verrinnt,
Laterne, Laterne, noch gerne ein Kind.

Ein Besen tut wo um das Eck einen Strich,
und plärr ich noch lange, so findet er mich;
mit Milch und mit Brot rolln die Karren einher:
Laterne, Laterne, mir gilt es nicht mehr.

Im Spitalsgarten

Schön gleißt der Strauch in der herbstlichen Glut,
schön, wie ich lang es nicht sah;
fühl ich mich besser, so weiß ich doch gut,
was auf dem Tisch mir geschah.
Als sie erblickten das wuchernde Stück,
machten sie nicht viel Getu,
schoben das Krebsige wieder zurück,
nähten mich schnell wieder zu.

Wechselt der Rollstuhl auch manchmal den Platz,
blühn hier auch Kresse und Mohn,
wüßtest du, was ein Spital ist, mein Spatz,
gleich flögst du wieder davon;
kommt deine Stunde, so wirst du vergehn,
aber die Menschen sind dumm,
lassen mit sich dies und jenes geschehn,
ist ihre Zeit auch schon um;

wissen, solang sie nicht Krankheit befällt,
selten, wie glücklich sie sind,
sehn nicht, wie farbig dahinrollt die Welt
in Sonne, Regen und Wind.
Samen vom Storchschnabel, brauner als braun,
Eibenfrucht, röter als rot,
Schwall, du gedämpfter, der Stadt hinterm Zaun,
heut übers Jahr bin ich tot.

Das Brandmal

Es stürzten die Wände und stürzten nach mir –
ich wachte erst auf im Spital;
vermummt lag ich Wochen im weißen Verband,
und als man die Wangen befreite, da stand
auf einer ein feuriges Mal.

Ich geh vom Büro gleich zur Tram und nach Haus,
mir ist, als säh jeder mich an;
im Staub schleift vorüber zerfressen der Blust,
ich werde erst siebzehn in diesem August
und hatte noch nie einen Mann.

Ich lese, bis mir's vor den Augen verschwimmt,
wohin soll allein ich auch gehn.
Warum hat das berstende Ding mich verschont?
Ich will mich – und bin doch den Anblick gewohnt –
beim Kämmen im Spiegel nicht sehn.

Es ist keine offene Stelle mehr da,
es brennt aber, stäub ich es ein;
es kann nicht verheilt sein, es lebt, wie es ist,
doch fort auf der flaumigen Wange und frißt
sich langsam ins Herz mir hinein.

Einsamer Sonntag

Du heller Sonntagnachmittag,
du zeigst mir, daß mich keiner mag;
es regnet der Kastanien Schnee
aufs frohe Volk in der Allee.

Die Stände stehen Reih an Reih
voll Obst und Kokosbäckerei;
doch niemand kauft mir, süß, mit Mohn
ein Brezel, einen Luftballon.

Es tost und dröhnt die Grottenbahn,
das große Rad rückt Zahn um Zahn;
die Paare hasten Hand in Hand
zum Kasperlstück, ins Fratzenland.

Im Zwielicht riecht's nach Gulaschsaft,
aus meinen Knien weicht die Kraft;
du ernster Hirsch im Ringelreihn,
sag, willst du nicht mein Liebster sein?

Aus den Aufzeichnungen einer Verblühten

Es war in jenem mehr als heißen Jahr,
mir zeigte sich das erste Grau im Haar,
die Sonne strahlte wie verrückt herein;
es war zum Weinen still und ich allein.

Verworren scholl es abends aus der Stadt.
Die Fältchen in den Wangen schminkt ich glatt
und ging dann aus; am Ende mischt ich mich
still unter all die Huren auf dem Strich.

Vom Sehen waren manche mir bekannt;
mit einer kam ins Reden ich und stand
mit ihr dann lange unter einem Tor:
das leere Rauschen wich aus meinem Ohr.

Und seltsam ward im Lampenschein mir leicht,
als hätt ich, was ich lang gewünscht, erreicht;
doch wenn ein Mann mit einer wortlos sich
verstand und mitging, gab's mir einen Stich.

Die Schwester

Wir wohnen am Rand, wo das Gras sich verfärbt,
wo der Ruß und die Sonne das Fensterkreuz gerbt;
im Haus in der Inneren Stadt, wo der Flur
nach Essig riecht, wohnt meine Schwester, die Hur.

Wir sehen von ihr für gewöhnlich nicht viel,
ich lieb meinen Schilcher, der Vater sein Spiel;
doch braucht einmal Mutter was drauf für die Kur,
dann jausen wir bei meiner Schwester, der Hur.

Ich find mir leicht Arbeit mit Feil und Franzos,
und hab ich grad keine, so kränkt's mich nicht groß;
doch hab ich versetzt meinen Rock, meine Uhr,
dann geh ich zu meiner Schwester, der Hur.

Ich hab viele Freunde im Werk und beim Bier,
sie halten's beim Saufen und Raufen mit mir;
doch stößt mir was zu einst, dann weint um mich nur
von allen allein meine Schwester, die Hur.

Beim Fahrradverleiher

Alter Fahrradverleiher im kahlen Gewölbe am Kai,
wer sich beständig wie du doch aufhalten könnt in der Näh
herrlicher Fahrräder, alter und neuer, mit Pumpe und Tuch,
immer umschwelt von des Schmieröls, des Pickzeugs scharfem
Geruch.

Lange Zeit trugen wir beide schon manch guten Schilling dir her,
stumm von den Speichen die Kette löstest du; durch den Verkehr
trug uns der Sattel ins Freie: aus unsrer erbärmlichen Welt
warn wir ins Grüne zu Seiten der Prellsteine lautlos geschnellt.

Arbeitslos sind wir seit Ostern, mein baumlanger Freund und ich
Zwerg,
arbeitslos sind wir und gingen im ganzen zehn Wochen ins Werk;
Vater bringt nicht mehr am Samstag nach Hause den nämlichen
Lohn,
weiß rennt der Staub auf der Straße, brennt rot in den Feldern der
Mohn.

Alter Fahrradverleiher, was forderst von uns du ein Pfand?
Hätten wir eines, verscheppert wär's längst schon. Es weisen zum
Rand
dornig die alten Akazien am Kai und die Straßen sind leer;
brauchst im Gewölbe du wirklich der Fahrräder vierzig und mehr?

Wüßtest du, wie uns beim Lungern vorm Laden der Atem
verdorrt,
nähmst du die Stange, die hier an der Tür lehnt, wenigstens fort.
Mit einem Loch im Schädel gehst nicht mehr du nachts zu den
Fraun.
Niemand wird weinen, kommt morgen man uns in den Wagen
verstaun.

In der Nacht

Marie, teil nicht das Nachtmahl aus,
es leidet mich heut nicht zu Haus;
betäubend rankt das Geißblatt sich,
ich weiß, es wartet was auf mich
heut draußen in der Nacht.

Die Katzen pfauchen auf dem First
so wild, daß mir das Herz fast birst;
es füllt sein Glas schon, der sich mißt
mit mir vielleicht, wer stärker ist,
dort draußen in der Nacht.

Es kann noch viel vor Früh geschehn,
drum tust du gut, zu Bett zu gehn;
und klopft es zwischen zwei und drei,
so steht vielleicht die Polizei
dir draußen in der Nacht.

Es hebt vom Boden mir die Schuh,
leb wohl, und mach mein Bett nicht zu;
mir scheint, es geht nicht gut heut aus,
komm diesmal dir nicht heil nach Haus
von draußen in der Nacht.

Dort am Frachtkai, an der Lände

Dort am Frachtkai, an der Lände,
steht ein alter kleiner Schank,
abgeblättert sind die Wände,
blankgewetzt sind Tisch und Bank.
Auf dem Wandbrett steht mein Stutzen,
blinkt zum Weinen hell und rein;
wer da kommt und aus dem Stutzen
trinkt, der trinkt von meinem Wein.

Gleich dahinter, in der Gasse,
steht ein altes kleines Haus,
Mädchen schauen aus den blassen
Fenstern schön bemalt heraus.
Von den grünen Simsen fallen
welke Kressen auf den Platz;
wer da kommt und mit der Drallen
schläft, der schläft mit meinem Schatz.

Meine Schuh sind abgetragen,
meine Börse scheppert leer,
kalt bläst's in den Mantelkragen,
und vom Strom schwimmt Nebel her.
Wer da trinkt aus meinem Stutzen,
wer da schläft mit meinem Schatz,
auf dem Steig, den wir benutzen,
ist nicht für uns beide Platz.

Der erste Weg

Es schließt sich hinter mir das Tor,
ich weiß nicht, was ich will;
wie mir auch rauscht das Blut im Ohr,
es ist zum Weinen still.
Die Stadt, sie steht noch, wie sie stand;
mir lastet im Genick
ein Druck – da winkt zur rechten Hand
die alte Schnapsbutik.

Bist du noch da, du Kaftanjud?
Wo ich derweilen war,
sagt dir – du weißt es nur zu gut –
schon mein geschornes Haar.
Dein Branntwein ist noch stark und rein,
der Staub liegt fingerdick,
mit ihrem Frieden hüllt mich ein
die alte Schnapsbutik.

Scharf macht das erste Stamperl mir
den Sinn und fest den Griff;
lebt noch der Stelzfuß im Revier,
der Schuft, der mich verpfiff?
Das Wandschild weiß noch, was geschah,
es nickt mir, wenn ich nick.
Sag allen, ich bin wieder da,
du alte Schnapsbutik.

Wer zum Branntweiner kommt

Wer zum Branntweiner kommt, der will seinen Frieden,
will nichts von sich wissen, als wär er verschieden;
da hilft ihm kein Bier und da hilft ihm kein Wein,
drum schenkt ihm sein Spitzglas der Branntweiner ein.

Wer zum Branntweiner kommt, will nicht scherzen und lachen,
er will auf ein Stündlein zum Leben erwachen;
der brennheiße Tropfen macht fest ihm die Hand
und macht wie ein Messer ihm scharf den Verstand.

Wer zum Branntweiner kommt, will sein Elend nicht tragen,
er braucht einen Hieb auf den Schädel geschlagen,
der wie einen störrischen Ochsen ihn fällt,
und das kann der Branntwein wie nichts auf der Welt.

Rundgang

Es leidet heut mich nicht zu Haus,
die Mauern hauchen Hitze aus,
die Steige schimmern seltsam glatt,
es treibt mich durch die späte Stadt.

Ich schau in jeden Schank hinein,
und jedes Mensch, ich wollt, wär mein;
ich zög zu mir her ihr Gesicht,
versäumt ich viele andre nicht.

Es schlägt das Zimbal wie verrückt,
die Geige schluchzt; wenn es mir glückt,
schau ich heut nacht in alle noch,
ins Bahncafé, ins letzte Tschoch.

Es klebt das Hemd, es drückt der Schuh,
sperrt mir nicht vor der Nase zu!
Ich braucht noch ein paar Stutzen Wein;
laßt nicht vor Früh mich nüchtern sein!

Kehraus

Der Wirt dreht stumm das Licht auf klein,
die Vorhangfransen wehn;
betroffen sieht der Gast den Wein
im Glas zur Neige gehn.
Der Säufer fühlt um Rausch und Zank
und Prahlen sich verkürzt;
sie müssen gehen, wenn im Schank
der Wirt die Tische stürzt.

Der Plattenbruder, dem der Schweiß
den Kragen ganz zerdrückt,
das blasse Ding, dem sich wie Eis
die Nase fremd verzückt,
sie sehn, wie draußen seltsam blank
die Zeile sich verkürzt;
sie müssen gehen, wenn im Schank
der Wirt die Tische stürzt.

Es gibt mir, Freunde, einen Stich,
wenn ich so seh, wie leer
und bang euch ist; ich wollt, daß ich
heut nacht Sankt Petrus wär.
Ich lüd zur Tafel euch, zu Trank
und Speise, wohl gewürzt,
in meinen Himmel, wo im Schank
kein Wirt die Tische stürzt.

An der Bogenlampe

Die Schwingtür stößt mich aus dem Schank,
wegrutscht der Gehsteig bös und blank;
es scheint fast so, als ob ein Mann
nach Mitternacht nur torkeln kann.

Du guter Bogenlampenmast,
du weißt es, halt ich dich umfaßt,
wie sehr ich schuft, wie schwer ich schnauf,
bevor ich einmal mich besauf.

Das Loch im Schuh, durch das der Stein
mich stößt, das ist ein Liter Wein;
ein zweiter friert die Händ mir ab,
weil ich nicht warme Fäustling hab.

Laß, guter Mast, mich nicht von dir,
zu Hause zankt die Frau mit mir;
dem Wachmann, der mich wegjagt, sag,
solang du scheinst, ist noch nicht Tag.

Leeres Nachtcafé

Eintönig hämmert das Klavier
im kleinen Nachtcafé,
es ist der Schmuck aus Glanzpapier,
aus Stoff die Azalee;
durch bunte Schirme färbt der Schein
die Tasten blau und rot,
der Spieler trinkt gesüßten Wein
und hat doch nicht auf Brot.

Die Nickeleimer schimmern blank,
der Hinterraum gähnt leer,
drei Mädchen hocken auf der Bank
und lächeln wächsern her.
Sie pudern sich die Nase ein
und maln die Lippen rot
und nippen vom gesüßten Wein
und haben nicht auf Brot.

Zur Tür herein weht's einen Gast,
es sind viel Tische frei,
zu Krümeln bricht, wenn er sie faßt,
die Kokosbäckerei.
Es schwingt ihm hinterm Schläfenbein
der Schmerz als wie ein Lot;
er döst und trinkt gesüßten Wein,
hat morgen nicht auf Brot.

Renée

Es macht mir seltsam wenig aus, Renée,
daß ich dich oft mit andren Männern seh;
daß sie nach dir sich umdrehn auf dem Strich,
macht, bin ich ehrlich, mich erst scharf auf dich.

Ich liege mehr als gern bei dir, Renée,
in deinen Armen ist mir wohl und weh;
wenn meine Zunge sich an deine legt,
spür ich, wie's, Vielerfahrne, dich erregt.

Ich kenne keine Scham vor dir, Renée,
nackt schlürft sich gut dein türkischer Kaffee;
ich bin so froh und so gelöst bei dir
nachher als wie ein unschuldsvolles Tier.

Du siehst es gern, komm ich zu dir, Renée,
du siehst es gern, daß ich dann wieder geh;
wir sind einander, was wir eben sind,
Renée, mein süßes, schön bemaltes Kind.

Das Linnen ist unter uns völlig verdrückt

Das Linnen ist unter uns völlig verdrückt,
der Spiegel steht dicht vor die Bettstatt gerückt;
ich kann in ihm sehn, wie mein Arm dich umfängt,
wie müde dein Kopf auf die Seite sich senkt.

Ich tu, was du willst, und du willst, was ich tu –
so war's, und nun haben ein wenig wir Ruh;
es blinkt der Zerstäuber, die Nelken verdorrn,
und was man so redet, klingt fremd und verworrn.

Es ist nicht mehr dunkel und ist noch nicht hell,
die Gasflamme surrt in dem kleinen Hotel;
dir gilt nicht, wer morgen sich hinlegt zu dir,
wenn nur auf ein Stündlein es stillt dir die Gier.

Nun schläfst du ja nicht mehr mit mir, Renée

Nun schläfst du ja nicht mehr mit mir, Renée:
sag, tut es dir nicht auch ein wenig weh,
wenn man den Arm reckt, bricht der Morgen an,
und nichts mehr da ist, was man herzen kann.

Nun schläfst du ja nicht mehr mit mir, Renée;
siehst du die Dinge so, wie ich sie seh,
weißt du, worin du fehltest? Scheu dich nicht,
sag mir, was dir nicht paßte, ins Gesicht.

Nun schläfst du ja nicht mehr mit mir, Renée:
nun könnte ich dir erzähln, mit wem ich geh;
was dachtest du, wenn ich zu mir dich hob
und plötzlich traurig sich dein Mund verschob.

Nun schläfst du ja nicht mehr mit mir, Renée:
ich komm nicht mehr in unser Stammcafé;
es blühn bald die Akazien auf dem Platz . . .
Hast du vielleicht schon einen andern Schatz?

Schlaflied für Hedi

Die Steige sind schon still und leer,
es kommen keine Leute mehr;
die Scheiben rings sind schwarz und blind,
vom Kai her weht ein kühler Wind:
mein schönes Kind, geh schlafen.

Wenn jetzt du noch kein Strumpfgeld hast,
so kriegst du kaum noch einen Gast;
gesperrt schon ist das Nachtcafé,
das Laub nur tappt durch die Allee:
mein schönes Kind, geh schlafen.

Es schillert im Kanal die Haut,
die Bogenlampen surren laut;
greif nach dem Pulver nicht, das gleißt
und dir die Nase fremd vereist . . .
mein schönes Kind, geh schlafen.

Es sinnt zu viel, wer einsam wacht,
drum geh und nütz das Endchen Nacht;
du brauchst nicht leis zu sein im Flur,
der Mond hält dich für keine Hur:
mein schönes Kind, geh schlafen.

Es wird zu plötzlich hell . . .

Es wird zu plötzlich hell, es schmerzt der Schein;
wir haben es heut nacht zu arg getrieben,
drum will ich dich auch nicht noch einmal lieben.
Steh auf und laß ins Bad das Wasser ein.

Es fühlt sich meine Haut schon kühl und frisch,
hör über dich ich kalt das Wasser brausen;
es schwindet aus den Ohren mir das Sausen.
Ich deck inzwischen für uns zwei den Tisch.

Ein Tellerchen für mich und eins für dich . . .
da kommst du lässig durch die Tür gegangen,
geziert die Brauen und bemalt die Wangen.
Wie lieb und gut du sein kannst, weiß nur ich.

Nach einer Nacht im Stundenhotel

Nun wird's im Zimmer mählich hell,
die Vorhangschnur schwingt sacht im Wind,
schon knarrt die Schwingtür im Hotel;
laß uns nicht gehn, mein schönes Kind,
wie alle andern Paare gehn.
Komm mit und häng dich in mich ein,
wir wolln noch was vom Morgen sehn,
ein Weilchen noch beisammen sein.

Die Häuser halln aus nächster Näh,
ich führ dich gar nicht weit von hier;
komm in das kleine Marktcafé
und trink noch einen Schluck mit mir.
Wie ist der Schwarze heiß und süß,
wie leuchtet von den Karrn am Platz
im Frühlicht draußen das Gemüs,
als wär ich jung und du mein Schatz.

Es schlägt um uns das Herz der Stadt,
die dich gebar, mein schönes Kind,
und mich wie dich; das macht uns satt
und froh, wie arm wir sonst auch sind.
Iß rasch dein Brezel, komm und klaub
die schönsten Pfirsich schnell dir aus,
bevor ich in den Aktenstaub
nun muß und du geschwind nach Haus.

Auf einer rostigen Bettstatt

Der Schweiß im Gesicht trocknet säuerlich ein,
es füllt sich die Kammer mit blasserem Schein;
vom Unrat der riesigen Schmeißfliegen starrt
das Fenster; sie summen, und unter uns knarrt
die rostige Bettstatt vor Tag.

Verschmiert ist die Schminke, verdrückt dein Gesicht;
hier sahen viel Paare im dämmernden Licht
einander verstohlen zum ersten Mal an,
vergaßen die blecherne Schüssel, die Kann
und die rostige Bettstatt vor Tag.

Du mußt nicht mehr bleiben, es hat in der Näh
am Marktplatz schon offen das kleine Café;
mir kommt nichts mehr zu für mein lumpiges Geld,
ich bleib nur, weil's hier mir zu bleiben gefällt
auf der rostigen Bettstatt vor Tag.

Was legst du den Strumpf fort und schmiegst dich so an?
Hat's dir diese Stund etwa auch angetan,
die aufstört und bittrer das Bittere macht
und noch einmal spürn will und nachholn die Nacht
auf der rostigen Bettstatt vor Tag?

Sag, schmeckst so wie ich aus den Tränen du auch
den Becher im Schulhof, des Herbstfeuers Rauch,
das Lebzeltenherz auf dem Schießbudenplatz?
Ach, viel teilst mit mir du, mein trauriger Schatz,
auf der rostigen Bettstatt vor Tag.

Im billigsten Zimmer

Du schläfst nicht. Liegst du, Kind, nicht gut?
Komm, laß mir deine Hand;
das Bett ist schmal, es strömt die Glut
des Tages aus der Wand.
Stell im Rollo die Latten flach
und laß die Luft herein;
wir beide, nach der Lust noch schwach,
wir haben viel gemein.

Ich liebe nur dies Gäßchen hier
und mein beschriebnes Heft;
der Strich, mein schönes Kind, ist dir
auch mehr als ein Geschäft.
Ich wette, du hast viel versucht
und hattest niemals Glück;
wir beide kommen wie verflucht
ins Viertel stets zurück.

Ob einer jung ist oder alt,
für Wein und süßen Schweiß
auf seine Art ein jeder zahlt
dafür den vollen Preis.
Wir könnten miteinander gehn . . .
Küß tief mich in den Mund!
Wir beide, eh wir's uns versehn,
gehn elend bald zugrund.

Lob der Verzweiflung

Spätes Lied

Nun sich die Steige verfärben
und sich die Helle verzieht,
zähl ich am Stecken die Kerben,
sing ein verspätetes Lied;
höre den Fraß im Gemäuer,
hör, wie die Zeit mir verrinnt,
lausche dem sinkenden Feuer
und in den Bäumen dem Wind.

Stillstes mit mir still zu teilen,
litt es die Liebste nicht mehr;
wo mir die taumelnden Zeilen
enden zur Nacht, gähnt es leer.
Nichts bleibt – und viel war mir teuer –
nichts, nun die Zeit mir verrinnt,
nichts als das sinkende Feuer
und in den Bäumen der Wind.

Längst hat mein Land mich vergessen;
was mir auch hier keiner hört,
will's mich zu singen vermessen
ihnen nur, die es nicht stört;
sing es dem Fraß im Gemäuer,
sing es der Zeit, die verrinnt,
sing es dem sinkenden Feuer
und in den Bäumen dem Wind.

Der Herbst schlägt die Trommel der Schwermut . . .

Der Herbst schlägt die Trommel der Schwermut,
dürr reiben die Flügel die Schnarrn,
es bröseln die Früchte vom Wermut,
es rieseln die Sporen vom Farn;
es drehen die mannshohen Stengel
das Samenrad müd nach dem Wind
und lauschen dem letzten Gedengel,
das über den Rainen verrinnt.

Es gilben die Ebereschen,
mit brennroten Büscheln bepackt,
das Schlingkraut bricht ein in die Breschen,
die Blöcke des Steinwalls starrn nackt;
zu Tal zieht der Herbstrauch vom Hügel,
es surrt in den Kapseln der Mohn,
es lösen sich spröde die Flügel
des Ahorns und schwirren davon.

Die wilden Kastanien zerschellen
im scheckigen, prallenden Fall,
die Schoten des Storchschnabels schnellen
die knisternden Samen ins All;
vorbei schweben Fäden aus Seide,
und sacht in die zitternde Luft
der runde Bovist auf der Heide
die schwärzlichen Sporen verpufft.

Auf eine Grille

Winzige Grille, was zirpst du am Rain
weiter vor Nacht wie verrückt;
ließ die Gefährtin im Loch dich allein,
hat dir ein Rad sie zerdrückt?
Saugt etwa lautlos der Himmel an dir
wie eine Glocke aus Glas,
daß es nicht ruhen dich läßt, armes Tier,
bist du vertust dich im Gras?

Winzige Grille, die Zeit geht zu Rand,
spröd ist das Gras schon wie Stroh;
leer sind die Schläfen mir, fahrig die Hand
und meine Haare schon schloh.
Kühl fällt der Tau schon, aus bitterem Moos
ist das Gebräu, das ich trink,
sehr fehlt im schwindenden Licht mir der Schoß,
drein ich vergessen versink.

Winzige Grille, ich höre dich gut,
zirp nur so weiter am Rain;
lautloser Himmel und zehrende Glut,
sie sind uns beiden gemein.
Machen zur Nacht drum den lieblichsten Schall;
möge auch mir, zierlich Ding,
irgendwo einer noch lauschen im All,
wie ich zu Ende mich sing.

Für die kurze Spanne Zeit

Für die kurze Spanne Zeit,
die mir ist noch angemessen,
soll ich fülln mein Eingeweid
oder nichts als Zwieback essen?
Soll ich brav Kaffee und Wein
meiden, daß ich länger währe,
soll ich abends fröhlich sein
und verdrossen früh vor Schwere?

Soll ich, was ich noch nicht weiß
und gern wüßte, rasch noch lernen,
soll vom ausgefahrnen Gleis
ich mich keinen Schritt entfernen?
Soll ich für die späte Welt
sorgsam meine Schriften sichten,
soll ich, wie es grade fällt,
Unfug treiben oder dichten?

Soll ich bleiben, wo ich bin,
soll ich noch einmal die Runde
machen? Anders steht der Sinn,
ich gesteh's, mir jede Stunde.
Ach, mir ist vor Fülle weh
und ich rieche schon nach Schimmel;
eh ich dessen mich verseh,
ist verklungen dies Gebimmel.

Zuwag

Wenn die Bäume schon in Blöcken stehn,
über's Ziel verschwitzt hinauszugehn,
weil vor Müdigkeit ein Übermut
schier den Schritt beschwingt, wie ist das gut!

Wenn der Steig sich vor der Tür verkürzt
und der Wirt im Schank die Tische stürzt,
noch ein Glas zu trinken, daß das Blut
laut im Halse klopft, wie ist das gut!

Wenn der Morgen fahl im Fenster steht,
auf der Straße schon die Tramway geht,
sich geschwind, daß es das Herz auftut,
noch zu lieben, ach, wie ist das gut!

Die Nacht ist noch so jung

Ich komm von meiner Liebsten Haus,
das Haar von Schweiß durchnäßt;
kaum kann im Zug ich ein und aus,
so dicht steht man gepreßt.
Es fährt voll Samstag-Fröhlichkeit
das Volk nach Haus vom Trunk;
oh, daß ich gehn mußt vor der Zeit!
Die Nacht ist noch so jung.

Hielt ich nicht eben noch umspannt
die Brüste? Wo ich geh,
tut mir noch in der hohlen Hand
danach die Leere weh.
Am niedren Saum steht's trüb zuhauf,
es trennt mit blankem Schwung
das Horn des Monds die Wolken auf.
Die Nacht ist noch so jung.

Es sträubt sich Blatt um Blatt am Strauch,
der feuchte Rasen dampft.
Du rasches Herz, das mir im Rauch
der Nacht die Brust zerstampft:
oh, daß im Schwall des milden Lichts
ich zwischen Strauch und Strunk
mich schön ergösse ganz ins Nichts!
Die Nacht ist noch so jung.

Einer jungen Freundin

Wir waren heut nacht viele Male vereint,
ganz schwach ist der Strahl, der durchs Fensterglas scheint;
nun schläfst du, der Atem wellt sacht deinen Flaum.
Wer beugt über dich sich, daß blühe dein Traum,
wenn ich nicht mehr sein kann bei dir.

Du bist noch nicht völlig zur Süße gereift,
doch mich in den Nächten ein Schauer schon streift;
es werden dich andere herzen, wenn spät
die Sichel des Monds überm Dach drüben steht
und ich nicht mehr sein kann bei dir.

Ist's gut auch für dich, daß im Arm ich dich halt
und tief in dich senke die sanfte Gewalt
und ward ich ein wenig auch weise durch Leid,
was kann ich dir lassen davon für die Zeit,
wenn ich nicht mehr sein kann bei dir.

Das Fensterglas füllt sich mit farblosem Grau,
was mir auf die Hand fällt, ist Tau nur, ist Tau;
dein ruhiger Atem wellt sacht deinen Flaum.
Wer beugt über dich sich, daß blühe dein Traum,
wenn ich nicht mehr sein kann bei dir.

Um vier Uhr früh, herzlieber Schatz

Um vier Uhr früh, herzlieber Schatz,
weht sacht der Vorhang her;
es dünkt mich neben dir der Platz,
so still du atmest, leer.
Es gibt ins Herz mir einen Stich,
so sehr hab ich dich gern;
verström verstohlen mich in dich –
und bin dir aber fern.

Um vier Uhr früh, herzlieber Schatz,
wenn's hallend schlägt die Stund
und es mich brennt, daß ich mich kratz,
verdorrt mir schier der Mund.
Ich höre im Kanal den Kahn
an seiner Kette zerrn;
ich macht gern manches ungetan
und ständ gern manchem fern.

Um vier Uhr früh, herzlieber Schatz,
wenn es im Fenster tagt,
geht durch den Sinn mir mancher Satz,
den gestern ich gesagt.
Die Lichter surrn, am Himmel stehn
die letzten blassen Stern;
muß ich um vier Uhr früh einst gehn,
war ich dir lang schon fern.

Vom schwarzen Wein

Der du zu Kopf mir steigst, ins Haar
den Schweiß mir treibst so naß,
du kochst an keiner Rebe gar,
du gärst in keinem Faß.
Verzapft wirst du in keinem Schank
und doch kehrt ewig ein
bei dir, wer einmal sich betrank
mit dir, du schwarzer Wein.

Verhängt ist ihm der Sonnenschein,
die Nächte leuchten weiß,
es fröstelt ihn am Sommerrain,
im Schneewind ist ihm heiß.
Er schluchzt im Schoß, in den er sank,
doch friedlich ruht im Sein
der Mann, der einmal sich betrank
mit dir, du schwarzer Wein

Was morgen sein wird, leb ich heut
voraus: mir wird Verdruß,
solang sich noch in mir erneut
ein Tröpflein Überschuß.
Für deinen Rausch hab nüchtern Dank,
nicht anders möcht ich sein,
seitdem ich einmal mich betrank
mit dir, du schwarzer Wein.

Für wen soll ich noch säubern meine Taschen?

Für wen soll ich noch säubern meine Taschen,
für wen soll ich mir meinen Rücken waschen,
für wen soll ich mich jeden Tag rasiern,
wer mag mich noch, was kann mir noch passiern?

Für wen soll ich die Schwarte tun vom Schinken,
für wen soll ich mich abends nicht betrinken,
für wen soll ich den kranken Leib kuriern,
wer mag mich noch, was kann mir noch passiern?

Für wen soll ich mich länger nicht verachten,
für wen soll sich mir nicht das Hirn umnachten,
für wen soll ich noch immer Verse schmiern,
wer mag mich noch, was kann mir noch passiern?

Mit wem soll ich heut abend trinken gehn . . .

Mit wem soll ich heut abend trinken gehn
von all den Freunden, die mich nicht mehr sehn,
mit ihm, von dem ich auf dem Rückweg schied,
mit ihm, der hochstieg und mich schnell verriet?

Mit wem soll ich heut abend schlafen gehn
von allen, die mich nicht verkommen sehn,
mit ihr, die schweigsam mir zu früh verstarb,
mit ihr, die heiß wie Schnee mich ganz verdarb?

Von wem soll ich heut abend schreiben gehn
von allen, die in mir sich nicht verstehn,
von ihm, der mit sich geizt, der sich vertut?
Sie beide sind schon lang zu nichts mehr gut.

Der Rost am schwarzen Gitter . . .

Den Rost am schwarzen Gitter,
im Pflasterstein den Spelt,
den mürben Mörtelsplitter,
der aus der Mauer fällt,
im Eck die Spinnenweben,
sie hab ich wach im Sinn,
wenn nachts die Blätter schweben
und ich betrunken bin.

Ich frier in feuchten Stuben,
die niemals ich betrat,
ich ängstig mich in Gruben
voll Blech und Stacheldraht,
ich höre Schritte klirren
und halt den Napf aus Zinn,
wenn nachts die Blätter schwirren
und ich betrunken bin.

Ihr Beeren überständig,
du dürres Malvenbrot,
ihr haltet mich lebendig,
ich wäre sonst schon tot;
ihr macht den Mund mir lallen,
macht zucken mir das Kinn,
wenn nachts die Blätter fallen
und ich betrunken bin.

Beim Trinken fehlt es dir nie an Kumpanen

Beim Trinken fehlt es dir nie an Kumpanen,
sie sind wie Wespen, die den Honig ahnen;
willst du nur fröhlich und gesellig sein,
so stellt zum Wein gleich ein Kumpan sich ein.

Will es, dich aufzublähen, dich gelüsten,
zu kollern wie ein Truthahn, dich zu brüsten:
um den Kumpan, der dieses Spiel beim Wein
gut spieln kann, mußt du nicht verlegen sein.

Doch wenn ich vorgeneigt den Tisch umfasse,
ganz ungewiß ist, was ich tu und lasse,
und pures Scheidewasser ist der Wein:
wer will, ihr Wichte, mein Kumpan dann sein?

Frost nach Mitternacht

Die nächtigen Steige liegen leer,
es zirpt der Frost im Tramwaygleis;
ein Wind kommt von den Stätten her,
der feuchte Schnee gefriert zu Eis.

Es surrt das Licht im weißen Ball
der Bogenlampe und verpufft;
fahl stockt vorm Schank der dunstige Schwall,
es friert den Nebel aus der Luft.

Nichts bleibt von dieser Stadt zurück
als das Gerüst, das nur noch steht;
es friert den Qualm aus mir . . . Oh Glück,
das eisig mir die Nüstern bläht!

Verdünnt bis auf das letzte ist
mein Blut, daß ich nichts brauch und geh,
daß schwindlig es den Schlaf vergißt . . .
Und schwarz gefroren glüht der Schnee.

Eisige Nacht

Es weht wie Branntwein scharf vom Rand
der Wind bis in die Stadt herein,
kalt reist der Vollmond übers Land
und kalt ist der Laternen Schein.

Der Schnee, den es ans Gitter drängt
vom räudigen Rasen, glänzt wie Grieß;
ins schwarze Glatteis eingezwängt,
starrt hell der aufgestreute Kies.

Leer liegen Bahn und Steig im Ost,
es knicken und zerfalln zu Staub
die Stauden; hörbar schert der Frost
wie Blech vom Baum das schwarze Laub.

Die Weichen stehn auf Grün gestellt,
schwarz auf der Strecke gleißt Metall;
wie Nadeleis gefroren fällt
rings aus den Lüften jeder Schall.

So viel, von dem nicht eine Spur
zurückblieb, hat es mir entrückt,
seit ich so steh; was ist es nur,
das schier zum Bersten mich beglückt?

Ich bin glücklich, daß die Liebste schied

Ich bin glücklich, daß die Liebste schied,
daß auf mich nicht eine Seele sieht;
ich bin glücklich, daß mich niemand braucht,
wie der Reisighaufen, der verraucht.

Ich bin glücklich, daß mein Wesen sich,
wo ich geh, verströmt absonderlich;
ich bin glücklich, daß der Puls mir klopft,
daß der Schweiß mir aus den Beugen tropft.

Ich bin glücklich, daß ich also schwind,
daß ich nimmer aus dem Schwinden find;
ich bin glücklich, daß kein Weib, kein Mann,
möchten sie's auch, mich je mögen kann.

Wie der Fisch, der in den Tiefen lebt,
wenn ein Schwall ihn jäh zu Tage hebt,
bin des Drucks ich ledig; alles gleißt,
daß vor Glück es mir das Herz zerreißt.

Einem Siebenundneunziger

Dir bleibt nur eine kurze Spanne Zeit,
gemischt ist, was dich freut, mit Bitterkeit;
wie nichts trinkst du kein Seidel Rotwein mehr,
es sind nachher dir Stirn und Beine schwer.

Dir bleibt nur eine kurze Spanne Zeit,
dir ziemt allein zu sein und nicht zu zweit;
nicht ungestraft küßt du ein Mädel mehr,
dir bangt hernach, ob sie dir treu bleibt, sehr.

Dir bleibt nur eine kurze Spanne Zeit,
du bist zu töricht, doch auch zu gescheit;
du schreibst kein Buch so wie dein erstes mehr,
dich plagt dabei, wie man es aufnimmt, sehr.

Dir bleibt nur eine kurze Spanne Zeit,
doch jeder Tag ist eine Ewigkeit;
dir ist das Herz zu voll, das Mark zu leer,
du hast mir keine gute Stunde mehr.

Komm von der Arbeit ich erst spät nach Haus

Komm von der Arbeit ich erst spät nach Haus,
so ziehen Schuh und Mantel schwer sich aus;
vertrocknet ist das Mahl im Rohr und kalt.
Ich möcht schon bald ein Heim: ich werde alt.

War ich bei einem schönen Ding ein Mann,
so zieh ich, wenn ich ruhen möcht, mich an;
es fröstelt mich, die leere Straße hallt.
Ich möcht schon eine Frau: ich werde alt.

Seh nur in Heften ich mein Werk verstreut,
so ist es oft, daß mich das Schreiben reut;
gar viel liegt vor und hat nicht recht Gestalt.
Ich säh es gern gedruckt: ich werde alt.

Ruß im Kamin

Das Licht beim Bett ist abgedreht,
die Türe knarrt, der Vorhang weht,
es rinnt der Ruß durch den Kamin
und rieselt auf den Vorsatz hin.

Es ist nicht gut, im dunkeln Schein
mit diesem Laut allein zu sein,
und vieles, was bei Tag geschah,
zerbröselt, kommt man nun ihm nah.

Das gute Wort, der kleine Streit
zerfällt zu lauter Nichtigkeit,
was heimlich glomm, dünkt ausgebrannt,
es taucht nichts auf, nichts hat Bestand.

Die Türe knarrt, der Vorhang weht,
die Schläfe rauscht, zur Wand gedreht,
es rinnt der Ruß durch den Kamin
und rieselt auf den Vorsatz hin.

Vom Brot, das einst ich nicht mehr aß . . .

Vom Brot, das einst ich nicht mehr aß,
könnt heut beinah ich leben;
der Flausch, den ich zu nähn vergaß,
würd heut mir Wärme geben;
die Neige, die im Glas ich ließ,
brächt heute mich zum Lachen;
die Liebe, die zurück ich wies,
würd heut mich glücklich machen.

Versäumt

Der Wein, den stets es gibt im Schank,
für den hab ich nicht Zeit;
von dem nur einen Schluck ich trank,
um den tut es mir leid.
    Denn spät schon ist es in der Nacht,
    ich hab mein Quantum geleert;
    es hätt vielleicht den Rausch gebracht,
    der viele Tage währt.

Das dralle Ding, mit dem ich schlief,
für das hab ich nicht Zeit;
die Hur, die mich vergebens rief,
um die tut es mir leid.
    Denn nachts hockt etwas auf der Brust,
    ist nicht zu weichen gewillt;
    sie hätte vielleicht darum gewußt,
    was diesen Druck mir stillt.

Der Fluß, der wirbelnd fließt und nah,
für den hab ich nicht Zeit;
das Wasser, das vom Zug ich sah,
um das tut es mir leid.
    Denn oft bin ich am Fluß gehockt
    und schlendre heut noch einher;
    das Wasser hätt so still gelockt,
    daß es gelungen wär.

Dürres Laub, das sich vom Stengel trennt . . .

Dürres Laub, das sich vom Stengel trennt,
dürrer Halm, der durch die Straßen rennt,
der vom Fenster rieselt, spröder Kitt,
nehmt mich sacht auf eure Reise mit.

Flucht der Bäume, die sich scharf verkürzt,
Flug der Vögel, der ins Leere stürzt,
blasse Zitterkringel letzten Lichts,
nehmt mich mit auf euerm Weg ins Nichts.

Fahler Kelch, der auf dem Sims verblüht,
rotes Scheit, das im Kamin verglüht,
weiße Asche, die durchs Gitter fällt,
nehmt mich Müden mit aus dieser Welt.

Ich bin traurig, daß der Raps verblüht

Ich bin traurig, daß der Raps verblüht,
ich bin traurig, daß der Schnaps verglüht,
ich bin traurig, daß der Sichelmond
nicht von früh bis spät am Himmel wohnt.

Ich bin traurig, daß mein Stecken still,
daß er nicht mehr durch die Flecken will,
ich bin traurig, daß der Faulbaum gleißt,
und es nicht mehr mir das Herz zerreißt.

Ich bin traurig, daß mir nichts gehört,
ich bin traurig, daß mich nichts mehr stört,
ich bin traurig, daß nach kurzer Frist,
ich nicht wissen werd, wie weh mir ist.

Zu spät

Schlaff überm Hänger dreht sich mein Gewand;
ich bin schon lang zu schreiben nichts imstand.

Benommen in den Ohren rauscht das Blut;
mein kranker Körper ist zu nichts mehr gut.

In Mappen liegt verzettelt, was ich schrieb;
ich hätt es gern geordnet und gesiebt.

Es tröpfeln Briefe nun von nah und fern;
es scheint, man läse, was ich schrieb, nun gern.

Mein Hut am Haken hin und her sich dreht;
ich setz ihn nie mehr auf, es ist zu spät.

Die alten Geliebten . . .

Die alten Geliebten, mit denen ich lag,
gestorben, verschollen, vergessen vor Tag,
sie sind nun auf einmal mir nahe bei Nacht,
als hätt ich mit ihnen nicht Schluß längst gemacht.

Die erste war schüchtern und kindlich und mild,
die zweite war stolz und war schön wie ein Bild;
ich konnte sie beide nicht richtig verstehn,
drum lassen so oft sie bei Nacht sich nun sehn.

Die dritte war Freundin für Weinland und Flur,
die vierte gab Lust mir wie nie eine Hur;
sie gingen von mir, als sich wandte mein Glück,
drum kommen im Elend zu mir sie zurück.

Ich sag, was ich alles zu sagen vergaß,
ich rieche das Sofa und rieche das Gras;
ich liege mit ihnen, wie niemals ich lag;
bald wird es stets Nacht sein und niemals mehr Tag.

Morgen wird umsonst der Milchmann klopfen

Morgen zeitig an die Türe klopfen
wird der Milchmann, denn er will sein Geld;
morgen wird umsonst der Milchmann klopfen,
findet keine Flaschen hingestellt.

Morgen mittag sieht der Wirt den Ruster,
den er immer mir bereithält, an;
morgen mittag schenkt der Wirt den Ruster
in das Stutzglas einem andern Mann.

Morgen abend wird die Katze kommen
übers Sims, wird reiben sich am Glas;
morgen abend wird die Katze kommen,
schnuppern durch den Kitt das süße Gas.

Oh, käm's auf mich nicht an!

Wie sehr ich auch zerfahren,
wie ausgebrannt ich bin,
so fühl ich in den Haaren
den Wind noch und ums Kinn;
ich bin schon Früh zerschlagen,
nichts taugt mir, was ich kann,
oh, könnt ich doch noch sagen:
es kommt auf mich nicht an!

Lohnt wenig das Erinnern,
hab viel ich auch gezecht,
so weiß ich doch im Innern,
was gut ist und was schlecht;
die Schlacht wird stets geschlagen,
gebraucht wird jeder Mann,
oh, könnt ich doch noch sagen:
es kommt auf mich nicht an.

Wann unser immer einer
sich fallen läßt und fällt,
so wird um ihn gleich kleiner
und ärmer auch die Welt.
Es gilt, noch viel zu wagen,
wieviel mir auch verrann;
oh, könnt ich doch noch sagen:
es kommt auf mich nicht an.

Ich wach im Finstern auf in stillster Stund

Ich wach im Finstern auf in stillster Stund,
mich drückt der Magen, bitter schmeckt's im Mund;
aß aber nur Bekömmliches zur Nacht:
was bin ich nur im Finstern aufgewacht?

Ich schreck zusammen, schnappt im Schloß das Tor,
mich schmerzt der Kopf, mir rauscht das Blut im Ohr;
das Viertel Weißwein gestern war nicht schwer:
was brausen nur die Schläfen mir so leer?

Ich bleib auf einmal stehn, wo ich grad geh,
mir ist, daß mir die Wangen naß sind, weh;
weiß aber nicht, was mir so weh tun kann:
was kränkt mich nur? Ich werd ein alter Mann.

Drei Freunde

Drei Freunde sind's, die bei mir immer stehn,
mir helfen, daß die Stunden mir vergehn,
wenn mich mein altes Übel wieder trifft:
die Uhr, die Nagelscher, der Tintenstift.

Die Uhr auf meinem Nachttisch tickt die Zeit,
hält für mich Speis und Medizin bereit,
die kleine Schere schnippt die Nägel ab,
bis ich am Ende nur noch Stümpfe hab.

Der Tintenstift bringt plump mir zu Papier,
was ich von früher her noch hab in mir;
hier liegen sie, zu helfen bei der Kur,
der Tintenstift, die Nagelscher, die Uhr.

Schweiß

Ich zog durchs Land mit Ranzen und mit Stecken
oft übers Ziel und über die Gebühr;
ich weiß nicht mehr die Felder und die Flecken:
der staubige Schweiß ist's, den ich heut noch spür.

Ich lag mit vielen Frauen, jede küßte
ich so, als gäb sie mir ihr Herz dafür;
ich weiß nicht mehr die Hüften und die Brüste;
der süße Schweiß ist's, den ich heut noch spür.

Verwundet lag ich im Spital in Schienen
und lange Jahre brannte mein Geschwür;
ich weiß nicht mehr die vielen Medizinen:
der saure Schweiß ist's, den ich heut noch spür.

Nun lieg und hust ich schon seit vielen Tagen,
es bläst der Föhn und rüttelt an der Tür;
ich weiß nicht mehr, wie es begann, zu sagen:
der kalte Schweiß ist's, den allein ich spür.

Morgen im Spital

Es färbt ein Schein die Fensterscheiben fahl
und Gummiräder rollen; im Spital
hebt an gedämpften Schwalls ein neuer Tag,
ein Tag, wie ich ihn viele Tage lag.

Mein Mund ist schal, es schmerzt mich das Geschwür;
die Schwester öffnet lautlos bald die Tür
und bringt mir meinen Hungerbrei mit Milch
und bringt vielleicht auch einen neuen Zwilch.

Verklebt vom Schweiß der Nacht ist noch mein Haar,
mir ist noch schlechter als mir gestern war;
es schlägt im Hof ein Fink; laß nichts ihn störn
und laß mich oft, Maria, ihn noch hörn.

Steh bei mir in der Stunde meiner Not,
laß, Mutter Gottes, mich noch einmal Brot
verkosten, ehe sich das Jahr erneut
und ohne daß es gleich mich schmerzt wie heut

nach jedem Mahl. Gib, daß ich Schlummer find;
ich will auch willig sein, denn sieh, dein Kind
hat nichts mehr, das das Messer heilen kann.
Es wächst der Schein, ein neuer Tag hebt an.

Nun lieg ich wach . . .

Nun lieg ich wach im dumpfen Bettverschlag
vom frühen Morgen, bis es wieder Tag,
und riech das Laub und hör die Halme wehn;
ich werde nie mehr durch das Weinland gehn.

Der Zeiger frißt gelassen an der Zeit,
das Herz zerspringt mir fast vor Zärtlichkeit,
im Rücken fühl ich seltsam leer den Platz:
ich hab im Leben nicht mehr einen Schatz.

Erst heut so recht versteh ich dies und das,
und säß mit Freunden ich beim vollen Glas,
ich schenkte fröhlich meine Weisheit her:
ich trink mit ihnen keinen Tropfen mehr.

Zur halben Nacht

Was bin ich plötzlich aufgewacht?
Die Luft ist schal und dick;
unsichtbar sitzt zur halben Nacht
ein Druck mir im Genick.
Ist niemand da, der trinken will
mit mir vorm Nahn des Lichts?
Ich trommle laut, ich trommle still
den schwarzen Marsch ins Nichts.

Der Mond steht kalt am Himmel, wie
gefallen aus der Zeit;
die Sträucher seufzen hohl wie nie
vor lauter Einsamkeit.
Ist niemand da, der schlafen will
mit mir vorm Nahn des Lichts?
Ich trommle laut, ich trommle still
den schwarzen Marsch ins Nichts.

Erschöpft hat sich, was du verlangst
von mir, o Welt; ich härm
im Schlaf mich sehr und ich hab Angst
und mach, allein, mir Lärm.
Ist niemand da, der mithörn will
die Stimme des Gerichts?
Ich trommle laut, ich trommle still
den schwarzen Marsch ins Nichts.

Vom Trommeln

Ein Hautstück, in kreisrunden Rahmen gespannt,
zwei kräftige Schlegel dazu,
das gibt eine Trommel; die kundige Hand
vertreibt mit ihr mächtig die Ruh.
Kein Schall, der so kühn macht, kein Schall, der verstört
den Sinn so, als wenn man das Fell
im Takt rührt, daß weithin ein jeder es hört,
wenn's trommelt bald dumpf und bald hell.

In drohenden Reihen marschiert es sich gut,
schlägt kräftig sein Lied der Tambour;
mit Bajonett auf und mit pochendem Blut
stürmt leichter sich's, trommelt es nur.
Es trommelt im Dschungel der Kaffer und schickt
die Botschaft, die sammelt ums Mal;
er trommelt, damit er beim Feuer nicht nickt
und fernhält die Geister vom Kral.

Es trommelt der Regen mit Prall und Gezisch
und trommelt ins herbstliche Gras;
es trommeln die Finger dem Mann auf dem Tisch
und trommeln verstört dies und das.
Es hörte die Trommeln in Reih oft und Glied,
es hört auch verzückten Gesichts
die Trommel, wer trommelt vom Trommeln dies Lied
sich selber zum Aufbruch ins Nichts.

Lob der Verzweiflung

Verzweiflung, Freund des Armen,
du letzter Rest vom Rest,
du hast mit ihm Erbarmen,
wenn alles ihn verläßt;
du läßt sein bißchen Leben
im Schein des frühen Lichts
sich krümmen und erbeben
und führst ihn dann ins Nichts.

Du hast gar viele Namen,
bist unter allen groß,
heißt Würfel, Messer, Samen,
heißt Branntwein, Strick und Schoß;
du bist im Klirrn der Scherben,
im Zucken des Gesichts,
du fährst ins träge Sterben
und wirbelst es ins Nichts.

Du warst mir oft Gefährtin
in meiner Einsamkeit;
für mich wär jeder Wert hin,
wär ich von dir befreit;
gib Kraft mir, daß ich lebe,
und führ mich durch das Nichts,
auf daß ich mich erhebe
am Tage des Gerichts.

Spätsommer

Der Regen trommelt an die Scheiben,
der Phlox vorm Fenster ist verblüht,
mich dünkt, ich könnt noch manches treiben,
bin ich auch fast schon ausgeglüht;
es rauscht das Blut mir in den Ohren,
daß jäh mich Schwäche überkommt,
denk ich daran, was ich verloren,
und an das wenige, was noch kommt.

Ans Herz greift mir das Naß der Runsen,
im kleinen Park die morsche Bank,
der Säufer, fahl und aufgedunsen,
das Ding am Schalter, drall und blank;
nah geht mir, gleich vor mir ist alles,
ob es mir schadet, ob's mir frommt,
gedenke ich des großen Schwalles
und auch des kleinen, der noch kommt.

Der Regen trommelt an die Scheiben;
bevor der Tod mich in die Knie
wird zwingen, will ich viel noch schreiben,
wozu Verzweiflung Kraft mir lieh.
Nichts Bitteres ward je geboren,
nichts Süßes, was mir nicht bekommt,
denk ich daran, was ich verloren,
und an das viele, was noch kommt.

Es gibt immer etwas, um vorwärts zu sehn

Es gibt immer etwas, um vorwärts zu sehn:
bald ist's Zeit, wieder einmal zum Zahnarzt zu gehn;
es säubert der Bohrer von Fäulnis die Lücken,
indessen die Hände den Stuhl fast zerdrücken,
die Zunge, so weit sie sich auch in den Sack
im Kiefer wagt, findet nur guten Geschmack.

Es gibt immer etwas, um vorwärts zu sehn:
bald ist's Zeit, wieder einmal zum Schneider zu gehn;
die Hose ist nicht mehr in Falten zu pressen,
das Fransen des Rocks stört beim Schreiben, beim Essen;
Maß nimmt um die Hüften die kundige Hand –
und neu macht den Adam das neue Gewand.

Es gibt immer etwas, um vorwärts zu sehn:
bald ist's Zeit, die gesammelte Post durchzugehn;
die raschen Konzepte erleichtern die Seele,
es räuspert sich oft unterm Schreiben die Kehle,
denn niemand mehr Briefe zu schulden ist fein –
auf diesen und jenen trifft Antwort bald ein.

Es gibt immer etwas, um vorwärts zu sehn:
bald ist's Zeit, fein still aus der Welt fortzugehn;
im Haus aber sind noch verschiedene Sachen
zu ordnen, es ist noch ein Ring zu vermachen,
dem Arzt zu beschreiben der leidige Schmerz –
und still unterdessen steht glücklich das Herz.

Zittergras

Kleines Büschel Zittergras,
grau wie Staub und spröd wie Glas,
als ich pflückte dich als Kind
ging vorm Wald ein schöner Wind.

Wie mich scharf dein Halm auch schnitt,
bracht ich dich nach Haus doch mit,
und du nahmst in deine Hut
schillernd auch mein Tröpflein Blut.

Viel verwehte, viel verdarb,
Vater starb und Mutter starb;
in der Stadt, in die ich kam,
wurden mir die Lenden lahm.

Auf dem Schreibtisch, gutes Gras,
glommst du aber fort im Glas;
und wann ich dich ansah, schwoll
mir das Herz geheimnisvoll:

Roch's nach Fallaub, roch's nach Seim,
ob ich kam zerschlagen heim,
ob ich mich vom Werk erhob,
war die Welt voll Gottes Lob.

Gräslein, liebes, seltsam fahl
wirst du mir und jedes Mal
wenn ich blas den Staub, verzeih!,
fürcht ich mich, du fällst entzwei.

Wie du knisterst im Zerfall,
dankbar bin ich für den Schall,
den dem Kind von einst es macht,
das sich ängstigt sehr vor Nacht.

Kalter Abend im August

Kalter Abend im August,
welk schon faltet sich dein Blust,
da die Sonne sich verzieht,
aus dem Laub die Wärme flieht.

Steif im Garten ragt der Mohn
und die Dellen zeigen schon,
wo der Fliedersamen steht,
den es allzubald verweht.

Sieh, ich hatte einen Tag,
wie ich ihn nie haben mag;
seltsam bin, zerrauft und bleich,
ich dir, kalter Abend, gleich.

Daß so schwer mir ist der Sinn,
daß ich schon so müde bin,
hab bisher ich nicht gewußt,
kalter Abend im August.

Harter Pfirsich, saure Beer,
mit euch bang und hoff ich sehr
auf die Wärme, die noch strahlt,
alles Bleiche schön bemalt,

daß auch gut heran noch reift,
eh der Frost mich gnadlos streift,
was in mir der Lese wert
ist und andren Freud beschert.

Daß es noch möglich ist . . .

Daß es noch möglich ist, mit neuen Leuten
sich anzufreunden, ohne sich zu häuten,
zu spüren, wie der Strauch den warmen Föhn,
der neu den Saft weckt, oh, wie ist das schön!

Vertraulichkeiten schweigsam zu empfangen,
von sich erhitzt zu reden, bis die Wangen
glühn und der Raum erfüllt ist von Gedröhn
und Rauch und Weindunst, oh, wie ist das schön!

Als reifer Mensch sich rückhaltlos zu geben,
gemeinsam viel zu planen und das Leben
trotz Mühsal, Kummer, Schmerzen und Gestöhn
zu zweit zu meistern, oh, wie ist das schön!

Mein Arbeitszimmer

Außer Haus liebe ich Schimmer,
Armsessel, Teppiche, Wein;
aber mein Arbeitszimmer
muß wie ein Käfig sein.

Nichts drin die Kanten verkleidet,
Licht auf den Schreibtisch nur dringt,
daß es nicht müßig mich leidet
und mich zum Arbeiten zwingt.

Wachhalten soll's mir die Sinne,
eng muß es sein, nichts drin breit,
daß ich ihm gerne entrinne,
so mir die Arbeit gedeiht.

Es kommt mir jetzt so viel zurück

Es kommt mir jetzt so viel zurück,
was längst ich ganz vergaß,
der Schranken, der verschloß die Brück,
der Strunk, auf dem ich saß.
Geh ich im Park spazieren, hallt
im Ohr des Steckens Schwung;
ich fühl, werd ich auch mählich alt,
mich plötzlich wieder jung.

Es leidet nach der Arbeit mich
nicht eine Stund zu Haus;
in jeden Schank, um den ich schlich,
führ ich die Neue aus.
Dem besten Schluck gebiet ich Halt
und wälz ihn auf der Zung;
ich weiß, ich werde mählich alt
und fühl mich aber jung.

Zu viel für mich ist diese Wucht,
mir bleibt nicht lange Zeit;
ich bin wie eine Winterfrucht
im Stroh, voll Süßigkeit.
Es wird mir angst und bang, denn bald
zum Stocken kommt der Schwung;
was wird mit mir, bin ich erst alt
und fühl mich nicht mehr jung?

Kann's nicht der Wein sein, der mir frommt . . .

Kann's nicht der Wein sein, der mir frommt,
so sei mir doch gewiß
für jeden Tag, der da noch kommt,
sein Quantum Bitternis.
Sei's Schnaps von Enzian oder Schleh,
sei's, daß mir was geschieht,
das klein mich macht, wann's nur mir weh
den Mund zusammenzieht.

Wenn schon mein vielgeliebter Schatz
mir ihre Gunst nicht schenkt,
so sag sie doch den einen Satz,
der mich für immer kränkt.
Bin ich geschätzt nicht, wie ich sollt
geschätzt sein nach Gebühr,
wär's besser, wenn ihr mich nicht wollt,
ihr wieset mir die Tür.

Denn haben muß sein bittres Pfund,
das ihn berauschen kann,
der Mensch; mit leerem Sinn und Mund
bescheidet sich kein Mann.
Gelobt, wer mich zu trolln mir schafft;
dein Wort sag, schönes Ding,
das Bittere, damit voll Kraft
mein Liedlein mir geling.

Meine Betten

Die Betten all, in denen ich schon lag
vom späten Abend bis zum frühen Tag:
das Bett zu Hause im vertrauten Raum
mit seiner Tuchent wohligwarmem Flaum,

die Betten, oft zu hart, nicht immer plan,
nur wenig zum Sich-Räkeln angetan,
das Bett, das eine Welt war, im Spital,
mit seinen Eisenstangen, schwarz und kahl,

die Betten, wo man Liebe praktiziert,
ich hab sie alle gründlich ausprobiert –
bis auf mein nächstes, in der fremden Stadt,
das Bett, das vier geschreinte Wände hat.

Mir geblieben

Wenn vom Marsch ich müde war,
eine Stunde noch gegangen,
Nachtwind im verschwitzten Haar
und Geklopf in Hals und Wangen.

Wenn beschwingt ich war vom Wein,
zwei drei Gläser noch getrunken,
war auch etwas Wermut drein,
bis ich selig hingesunken.

Wenn ich aufstand vom Genuß,
eh die Mattigkeit verflossen,
leichten Kuß und feuchten Kuß,
bis ich wieder mich ergossen.

Also seh ich angesichts
meines Endes: mir geblieben
ist nur dieses, und von nichts
anderm hab ich gut geschrieben.

Beim Besichtigen eines neuen Zimmers

Die Fensterrahmen angenagt vom Rost,
im Hinterhof einen Haufen von Kompost,
ein Spinnerich, der seine Fäden spinnt,
ein Kater, der zur Sonne dreht den Grind.

Verschoßner Überwurf auf schmalem Bett,
ein Eisenwaschtisch und ein Bücherbrett,
ein Tisch, zwei Sessel, ein gestrichner Schrank,
ein Kleiderrechen, eine Truhenbank.

Kein Blechgeplärr, kein Nachbar, der sich regt,
verworrner Laut nur aus der Tiefe schlägt,
Besinnlichkeit und doch ein leises Zerrn:
hier schreibt's gewiß sich gut, hier bleib ich gern.

Der Einzelgänger

Ich bin bereit, in meine Brust zu greifen
und euch mein Herz zu reichen auf der Hand;
doch abends muß ich durch die Gassen streifen,
wenn mich die große Tollheit übermannt.
Ich komme gern, doch ladet mich nicht ein,
zählt nicht auf mich, denn ich muß einsam sein.

Ich muß in meiner kahlen Kammer hausen
und meinem Körper geben, was ihm frommt;
vor meinem Schaden soll es keiner grausen . . .
Was mir an Liebe in die Quere kommt,
ich nehm es dankbar; gern mach ich mich klein
und wein mich aus, doch ich muß einsam sein.

Ich weiß nicht allzuwenig von den Dingen,
doch wenn ihr tagt, laßt mich aus eurem Rat;
wenn es drauf ankommt, euch ein Lied zu bringen,
zeigt mir erst, Freunde, den, der Beßres tat.
Ob's mich auch reißt, ich laß euch nicht allein,
ich tu mein Teil, doch ich muß einsam sein.

Wenige Dinge nur bleiben

Wenige Dinge nur bleiben
einem geschlagenen Mann:
die alten schwammigen Huren,
die froh sind, spricht jemand sie an;

sein Feldbett mit zwei bis drei Decken,
der Spätwind in der Allee,
Messer, Pfeife und Stecken,
Branntwein und schwarzer Kaffee,

Bruchband und Krücken, ein Kasten,
etwas Geschirr und Gerät
und die Harmonikatasten,
wenn er zu spielen versteht.

Wenn das Haar beginnt sich zu lichten

Wenn das Haar beginnt sich zu lichten,
freut's einen schon, wenn's gelingt,
die Notdurft des Leibs zu verrichten
und sich morgens der Schritt ihm beschwingt.

Wenn die Arbeit ihm Zeit läßt zu sinnen,
wenn im Schlund es nach Tisch ihn nicht würgt,
wenn am Abend der Glanz auf den Zinnen,
daß es morgen noch schön bleibt, verbürgt,

wenn noch vollzählig ist seine Runde,
wenn der Blick einer Frau ihn noch mißt
und wenn einmal er eine Stunde
die Zahl seiner Jahre vergißt.

Wenn der Kragen ganz verschwitzt ist

Wenn der Kragen ganz verschwitzt ist,
läßt es sich am besten schreiten;
wenn die Mannheit wundgeritzt ist,
läßt es sich am besten reiten.

Wenn die andren Kerle mehr sind,
läßt es sich am besten raufen;
wenn die Hosentaschen leer sind,
läßt es sich am besten saufen.

Wenn die offne Hand kein Hund leckt,
läßt am tollsten es sich treiben;
wenn es bitterscharf im Mund schmeckt,
läßt es sich am besten schreiben.

Wenn die Gäste gegangen sind

Sich selbst eine Nuß zu krachen,
wenn die Gäste gegangen sind,
die Fenster aufzumachen
und einzulassen den Wind,

vom Tischtuch zu beuteln den Plunder
mit einem einzigen Ruck,
vom Branntwein oder Burgunder
zu tun einen tüchtigen Schluck,

zum Ofen sich hinzusetzen
und, was sich festhalten läßt,
schnell aufs Papier hinzufetzen,
so schließt am besten ein Fest.

Wenn ein Mann nur auf Wurst hat statt Schinken

Wenn ein Mann nur auf Wurst hat statt Schinken,
doch ein Zimmer für sich allein
und genug zum Rauchen und Trinken,
muß er imstande sein,

sich selbst die Zeit zu vertreiben
ein Jahr lang oder auch zwei,
zu lesen oder zu schreiben
und sich wohl zu fühlen dabei

und spöttisch unter die andern
zu treten, ein stärkerer Mann,
mit dem sie gern reden und wandern,
weil nichts ihm was anhaben kann.

Wann immer ein Mann trifft auf einen . . .

Wann immer ein Mann trifft auf einen,
der im Winkel sitzt, stumm und allein,
so schuldet, so sollte ich meinen,
er ihm ein Glas Bier oder Wein.

Bis die Augen nicht unstet mehr wandern
und sich aufhellt das bittre Gesicht;
dies schuldet ein Mann einem andern,
aber zuhören muß er ihm nicht.

Vom Vorrecht der Liebsten

Reden kann man im Wirtshaus
und schlafen bei käuflichen Fraun;
aber das Vorrecht der Liebsten
ist es, auf einen zu schaun,

da zu sein, gibt's was zu stöhnen;
Wut und Verzweiflung und Scham,
einen mit sich zu versöhnen,
ist man zutiefst sich selbst gram.

Wert ist der Mann keinen Heller,
der nicht dem Werk sich verschreibt;
aber der Puls schlägt ihm schneller,
wenn durch die Nacht es ihn treibt.

Nichts fehlt, solang eine Liebste
sich findet, auf einen zu schaun;
sonst bleibt noch immer das Wirtshaus,
gibt es die käuflichen Fraun.

Vom Prahlen

Fremder, der Wirt dreht das Licht im Gewölbe auf klein.
Immer, verstehst du, wenn einer schließt Freundschaft beim Wein,
macht's ihm Vergnügen, dem andern ein Gläschen zu zahlen
und zu haun auf den Tisch und großmächtig zu prahlen.

Prahlen, das will er, nicht daß er etwa grad lügt,
wenn er hinzu auch, daß besser es klinge, was fügt –
nicht mit dem, was er hat (das rechnet nicht hoch er sich an),
nein, mit dem Ärgsten, dem knapp er mit Not nur entrann:

prahlen mit jeglicher Gabe, die jung ihm verdarb,
prahlen mit seiner Geliebten, die früh ihm verstarb,
prahlen mit langem Marschieren, das blutig ihn wetzte,
prahlen mit allem, was je nur ihn traf und verletzte.

Winzig und nackt sind, Kumpan, wir gestellt in den Wind,
daß unser selbst wir nur sicher im Überschwang sind,
mag uns der Fusel auch fast die Gedärme zerreißen,
mag uns der andre am Ende zu Boden auch schmeißen.

Darum zu prahlen damit, was eins heil überstand,
wärmt ihm das Herz und läßt aufhaun ihn mit der Hand,
daß nur so wackeln die Gläser; nun komm mir ins Frische,
klar ist die Nacht und der Wirt stürzt schon hinten die Tische.

Vom Sich-Auslüften

Manchmal treibt's einen, spät aus dem Haus noch zu gehn,
um etwas anderes als die vier Wände zu sehn,
nicht um Besonderes, nur um was andres zu tun,
sei's nur, um nicht in dem nämlichen Sessel zu ruhn.

Nichts macht es aus, wie im Gasthaus das Essen auch schmeckt,
ist's nur was andres, ist anders der Tisch nur gedeckt;
unwichtig ist, was der Nachbar zu einem grad spricht,
ist's nur ein anderes als das gewohnte Gesicht.

Ist auch nicht schmackhaft das Mahl, ist der Wein auch gering,
angenehm lockert sich doch um die Wangen der Ring;
sacht weht ein Wind durch das staubige Ziergrün bald her,
hinter den Schläfen ist, seltsam, es nicht mehr so leer.

Manches fällt einem ein, sitzt man wieder zu Haus,
folgt mit den Augen im Fenster dem Schwinden des Blaus,
sieht das Blinken der Traufen und hört in den Ohren das Blut;
daß man sich auslüftet, tut ein paar Tage lang gut.

Von der Erbärmlichkeit

Nicht nur, o Mensch, wenn keine Seel dich liebt,
nicht nur, wenn niemand dir zu fressen gibt,
nicht nur, wenn nichts gelingt, nein, jederzeit
gedenk der eigenen Erbärmlichkeit.

Wenn dir der Tisch zum Brechen voll gedeckt,
wenn dir der Wein am besten hat geschmeckt,
wenn keiner Flieg du antun kannst ein Leid,
gedenk der eigenen Erbärmlichkeit.

Wenn du die Widersacher schlugst und hegst
kein Quentchen Groll, doch stolz aufs Tischbrett schlägst,
dann geh den großen Gegner an und streit
mit deiner eigenen Erbärmlichkeit.

Erst sieh dich nackt und halt mit dir Gericht,
dann stehst vielleicht du niedrig da im Licht,
doch auch verzückt für eine kurze Spanne Zeit,
ganz bar der eigenen Erbärmlichkeit.

Durchwühlt den Unrat nur, der ab mir rinnt,
mit meinem Scheitel stoß ich in den Wind;
mich kümmert wenig, wessen ihr mich zeiht
in eurer eigenen Erbärmlichkeit.

Von der Befriedigung

Mag Tatendrang dir auch die Wangen röten,
daß du darüber gar den Schlaf vergißt,
es ist damit und mit den meisten Nöten,
wie es mit einer vollen Blase ist:
es bringt Erleichtrung, wenn man es noch kann,
doch lange Freude hat man nicht daran.

Hat auch die Welt kaum Schöneres zu schenken
als eines Mädchens Mund und blanke Haut,
so tut man gut daran, stets zu bedenken,
wenn man sich in ein schönes Ding verschaut:
es bringt Erleichtrung, wenn man es noch kann,
doch lange Freude hat man nicht daran.

Nur mit dem Schreiben, Malen, Komponieren
verhält vielleicht es anders sich zum Schluß;
drum prüfe man sich recht auf Herz und Nieren,
daß man sich nicht am Ende sagen muß:
es bringt Erleichtrung, wenn man es noch kann,
doch lange Freude hat man nicht daran.

Vom Alleinsein

Und so gut wie für jeden kommt einmal die Zeit,
wo nicht Ruh noch Erschüttrung die Kraft ihm verleiht,
von der Arbeit am Abend nach Hause zu gehn
und die Wand und das Bett und den Kasten zu sehn;
denn er will nur nicht mehr allein sein.

Und mit wem er zusammenzieht, kaum kommt's drauf an,
wenn so halbwegs er nur mit ihm auskommen kann,
wenn der andre nicht schnarcht, nicht sein Handtuch benützt
und ihn breitschultrig nur vor der Stille beschützt;
denn er will nur nicht mehr allein sein.

Und gar mancher schließt oft einen flüchtigen Bund,
und wenn's aus ist, dann hält er sich noch einen Hund,
der ihn anwedelt, oder damit ihm nicht graut,
eine Katz, die aufs Bett ihm früh springt und miaut;
denn er will nur nicht mehr allein sein.

Vom Sich-Vergraben

Wenn ihm versiegen seine besten Gaben,
beginnt der Mensch sich manchmal zu vergraben;
er lebt in seiner selbstgewählten Haft
und schuldet keinem Menschen Rechenschaft.

Es paßt ihm nicht mehr, sich den Hals zu waschen,
dem Milchmann stellt er vor die Tür die Flaschen;
er lebt von Brot und Käs und Himbeersaft
und schuldet keinem Menschen Rechenschaft.

Verfaulen mag er so lebendigen Leibes,
er braucht die Anteilnahme keines Weibes,
er hat zu voller Schweigsamkeit die Kraft
und schuldet keinem Menschen Rechenschaft.

Nur in den Nächten, wann auf Bord und Schragen
der Mond scheint, fängt er an sich selbst zu fragen,
wie alles kam und was damit er schafft
und fordert von sich selber Rechenschaft.

Von der Barmherzigkeit

Hast du auch nichts als trocknes Brot zu essen,
ist um den Hals der Kragen dir zu weit
und wolln dich im Logis die Flöh auch fressen,
erwart nicht von der Welt Barmherzigkeit.

Hast du getragne Kleider zu verkaufen,
verstaubten Kram, der nach dem Trödler schreit:
wenn er die Dinge legt auf einen Haufen,
erwarte nicht von ihm Barmherzigkeit.

Gehst du, bei einem schönen Kind zu liegen,
verlang von ihr nicht ihre Gunst und Zeit,
bis an den hellen Scheiben surrn die Fliegen:
erwarte nicht von ihr Barmherzigkeit.

Ist auch dein Herzblut warm in den Gedichten –
sobald sich Letter hart an Letter reiht,
ist's an den Leuten, über dich zu richten:
erwart von ihnen nicht Barmherzigkeit.

Nimm Gnade an, sie wird nicht oft gegeben;
doch mit dir selber gib nicht auf den Streit.
Wie tief du immer sinken magst im Leben,
erwart nicht von dir selbst Barmherzigkeit.

Vom Geschmack der Bitternis

Wenn Weiß- und Rotwein schon nach nichts mehr schmecken
und fast zur Gänze ist die Nacht vertan
und wie von selber sich die Beine strecken,
hilft nur ein Glas vom bittern Enzian.
Was nicht vermag die Blume aller Weine,
gelingt des Enzians höllisch-scharfem Biß;
von all der herben Süße bleibt dies eine:
am Gaumen der Geschmack der Bitternis.

Wenn alle Fraun und Mädchen sind vergessen
und nichts die Pulse schneller klopfen macht,
liegt sich's bei einer Hure, der zerfressen
die Schminke das Gesicht hat, gut zur Nacht.
Ins Zimmer schwingt die morsche Vorhangleine,
es schmerzt das Kreuz und brennt der Wanzenbiß;
von all der herben Süße bleibt dies eine:
am Gaumen der Geschmack der Bitternis.

Wenn jeder Weg gegangen ist ans Ende,
und dieses Ende ist ein schwarzes Loch,
sitzt es zu Abend an der Gerberlände
sich gut in einem gottverlaßnen Tschoch.
Vorm Fenster glotzen kahl die Pflastersteine
und das Gewölbe starrt von Fliegenschiß;
von all der herben Süße bleibt das eine:
am Gaumen der Geschmack der Bitternis.

Von der Neige

Auf dem Boden im Faß findet viel seinen Platz
und es senkt im Kaffee sich der schwärzliche Satz;
darum trink, wenn's dir schmeckt, aber trinke mit Maß
und vom Besten laß fingerhoch stehen im Glas:
denn die Neige der Dinge ist bitter.

Liebe, liebe zur Stund, wenn die Liebe dich packt,
aber sieh deine Liebste vor Morgen nicht nackt;
rühr das Tiefste nicht auf, daß ein Rest davon bleibt
und aus ihm bis zum nächstenmal Köstliches treibt:
denn die Neige der Liebe ist bitter.

Wenn du Abschied nimmst, nimm ihn, bevor's an dir nagt
und bevor ins Gesicht man die Dinge sich sagt,
die man später bereut, die nichts ungesagt macht
und die plötzlich nach Jahren noch brennen bei Nacht:
denn die Neige des Lebens ist bitter.

Vom Sich-eins-Fühlen

Manchmal am hellichten Tag kann es einem geschehn,
daß nicht um einen die Dinge wie Dinge mehr stehn,
daß man sich eins fühlt so jäh, daß der Herzschlag fast hält,
eins für Sekunden, gefalln aus der Zeit, mit der Welt.

Eins mit dem Feldweg, auf den aus der Haustür man tritt,
eins mit dem Korn, mit den Raden, der Sense, dem Schnitt,
eins mit der Glut, die die knisternden Grannen verbrennt,
eins mit dem Staub, der im Windstoß das Gleis entlang rennt.

Eins mit dem Seegras, das morsch aus der Polsterbank quillt,
eins mit dem Säufer, dem nichts mehr den Durst heute stillt,
eins mit dem Branntwein, der beizend die Gurgel durchläuft,
eins mit der Asche, die grau in der Schale sich häuft.

Böse und gut gelten nichts dem Verzückten davor,
ihm, der der Lärm ist zur nämlichen Zeit und das Ohr;
die euch dies anrührt nach Jahren als Schwinden des Scheins
eine Sekunde nur, wisset, ich bin mit euch eins.

Der Schüler

Geh, Hähnchen, kräh bei den Huren dich aus;
verschleudre mein wertvollstes Bild,
gebricht's dir an Geld: es bleibt besser zu Haus,
wem spärlich der Saft nur noch quillt.

Trink mit den Säufern im Schank um die Wett,
und kommst du mir durch die Allee
am Morgen getorkelt, ich bring dich zu Bett
und koche dir schwarzen Kaffee.

Doch schau mir gut zu, wie ich einteil das Feld
und wie ich die Leinwand grundier,
daß redlich du preist mir die herrliche Welt,
wenn ich längst keinen Pinsel mehr führ.

Einem jungen Freund

Du kommst zu mir und siehst mir zu,
ich setze Strich für Strich
die Werte, doch Gewalt und Ruh
besitzt du mehr als ich.

Denn grau schon sprenkelt sich mein Haar,
doch wie ich leis und laut
die Dinge anpack, hat manch Jahr
in mir schon vorgebaut.

Ich seh dich gern und könnt geschehn,
was nie, mein Freund, geschieht,
daß jung und alt zusammengehn,
wir schüfen manches Lied.

Trinklied vorm Abgang

Schon wird uns oft ums Herz zu eng,
es läßt uns niemals ruhn;
wir konnten manchmal im Gedräng
nicht ganz das Rechte tun.
Laßt in der Runde gehn den Wein,
horcht, wie die Zeit verrinnt;
die Menschen werden kleiner sein,
wenn wir gegangen sind.

Uns wäre eingereiht, behaust
und vorbetreut nicht wohl;
wir konnten noch in unsrer Faust
vereinen Pol und Pol.
Laßt in der Runde gehn den Wein,
horcht, wie die Zeit verrinnt;
die Menschen werden schwächer sein,
wenn wir gegangen sind.

Ob altes Maß, ob neues Maß,
wir müssen bald vergehn;
was schadet's, bleibt nur dies und das
von uns als Zeichen stehn.
Laßt in der Runde gehn den Wein,
horcht, wie die Zeit verrinnt;
die Menschen werden freier sein,
wenn wir gegangen sind.

Ich preise

Ich preise die Wege, die Jahr ich für Jahr
nicht gehn kann und bin bald am Ziel;
ich preise die Scholle, die einst mich gebar,
das Pflaster, dem bald ich verfiel;

ich preise im Lößland die Reben am Pfahl,
die Hütten, verwittert und schief;
ich preise den Staub und den Blust am Kanal,
die Huren, mit denen ich schlief.

Ich preise den Schweiß, der den Nacken mir beizt,
den Krampf, der im Eingeweid wühlt;
ich preise den Mann, der den Kalkofen heizt,
das Herz, das sich eins mit ihm fühlt;

ich preise den Trotz und das bittere Muß,
die Freundschaft, auf die stets Verlaß;
ich preise die Liebe, ich preise zum Schluß
den ehrlichen grimmigen Haß;

ich preise den Kampf, der mit Kugel und Beil
beseitigt, die schänden die Welt;
ich preise der Feder bescheidenes Teil
und, was mir zu preisen gefällt.

Selbstporträt 1946

Buschig ist mein Haar, ist strähnig
schon von Grau durchsetzt ein wenig,
schmerzhaft mein Gedärm verwachsen
und mein Herz macht mir schon Faxen.

Alles Laue, Halbe haß ich,
was an Geld kommt ein, verpraß ich;
was ich weiß – nicht viel – das weiß ich,
auf die Neunmalweisen scheiß ich.

Einstand stets ich für die Armen,
oft mit mir kommt mir Erbarmen;
nötig hätt ich oft ein Fuder –
alle sind wir arme Luder.

Blau schon schwillt mir das Geäder,
unbeirrt führ ich die Feder;
schön ist's, Tag für Tag zu schreiben:
dies und das davon wird bleiben.

Nachbemerkung des Herausgebers

Mit fortschreitendem Alter wuchs in Theodor Kramer die Sorge, daß seine Gedichte ungeordnet und unveröffentlicht bleiben würden und damit sein Lebenswerk verloren sei. Wenn man weiß, daß Kramer, wie unter einem Zwange stehend, vierzig Jahre lang jeden Tag ein Gedicht geschrieben hat und, von dieser manischen Leistung erschöpft, vor allem in seinen späteren Jahren kaum mehr Zeit fand, zu sichten, zu ordnen und zu feilen, dann erscheint einem diese Sorge nur zu verständlich. Tatsächlich blieb ein Nachlaß von etwa 12.000 Gedichten zurück, von denen nur etwa 650 in Buchform und weitere 450 in Zeitungen und Anthologien veröffentlicht worden sind. Fast alle diese Bücher sind heute vergriffen, die meisten Zeitungsdrucke unerreichbar geworden, und damit ist sein Werk, selbst dort, wo es publiziert worden ist, nicht präsent. Dazu kommt noch, daß 90 Prozent seiner Gedichte überhaupt noch nie gedruckt worden sind.

Es versteht sich von selbst, daß Gedichte, die auf die geschilderte Weise produziert wurden, sehr ungleich in ihrem literarischen Wert und in ihrer inhaltlichen Bedeutung sein müssen. Auch Kramer war dies bewußt, und es bedrückte ihn, daß er nicht mehr imstande sein sollte, die Spreu vom Weizen zu trennen. Er wußte, daß vieles nur Anlauf, nur Fingerübung war oder der Versuch, dem Thema wie in der bildenden Kunst durch wiederholte Skizzen näherzukommen und es schließlich zu bewältigen. So wiederholen sich Titel, Motive und Situationen. Ihre Aneinanderreihung mag ihren eigenen Reiz haben und auch wissenschaftlich relevant sein, in eine Edition dieser Art, die Kramers Werk endlich wieder in die Hände der Menschen legen will, gehören sie nicht. Überhaupt wird die Gesamtheit der Gedichte nur in einer in sehr weiter Ferne gelegenen endgültigen Gesamtausgabe publiziert werden können. Was hier geboten werden kann, ist der erste Versuch einer Sammlung des Wesentlichen und keine Ausgabe letzter Hand.

Diese Beschränkung auf das Wesentliche, mitbedingt durch die räumliche Begrenzung dieser Ausgabe, bringt es mit sich, daß jener Teil seines Werkes, der vor der Zeit des von ihm selbst erkannten und beschriebenen Durchbruches, d. h. vor den Jahren 1925/1926 entstanden ist, im allgemeinen hier außer acht gelassen werden muß. Kramer hat sich als anerkannter Dichter nie mehr zu diesen frühen Schöpfungen bekannt, sie herauszugeben, muß einer späteren, mehr auf das Literaturwissenschaftliche als auf das Literarische gerichteten gesonderten Edition überlassen bleiben. Die vorliegende Ausgabe trifft eine strenge Auswahl aus den vom Autor selbst als gültig betrachteten Gedichten, deren Entstehungszeitraum noch immer mehr als drei Jahrzehnte umfaßt. Dabei soll Kramers Werk nicht auf eine einzige Dimension reduziert werden. Es hat viele Facetten, von denen einige heller leuchten und andere nur dunkel glühen, die alle zusammen aber erst seinen Glanz ergeben.

Dabei werden jene Gedichte an den Anfang gestellt, die schon durch die Tatsache, daß sie vom Verfasser selbst ausgesucht, zusammengestellt und in Buchform publiziert worden sind, hervorgehoben werden. Sie bilden den 1. Band, der damit alle bisher vergriffenen Bände erreichbar macht. Im 2. Band sollen die von Kramer geplanten Gedichtbände Aufnahme finden; der Herausgeber wird sich bemühen, ihnen unter Verwendung vorliegender Aufzeichnungen und Hinweise Gestalt zu verleihen. Der 3. Band wird jene Gedichte enthalten, die, gedruckt oder ungedruckt, zum wertvollen Grundbestand im Umfeld der publizierten oder geplanten Bände zählen.

Die drei Bände bilden eine Einheit, darum wird es für sie am Schluß des 3. Bandes auch einen gemeinsamen Apparat geben. Jedoch sei an dieser Stelle bezüglich der Editionstechnik schon folgendes festgehalten: Die Gedichte des 1. Bandes müssen als Ausgaben letzter Hand gelten, da sie das Imprimatur des Autors besitzen und die späteste Fassung darstellen. Eine Ausnahme bilden nur die zehn Gedichte aus »Verbannt aus Österreich«, die nach dem Druck vom Autor überarbeitet worden sind und dann in ihrer neuen Form im Band »Wien 1938« Aufnahme gefunden haben. Deshalb werden hier auch beide Fassungen gegeben. Weiters wurden die an sich sehr seltenen handschriftlichen Besserungen, die Kramer in seine Handexemplare gesetzt hat, eingearbeitet. Offensichtliche Druckfehler wurden getilgt und die Setzung von Apostrophen, die oft innerhalb desselben Bandes, ja manchmal sogar innerhalb desselben Gedichtes stark differiert, normalisiert. Dagegen wurde die Unregelmäßigkeit der Dreipunktsetzung in der Titelzeile (»Wir lagen in Wolhynien im Morast...«), da sie sich schon in den Manuskripten findet, in ihrer unterschiedlichen Form belassen. Im Zweifelsfällen wurde auf die Originale zurückgegangen.

Bei den Gedichten des 2. und 3. Bandes, soweit sie direkt aus den Manuskripten und Typoskripten des Nachlasses genommen wurden, erwies sich eine andere Vorgangsweise als notwendig. Fertiggestellte Manuskripte müssen auch hier als vom Autor sanktioniert gelten. Den Hauptbestand von Kramers dichterischem Nachlaß bildet jedoch eine große Serie von Notizheften und -blöcken, die seine Gedichte in Reinschrift, teils mit Bleistift, teils mit Tinte geschrieben, enthalten. Oft laufen Bleistift- und Tintenfassung nebeneinander, wobei manches Mal jeweils eine von ihnen Lücken in der anderen Reihe schließt. Übrigbleibende Lücken, die durch keine der beiden Serien gedeckt werden, sind aus dem wechselhaften Schicksal des teilweise mit dem Dichter »exilierten« und teilweise vor seiner Emigration geteilten und verläßlichen Freunden und Bekannten zur Aufbewahrung gegebenen Nachlasses zu erklären. Verschiedenen Hinweisen, auch in seinen Gedichten, ist zu entnehmen, daß Kramer in den ersten Monaten der nationalsozialistischen Herrschaft Teile seiner Gedichtmanuskripte in plötzlich ausbrechender Panik vernichtet hat.

Jedenfalls ist die Tintenfassung als die spätere zu erkennen und hat, wo sie vorhanden ist, als die authentische zu gelten. Dabei ist aber zu beachten, daß es daneben noch eine sehr große Anzahl maschingeschriebener und eine kleinere handgeschriebener Abschriften gibt, erstere oft in mehreren Durchschlägen. Im allgemeinen sind die Typoskripte nur für den Zeitungsdruck bestimmte Abschriften, stellenweise finden sich aber auf ihnen weitere Veränderungen des Textes, die ihre Ursache in der Gewohnheit des Dichters haben, fertiggestellte

Manuskripte gelegentlich mit ihm Nahestehenden durchzubesprechen. Er hat dies unter anderem mit Erich Fried, E. H. Herlitschka, Michael Guttenbrunner und dem Herausgeber getan. Wenn sich auf solchen Blättern Veränderungen in Kramers Handschrift befinden, haben diese als letzte Fassung in die Textgestaltung einbezogen zu werden, sonst können sie nur als Vorschläge gelten. Von manchen Gedichten, für die eine handschriftliche Überlieferung fehlt, ist nur ein nicht immer verläßlicher Zeitungsdruck vorhanden.

Kramer hat in seinen Heften alle Gedichte datiert. Bei Gedichten, die bloß als Typoskripte oder Zeitungsdrucke erhalten sind, ist eine genaue Datierung unmöglich. Vergleicht man dort, wo vorhandene Manuskripte dies erlauben, die Zeitpunkte der Entstehung mit denen der ersten Zeitungsdrucke, so zeigt sich, daß zwischen beiden durchschnittlich ein Zeitraum von vier Monaten, manchmal aber auch nur von einer Woche (!) liegt. Das läßt die Annahme zu, daß Gedichte der Frühzeit, die nur durch Abdrucke in Zeitungen überliefert werden, im allgemeinen nicht allzulange vor dem Druck entstanden sind.

Hinweise auf wesentliche Varianten werden in den Anmerkungen des Apparates Platz finden. Änderungen in der Textgestaltung publizierter Bände sind oft nur dem Wirken von Lektoren zuzuschreiben.

Abschließend spricht der Herausgeber, dem Theodor Kramer die Verwaltung und Herausgabe des Nachlasses und seine Witwe das Eigentumsrecht daran übertragen haben, an alle diejenigen, die noch Teile des Nachlasses in Verwahrung haben, die Bitte aus, sie mögen ihn über den Verlag verständigen und die bei ihnen befindlichen Schriften Kramers an den Nachlaß zurückgehen lassen, wie dies schon viele treue Bewahrer aus Wien, Graz, Hamburg, London und Los Angeles getan haben, denn nur eine möglichst große Vollständigkeit des Nachlasses erlaubt es, das ganze Ausmaß des dichterischen Schaffens zu übersehen, während durch jede verbleibende Lücke Kenntnis und Verbreitung womöglich wesentlicher Teile von Kramers Werk behindert würden.

Worterklärungen

ale (engl.)	englische Biersorte
Ältersohn	älterer Sohn
ärarisch	aus staatlichem Besitz (altösterreichisch)
aufgezogen sein	infolge starker Sonnenbestrahlung eine gerötete Haut haben
Aufschnitt	Speise aus verschiedenen „aufgeschnittenen" Wurstsorten
Ausgesteuerter, ausgesteuert sein	Arbeitswilliger, der keine Arbeit, aber auch kein Arbeitslosenentgelt mehr erhält und daher keine Steuern bezahlen muß; unterste soziale Stufe im Österreich der Wirtschaftskrise nach 1929
ausschnapsen	umständlich aushandeln („Schnapsen" = Kartenspiel)
Bakantschen	weiche, in Südosteuropa getragene Schuhe
Bar(r)agan	hügelige Steppe in der Dobrudscha
basement (engl.)	Kellergeschoß
Besenheide	Ginsterart, zum Besenbinden und Flechten geeignet
Binkel	Bündel
Bischofsbrot	Kuchen mit kandierten Früchten
black-out (engl.)	Verdunkelung während der Kriegszeit
blank sein	kein Geld haben
blechen	bezahlen
Blockwart	niederrangiger Funktionär der NSDAP
Brein	Hirsebrei
Brenner	Ziegelbrenner, Schnapsbrenner
Brezel	geflochtenes Gebäck
Bries	Brustdrüse beim Kalb
Brimsen	Schafkäse
brocken	pflücken
Bühel	Hügel
Bürdel	Reisigbündel (von „Bürde")
cider (engl.)	Apfelwein
dasig	bedrückt, benommen
Dippelbaum	Tragbalken an der Decke
Drusch, der	das Dreschen
Einleger	in einem Dorf, das kein Armenhaus besitzt, bei wohlhabenden Bauern in Kost gegebener Pfründner

Feitel	einfaches Taschenmesser
Feldbett	zusammenlegbares Bett (ursprünglich militärischer Ausdruck)
Fisolen	grüne Bohnen
Flecken	Marktgemeinde
Franzos	Werkzeug mit Schraubgewinde
Freistadt	hier: Rust im Burgenland, ehemalige ungarische Freistadt
Fürtuch	Bauernschürze
gach	jäh
Gänger	Landstreicher
Gaunerzinke	Zeichnung, die der Information unter Landstreichern dienen soll
Gehäkel	Gehänsel (von häkeln = hänseln)
Gespritzter	Wein mit Sodawasser
Geyerlied	in der Jugendbewegung verbreitetes Lied über den Bauernführer Florian Geyer im Bauernkrieg von 1525 („Wir sind des Geyers schwarzer Haufen . . .“); Kramer bezieht sich auch auf die Anfangsworte des Refrains: „Spieß voran, drauf und dran!“
glitschen	rutschen
glitschig	rutschig
Göpel	Antriebsvorrichtung
Gradel	festes Gewebe
Grammeln	Grieben
Greisler, Greißler	Inhaber eines kleinen Lebensmittelgeschäftes
Grottenbahn	Vergnügungsbetriebe im Prater (s. d.), der 1872 errichteten Bahn in der Grotte von Adelsberg (Postojna) nachgebildet
Grummet	zweite Heumahd
Grus	Kohlenstaub (von „Grieß“)
Gschlader	Gesöff
Gstetten	verwahrlostes Wiesenland am Stadtrand (von „Stätte“)
Hafen	Tongefäß („Häfen“)
Häfen	Gefängnis (Vorstellung des Eingeschlossenseins in einem Gefäß)
Haferlschuhe	Wanderschuhe
Halter	Hirt
Hansel	Bierhansel = Bierrest
Häufel	kleine, bewaldete Flußinsel
Hobelscharten	Hobelspäne

Hocke	zusammengestellte Garben
Janker	Joppe
Jause	Zwischenmahlzeit, Vesper
jausen	vespern
Käspappel	Malvenart
Kästenblatt	Blatt des Kastanienbaums
Kavalett	eisernes Militärbett (altösterreichisch)
kiefeln	nagen (von „Kiefer“)
Kipfel, Kipferl	hörnchenförmiges Gebäck
Kipfler	längliche Kartoffelsorte, oft kipfel- = hörnchenförmig
Kipper	Kippwaggon
Klamsch	Tick, wunderliche Eigenart
Kletzenbrot	Brotwecken, gefüllt mit gedörrten Birnen und Pflaumen
Kloben	gespaltener Holzklotz
Knetgut	Knetmasse beim Ziegelbrennen
Koben	Verschlag
Koch, das	Brei
Kotter	Dorfarrest
Kotzen	grobe Wolldecke
Krampen	Spitzhacke
Kremser	offener Wagen mit Verdeck
Kren	Meerrettich
Krügel	Bierglas, das einen halben Liter faßt
Kukuruz	Mais
Kuttelfleck	Speise aus Teilen des Magens und der Därme von Rindern
Kuttelkraut	Thymian
Lab	Ferment im Kälbermagen
Lände	Flußufer, Landungsplatz
Latschen	Krummholz
Leiten	Abhang
Lichtmeß	Mariä Lichtmeß = 2. Februar; im bäuerlichen Raum Zeitpunkt des Abschlusses neuer Dienstverträge mit Knechten und Mägden
Lobau	großes Augebiet an der Donau unterhalb Wiens
Lore	offener Lastwagen (von engl. lorry)
Maische	ungekelterte Traubenmasse
Malter	Mörtel
Mandeln	aufrecht zusammengestellte Getreidegarben: „Männchen“
Nummer	„eine Nummer machen“ = koitieren

Nut	Fuge, längliche Vertiefung
pampfen	in sich hineinschlingen
pampstig	Körpergefühl: angeschwollen und dabei fast gefühllos
Papeln	Knötchen
Paradeiser	Tomaten
Partisan	Widerstandskämpfer
Partisane	Hellebarde
penzen	drängen, mahnen
Pfriem	Stichahle
Pfründner	Insasse eines Alters- oder Armenheimes
Pickzeug	Klebezeug
Pilaw	Fleischgericht mit Reis und Rosinen
Plattenbruder	Mitglied einer Platte (= Bande)
Polenta	Maisgericht
Poysdorfer	Wein aus der Gegend von Poysdorf in Niederösterreich
pracken	schlagen, stampfen
Prater	Teil des 2. Wiener Gemeindebezirkes; teils Unterhaltungsviertel, teils Aupark
Pritsche	hölzerne Liegestatt
Rammbär	Preßlufthammer
Ramsch	Ausschuß, Abverkauf
release (engl.)	(Haft-)Entlassungsschein
Remonte	angekauftes oder gemustertes Militärpferd (altösterreichisch)
reß	verdorben, ranzig (von Speisen)
Retzer	Wein aus der Gegend von Retz in Niederösterreich
Reuter	Sieb
reutern	sieben
Riegel	Höhenrücken (burgenländische Bezeichnung)
riedig	mit Weinfluren (Rieden) bestanden
roll-call (engl.)	Appell
Rotz	Tierkrankheit
Runsen	Erdrinnen
Ruthenen	altösterreichische Benennung für die in Galizien lebenden Ukrainer
Ruster	Wein aus der Gegend von Rust im Burgenland
satzen	in Sätzen springen oder laufen, übertragen: schnell fahren
Schab (jidd.)	Gewinn
Schank	Schanktisch und Raum der Ausschank

Scharl	Branntweinsorte aus Berberitze
scheppern	klirren
Scherzel	Brotanschnitt
Schickse (jidd.)	Mädchen, abfälliger Ausdruck
Schilcher	„schillernder" Wein
schippelweise	büschelweise
Schmarren	in Fett „geschmorte" billige Speise
Schmolle	die weiche Brotkrume
Schnapsbutik	Branntweinladen
Schoberkugel	Kugel aus den Gewehren der von Polizeipräsident Dr. Schober eingesetzten Polizei beim Justizpalastbrand in Wien am 15. Juli 1927
Schragen	Holzgestell
Schränker	Einbrecher, Kassenschränker
Schrotteig	Teig aus grob gemahlenem Mehl
schwaben	waschen, schwemmen
Schwalch	Dampf, Rauch
Schwarzer	schwarzer, milchloser Kaffee
Schwinge	Tragkorb
Sechter	Handschöpfgefäß
Seidel	Bierglas, das einen Drittelliter faßt
Seller	Sellerie, Gemüse
sielen	sich wälzen
sink (engl.)	Ausguß
Siphon	Sodawasser (veraltet)
Spagat	Bindfaden
speckig	fleckig und dabei (wie Speck) glänzend
Spelt	Dinkel, Unkraut
Spelze	Hülse des Getreidekorns
spörr	ausgetrocknet (bei Speisen)
Sprengfaß	auf einem Wagen befestigtes Wasserfaß zur Straßenreinigung
Stadel	Scheune
Stamperl	kleines Schnaps- oder Likörglas
Stätten	siehe Gstetten
Stör	Arbeit von Wanderhandwerkern bei ihren Auftraggebern
stier (sein)	ohne Geld sein
stout (engl.)	starkes Bier
Straßler	Wein aus der Gegend der Brünnerstraße in Niederösterreich
Strohmandeln	Kartenspiel
Strohwein	Spätlese

Stutzen	kurzes Trinkglas; auch Gewehr mit gestutztem Lauf
Surfleisch	eingesalzenes Schweinefleisch
Sweater (engl.)	veraltet für Pullover
Trage	Traggestell
Traid	Getreide
Treber	Rückstand beim Keltern des Weines
Trift	Viehweide
Tschernken	Nagelschuhe, Schuhnagel
Tschick	Zigarettenrest
tschilpen	zwitschern (der Spatzen)
Tschinellen	Becken (Musikinstrument)
Tschoch	kleines, wenig angesehenes Gasthaus
Tuchent	Federbett
tunken	eintauchen
überhapps	übereilt, plötzlich
umkrempeln	verändern
umstehen	verenden
Ungebleichter	klarer Schnaps
urassen	verschwenden
verbogenes Kreuz	für: Hakenkreuz
verkutzen	sich verschlucken
verscheppern	verkaufen
Virginier	Virginia-Zigarre
Vöslauer	Wein aus der Gegend von Bad Vöslau in Niederösterreich
Wasserwiese	Teil des Augebietes im Prater (s. d.)
weinbeißen	den Wein langsam auf der Zunge zerrinnen lassen
Weinkoch, das	breiartige, mit Wein versetzte Speise
Weinscharl	Berberitzenfrucht
winken gehn	als Straßensänger betteln
Woodbine	englische Zigarettensorte
Worfel	große (Holz-)Schaufel
worfeln	Getreide von der Spreu trennen
Wortgekletzel	kleinlicher Streit um Wörter; von „kletzeln“ = mühsam von einer Unterlage ablösen
zusammenschustern	nachlässig und rasch herstellen
Zuspeis	Beilage zur Hauptmahlzeit
zuzeln	lutschen, saugen
Zwetschke	eine Pflaumenart
Zwiebel	scherzhaft für: Taschenuhr

Werksverzeichnis

»*Die Gaunerzinke*«. Gedichte. Rütten & Loening Verlag. Frankfurt a. M. 1929.

»*Kalendarium*«. Die Anthologie. Flugblätter des Kartells Lyrischer Autoren und des Bundes Deutscher Lyriker. Flugblatt Nr. 12. Berlin W 50. Dezember 1930.

»*Wir lagen in Wolhynien im Morast . . .*«. Gedichte. Paul Zsolnay Verlag. Berlin–Wien–Leipzig 1931.

»*Mit der Ziehharmonika*«. Gedichte. Gsur u. Co. Wien 1936.

»*Verbannt aus Österreich*«. Neue Gedichte. Austrian P.E.N. 119, Sussex Gardens, London W. 1943.

»*Wien 1938/Die Grünen Kader*«. Gedichte. Globus-Verlag. Wien 1946.

»*Die untere Schenke*«. Gedichte. Globus-Verlag. Wien 1946.

»*Vom schwarzen Wein*«. Ausgewählte Gedichte. Herausgegeben von Michael Guttenbrunner. Otto Müller Verlag. Salzburg 1956.

»*Einer bezeugt es . . .*«. Eingeleitet und ausgewählt von Erwin Chvojka. Stiasny Verlag. Graz und Wien 1960. Stiasny-Bücherei 57.

»*Lob der Verzweiflung*«. Herausgegeben von Erwin Chvojka. Jugend und Volk. Wien–München 1972.

»*Lied am Rand*« (Auswahl). Verlag Volk und Welt, Berlin (Ost) 1975. 1. Auflage.

»*Poesiealbum 96: Theodor Kramer*«. Auswahl Bernd Jentzsch. Verlag Neues Leben. Berlin (Ost) 1975.

»*Verbannt aus Österreich*«. Neudruck der Originalausgabe London 1943. Hermann Böhlaus Nachf. Wien–Köln–Graz 1983.

»*Orgel aus Staub*«. Gesammelte Gedichte. Auswahl Erwin Chvojka. Nachwort Hans J. Fröhlich. Carl Hanser Verlag. München 1983.

»*Der Braten resch, der Rotwein herb*«. Von den nötigen Trünken des Markthelfers. Herausgegeben von Erwin Chvojka. Europaverlag. Wien–Zürich 1988.